Petra Kochgruber
Ein Hund, sein Rudel und drei Rucksäcke

AF146776

www.nurmut.ch

Buch

Ein informativer und amüsanter Alpen Roman. In vier Wochen 500 km zu Fuss, quer über die Alpen, von München nach Venedig. Mein Mann Robert, unser Hund Monet und ich.
Nervenaufreibende und entspannte Momente. Interessante Weggefährten, phantastische Aus- und Einblicke in die grossartige Alpenwelt und ihre charmanten Anekdoten am Rande, die unseren langen Weg in ein spannendes Ziel verwandelten.
Das Buch für alle, die auch gern einmal mit ihrem Rudel oder allein ihr persönliches Wanderabenteuer erleben möchten. Die genauer wissen wollen, wieso die Gliederscharte ihren Namen zu Recht trägt, und wo es auf der Route das beste Schnitzel gibt. Oder die einfach in Gedanken mitwandern wollen, um selbst zu erfahren, wie faszinierend und erholsam ein etwas längerer Gassigang mit Hund sein kann. Mit minimalem Gepäck und der Freiheit, jeden Tag und Ort einfach hinter sich lassen zu können. Um einem neuen, aufregenden entgegen zu gehen. Nur Mut!
(Infos zur Route & Download Bereich im Anhang des Buches.)

Autorin

Petra Kochgruber, geboren 1966 in Lörrach, hat nach ihrem Wirtschaftsstudium und über zwanzig Berufsjahren im Marketing Management internationaler Unternehmen die klassische Karriere an den Nagel gehängt, um mehr Freiräume zu schaffen für ihre anderen, persönlichen Leidenschaften: Reisen, Texten, Schreiben und Fotografieren. Heute lebt und arbeitet sie in der Schweiz. Mit ihrem Mann und Hund bereist sie Europa und Afrika zu Fuss oder mit dem Wohnmobil. Über ihre Abenteuer, Erlebnisse und Erfahrungen berichtet sie, gemeinsam mit ihrem Mann Robert, in Reportagen, Fotos und Videos auf ihrem Blog Magazin:
www.nurmut.ch

Petra Kochgruber

Ein Hund, sein Rudel und drei Rucksäcke

Zu Fuss von München nach Venedig mit Hund

Ein Alpen Roman

Die im Buch dargestellten Erlebnisse, Dialoge und Personen basieren auf Erinnerungen und weichen an einigen Stellen gewollt oder ungewollt von der Realität ab. Namen und Merkmale einzelner Personen wurden zum Schutz ihrer Privatsphäre mitunter geändert.

Da Geh- und Pausenzeiten beim Wandern individuell verschieden sind, handelt es sich bei den Zeitangaben in diesem Buch um unsere persönlichen Erfahrungswerte, die keinen Anspruch auf Allgemeingültigkeit erheben.

Bei den Einschätzungen einzelner Übernachtungs- oder Einkehr-Möglichkeiten handelt es sich um unsere persönliche, unabhängige Meinung zum Zeitpunkt der Wanderung. Hieraus sind keine Ansprüche an Leistungen der erwähnten Personen abzuleiten. Das Buch sowie unsere Wanderung wurde von keiner der erwähnten Personen oder Unternehmen in irgendeiner Form finanziell unterstützt.

Dieses Buch ist auch als E-Book erhältlich.
Der Film zum Buch unter: www.nurmut.ch

Bibliographische Information der Deutschen Nationalbibliothek:
Die Deutsche Nationalbibliothek verzeichnet diese Publikation in der Deutschen Nationalbibliografie; detaillierte bibliografische Daten sind im Internet über: http//dnb.dnb.de abrufbar

© 2017 Petra Kochgruber
Umschlaggestaltung: Robert Kochgruber
Umschlagfotos: © Robert Kochgruber

Herstellung und Verlag:
BoD - Books on Demand, Norderstedt

ISBN: 978-3-7431-9018-4

Für meinen Mann Robert,
den allerbesten Begleiter
auf Reisen und durchs Leben.

Und für unseren
Vierbeiner Monet.

Inhalt

Mit Scherben scherzt man(n) nicht	9
Wie alles begann	12
Nicht wollen ist ein Grund, nicht können nur ein Vorwand	18
München - alte Heimat mit neuen Herausforderungen	26
Wo bitte geht's denn hier zur Isar?	34
Camping für Anfänger	44
Vor lauter Bergen die Steinböcke übersehen	56
Österreich ist anders	72
Karwendel - nach dem Berg ist vor dem Berg	82
Italien ist noch weit - München dafür überall	90
Von der Hundekammer auf Umwegen in den gemütlichen Kleiderschrank	112
Auf knapp 2'700 Höhenmetern fährt es uns in alle Glieder	135
Alpen Rapper, Hüttenfeeling und wer ist Jérôme?	158
Halbzeit - die Ruhe vor der Königsetappe	173

Ein halbes Jahrhundert auf der Suche nach dem Edelweiss	191
Piz Boé - hinter dem Mond links	209
Bella Italia - mindestens einer von uns geht baden	231
Alte Bekannte und eine kokette Eule bei Vollmond	253
Ein »hinterhältiger Banküberfall«	274
Ballast abwerfen	291
Dicke Luft auf dem Nevegal	307
Man(n) spricht Dialekt	320
Venedig - nichts für Schattenparker	338
Scherben bringen wirklich Glück	350

Anhang

Tagesetappen mit Distanzangaben und Gehzeiten	357
Download GPS Daten, Tagesetappen, Kartenmaterial, Packliste & Tipps zu unserer Tour	359

Mit Scherben scherzt man(n) nicht

Es war wieder einmal einer dieser Tage. In die man viel mehr hineinpackt als gut und notwendig wäre. Um der Welt, aber vor allem sich selbst, zu beweisen, welche Multitasking Fähigkeiten in einem stecken.

Nach vielen arbeitsreichen Stunden schmurgelte das Mittagessen für den nächsten Tag auf dem Herd. Währenddessen spülte ich noch schnell die Töpfe und Gläser vom Abendessen ab und drapierte sie auf der Spülablage zu einem kunstvoll hohen Turm, damit alles trocknen konnte. Als die Suppe überzukochen drohte, flitzte ich zum Herd, um schnell das Gas herunterzuschalten. Und da passierte es.

Ein sattes »Rumms« und Ohren betäubendes Scheppern, gefolgt von einem Herz erweichenden »Klirr« liessen mich herumfahren. Paralysiert starrte ich auf das Ergebnis meines Wirkens. Auf dem Küchenboden, inmitten des heillosen Chaos, funkelten tausend kleine, bunte Scherben.

In meinem Hals bildete sich ein dicker Kloss. Mein heiss geliebtes, farbig schillerndes Lieblingsglas aus Murano. Kaputt. Ein einziger Scherbenhaufen. Das lieb gewordene, bunte Erinnerungsstück an glückliche Tage in der Lagunenstadt. In wenigen Sekunden Vergangenheit. Unwiederbringlich.

Aufgeschreckt vom Getöse, eilte mein Mann in die Küche.

Beim Anblick dieses Jammerbildes sagte er sarkastisch: »Petra, du Schussel! Ein neues Glas kannst du dir zu Fuss in Venedig holen!«

Ein schlechter Scherz.

Ich schluckte die aufsteigenden Tränen und meine Wut auf

mich selbst hinunter. Zerknirscht und traurig räumte ich den Unfall weg. Nicht ahnend, welches Abenteuer hinter diesem Ungeschick lauern würde, stellte ich Roberts buntes Trinkglas vorsichtig in den Schrank. »Gott sei Dank! Seins hat wenigstens keinen Schaden genommen!«

Mit mir hadernd, ob der Verlust meines schönen Glases damals ein böses Omen gewesen ist, oder ob diese Scherben mir tatsächlich Glück gebracht haben, stapfe und keuche ich Monate nach diesem Zwischenfall schwitzend und missmutig den steilen, steinigen und rutschigen Weg hinauf. In Gedanken bei diesem Schlüsselerlebnis vor einem halben Jahr, das mich nun in diese unwirkliche Situation gebracht hat.

Bepackt mit einem elf Kilo Rucksack und mit Wanderstöcken bewaffnet. Hinter Mann und Hund inmitten hoher Alpengipfel. Beim Besteigen einer über 2'600 m hohen Bergscharte in felsigem Geröll.

Auch jetzt kämpfe ich mit den Tränen wie damals. Allerdings vor Erschöpfung und Anstrengung, denn der kräftezehrende Aufstieg will nicht enden.

Das Gewitter letzte Nacht hat die Steine zur schlüpfrigen Unterlage werden lassen, und vom Tal her verfolgt uns schon die nächste drohende Wolkenwand, die nichts Gutes verheisst.

Mit jedem Meter scheint die Luft dünner zu werden. Japsend bleibe ich immer öfter stehen, putze mir trotzig die Rotznase und blicke nach oben, wo der Weg im Nichts zu enden scheint. Tapfer schlucke ich den quälenden Knoten im Hals hinunter, der sich gern hier und jetzt in einem Tränenmeer auflösen würde.

Das kleine Männchen »Verstand« hinter meinem rechten Ohr flüstert mir leise zu: »Weinen und hinsetzen bringt dich jetzt auch nicht weiter. Entweder du kehrst um oder du kämpfst weiter.«

«Umkehren und Aufgeben? So schnell noch nicht!«

Als mein Mann von oben herunter ruft: »Gib mir doch endlich deinen Rucksack bis zur Scharte!«, schüttle ich energisch den Kopf.

»Dem geliebten Partner einen zweiten, schweren Rucksack aufbürden auf diesem blöden Weg? Damit ich es selbst bequemer habe? Kommt gar nicht in Frage!«

Wieder meldet sich mein Verstand zu Wort: »Nicht hineinsteigern, langsamer gehen, gleichmässig und tief atmen, Nase nochmals putzen. Und immer daran denken, alles hat ein Ende. Auch dieser Anstieg.«

Zuvor musste ich sie nur noch besiegen, die heute so unwirtliche Gliederscharte, deren Name für mich in diesem Augenblick Programm ist. Drohte sie doch, eine ordentliche Scharte in meinen eigenen Gliedern zu hinterlassen.

Wie alles begann

Man sollte die Aussagen seiner Liebsten wirklich immer ernst nehmen. Auch wenn man sie zunächst für einen Scherz hält.

Roberts ironisch dahin geworfene Aufforderung, ich solle mir mein neues Murano Glas doch gefälligst zu Fuss in Venedig abholen, wurde sehr bald zur fixen Idee.

»Lass uns gemeinsam von München nach Venedig wandern!«

Mein Mann hielt die Verbindung meines früheren, langjährigen Wohnorts München mit der Region Venetien, aus der seine Mutter stammte, für eine gelungene Kombination unserer beider Herkunftsorte. Und den Fussmarsch dazwischen für ein unvergessliches Event zu meinem fünfzigsten Geburtstag.

Ich hingegen hielt das Ganze für Unsinn. Und für komplett undurchführbar.

»Wie, zu Fuss nach Venedig gehen?«

Bisher kannte ich die Strecke nur mit Auto oder Flugzeug. Aber zu Fuss?

»Muss man da nicht über die Alpen oder zwischendurch?«

Spontan fiel mir der historische Feldherr Hannibal ein, der ca. 200 v. Chr. mit seinem Heer und einigen Elefanten zu Fuss über die Rhône Alpen zog. Ich machte Witze darüber, dass wir anstatt eines Elefanten ja unseren Hund Monet mitnehmen könnten.

»Klar kommt Herr Monet mit. Der war doch bisher immer überall dabei!«

Als mein Liebster schliesslich damit begann, nächtelang Fernwanderer Berichte im Internet zu lesen und sich intensiv mit »dem perfekten Rucksack für Fernwanderungen«, »der optimalen Packliste«, »den besten wasserdichten Wanderschuhen« und Ähnlichem beschäftigte, wurde mir langsam klar, dass auch ich mich zumindest ansatzweise einmal genauer mit dem Thema auseinandersetzen sollte.

Der Wanderführer München-Venedig, der kurze Zeit später auf unserem Wohnzimmertisch lag, bestätigte schliesslich meine schlimmsten Befürchtungen. Dies war ein Ernstfall. Ich kannte meinen Mann inzwischen gut genug, um zu wissen, was all diese Aktivitäten zu bedeuten hatten.

Auf diese Weise waren wir vor Jahren zu einem zugegebenermassen sensationellen Wohnmobil gekommen, das uns bisher spannende Reisen und Abenteuer beschert hat. Aber das wäre eine ganz andere Geschichte.

Mir war langsam klar, dass es sich bei »München-Venedig zu Fuss« keinesfalls nur um eine fixe Idee oder Spinnerei handelte. Im Gegenteil, das Projekt begann im Geiste meines Mannes zu reifen. In jeder freien Minute war er am Recherchieren. Und jedes Mal, wenn ich an seinem PC vorbei ging, sah ich neue Testberichte wundersamer Produkte, die der Fernwanderer unbedingt braucht. Oder eben auch nicht. Seltsame Videos mit Tipps und Tricks von Überlebenskünstlern und Langstreckenwanderern flimmerten über den Bildschirm. Aus dem Keller zauberte Robert sein altes, noch neuwertiges Zelt samt Isomatte und Schlafsack hervor und baute es an einem Frühlingstag hinter unserem Haus auf.

»Zelten?« Das hatte ich noch nie gemacht und fand den blossen Gedanken daran bisher schrecklich.

»Nur so eine Idee für den Fall, dass wir mit Hund in einer der Alpenhütten nicht unterkommen werden, oder eine Hütte bereits voll sein sollte«, erklärte er mir, während ich skeptisch und mit fragendem Blick vor dem leicht muffigen Gesamtkunstwerk in unserem Garten stand.

»Ach so, ja klar! Und wie lange steht jetzt dieses Zelt hier so rum?«

»Bis es ein wenig ausgelüftet ist, und bis wir wissen, ob es noch dicht ist.«

Innerlich fragte ich mich schon ein wenig, wer hier nicht mehr ganz dicht war, sagte jedoch nichts.

»Manche Dinge erledigen sich manchmal ja von selbst.«

Als er dann an einem der folgenden milden Frühlingsabende im Trainingsanzug mit Schlafsack und Stirnlampe durch unsere Terrassentür hinaus verschwand, um persönlich die Dichtheit unseres Zeltes zu testen, beschloss ich endgültig, nicht weiter tatenlos zu zusehen.

»Was meint er denn überhaupt damit, Hunde sind nicht zugelassen in den Hütten?«, fragte ich mich. Nach einer ziemlich schlaflosen Nacht, in der es wohl geregnet haben musste, denn irgendwann war ein durchnässter Robert mit den undeutlichen Worten »undicht« und »Mistwetter« erst fluchend ins Bade- und dann ins Schlafzimmer eingerückt.

Am nächsten Tag begann ich selbst, im allwissenden Internet nachzusehen. Mein Computer war bei dieser ersten Recherche jedoch überhaupt keine grosse Hilfe. Zum Thema »Alpenüberquerung mit Hunden« und konkret für die Route München-Venedig waren so gut wie keine hilfreichen Informationen im World Wide Web zu finden. Ausser den üblichen Chat Foren, die oft viel heisse Luft aber wenig brauchbare Tipps boten, fand ich nichts. Auch diverse Alpenhütten Websites waren nicht gerade erquicklich, weil man dort in den allgemeinen Regularien des Alpenvereins auch eher »Anti-Hund« eingestellt zu sein schien.

Vorsichtig äusserte ich meine ohnehin schon bestehenden Zweifel, deren Bestätigung ich nun auch noch im Internet gefunden hatte.

»Von München zu Fuss nach Venedig zu gehen, halte ich an sich schon für gewagt. Aber mit Hund erscheint es mir schlicht unmöglich!«

So entschied ich, dem Ganzen weiterhin keine allzu grosse Bedeutung einzuräumen. Und liess ihn weiter planen und lesen.

Ein wenig stutzig machte es mich zwar schon, dass unsere Gassigänge mit Monet plötzlich immer weiter ausgedehnt wurden, bis wir schliesslich jeden Morgen anderthalb bis zwei Stunden zu Fuss unterwegs waren. Und abends nochmals zusätzlich eine halbe Stunde. Aber Kondition hat ja schliesslich noch niemandem geschadet.

Ich merkte, wie sehr mir diese langen Spaziergänge in unserer hügeligen Region und der wunderschönen Natur der Voralpen Spass machten. Dass ich das Laufen bald regelrecht brauchte, um morgens in die Gänge zu kommen. Und wie sich mein schwacher Kreislauf auf einmal normalisierte, Energie durch meinen Körper floss, und die kräftige Durchblutung von den Haar- bis in die Zehenspitzen mir richtig gut tat. Sogar die Laune hob sich, Morgenmuffel, der ich früher einmal war. Schliesslich bestätigte auch unser Hausarzt, dass diese Art der Ausdauerbewegung perfekt zur Steigerung meines zu niedrigen Blutdrucks und zur Senkung von Roberts hohem beitrage.

»Aber das muss ja nicht gleich in einer Alpenüberquerung gipfeln«, fand ich.

Mit der Platzierung diverser Reiseführer und Zeitschriften über das Baltikum in unserer Wohnung versuchte ich, meinen Mann auf ein anderes Reiseziel zu lenken. Und zwar mit unserem Reisemobil. Ich schilderte ihm die unberührte Natur der dortigen Ostseeküste und der Wälder in den schillerndsten Farben.

»Ja, ja, auch sehr schön. Das machen wir sicherlich irgendwann.« Robert hörte mir aufmerksam zu, um sich dann wieder in sein Büro zurückzuziehen, wo plötzlich ausgedruckte Kartenabschnitte an Wänden und Schränken hingen. Darauf sah ich kleine, ominöse Fähnchen, seltsame Zeichen und beängstigende Höhenkurven. Wie von Zauberhand füllte sich dort nebenbei eine graue Kunststoffkiste mit äusserst seltsamen Produkten, die ich noch nie bei uns gesehen hatte.

»Wozu benötigen wir denn eine Stirnlampe?«, wunderte ich mich.

Verständnisloses Stirnrunzeln als Antwort.

Hie und da drangen verhaltene Flüche durch die angelehnte Bürotür an mein Ohr, wenn irgendeine Routenplaner Software offensichtlich mal wieder ihre Tücken zeigte.

»Ruhe bewahren, das geht wieder vorbei«, wurde zu meinem Mantra in solchen Momenten.

Plötzlich hatte dann auch ich eines Tages ein Planungsprogramm für Wanderrouten auf meinem Laptop, das wohl in einer heimlichen Nacht- und Nebelaktion dort installiert worden war. Begleitet von der Aufforderung: »Du könntest langsam aber auch ein bisschen mithelfen bei der Planung und Vorbereitung!«

Weil ich mich immer noch zu entziehen versuchte und die Software auf meinem Computer schlicht ignorierte, zog mein Mann schliesslich alle Register. Er lud mich eines Abends in unser Gästezimmer ein, den einzigen Raum mit Fernsehgerät in unserem Haus, da wir bereits vor Jahren beschlossen hatten, TV abstinent zu leben. Nebenbei bemerkt sehr empfehlenswert, weil man eine Menge Zeit für sinnvolle Dinge gewinnt. Bücher lesen, Reiseplanung oder lange Abendspaziergänge mit Hund zum Beispiel.

Ich erhielt also die Einladung zu einem Filmabend, seit zwei Jahren ein äusserst seltenes und daher höchst willkommenes Ereignis. Inklusive einem Glas Rotwein und feinen Snacks.

Wer kann dazu schon »nein« sagen? Gespannt nahm ich Platz auf dem Gästesofa und harrte der Dinge, die da kommen sollten.

»Zu Fuss über die Alpen. Von München nach Venedig«, las ich auf dem Bildschirm.

»Aha«, dachte ich, »jetzt sehe ich wenigstens selbst einmal, worüber wir hier eigentlich reden. Wenn Robert das gesehen hat, wird auch er einsehen, dass wir eine solche Route niemals zu Fuss mit Rucksack schaffen können. Schon gar nicht mit Hund.«

Die beiden Wanderer und Filmemacher hatten nämlich auch keinen Vierbeiner dabei.

Der Film begann mit Vorbereitungen im Fitness Studio.

»Siehst du, wir trainieren unsere Muskeln nicht im Fitness Studio«, bemerkte ich kritisch. »Also werden wir eine solche Mammut Wanderung auch nicht schaffen«, ergänzte ich in Gedanken.

»Papperlapapp! Ruhig jetzt, guck mal, die schönen Bilder der Berge.«

Und damit hatte mein Liebster nun ausnahmsweise recht.

Wir bekamen phantastische Bilder der Alpenbergwelt zu sehen. Vor allem die Dolomiten raubten mir den Atem. In doppelter Hinsicht, denn meine Faszination war ebenso gross wie mein Respekt vor den Königen der Alpen, die mir in ihrer grandiosen Schroffheit unüberwindbar erschienen. Zumindest für us drei, die bis dato noch nie eine Fernwanderung unternommen hatten.

Nicht wollen ist ein Grund,
nicht können nur ein Vorwand

»Was hatte Robert schliesslich alles auf die Beine gestellt, um trotz meiner Zweifel auch in mir die Fernwanderer Sehnsucht zu wecken. Und welche Vorbereitungen hatten wir für unser Abenteuer zu dritt schliesslich gemeinsam in Angriff genommen!«.

Die Gedanken daran gingen mir nochmals im Schnelldurchlauf durch den Kopf, während ich samstagmorgens viel zu früh und ziemlich aufgeregt am Bahnhof unseres kleinen Schweizer Dorfes auf einer Bank sass. Gemeinsam mit Mann und Hund wartete ich dort auf den Zug nach St. Gallen.

Unser Hund Monet sass, freudig erregt über den anstehenden Ausflug, mit seinem neuen roten Rucksack auf dem Rücken erwartungsvoll vor uns auf dem Bahnsteig.

»Sieht ganz schön sportlich aus, der kleine Vierbeiner mit seinem schicken Rucksack und dem speziellen Hundegeschirr«, fand ich. »Gut, dass wir uns doch entschieden haben, beides mitzunehmen.«

Auch Monet und sein Gepäck waren Inhalt endloser Diskussionen, nächtelanger Packversuche und vorbereitender Tragetests gewesen.

»Was nehmen wir mit?«

»Bloss nicht zu viel!«

Das optimale Rucksack Gewicht pro erwachsener Person liegt zwischen sieben und neun Kilogramm für so eine lange Strecke. Für unseren sechzehn Kilo schweren Hund bei höchstens zwei.

»Wie sollen wir denn da alles Notwendige für vier Wochen unterbringen?«

»Was brauchen wir alles, um für jegliche Wetterlagen und Eventualitäten gerüstet zu sein?«

»Wieso darf ich denn kein Sommerkleid mitnehmen?«

»Föhn?«

Fragen über Fragen, die im Vorfeld zu schier endlosen Debatten geführt hatten.

Schliesslich hatte ich anhand einer akribisch aufgestellten Packliste meine Siebensachen zusammengesucht, die ich auf jeden Fall mitnehmen wollte, im Wohnzimmer ausgelegt und in meinen tollen neuen, grossen Rucksack gepackt.

Während ich nun mit dem final gepackten Rucksack auf dem Bahnsteig wartete, schüttelte ich nachträglich schmunzelnd den Kopf bei der Vorstellung, wie schwer er beim allerersten Packversuch gewesen war.

»Wie oft hatte ich ihn wohl bis dato ein- und ausgepackt, diskutiert, aussortiert, abgewogen? Im Geiste und mit der Handwaage.«

Jetzt sass er da mit mir auf der Bank, satt und gut gefüllt mit seinen elf Kilogramm, verteilt auf Hüften, Rücken und Schultern. Sogar mein Reise-Maskottchen Knut, den schwedischen Elch, hatte ich nach zähem Ringen mit meinem Mann durchsetzen können. Der kleine Stoff-Begleiter bringt gerade mal neunzig Gramm auf die Waage.

»Ist aber auch Gewicht, du musst es ja wissen«, hörte ich Robert noch in meiner Erinnerung zetern.

»Bin mal gespannt«, dachte ich, »was ich unterwegs alles vermissen werde, was wirklich fehlen wird, und welche Sachen ich total umsonst mitschleppe.«

»Monet hat es da einfacher! Der hat sein Fell an, schläft auf einer leichten Decke und braucht nur seine beiden kleine Reisenäpfe und ein wenig Futter zu tragen. Fertig!«

Was einem frühmorgens auf einem einsamen, kleinen Dorfbahnhof so alles einfiel, während man auf den Zug wartete.

Wie sehr wir unser Reiseverhalten doch verändert haben, seit dieser kleine Hund vor neun Jahren in unser Leben getreten ist.

Keine Flugreisen mehr. Nur noch Ziele, wohin Monet uns begleiten kann. Selbst Restaurants und Bekannte, die unseren Hund nicht mochten, mieden wir inzwischen, so gut es ging.

Überhaupt hat dieser Vierbeiner unser Leben ganz schön verändert. Niemals zuvor sind wir so fit gewesen. Die langen Spaziergänge an der frischen Luft bei Wind und Wetter und in jedem Gelände haben ihre positiven Spuren in Körper und Geist hinterlassen. Mir fiel ein berühmtes Loriot Zitat ein: »Ein Leben ohne Mops ist möglich, aber sinnlos.«

»Das kann ich im Fall von Monet nur bestätigen«, dachte ich, während ich ihn liebevoll ansah.

Zwar kein Mops. Dafür aber eine gelungene Mischung mit der agilen Sportlichkeit eines Jack Russel und dem sonnigen Gemüt eines Labradors.

Und seinem Namen macht er alle Ehre. Rehbraunes Fell, vier weisse Pfoten, weisser Kragen und Brust. Dazu eine weisse Schwanzspitze, die er immer hoch erhoben spazieren trägt wie einen frisch in Farbe getauchten Pinsel. In Kombination mit seinem ewig jungen »Welpengesicht« und den charmanten kleinen Stirnfalten nicht nur ein Künstler, sondern auch »Everybody's Darling«. Ein Herzensbrecher und treuer Kumpel durch dick und dünn. Kurzum eine eigene kleine Persönlichkeit, weshalb wir ihn oft auch »Herr« oder »Monsieur Monet« nennen.

Schliesslich verdankten wir es mitunter auch Monet, dass wir hier mit gepacktem Rucksack sassen. Am Beginn eines vierwöchigen Abenteuers zu Fuss, quer über die Alpen.

»Dass das überhaupt noch geklappt hat mit Herrn Monet und unserer Reise!«, überlegte ich, während ich auf dem Bahnsteig sass. Nach den ersten paar Hüttenabsagen per E-Mail war ich total demoralisiert gewesen. Trotzig hatte ich das Projekt zunächst abblasen wollen. Doch nach ein paar Tagen war mein Ehrgeiz erst recht erwacht. Ich wollte die Hüttenwirte auf meine Art überzeugen.

»Die wissen eben nicht, dass wir einen gut erzogenen, sozialen und ruhigen Hund haben. Woher sollen sie denn auch?«

Womöglich haben sie bereits schlechte Erfahrungen gemacht und denken bei dem Wort Hund automatisch an Schmutz, Ärger und Lärm. Niemand kauft gern die Katze oder den Hund im Sack. Bei genauerer Überlegung war mir klar geworden, dass ich meine Anfrage ganz anders gestalten musste. Schliesslich war Marketing jahrelang meine Profession gewesen.

»Wär doch gelacht. Herr Monet muss mit all seinen Vorzügen vorgestellt werden. Und wer erst einmal seinen unwiderstehlichen Hundeblick gesehen hat, kann sowieso nicht anders«, das wusste ich aus Erfahrung.

Gedacht, getan.

Ich hatte nochmals eine viel ausführlichere E-Mail mit der Umschreibung unseres Wanderprojektes formuliert, vor allem aber mit einer genauen Beschreibung unseres Vierbeiners.

»Mittelgross, Schulterhöhe 46 cm, kurzes Fell, bellt nicht, sozial verträglich, wohlerzogen. Kurz gesagt: nett! Genau wie wir.«

Diese Vorstellung hatte ich gekrönt mit einem schönen Foto von Monet, der in voller Wandermontur bei strahlendem Sonnenschein an einem plätschernden Gebirgsbach steht. Das Ganze hatte ich zweisprachig formuliert, damit auch die Südtiroler und Italiener unser Ansinnen verstehen konnten.

»Wer sagt's denn? Man muss nur reden mit den Leuten.«

Von einunddreissig Übernachtungsplätzen hatten mir umgehend achtundzwanzig positiv geantwortet. Nur drei hatten mit Hund überhaupt keine Lösung gefunden.

Manche hatten mir so freundlich und charmant geantwortet, dass ich neugierig wurde und darauf brannte, diese Menschen und ihre Gastfreundlichkeit persönlich kennenzulernen.

Dieser kleine Erfolg im Vorfeld hatte auch mir eine ordentliche Portion Motivation beschert, Roberts unglaubliche Idee wirklich in die Tat umzusetzen.

Das Lebensmotto meines Vaters, mit dem er mich als Kind zuweilen ganz schön nervte, hatte sich wieder einmal bewahrheitet: »Es gibt nichts, was man nicht kann! Wenn man es nur wirklich will!«

Abrupt riss Robert mich aus meinen Gedanken und fragte, vor mir auf dem Bahnsteig stehend: »Wieso grinst du denn so?«

»Ach«, antwortete ich, »mir gehen so viele Dinge durch den Kopf, die passiert sind, bevor wir uns mit unseren drei Rucksäcken auf den Weg machen konnten. Und irgendwie kann ich noch nicht ganz glauben, dass es nun wirklich losgehen soll.«

In dem Moment fuhr unser rotes Appenzeller Bähnli in den Gaiser Bahnhof ein, das uns zunächst nach St. Gallen brachte.

Dort hatten wir genügend Zeit für den Bahnsteigwechsel eingeplant, denn unser Fussmarsch sollte auf keinen Fall mit Zeitdruck beginnen.

»Entschleunigung von Anfang an«, war unsere Devise.

So warteten wir erneut am St. Galler Bahnsteig auf den Zug nach München.

In der Stadt war am Samstagmorgen bereits wesentlich mehr los als in unserem kleinen Appenzeller Dorf. Lachende Jugendliche mit grossen Rucksäcken, auf dem Weg zum St. Galler Open Air Festival, hockten auf dem Bahnsteig neben den ersten aufgeregten Sommerurlaubern mit Hartschalenkoffern.

Dazwischen pendelnde Angestellte mit dem obligatorischen »Coffee to go« Becher in der Hand, die rechtzeitig die Geschäfte der Innenstadt öffnen mussten.

Ich liebe die Atmosphäre an Bahnhöfen und das Beobachten anderer Reisender.

»Woher sie wohl kommen, und wohin sie wollen?«

Schon als Kind hatte ich mir zu den einzelnen Bahnpassagieren kleine Geschichten ausgedacht, die in mir die Reisesehnsucht weckten.

Während ich meinen Blick den Bahnsteig entlang wandern liess, blieb er plötzlich für einen kurzen Augenblick hängen, um dann schnell wieder abzuschweifen. Ich wusste nicht genau, warum. Aus Unsicherheit, Verlegenheit oder weil das Bild so gar nicht zu unserer Aufbruchstimmung passen wollte.

Welch ein Kontrast. Wir drei standen dynamisch in sportlicher Wanderkleidung und mit voll bepackten Rucksäcken erwartungsvoll da. Ein Stückchen weiter weg sass eine ältere Dame allein auf dem Bahnsteig. Sie kauerte in einem mächtigen, elektronischen Rollstuhl. Vorne, hinten, seitlich, über und über voll bepackt mit Reisetaschen und gefüllten bunten Tüten, konnte sie gerade knapp unter ihrem hellen Strohhut aus dem beladenen Gefährt herausgucken. Die schmale, blasse Hand am Bedienungs- und Steuerknüppel ihres Fortbewegungsapparates, bot sie auf den ersten Blick ein Mitleid erregendes Bild.

Wie so viele Menschen in dieser Situation schaute ich möglichst unauffällig zur Seite. Obwohl mein Blick wie gefesselt an dieser hilflosen Frau im Rollstuhl hing, die an diesem geschäftigen Ort irgendwie verloren wirkte.

»Was hat sie nur in all den vielen Taschen?«, fragte ich mich. »Und wo will sie hin, so voll bepackt und ganz allein? Ob man ihr wohl helfen könnte nachher beim Einsteigen? Wie kommt sie mit dem breiten Rollstuhl überhaupt in den Zug?«, rätselte ich.

Einmal mehr spürte ich das beklemmende Gefühl, das mich jedes Mal beschlich, wenn ich einen Rollstuhlfahrer sah. War ich doch selbst vor zwanzig Jahren bei einem Sportunfall nur mit viel Glück und den richtigen Ärzten sehr knapp diesem Schicksal entgangen. Und stand hier nun auf meinen gesunden Beinen, die mich in den kommenden vier Wochen kraftvoll über die Alpen tragen sollten.

Ich kam nicht allzu weit mit meiner Vergangenheitsbewältigung, denn die ältere Dame fuhr geradewegs auf mich und Monet zu. Sie lächelte uns freundlich an und rief uns fröhlich in breitem Schweizerdeutsch aus ihrem Taschenberg heraus entgegen:

»Ja, grüezi wohl! Wo will denn der süsse Hund mit seinem roten Rucksack hin?«

Herr Monet, der kleine Charmeur, hatte das Eis in Sekunden gebrochen und das Schweigen auch. Entzückt über Monets Wander Outfit und neugierig interessiert an unserem Ziel, blieb die alte Dame direkt vor uns stehen und musterte uns ungeniert von unten herauf.

Wir erzählten von unserem Vorhaben und fragten sie nun mit weniger Scheu, wohin sie denn mit so grossem Gepäck wolle.

Als ob sie nur auf diese Frage gewartet hatte, sprudelte es enthusiastisch und voller Vorfreude aus ihr heraus.

»Ich fahre jetzt nach München, steige dort um in die Bahn nach Berlin, dann über Potsdam nach Rostock. Und von dort schiffe ich mich ein nach Norwegen, um auf einem Kreuzfahrtschiff die Fjorde zu durchfahren.«

Verblüfft fiel mir die Kinnlade herunter. Ungläubig und bewundernd blickten wir auf diese kleine, zerbrechliche und doch so energiegeladene Person.

»Ganz allein im vollbepackten Rollstuhl solch eine Reise zu unternehmen. Chapeau!«

Dagegen erschien mir unser geplantes Abenteuer plötzlich ziemlich banal und gar nicht mehr unmöglich. Hatte ich vor einigen Minuten noch mit mir gehadert, war ich nun binnen Sekunden davon überzeugt, dass wir die Alpen überqueren würden.

Verschmitzt strahlte sie uns an, die so ungewöhnlich reisende Dame, und ergänzte mit einem gewissen Schalk im Blick:

»Wissen Sie, ich sage immer, ich muss gehen, solange ich noch kann!«

München - alte Heimat mit neuen Herausforderungen

Der Euro City sollte uns in gut drei Stunden von Sankt Gallen nach München bringen.

Dort beginnt am Marienplatz der klassische Traumpfad München-Venedig, den Ludwig Grassler in den Siebziger Jahren ausgearbeitet hat. Seitdem ist er für viele zum grössten Wunschziel aller Fernwanderwege Europas geworden.

Gut, dass wir unsere Sitzplätze vorher reserviert hatten, denn in diesem überregionalen Zug herrschte Hochbetrieb. Mit Mühe und Not bekamen wir unsere Rucksäcke verstaut, bevor wir selbst auf unsere Sitze plumpsten. Monet fand sein Plätzchen unter den Vordersitzen auf dem Boden zu unseren Füssen.

»Schon ein bisschen seltsam«, meinte Robert, als wir endlich sassen, »dass man bei der Bahn für Hunde genauso wie für Kinder den halben Fahrpreis bezahlen muss. Kinder dürfen dafür auf einem Sitz Platz nehmen, während Hunde auf dem Boden liegen müssen.«

Normalerweise scheue ich den Vergleich von Kindern und Hunden. Ich hasse auch den Spruch: »Der Hund ist ein Ersatzkind«. In diesem Fall musste ich meinem Mann jedoch ein wenig recht geben, wenn ich sah, wie Monet unter den eng platzierten Sitzen zusammengerollt kauerte. Vor allem, wenn ich daran dachte, dass wir für Deutschland, Österreich und Italien auch noch einen Maulkorb hatten kaufen müssen, weil dort in den öffentlichen Verkehrsmitteln sogar Maulkorb Pflicht bestand.

»Mit manchen Dingen muss man sich eben einfach abfinden«, sagte ich, »glücklicherweise ist dies nun die letzte lange

Bahnfahrt für einige Zeit. Ab heute Nachmittag kann Monet vier Wochen lang seiner Lieblingsbeschäftigung nachgehen. Und dann ist das lästige Bahnfahren hoffentlich schnell vergessen.«

Als wir nach kurzer Zeit in Friedrichshafen hielten, wunderten wir uns darüber, dass sich der ohnehin schon gut besetzte Zug nun bis auf den letzten Platz füllte.

»Wieso ist an einem Samstag, Anfang Juli, der Zug so voll, obwohl die Sommerferien noch gar nicht begonnen haben?«

Nachdem der Zug losgefahren war, betrachteten wir die Zugestiegenen genauer. Viele junge Frauen und Männer, schätzungsweise Anfang Zwanzig, die sich angeregt in verschiedenen Sprachen miteinander unterhielten.

Wie so oft auf langen Bahnfahrten schauten wir entspannt aus dem Fenster, liessen die Landschaft an uns vorbei gleiten und wurden unbeabsichtigt Ohrenzeugen der Gespräche um uns herum.

Ein Grüppchen diskutierte in Englisch angeregt über die aktuelle Europa Politik und den anstehenden »Brexit«. Besonders eine junge Dame übertönte die anderen mit ihrem lauten Lachen und ihrer typisch, breiten englischen Aussprache immer wieder. Eindeutig eine Amerikanerin. Sie unterhielt sich mit einem Deutschen, dessen schwäbische Herkunft er trotz guter Englisch Kenntnisse nicht verleugnen konnte. Ein Belgier mischte sich ein, um seine Sicht der Dinge über Minderheiten in Europa zum Besten zu geben, da er in seinem Heimatland zur kleineren wallonischen Bevölkerungsgruppe gehörte. Neben uns sassen zwei junge Männer, die sich in melodiösem Französisch unterhielten, ein Kanadier und ein Franzose. Direkt vor uns schliesslich sass ein junger Afrikaner aus Mauritius, der in Kapstadt studierte.

Offensichtlich sassen wir inmitten einer Gruppe ausländischer Studenten aus verschiedenen Kontinenten, die gerade von einer Veranstaltung der Universität Friedrichshafen kamen. Sie waren mit ihrem teils riesigen Überseegepäck in Richtung Flughafen München unterwegs, um von dort in ihre Heimatländer zurück zu fliegen.

Wir fühlten uns wohl in diesem fröhlichen, internationalen Esperanto-Kauderwelsch, das uns signalisierte: »Jetzt seid ihr auf Reisen, auf dem Weg in andere Länder und Kulturen.« Die Bestätigung, dass es da draussen soviel mehr gab als unser kleines, beschauliches Schweizer Dorf, in dem wir sehr gern leben, das wir von Zeit zu Zeit jedoch verlassen, um unsere Weltoffenheit zu bewahren und den Tunnelblick zu vermeiden.

In diesem Zugabteil spielte sich die unbeschwerte Kommunikation über Grenzen hinweg ab. Das friedliche Miteinander und der interessierte, konstruktive Austausch junger Menschen aus der ganzen Welt, die sich gegenseitig von ihrer Heimat erzählten, von der wirtschaftlichen und politischen Lage dort und ihrer persönlichen Meinung dazu. Leben und leben lassen.

Endlich München Hauptbahnhof.

Beim Betreten des Bahnsteiges beschlich mich ein seltsam vertrautes Gefühl des Heimkommens. Wohlwissend, dass auch ich heute nur eine Durchreisende sein würde, und meine Heimat inzwischen längst woanders lag.

»Wie oft habe ich an diesem Bahnhof lieben Besuch abgeholt oder bin selbst von hier aus irgendwohin gefahren in den zwölf Jahren, die ich insgesamt in München gearbeitet und gelebt habe? Allerdings habe ich die Stadt noch nie mit dem Zug angefahren, um sie zu Fuss gleich wieder zu verlassen. Wie lang bin ich jetzt schon nicht mehr hier gewesen? Zwei oder drei Jahre?«

Melancholie machte sich in meinem Herzen breit, während ich den Fotoapparat zückte, um das Münchner Bahnhofsschild zu fotografieren. Ein tiefer Seufzer, und schon wurde ich fortgerissen vom Strom der Ankommenden und den Rufen meines Mannes, der mit Monet an der Leine bereits vorn am Ende des Bahnsteigs stand, zur Eile drängend. Schliesslich wollten wir noch den halben Tag wandern und hatten ein reserviertes Zimmer, das abends auf uns wartete. Keine Zeit für Sentimentalität.

»Wo geht's denn hier zu den S-Bahnen?«,

Um uns den Fussmarsch durch die samstäglich volle Innenstadt vom Bahnhof zum Marienplatz zu ersparen, hatten wir uns für zwei Stationen mit der S-Bahn entschieden. Vor dem Ticket Automaten gab Robert bald schlecht gelaunt auf. Wer die Münchner Verkehrsbetriebe mit ihrem komplizierten Zonensystem kennt, weiss warum. Ich erinnerte mich noch vage, wie das mit den Innen- und Aussenzonen, Streifen- und Tageskarten funktionierte, obwohl ich früher nie ein regelmässiger S- und U-Bahn Fahrer gewesen war.

Als Produktmanager beim grössten Münchner Automobilkonzern war ich in der Vergangenheit meist mit dem Auto gefahren und so gut wie nie mit öffentlichen Verkehrsmitteln. Dennoch schaffte ich es nach einer Weile, dem Automaten die richtigen zwei Tageskarten zu entlocken und herauszufinden, dass Monet bei den Münchner Verkehrsbetrieben offensichtlich ein gern gesehener Fahrgast zum Nulltarif ist.

»Wer hätte das gedacht?«

Schnell hinein in die nächste S-Bahn, Richtung Marienplatz, die erwartungsgemäss samstagmittags zum Bersten voll war. Stehplätze mit drei vollen Rucksäcken inmitten von Einkaufstüten, Eis essender Kleinkinder und gestresster Mütter, ganz zu schweigen von mürrisch dreinblickenden Rentnern.

»Puuh!«, zwei Stationen sozialer Dichtestress und dann nichts wie rauf ans Licht und in die frische Luft.

Inmitten einer undefinierbaren Duftwolke aus allerlei Parfums, Deos, Fast Food Dämpfen und Ausdünstungen der Mitfahrenden wurden wir schliesslich über eine breite Treppe zum

Wahrzeichen und Treffpunkt der City hinaufgespült. Auch oben, wie nicht anders zu erwarten, ein wildes Getümmel, sommerlicher Hochbetrieb und wir drei mittendrin.

»Wann tritt sie denn nun endlich ein, die angestrebte Entschleunigung und Ruhe?« Oder gehörte die Hektik einfach zwingend dazu, um nachher die Stille und Natur umso mehr geniessen zu können? Der Sturm vor der Ruhe, sozusagen.

Da standen wir nun und rätselten, wie wir unser Marienplatz Startfoto bewerkstelligen könnten, als wir von der Seite angesprochen wurden.

Ein älterer Herr, offensichtlich Mitglied einer grossen, geführten Reisegruppe, die hinter uns stand, fragte uns, ob wir echte Münchner seien.

Entgeistert schauten wir ihn an. Er musste definitiv ein Tourist von sehr weit her sein. Sonst hätte er gewusst, dass am Samstag so gut wie kein echter Münchner auf dem Marienplatz zu finden ist. Vor allem nicht mit einem 11 und 15 kg schweren Fernwanderer Rucksack auf dem Rücken.

»Ideen haben die Leute!«

Wir schmunzelten, klärten ihn auf und fragten ihn, woher er denn komme.

»Südafrika, nähe Johannesburg.«

Verständlich, dass er noch nie einen waschechten Münchner gesehen hatte und somit vermutlich jeden Menschen mit Rucksack für einen solchen hielt. München wirbt ja schliesslich mit den Alpen für sich.

Der gute Mann kam wie gerufen. Er schoss mit unserem Fotoapparat zwei perfekte Bilder von Robert, Herrn Monet und mir, die berühmte Marienkirche im Hintergrund. Der Grundstein für unsere Wanderung war nun endlich gelegt und der offizielle Startschuss damit gefallen.

Wir bedankten uns herzlich bei dem freundlichen Herrn und

verabschiedeten uns vom Samstagswahnsinn auf dem Marienplatz. Ich tat dies allerdings etwas zögerlich.

»Was könnte man an einem so sonnigen Samstag in der Innenstadt von München alles unternehmen? In welchem charmanten Strassen Café sitzen und das Stadtflair ein wenig geniessen? Vielleicht käme ja wie früher der eine oder die andere Bekannte vorbei flaniert auf einen kleinen Schwatz?«

Heimweh, ein Gefühl, das ich so viele Jahre nie verspürte hatte, machte sich plötzlich breit beim Anblick der altbekannten, geliebten Umgebung. Ein Verweilen leider nicht möglich. Wir hatten einen ganz anderen Plan.

Auch ein sanfter Abschied von München, durch die Innenstadt zu Fuss, war mir nicht vergönnt. Denn unsere ursprünglich geplante Wanderetappe des ersten Tages vom Marienplatz durchs Tal, am Deutschen Museum vorbei zur Isar bis zum Kloster Schäftlarn war uns versagt geblieben, da wir dort im Klosterbräu Stüberl schon Tage zuvor kein freies Zimmer mehr bekommen hatten. Auch Alternativen in und um Schäftlarn hatten wir kurzfristig leider keine gefunden. Schweren Herzens mussten wir deshalb das erste Teilstück, aus München heraus, mit der S-Bahn bestreiten, um unser heute angepeiltes Übernachtungsziel, Geretsried, noch zu einer christlichen Zeit zu Fuss zu erreichen.

Ich war wirklich enttäuscht, dass diese Etappe ausfiel, weil ich zu meiner Münchner Zeit jeden Morgen die glücklichen Hundebesitzer beim Spaziergang an der Isar beneidet hatte, während ich zur Arbeit fahren musste. »Einmal mit meinem eigenen Hund in München an der Isar entlang spazieren!« Das war damals immer mein sehnlichster Wunsch gewesen. Jetzt war ich diesem Traum um Haaresbreite nahegekommen und konnte ihn doch wieder nicht erfüllen

»Dinge passieren eben, weil sie passieren. Alles ist immer für etwas gut!«, hatte meine weise Grossmutter früher in solchen

Fällen immer zu sagen gepflegt. Wie sehr sie auch in diesem Fall recht behalten sollte, verstanden wir erst einige Tage später.

Wir stiegen also erneut die Treppen zu den Katakomben der Münchner Verkehrsbetriebe hinunter.

Auf der ersten grossen Plattform des unteren Marienplatzes orientierten wir uns kurz und suchten nach dem weiteren Treppenabgang zur S7, Richtung Wolfratshausen, die wir bis Ebenhausen-Schäftlarn nehmen mussten.

Da Monet eine totale Abneigung gegen Rolltreppen hat, wählen wir in solchen Fällen immer die normale Treppe.

»Schau, dort drüben ist das Schild zum Treppenabgang S7«, rief Robert, und ich folgte ihm dorthin. Als wir schliesslich unten ankamen, erschien mir der Bahnsteig irgendwie seltsam. Keine digitalen Abfahrtstafeln und vor allem keine Menschen.

»Hier stimmt was nicht.«

Wir stiegen die Treppe wieder hinauf und schauten nochmals nach.

»Schau doch mal, eindeutig der Treppenabgang zur S7 nach Wolfratshausen«, grummelte Robert und stieg erneut hinab. Ich mit meinem Rucksack hinterher. Wieder der leere Bahnsteig, keine Anzeigetafel. Auch keine weiterführende Treppe. Wir erneut nach oben, um dort in einen Lift zu steigen, der ebenfalls wieder auf dem leeren, falschen Bahnsteig endete.

»Verflixt!« Robert maulte mich an. »Du hast doch zwölf Jahre in München gelebt. Wie kommen wir den nun auf den richtigen Bahnsteig?«

Ausser Atem vom vielen Treppensteigen antwortete ich trotzig:

»Wieso in aller Welt hätte ich jemals nach Wolfratshausen fahren sollen? Und früher ohne Hund hätte ich sowieso die Rolltreppe benutzt.«

Das fing ja gut an mit unserer Fernwanderung. Gestrandet in der Münchner S-Bahn Unterwelt. Ich sah schon die Schlagzeile in der Münchner Abendzeitung vor meinem geistigen Auge: *»Skelette zweier verirrter Schweizer Alpinisten samt Hund in der Münchner S-Bahn gefunden!«*

Wäre ich nicht so erschöpft gewesen, hätte ich schallend losgelacht über diese absurde Situation.

»Blöde Idee, diese Wanderung«, schoss es mir durch den Kopf. Robert behielt im Gegensatz zu mir einen klaren Kopf.

»Dann nehmen wir halt die Rolltreppe. Wozu trägt Monet schliesslich sein Hundegeschirr mit dem praktischen Tragegriff auf dem Rücken? Damit hebe ich ihn hoch und halte ihn auf der Rolltreppe fest.«

Das sind die Momente, für die ich meinen Mann liebe, lösungsorientiert statt lamentierend. Und siehe da, die Rolltreppe transportierte uns doch tatsächlich ein Stockwerk tiefer als die normale Treppe. Direkt auf den richtigen Bahnsteig, wo unsere S-Bahn 7 just in diesem Moment einfuhr.

Das Geheimnis des ominösen Treppenabgangs zur S7 haben wir allerdings bis heute nicht gelöst. Möglicherweise führt dieser, ähnlich wie bei *»Harry Potter«*, auf einen geheimnisvollen, versteckten Bahnsteig *»Neun Dreiviertel«*, der uns, wer weiss wohin, geführt hätte.

Wo bitte geht's denn hier zur Isar?

Nach insgesamt sechs Stunden Bahnfahrt und den ersten interessanten Reiseimpressionen stiegen wir schliesslich am frühen Nachmittag gegen 13:00 Uhr am S-Bahnhof Ebenhausen-Schäftlarn aus. Um von hier aus endlich die eigentliche Wanderung zu beginnen.

Da wir mitten in der ersten Etappe der Ludwig Grassler Route einstiegen, ging es zunächst einmal darum, vom Bahnhof den Weg zur Isar zu finden. Leichter gesagt als getan. Denn in dieser Gegend war ich früher auch noch nie gewesen und kannte mich überhaupt nicht aus. Um diese Zeit wirkte der kleine Ort wie ausgestorben. Niemand, den man nach dem Weg hätte fragen können. Das GPS Gerät hatte hier irgendwie auch keinen Empfang. Spontan fühlte ich mich erinnert an den alten Western Klassiker »*Spiel mir das Lied vom Tod*«, fehlte nur noch ein einsamer Mundharmonika Spieler.

Wir schulterten unsere Rucksäcke und marschierten einfach aufs Geratewohl los in Richtung Hauptstrasse.

Es war warm und schwül an diesem ersten Samstag im Juli, die langen Bahnfahrten hatten uns träge gemacht, und die ersten Schritte mit den vollen, schweren Rucksäcken fielen uns entsprechend schwer. Monet hingegen sprang fröhlich neben uns her, froh über das Ende der ewigen Fahrerei.

»Schnell an die Leine nehmen, hier an der viel befahrenen Landstrasse.«

Gerade noch rechtzeitig, bevor ein aufgemotzter BMW rasant an uns vorbei donnerte. Wenig glücklich über die erneute Gängelei trottete unser Hund neben mir her, auf der Suche nach dem Weg zur Isar und zur Natur.

Mattheit, Orientierungslosigkeit und die Aussicht auf die vor uns liegenden 20 km zu Fuss bei 30 Grad im Schatten mit einer gefühlten Luftfeuchtigkeit von 80 Prozent sorgten nicht für die beste Startlaune in unserer kleinen Reisegruppe.

»Schau mal, da vorn kommt ein kleines Restaurant«, warf ich hoffnungsfroh in die Runde, »dort frag ich nach dem Weg.«

Auch hier sah ich zunächst keine Menschenseele. Da die Tür jedoch offen stand, trat ich zögernd ein und traf schliesslich den italienischen Inhaber, der im Gespräch mit einer älteren Dame am Tresen stand. In freudiger Erwartung eines potenziellen Gastes unterbrach der Wirt sein Gespräch sofort und fragte mich geschäftstüchtig mit italienischem Akzent nach meinem Anliegen.

»Können Sie uns bitte sagen, wo wir den Fussweg hinunter zur Isar finden?«, fragte ich, beinahe schon ein wenig verzweifelt, denn er sah mit seiner kleinen, rundlichen Statur so gar nicht nach Wanderer oder Fussgänger aus.

Typisch italienisch strahlte er mich hilfsbereit an, führte mich vor die Tür, wo Robert und Monet warteten, begrüsste die beiden freundlich und erklärte uns den Weg.

»Iste diese keine Problem. Gehe du einfach zwei Kilometer diese Strasse bis Kurve, dann links zur Isar.«

Er fragte uns leicht amüsiert, wohin wir denn mit soviel Gepäck wollten. Nachdem wir ihm erzählt hatten, dass unser Endziel Venedig zu Fuss sei, taute er erst recht auf und hielt meinem Mann seine Hand hin mit den Worten: »Piacere, mi chiama Roberto. Sono di Venezia!«

Als er vernahm, dass Robert ein Namensvetter ist, schüttelte er lachend den Kopf, wünschte uns eine gute Reise und nahm uns das Versprechen ab, seine alte Heimat von ihm zu grüssen, wenn wir Venedig irgendwann endlich erreicht hätten.

Winkend verabschiedeten wir uns von unserem italienischen Wegweiser, dem einzigen Menschen ohne Auto, der uns in dieser

Gegend für die nächsten zwei Stunden begegnen sollte.

Vorsichtig wanderten wir an der viel befahrenen Hauptstrasse ohne Seitenstreifen auf der grasbewachsenen schmalen Böschung entlang, während die Sonne gnadenlos auf uns herunterbrannte. In diesem Moment erschien mir Venedig so unerreichbar wie der Mond, und ich beschloss, ab jetzt nur noch in Tagesetappen zu denken.

Der Spruch eines früheren Vorgesetzten fiel mir ein, den er zu Beginn grösserer Projekte immer zitiert hatte:

»How to eat an elephant - wie man einen Elefanten isst.« Nämlich, indem man ihn in kleine, gut verdauliche Portionen zerteilt. Und dann Stück für Stück, eins nach dem anderen verspeist.

Eine gute Metapher für Unternehmungen, deren Dimensionen unsere menschliche Vorstellungskraft sprengen. Unser Elefantenstück, das es heute zu verdauen gab, waren die 20 km Fussmarsch nach Geretsried. Nicht mehr und nicht weniger.

Endlich sahen wir einen Feldweg, der nach links in Richtung Isarauen abzweigte, vorbei an Sträuchern, Bäumen und grünen Wiesen. Herrn Monet schnell wieder von seiner Leine befreien, die Wanderstöcke aus den Rucksäcken holen, tief durchatmen und loslaufen.

Doch halt, stopp. Welches Geräusch schlug da plötzlich Alarm in meinen Ohren, kaum dass wir ein Stückchen weiter weg die Isar rauschen hörten?

Ein unerbittlich hohes, singendes Summen neben meinem Kopf, das mein Unterbewusstsein sofort mit geistigem Gefrierbrand und abruptem Stehenbleiben quittierte. Plötzlich war ich wieder hellwach. Dynamisch entledigte ich mich meines Rucksackes, in dem wir in weiser Voraussicht das rettende Antiserum verstaut hatten. »AntiBrumm«, eine wirksame Geheimwaffe gegen stechende Plagegeister, die nach einem feuchten Frühsommer hier in den Isarauen an warmen Tagen zu Millionen umher schwirrten, und vor denen es sich zu schützen galt. Vor allem, weil ich allergisch auf Insektenstiche aller Art reagiere.

Nach einer kurzen Pause, in der Robert und ich uns mit der chemischen Keule gegen Moskitos parfümiert haben, konnten wir endlich entspannt den lieblichen Isarauen folgen.

Wie schön war es hier, wenn die Sonne durch das dichte, hellgrüne Blätterwerk rechts und links des Wegs helle Flecken auf den Boden warf. Das ferne Rauschen der Isar und die fröhlichen Wortfetzen, Gelächter und Musiktöne, die von den Isar Flössen zu uns heraufdrangen. Ja, hier waren wir endlich richtig. So stellten wir uns unsere Wanderung vor. Natur pur und nur ganz fern ab und zu eine leise Idee von Zivilisation und anderen Menschen.

Nach zwei entspannten Wanderstunden in fast ebenem Gelände kamen wir vorbei am Ickinger Wehr und dem Riemerschmiedt Stein, von wo wir eine wunderbare Aussicht auf das Isartal hatten.

Von Wolfratshausen, wo laut Wanderführer und Ludwig Grassler normalerweise die erste Etappe von München aus endet, mussten wir noch weitere zweieinhalb Stunden zu unserem selbstgewählten, ersten Etappenziel, Geretsried, weitermarschieren. Vorbei an den Isar Flossbauern führte unser Weg direkt durch Wolfratshausen hindurch, wo die Julisonne auf geteerten Wegen und Strassen gnadenlos auf uns herab brannte.

Kurz nach dem Ort begann der Himmel, sich schlagartig zu bewölken. Die ohnehin sehr feuchte Luft drückte immer schwerer auf unsere Lungen und Gemüter. Nach drei Stunden Fussmarsch konnten die Wolken die Feuchtigkeit nicht mehr halten, und erste dicke Tropfen drangen durch das inzwischen wieder dichte Blätterwerk zu uns herab. Wir fanden einen grossen, dichten Baum mit einer Bank darunter, stellten unsere Rucksäcke dort ab und holten mit ein paar Handgriffen unsere Regenkleidung und den Regenschutz für die Rucksäcke heraus. Während wir schliesslich dicht verpackt in voller Regenmontur durch den inzwischen strömenden Regen weiterwanderten, schweiften meine Gedanken wieder ab.

»Wie gut, dass wir in den Rucksäcken nochmals alles nach Themen in separate, wasserdichte Beutel verpackt haben. Und zwar logisch übereinander gestapelt, so dass wir nicht erst lange suchen müssen und schon gar nicht erst alles umständlich auspacken, bevor wir das Gesuchte finden.«

So hatten wir ohne Stress sehr schnell die benötigten Regensachen zur Hand. Ich erinnerte mich genau an die Diskussionen mit Robert im Vorfeld, der für diese Methode plädierte, während ich als kreativer Chaot gegen die Anschaffung so vieler separater Verpackungssäcke gewesen war.

Jetzt war ich doch froh darüber, dass unsere paar wenigen Kleidungsstücke zum Wechseln bei dem starken Regen zusätzlich vor Nässe geschützt waren. Vor allem deshalb, weil wir nach kurzer Zeit bemerkten, dass unsere qualitativ sehr hochwertige, teure Regenausrüstung von aussen zwar keine Nässe hineinliess, unter der Regenjacke jedoch aufgrund der tropischen Wärme und der hohen Luftfeuchtigkeit ein feucht-warmes Klima herrschte. Wir schwitzten von innen, während wir aussen eine ordentliche Regendusche bekamen. Eimal mehr mussten wir die Erfahrung machen, dass auch die besten Hightech Materialien nur bei optimalen Temperatur- und Wetterbedingungen funktionieren. Und unsere heutigen Bedingungen waren offensichtlich suboptimal.

Wie auch immer, der erste von insgesamt dreissig geplanten Wandertagen gab sich redlich Mühe, uns die Lust an unserem Vorhaben zu vermiesen. Tropfnass von aussen, und zunehmend auch von innen, stapften wir schweigend unserem Tagesziel entgegen.

Herr Monet sah inzwischen aus wie ein übernasses Frotteehandtuch, setzte jedoch tapfer eine Pfote vor die andere.

Erleichtert atmete ich auf, als Robert, dessen GPS Gerät inzwischen wieder Satellitenempfang hatte, schliesslich zu mir nach hinten rief: »Da vorne müssen wir jetzt rechts abbiegen in Richtung Geretsried, weg vom Isarauen Pfad.«

»Haben wir es endlich geschafft für heute? Ist das ersehnte, kühle Radler bereits in Reichweite?«

Die ersten Häuser waren schon zu sehen. Durch verwinkelte Wohnviertel gingen wir immer brav dem GPS hinterher in Richtung Gasthof Isarwinkel, wo wir für heute Abend ein Zimmer reserviert hatten.

Niemand hatte uns gesagt, wie lang sich Geretsried zieht. Ein klassischer Strassenort mit verschiedenen Ortsteilen. Dreissig Minuten später hatten wir das Gefühl, der Ort sei schon wieder zu Ende, unser GPS schickte uns jedoch immer noch anderthalb Kilometer weiter.

Inzwischen sehr schlecht gelaunt, fragte ich in einer Bäckerei nach dem Weg, wo man mich weiterschickte in eine Pizzeria gegenüber. Pitschnass, wie ich war, traute ich mich nirgends mehr hinein. Zwei Gäste, die draussen unter einem Vordach sassen, konnten mir schliesslich Auskunft geben.

»Wo wollen Sie zu Fuss hin bei dem Wetter?«, fragte mich die Frau erstaunt, »zum Isarwinkel? Das sind ja mindestens noch fünf Kilometer!«

Ihr Mann schaltete sich ein.

»Nein, nein, höchstens drei! Da müsst ihr immer weiter einfach geradeaus gehen, an einer Schule vorbei, dann kommt ein Friedhof links und weiter vorne rechts dann nochmals eine Schule. Dort dann aufpassen, dahinter auf der linken Seite kommt dann das Gasthaus. Ist schon noch ein rechtes Stückerl zu Fuss«, klärte er mich auf und schaute ungläubig unter seiner Zigarre hervor, als ob er eigentlich gern gesagt hätte: »Spinner!«

Ich verzichtete darauf, diesen beiden von Venedig zu erzählen.

Mit den neuen Informationen gewappnet, schlurfte ich zu Robert und Monet zurück, die wie zwei Häuflein nasses Elend unter einem tropfenden Vordach auf mich warteten.

«Da lang, drei Kilometer geradeaus, am Friedhof vorbei.«

Roberts hoffnungsfroher Blick erlosch.

»Das GPS sagt aber nur noch anderthalb!«

Unter normalen Umständen würde man einen solchen heftigen Regenguss irgendwo im Trockenen abwarten oder eine Tageswanderung im Zweifel ganz abblasen. Eine Fernwanderung zieht man jedoch durch.

Mir fiel beim Weiterlaufen ein, dass wir einige Tage vor Wanderbeginn die strikte Regel vereinbart hatten, nicht so schnell aufzugeben. Und nicht nur eine, sondern mindestens zwei Nächte darüber zu schlafen, bevor wir eine finale Entscheidung träfen. Ausser natürlich, einem von uns dreien würde es gesundheitlich nicht gutgehen. Das wäre der einzige Grund für sofortigen Abbruch gewesen.

Aber das war nicht der Fall. Es regnete halt in Strömen, und wir waren kaputt und müde nach frühem Aufstehen, sechs Stunden Bahnfahrt und fünfeinhalb Stunden wandern mit schwerem Gepäck, davon zweieinhalb in strömendem Regen. Aber deshalb jetzt schon aufgeben? Sicher nicht.

Irgendwann musste doch auch dieses Gasthaus Isarwinkel endlich am Horizont auftauchen. An der ersten Schule und dem Friedhof waren wir inzwischen vorbei marschiert. Und das da vorne sah nach der zweiten Schule aus. Dort gegenüber musste es sein. Wir schauten angestrengt durch den Regen auf die andere Strassenseite.

Dort sahen wir lediglich eine Kneipe mit einer aufgebauten Riesenleinwand auf der vorgelagerten Terrasse unter einer geöffneten Markise. Das konnte es noch nicht sein.

Weitergehen. Nach weiteren zehn Minuten war der Ort tatsächlich zu Ende. Keine Häuser mehr und vor allem kein Gasthaus. Roberts GPS sagte auch: »*...zu weit gegangen.*«

»Ach, herrje. Gibt es das Gasthaus am Ende gar nicht? Hatte ich mit einem Phantom telefoniert?«

Seltsame Gedanken brechen sich manchmal die Bahn, wenn man am Ende aller Kräfte ist, hungrig und inzwischen auch sehr durstig, weil die Wasservorräte leer waren.

»Komm, wir müssen wieder zurück, vermutlich haben wir es schlicht übersehen.«

Und tatsächlich, auf dem Rückweg sahen wir von der anderen Strassenseite über der aufgespannten Markise und der Riesenleinwand an der Hauswand der vermeintlichen Kneipe den geschwungenen Schriftzug und ein Schild »*Gaststätte Isarwinkel*«.

Ein wenig argwöhnisch betrachtete uns der Wirt, der mit einigen Gästen draussen sass. Wer wollte ihm das übel nehmen, nass, wie wir waren, und ignorant, wie wir das erste Mal an ihm und seinem Gasthaus vorbeigelaufen sind. Mir war inzwischen aber völlig egal, was der Wirt von uns dachte. Viel wichtiger war die Frage, ob unser Zimmer noch frei war, denn inzwischen war es bereits 18:30 Uhr.

Ich schüttelte mich vor der Tür wie ein nasser Hund und betrat den Gastraum, wo mich eine freundliche junge Frau in Empfang nahm.

»Guten Tag, Petra Kochgruber. Wir hatten telefonisch ein Zimmer reserviert. Ist das noch frei?«

» Ja sicher!« Sie reichte mir den Schlüssel.

Das erste warme Glücksgefühl seit Stunden, die Aussicht auf ein trockenes Zimmer mit eigener Dusche und ausschlafen im kuscheligen Bett. Dazu ein bayrisches Gasthaus, wo es später ein kühles Bier und etwas Feines zu essen gab.

Wir bezogen unser recht geräumiges Zimmer, entledigten uns

im Badezimmer unserer nassen Regenkleidung und frottierten Herrn Monet in der Dusche mit seinem eigenen Microfaser Handtuch trocken, das ich im Rucksack dabei hatte. Kaputt aber glücklich ruhten wir erst einmal ein paar Minuten auf dem Bett aus, während Monet auf seiner Decke pennte.

Der nächste Schreck liess nicht lang auf sich warten. Nachdem ich meine Wanderhose abgestreift hatte und an meinen Beinen hinabsah, traf mich fast der Schlag. Schienbeine und Waden waren krebsrot, übersät mit kleinen Pünktchen.

Mein erster Gedanke: »AntiBrumm hat nicht gewirkt, Stechmücken Alarm!« Denn das war mir vor vielen Jahren beim Baden am Ammersee passiert und zog drei Wochen Krankenstand nach sich, weil meine Beine allergisch angeschwollen waren und sich entzündet hatten. Das durfte doch wohl nicht wahr sein!

»Bitte nicht«, flehte ich innerlich. Das hätte das Ende unserer Wanderung bedeutet, bevor sie überhaupt richtig begonnen hatte.

Mein ebenfalls müder Mann schaute sich das Dilemma an.

»Kann das wirklich sein? Durch die Wander- und die Regenhose durchgestochen? So viele? Hast du denn gar nichts gemerkt? Das muss doch jucken wie verrückt.«

»Stimmt eigentlich, juckt gar nicht, ist nur rot«, stellte ich erleichtert fest. »Aber was ist das dann?«

Zu erschöpft für weitere Mutmassungen verschwand ich unter der Dusche und versuchte, die Rötungen mit kühlem Wasser in den Griff zu bekommen. Die Dusche tat unendlich gut nach all den Strapazen und weckte wenigstens ein bisschen meine Lebensgeister. Die Rötungen verschwanden leider nicht, juckten aber auch immer noch nicht.

Da meine Wanderhose feucht geworden war, konnte ich sie nach dem Duschen nicht wieder anziehen. So blieb nur noch die knielange Ersatzhose, die ich für warme Tage eingepackt hatte. Wie ein Mahnmal lugten meine lädierten Beine darunter hervor.

Ich fühlte mich gar nicht gut, als ob ich die Pest hätte. Aber da musste ich jetzt durch. Und das war nicht das Letzte, was wir an diesem ersten Tag unserer Reise stoisch ertragen mussten.

Camping für Anfänger

Gerädert und müde sassen wir am nächsten Morgen in der Gaststube des Wirtshauses Isarwinkel beim Frühstück. Die nette junge Frau, die uns gestern in Empfang genommen und auch das Abendessen serviert hatte, erkundigte sich bei uns, ob sie Herrn Monet ein bisschen Hundefutter geben darf.

»Sehr gern.«

Aus Gewichtsgründen hatten wir keine komplette Hundefutter Ration für vier Wochen in unseren Rucksäcken dabei. Da war jede zusätzliche Futterquelle dankbar willkommen.

»Vielleicht hat sie ein schlechtes Gewissen wegen unserer schlaflosen Nacht«, raunte ich Robert zu, nachdem sie in der Küche verschwunden war.

Weit nach Mitternacht war Robert gestern noch zur Gaststube hinuntergestiegen, um die Wirtsleute höflich aber bestimmt zu bitten, die Lautsprecher der Grossbild Leinwand draussen und der Leinwand im Innern des Gasthauses leiser zu stellen, damit wir wenigstens noch ein paar Stunden schlafen konnten.

Vor Mitternacht hätten wir sowieso keine Chance gehabt, die ausser Rand und Band geratenen Gäste auf Zimmerlautstärke zu dimmen. Direkt unter unserem Zimmer war nämlich das Viertelfinale der Fussball Europameisterschaft zwischen Deutschland und Italien live übertragen worden. Das hatten wir bei der Zimmerreservierung nicht gewusst. Auch nicht, dass ausgerechnet diese Begegnung zu einer der spannendsten und längsten der ganzen Meisterschaft werden sollte, die nach Verlängerung durch Elfmeterschiessen 6:5 für Deutschland entschieden worden war.

Obwohl wir nichts gesehen hatten, waren wir in unserem Bett

akustisch mittendrin statt nur dabei gewesen. Bei jedem Treffer, aber auch bei jedem von Gejohle begleiteten Fehlschuss, hatten wir uns genervt auf der Matratze umgedreht auf der Suche nach einer Mütze voll Schlaf. Todmüde vom ersten Wandertag war an schlafen leider nicht zu denken gewesen. Schlafentzug, eine der fiesesten, weil effizientesten Foltermethoden.

Als gestern Nacht die Lautsprecher auch nach dem Spiel noch immer auf höchstem Pegel gedröhnt hatten, und jeder Kommentar zum Sieg der Deutschen vom Trainer über jeden Spieler bis zur Putzfrau übertragen wurde, war es meinem Mann zu bunt geworden. Die nette junge Frau, die uns nun das Frühstücksei servierte, hatte seinen Unmut gestern Abend voll abbekommen. Und vermutlich auch verstanden, denn danach war es ein wenig ruhiger geworden.

Heute morgen profitierte Monet wenigstens mit einem üppigen Hundefrühstück von ihrem schlechten Gewissen. Auch wir liessen uns das Frühstück schmecken, obwohl wir bereits gestern Abend kulinarisch ungewöhnlich kräftig zugeschlagen hatten.
Nach unserem ersten Wandertag hatten wir Hunger wie die Bären gehabt. Trotz belegter Brote unterwegs hatten wir abends Schnitzel mit Pommes Frites und anschliessend noch einen Kaiserschmarrn als Dessert verdrückt.

»Wenn das mit unserem Appetit so weiter geht, kommen wir als Tonnen zurück und sprengen unser Budget bei weitem.«

»Wart's ab, du wirst die Kalorien noch gut gebrauchen können. Das pendelt sich schon ein.«

Jetzt genossen wir erst einmal das Sonntagsfrühstück. Erstmals wurde uns hier jedoch bewusst, dass wir uns nun im Filterkaffee-Paradies Deutschland befanden, wo man in Hotels und Hütten morgens meist vergeblich auf einen starken, aromatischen Espresso oder Cappuccino zum Wachwerden hofft.

Egal, irgendwie mussten wir ja ein bisschen wacher werden. Mit genügend warmer Milch und ordentlich viel Zucker veredelt, konnte ich mir auch den bittersten und fadesten Filterkaffe schönreden. Hauptsache warm und flüssig!

Nach dem Frühstück packten wir im wahrsten Sinne des Wortes unsere Siebensachen zusammen, viel mehr waren es nämlich nicht.

Das Gruppieren unserer Habseligkeiten nach Themen in einzelnen Beuteln stellte sich jetzt am Morgen als extrem praktisch heraus. Jedes Ding fand seinen Platz in dem entsprechend farbigen Beutelchen. Zum Beispiel alle elektronischen Ladekabel, Akkus, Ersatz Chipkarten, die ganze Technik also, in dem kleinen hellbraunen Sack. Die Regensachen im grossen gelben. Im roten die Wechselkleidung. Die verschiedenen Beutel hatten wiederum ihre Rangordnung im Rucksack, entsprechend ihrer praktischen Nutzung. Die Technik und den Waschbeutel brauchten wir unterwegs so gut wie nie, sondern meistens erst abends. Sie kamen zuunterst in den Rucksack. Auch Ersatzkleidung war eher am Abend nach dem Duschen sinnvoll. Dafür war es wichtig, die Regenkleidung, einen warmen Pullover oder die warme Windjacke obenauf zu packen, stets schnell zur Hand bei Bedarf. Ganz am Schluss setzte ich noch meinen kleinen Knut Elch in sein Aussennetz und sicherte ihn mit dem Karabiner, damit er sich nicht selbständig machen konnte, während er keck aus meinem Rucksack guckte.

»Gut, dass wir das zuhause ein paar Mal geübt haben, und jeder sein System für sich perfektioniert hat.«

Im Stillen dankte ich Robert dafür, dass er mich mit diesen Tipps und Tricks im Vorfeld akribisch genervt hatte. So schnell waren wir noch nie bereit zum Aufbruch gewesen. Ein kurzer Kontrollblick in alle Schränke, ins Badezimmer und unters Bett, bevor wir unsere Rucksäcke wieder schulterten und unserem zweiten Wandertag entgegen gingen. Auch dieser stand noch immer im Zeichen des langen, ebenen geradeaus Gehens. Einige München-Venedig Wanderer schenkten sich die ersten, flachen Etappen der ersten zwei bis drei Tage ganz, um direkt im Gebirge einzusteigen, wie man hörte oder las. Wir hatten entschieden, auch die flachen, oft als langweilig bezeichneten Etappen zu gehen, um das Gefühl für Distanzen zu entwicklen und die Annäherung an die Alpen bewusst zu erleben. Und vor allem, um uns sanft auf diese Mammut Strecke vorzubereiten und einzulaufen.

Heute hatten wir 23 km in Richtung Süden vor uns, mehr oder weniger immer der Isar entlang.

Als wir vor die Tür traten, hatte es zum Glück aufgehört zu regnen. Die Sonne machte hie und da zaghafte Versuche, durch die noch immer feuchte Luft im Morgennebel hindurch zu strahlen. Die Temperatur hatte sich leicht abgekühlt, so dass zunächst Pulloverpflicht über dem Wander T-Shirt galt. Unser Weg führte uns wieder ein Stückchen zurück ins sonntäglich ruhige Geretsried, wo wir am Friedhof, den wir gestern schon passiert hatten, wiederum abbiegen mussten in Richtung Isar und weiter in Richtung Bad Tölz. Wir fanden einen schönen Weg, der auch gut beschildert zu sein schien.

»Bad Tölz, 16 km.«

Wir folgten dem Wegweiser, während der Tag zunehmend sonniger und wärmer wurde. An der frischen Luft war die Müdigkeit wie weggeblasen, und wir kamen flott voran. Monet schnupperte hier und dort, brachte uns Tannenzapfen zum Spielen oder traf andere vierbeinige Spielkameraden auf ihrer morgendlichen Gassirunde. Wir genossen das gemütliche Wandern in der Ebene der oberbayrischen Voralpen Region.

»Toll, hier gibt es sogar Schilder München-Venedig«, rief ich, als nach circa einer Stunde ein kleiner, hellblauer Wegweiser mit dem modern geschwungenem Logo am Wegesrand auftauchte. Schnell ein Beweisfoto machen und dann abbiegen.

Nach circa weiteren dreissig Minuten auf einem gekiesten, breiten Weg kamen uns vermehrt Radfahrer entgegen. Auf dem nächsten Wegweiser nach Bad Tölz stand 18 km.

»Wie jetzt? Vor anderthalb Stunden waren es 16 km zu Fuss nach Bad Tölz und nun sind es 18?«
Unsere Richtung und der Pfeil des Wegweisers stimmten überein.

»Sind wir im Kreis gegangen?«, spekulierte ich, ohne wirklich das Gefühl gehabt zu haben.

Robert holte erst jetzt sein GPS Gerät hervor, denn wir waren sicher gewesen, dass wir den Weg hier, in der absoluten Zivilisation, auch ohne Technik finden würden. Was offensichtlich jedoch nicht der Fall war. Kurze Pause, bis das GPS den Satellitenempfang gefunden hat, dann die erleuchtende Erkenntnis. Der hellblau ausgeschilderte München-Venedig Weg führte ebenfalls nach Bad Tölz und auch nach Venedig, war jedoch Teil des Radwegs dorthin. Dieser wich offensichtlich streckenweise vom Fussweg ab. Wir waren wohl ein ganzes Stück dem Radweg gefolgt und hatten damit einige Kilometer Umweg zurückgelegt. Eine harte Erkenntnis am zweiten Wandertag, wenn man weiss, dass noch knapp 500 km zu Fuss vor einem liegen. Aber auch hieran war nun nichts mehr zu ändern. Bad Tölz war die richtige Richtung, und dorthin wanderten wir nun weiter.

Zwischendurch verliessen wir die Isar und durchwanderten sanfte Hügel mit kleinen, oberbayrischen Dörfern und Weilern. Vorbei an stattlichen Bauernhöfen, Geranien geschmückt, mit gemächlich grasenden Kühen auf ihren Weiden. Sonntägliche Ruhe herrschte. Nur der eine oder andere im Schatten dösende Hofhund fühlte sich durch Herrn Monet animiert, misstrauisch ein Augenlid zu heben oder sogar schwanzwedelnd heran zu eilen. Das Summen der vielen Bienen auf den Blumenwiesen, ab und zu ein Flügelschlag und der Schrei eines Raubvogels oder das ferne langgezogene »Muuuh« einer Kuh begleiteten unsere Schritte.

»Perfekt, dass wir am Sonntag auf der schmalen, alten Tölzer Landstrasse unterwegs sind. Da müssen wir uns wenigstens nicht vor überbreiten Traktoren in Sicherheit bringen.«
Andere Wanderer begegneten uns auch nicht. Anfang Juli war hier offensichtlich noch keine Saison.

Nach viereinhalb Stunden durch sommerlich blühendes, oberbayrisches Voralpenland erreichten wir schliesslich die betriebsame Isar Promenade, die uns direkt nach Bad Tölz führte. An diesem herrlichen Sonntagnachmittag war hier Gross und Klein auf den Beinen. Wir mussten Monet an die Leine nehmen, damit er nicht aus Versehen unter eins der vielen Mountain Bikes geriet, die an uns vorbei preschten.

»Jetzt ein Eis!«, lechzte ich beim Anblick der vielen Cafés und Restaurants.

Robert peilte schon eine Restaurantterrasse an, denn nach über vier Stunden hatten wir uns eine Pause verdient. Seit dem ausgiebigen Frühstück hatte es nur einen Apfel, ein wenig Traubenzucker und Wasser gegeben. Beim Anblick der Speisekarte verflog mein Appetit auf Eiscreme und machte echtem Hunger auf etwas Herzhaftes Platz. Wir entschieden uns bei der sommerlichen Wärme für einen gemischten Salatteller mit gebratenem Hähnchenfleisch und Apfelschorle.

Gut anderthalb Stunden und knapp acht Kilometer Wegstrecke lagen noch vor uns zu unserem heutigen Tagesziel, der kleinen Gemeinde Arzbach am Fusse der Benediktenwand.

Gesund gestärkt, setzen wir unseren Weg entlang der Isar fort und entfernten uns wieder von der regen Betriebsamkeit des oberbayrischen Kurortes. Keine zwei Kilometer weiter herrschte wieder angenehme Stille. Die Natur rechts des Wegs wandelte sich langsam in weniger grüne Heidelandschaft, durchzogen von Steinen und voralpenländischer Vegetation. Erste Silhouetten der Berggipfel tauchten am Horizont auf. Und zu unserer ohnehin schon bayrischen Stimmung gesellte sich nun auch das richtige Alpenfeeling.

Unsere Recherche im Vorfeld hatte ergeben, dass es in Arzbach einen Campingplatz gibt.

Robert hatte sich nicht davon abbringen lassen, eine komplette Campingausrüstung im Rucksack mitzuschleppen, damit wir im Notfall immer eine Übernachtungsmöglichkeit dabei hätten. Falls zum Beispiel eine der Alpenhütten voll sein sollte und es keine Alternative in der Nähe gäbe. Wir sind zwar Alpenvereinsmitglieder, die theoretisch immer irgendwo untergebracht werden müssen. Aber mit Hund gelten andere Regeln. Gewappnet für alle Eventualitäten, trug mein tapferer Ehemann zusätzlich ein leichtes Dreimann Zelt mit Regenschutz, einen Campingkocher, gefriergetrocknete Trekking Mahlzeiten, ein gut sortiertes Teesortiment, Instantkaffee, seine Isomatte und einen Schlafsack. Ich hatte nur meine Isomatte und meinen Schlafsack zusätzlich im Rucksack. Was den Gewichtsunterschied von 11 kg zu 15 kg erklärt.

Wir hatten das Gefühl, wenn wir die Campingausstattung schon mitschleppten, musste sie auch genutzt werden. In Arzbach wollten wir das Campingfeeling erstmals offiziell auf dieser Tour erleben und in der Praxis testen.

Am Spätnachmittag erreichten wir, reichlich müde von dem langen siebenstündigen Fussmarsch in der Sonne, den kleinen Ort Arzbach und durchqueren ihn in Richtung Campingplatz. Zunächst kamen wir an zwei äusserst attraktiv wirkenden Landhaus Hotels vorbei, auf deren Wellness Schilder ich verstohlen schielte.

«Frag halt nach, ob die was frei haben, dann verzichten wir eben aufs Campen.«

Robert hatte wohl meinen Blick bemerkt. Aber irgendwie plagten mich Skrupel, weil er das ganze Equipment extra mitschleppte, und ich jetzt schon wieder im Begriff war zu kneifen.

»Verwöhntes Luxus-Gör!«, schalt ich mich selbst und stiefelte energisch an den Bio-Wellness-Tempeln vorbei in Richtung Alpencamping Arzbach. Eine weise Entscheidung, wie sich im Nachhinein herausstellte. Und zwar nicht nur, weil die Bio-Landhäuser keine Gäste mit Hunden akzeptierten.

Schon das lustige, bunte Willkommensschild am Eingang des Campingplatzes bestätigte mich. Der freundliche, unkomplizierte, familiäre Empfang an der Rezeption erst recht. Wir suchten uns ein schönes Rasenfleckchen mit Blick auf die Voralpen aus. Unsere Vorfreude auf die kommenden, alpinen Wandertage stieg.

Auf dem Campingplatz trafen wir ein Ehepaar, das mit Fahrrädern und Zelt unterwegs war von München nach Verona. Fernradler trifft Fernwanderer. Da gab es natürlich viele Informationen und Geschichten auszutauschen. Direkt neben uns zeltete eine Familie mit drei Kindern aus Dresden, die ebenfalls alle nach Venedig radeln wollten. Plötzlich fühlten wir uns gar nicht mehr so exotisch und allein mit unserem Vorhaben.

Irgendwie eine neue Erfahrung für uns, in einem Zelt auf einem Campingplatz zu übernachten. Wir hatten zwar schon einige Campingplätze mit unserem Wohnmobil besucht, aber hier gehörten wir plötzlich auch zu der Fraktion, die öffentliche, allgemeine Sanitäranlagen benutzen muss, und kein eigenes, komfortables Badezimmer dabei hat. Geschweige denn eine funktionsfähige Küche mit allem drum und dran.

»Immer gut, wenn man mal alle Seiten kennenlernt. Das fördert das gegenseitige Verständnis«, philosophierte ich, während ich mit Waschbeutel und Handtuch bewaffnet in Richtung der Waschräume verschwand.

Ich kam vorbei an grossen, klassischen Wohnmobilen, vor denen Rentner in ihren Liegestühlen fernsahen. Hatte ich nur das Gefühl oder sahen sie mich ein wenig mitleidig an, so verschwitzt und abgekämpft wie ich aussah.

»Wenn wir das nächste Mal selbst wieder mit dem Wohnmobil unterwegs sind, werd ich genau darauf achten, wie ich Backpacker und Trekking Camper behandle.«

Mit diesem Vorsatz betrat ich die geräumigen, sehr gepflegten Sanitär Räume und gönnte mir eine wohltuende, heisse Dusche. Den verschwitzten Wandersachen gönnte ich eine Handwäsche. Die frisch gewaschenen Haare trockneten an der Luft.

So etwas Unhandliches wie einen Föhn hatten wir natürlich nicht dabei in unseren Rucksäcken. Seltsamerweise vermisste ich ihn hier das erste Mal in meinem Leben kein bisschen. Das befreiende »Weniger-ist-Mehr«-Gefühl bahnte sich seinen Weg in mein Bewusstsein. Eine von vielen positiven Erfahrungen, die wir noch machen sollten, und Grund genug, eine solche Fernwanderung zu unternehmen.

Frisch geduscht enterte ich unseren Zeltplatz, neben dem inzwischen ein weiteres Wohnmobil geparkt hatte. Der Besitzer war mit seiner drehbaren Satellitenschüssel auf der verzweifelten Suche nach TV Empfang. Ich musste grinsen und sah, wie Robert das Schauspiel, vor unserem Zelt sitzend, ebenfalls beobachtete.

»Er probiert schon zehn Minuten lang.«

»Wetten, dass er gleich den Platz wechselt, weil er keinen Empfang hat?«

Kaum ausgesprochen, fuhr besagter Reisemobilist tatsächlich auf die andere Seite des Platzes, um dort sein Glück zu versuchen. Wir amüsierten uns jedes Mal köstlich über dieses Ritual und die Sucht vieler Wohnmobilfahrer, in den schönsten Regionen und

Landschaften der Welt in den viereckigen Flimmerkasten zu schauen. Aber jeder, wie es ihm beliebt. Wir haben weder im Wohnmobil noch zuhause einen Fernsehapparat.

»Wie herrlich ist die Aussicht von unserem Zelt aus!«

Neben der herrlichen Bergsicht meinte ich damit durchaus auch den bayrischen Biergarten des Restaurants, das zu diesem Campingplatz gehört.

Unterwegs hatte ich Robert bereits von der bayrischen Küche vorgeschwärmt, die ich in meiner Münchner Wahlheimat so geliebt habe. Während wir heute Nachmittag an der Isar entlang gelaufen waren, meinte ich plötzlich einen typischen, wohl bekannten Duft in der Nase zu spüren.

»Hast du schon mal bayrische, warme Apfelkücherl mit Zimt, Vanilleeis und Schlagrahm gegessen?«

»Nein, aber wie kommst du denn jetzt darauf?«, erwiderte er. »Du hast wohl schon wieder Hunger, kleiner Fresssack?«

Ja, den hatte ich wohl gehabt. So sehr, dass mir mein Hirn eine Duft Fata Morgana vorgegaukelt hat.

»Wieso sollte es auch mitten in der Natur plötzlich nach gebackenen Apfelkücherl riechen?« Damit hatte ich den Gedanken gleich wieder verworfen.

Die kleine Episode vom Nachmittag fiel mir abends auf dem Campingplatz wieder ein.

»Ich bin mal gespannt, was hier so alles auf der Speisekarte steht«, grübelte ich erwartungsvoll, während ich Monet mit einer ordentlichen Portion Trockenfutter versorgte.

Nach einer kleinen Ruhepause im Zelt war es dann endlich soweit: Abendessen!

Wir leinten unseren satten, wohlerzogenen Hund an und steuerten zu dritt den bereits gut besuchten Biergarten an.

Von ferne sahen wir schon eine Dame und einen Herrn winken. Die München-Verona Radler sassen an einem langen Tisch mit anderen Campern und winkten uns zu sich heran. Gerne verstärkten wir den Reisestammtisch und lauschten gespannt den Geschichten.

Mein Fokus lag zunächst jedoch auf der Speisekarte. Ein Herr neben uns bekam gerade ein appetitliches Steak mit Pommes Frites serviert. Das wollte ich auch. Robert bestellte sich eine Forelle mit Dampfkartoffeln und Salat.

So sehr wir uns meist ohne Worte verstehen. Es gibt Momente, in denen ich meinen Mann überhaupt nicht verstehe.

»Wie kommt er nur mit so wenig Nahrung aus? Und dann auch noch mit derart schwerem Gepäck auf einer Fernwanderung?«

Ich sagte aber nichts und freute mich auf meine Portion.

Unser Essen kam und übertraf alle Erwartungen. Alles war so lecker und frisch. Ein paar Pommes Frites und ein grosses Stück von meinem Fleisch fanden dann doch noch den Weg in Roberts Magen. Wir mampften selig, während der Rentner neben uns die Vorzüge seines grossen Luxus Wohnmobils pries.

»Zelten, das wäre wirklich nichts für meine Frau und mich. Ein bisschen Luxus braucht der Mensch doch«, erklärte er uns und dem anderen Ehepaar mit dem Zelt ein wenig gönnerhaft von oben herab.

Ich spürte einen sanften Schenkeldruck unter dem Tisch und bemerkte den vielsagenden Seitenblick meines Mannes.

»Keine Sorge«, signalisierte ich wortlos, »meine Lippen werden schweigen.«

In diesem Augenblick hatte ich Wichtigeres zu tun, als diesem Herrn verbal den Wind aus den Segeln zu nehmen. Denn die freundliche Serviererin brachte die Dessertkarte. Kaum zu glauben, was dort als »Arzbacher Verführung« ganz oben stand.

»Zwei Apfelkücherl mit Walnusseis, Eierlikör, Schokososse und Sahne.«

Wenn es irgendwo auf der Welt eine Wunschfee oder einen kosmischen Bestellservice gab, war ich heute deren Premium Kunde. Auf die Gefahr hin, meinen Ruf als Fresssack damit weiter zu untermauern, liess ich mich natürlich gern verführen von dieser bayrischen Spezialität. Und sie schmeckte genauso himmlisch, wie ich es mir am Nachmittag beim Wandern ausgemalt hatte.

»Wenn nicht noch besser«, schwärmte ich, während ich mir genussvoll den süssen Zimtzucker von der Oberlippe schleckte.

Vor lauter Bergen
die Steinböcke übersehen

Herrlich hatten wir geschlafen in unserer ersten Nacht im Zelt. Die aufblasbaren Isomatten haben gehalten, was uns versprochen worden war. Und die Schlafsäcke haben uns prima gewärmt in der nachts angenehm abgekühlten Luft.

Am Morgen des dritten Tages krabbelten wir ausgeschlafen und fit aus unserem Zelt, während Herr Monet seine üblichen Hunde Yoga Übungen im kleinen Vorzelt absolvierte.

»Von den Tieren können wir es lernen, das gesunde Recken und Strecken nach stundenlangem Liegen.« Während ich das dachte, reckte ich mich ebenfalls in den bereits wolkenlosen, blauen Himmel, gähnte herzhaft und machte mich auf den Weg zu den Waschräumen.

Als ich zurück kam, hatte Robert unser Zeltlager bereits abgebaut und verstaute gerade alles in seinem Rucksack. Jetzt musste ich Gas geben, um meine verstreuten Habseligkeiten ebenfalls hurtig in den Rucksack zu verfrachten, während Robert im Waschraum verschwand. Gemeinsam frühstückten wir danach in der Sonne auf den Bänken des Biergartens. Frische Croissants, belegte Brötchen und je einen Becher Kaffee hatten wir am Vorabend an der Rezeption des Campingplatzes bestellt. Ausserdem gab es heute eine Premiere zum Frühstück, einen Geheimtipp unserer neuen Nachbarin zuhause, einer deutschen Ärztin und Naturheilkundlerin. Während ich eines der Tütchen mit dem Wunderpulver aus dem Rucksack holte, sah ich Frau Dr. Kohl förmlich vor mir.

Einen Tag vor unserem Tour Start hatte ich ihr gesagt, dass sie sich bitte nicht wundern soll, wenn sie uns vier Wochen lang nicht mehr sehen würde, da wir zu Fuss nach Venedig wandern wollen.

»Was? Sie schlankes Persönchen wollen zu Fuss über die Alpen wandern? Sie haben ja gar keine Fettreserven! Wie wollen Sie das denn schaffen?« Stirnrunzelnd und mit skeptischem Blick sah sie mich an.

«Mit einem grossen Vorrat an Traubenzucker und Müesli Riegeln im Gepäck bekomm ich drohende Unterzucker Attacken schon in den Griff. Das hat bisher immer geklappt.«

»Mit Unterzucker kenne ich mich aus, obwohl ich bestimmt zwei Konfektionsgrössen höher liege als Sie.« Frau Dr. Kohl zwinkerte mir verschwörerisch zu.

Sie konnte ja nicht wissen, dass ich in den letzten paar Jahren, seit ich meinen Bürojob quittiert hatte, ebenfalls zwei Kleidergrössen eingebüsst habe. Kein Kantinenessen mehr, weniger negativer Stress, die viele Bewegung an der Luft, lange Gassigänge mit Hund und die Appenzeller Hügel hatten mit figurtechnisch und konditionell sehr gut getan.

Viele Menschen in unserem Umfeld reagierten mit Skepsis, wenn ich ihnen von unserem Vorhaben erzählte. Robert, dem ehemaligen Handballer, Bergsteiger und Gleitschirm Flieger mit seiner sportlich, drahtigen Figur trauten wohl alle die Alpenüberquerung zu. Mir offensichtlich nicht.

Ein bisschen beleidigt wollte ich mich damals schnell von der Nachbarin verabschieden.

»Ich will Ihnen ja nichts aufdrängen, aber mir hilft bei Unterzucker immer ein rein natürliches Produkt aus Weizenkeimen, Quinoa Getreide und Algen, das alle essentiellen Aminosäuren beinhaltet und dadurch den Blutzuckerspiegel auch bei hoher körperlicher oder geistiger Belastung konstant aufrecht erhält.
Ist nicht ganz billig, wirkt aber sehr effektiv und zuverlässig. Ich

könnte Ihnen das bis morgen noch besorgen, wenn Sie wollen.«

Freundlich dankend für den Tipp war ich schnell in unserer Wohnung entschwunden, wo ich über die angeblichen Wunderpulver und Nahrungsergänzungsmittel zu lästern begann, die heutzutage überall propagiert wurden. Ich hielt von all dem überhaupt nichts.

»Klingt doch interessant, ich hab das schnell mal im Internet recherchiert. Wieso probieren wir das nicht aus? Frei nach dem Motto: Hilft's nix, schadet's nix.«

»Meinst du wirklich?«

»Du hast doch oft nach circa zwei Stunden Anstrengung einen Durchhänger, bekommst schlechte Laune und musst sofort etwas essen. Wenn es ein wirksames Naturpulver gibt, das nicht viel Gewicht hat und wenig Platz einnimmt, dann her damit.«

Noch nicht restlos überzeugt, war ich nochmals zu Frau Dr. Kohl zurückgegangen und bat sie, uns am Vorabend zu unserem Tourstart ein Paket des Wundermittels mitzubringen.

Vor dem ersten Beutelchen dieses Wunderpulvers sassen wir nun gespannt bei unserem Camping Frühstück, um es endlich zu testen. Heute sollte es das erste Mal hinauf gehen auf die Berge. Anstrengende, schweisstreibende Anstiege standen auf dem Plan. Unterzucker Attacken konnten wir dabei nicht gebrauchen. Aus dem Getränkeautomaten des Campingplatzes hatte ich extra eine Flasche Spezi für den Produkttest gezogen.

»Das Zeug schmeckt furchtbar. Lösen Sie es in Fruchtsaft auf, damit der Geschmack ein wenig übertüncht wird. Aber Sie wissen ja, nur was scheusslich schmeckt, hilft auch wirklich.« So der gutgemeinte, damalige Ratschlag der Naturärztin.

Fruchtsaft gab es leider nicht im Automaten. Deshalb gossen wir unsere Campingbecher jeweils zur Hälfte voll mit Spezi und schütteten dann je einen halben Beutel des Pulvers dazu. Es begann zu schäumen und zu brodeln in unseren Bechern wie im Zauberkessel von Miraculix, dem gallischen Druiden. Wenn das Mittel nur halb so wirksam war, wie dessen Zaubertrank im Comic, sollte es uns recht sein.

»Luft anhalten und in einem Zug herunter mit dem Zeug!«

Der ungewohnte Geschmack nach Algen, Meerwasser und Getreideextrakt in Kombination mit der sandigen Konsistenz hatte wirklich keinen Michelin Stern verdient.

Langsam erwachte der gesamte Campingplatz um uns herum. Die München-Verona Radler waren bereits startklar und winkten uns fröhlich zu, bevor sie in die Pedale traten. Auch wir machten uns zügig auf den Weg, denn 1'200 Höhenmeter galt es heute zu erklimmen und knapp 16 km zurückzulegen.

An der Camping Rezeption fragten wir beim Abschied nach dem Weg in Richtung Lenggries, das unser Wanderführer als nächsten Ort angab.

»Wo genau liegt denn euer heutiges Tagesziel?«, fragte uns die junge Gastgeberin freundlich. Mit ihren Sommersprossen, dem herzlichen, offenen Lächeln, ihren langen, dunklen Haaren und dem frechen Pony in der Stirn strahlte sie so viel Lebensfreude und Natürlichkeit aus, dass wir sofort gute Laune bekamen und ein wenig mit ihr plauderten.

»Tutzinger Hütte.«

»Dann müsst ihr nicht unbedingt nach Lenggries laufen, sondern könnt grad hier hinter dem Campingplatz die Abkürzung unserer Kinder nehmen. Von dort kommt ihr automatisch in Richtung Längental Alm, Probst Almhütte, Rotöhrlsattel und direkt zur Tutzinger Hütte. Das erspart euch den langen schattenlosen Aufstieg zum Brauneck von Lenggries aus.«

Offensichtlich hatte die hilfsbereite Michaela schon öfter München-Venedig Wanderer zu Gast gehabt.

»Ihr müsst Euch einfach an dem grossen Seil hinter dem Schuppen den Hang hinaufziehen, so spart ihr ein ganzes Stück Umweg auf der Strasse. Von dort oben dann immer geradeaus. Und grüsst's mir die Wirtin der Längental Alm recht herzlich!«, damit verabschiedete sie sich winkend von uns.

Neben dem Schuppen baumelte ein dickes Tau den Hang hinab, an dem sich Robert hinauf hangelte. Direkt gefolgt von mir. Hier bekam ich das erste Mal auf unserer Tour ein Gefühl dafür, wie sehr ein schwerer Rucksack auf dem Rücken bei steilem Gelände nach hinten ziehen kann. Krampfhaft umklammerte ich das Tau und stolperte wenig elegant die steile Böschung durch Gestrüpp und Büsche hinauf, bis ich japsend oben auf einer schmalen Strasse neben Robert zum Stehen kam.

»So, und nun immer in Richtung Berge.«

Wir folgten einer schmalen Strasse, die uns noch ein ganzes Stück durch flache Wiesen und Weiden führte. Schliesslich wurde die geteerte Strasse zu einem Kiesfahrweg, der zur Längental Alm durch einen lichten Mischwald bergan führte. Wie gut es hier duftete nach Erde, Nadelbäumen und Moos. Und wie angenehm kühl empfanden wir den Schatten, den die Bäume hie und da spendeten, nachdem wir das erste Stück in der prallen Sonne gewandert waren.

Monet lief wie immer ein ganzes Stück vor uns in Sichtweite, mit der Nase am Boden.

»Was so eine feine Hundenase wohl alles riecht?«

Er schnüffelte eifrig nach hier und da, hielt kurz inne, schnupperte wieder kurz und drehte dann gespannt den Kopf mit aufgerichteten Ohren und gestelltem Schwanz in eine bestimmte Richtung. Manchmal hob er sogar einen Vorderfuss an und verharrte angespannt, wie ein echter Jagdhund.

»Ein Reh im Unterholz? Oder vielleicht doch nur eine Maus?«
Der Wald bot Herrn Monet an jeder Ecke eine Sensation, und

wir sahen es unserem Hund ganz deutlich an, hier war er glücklich und in seinem Element.

Die Längental Alm war die perfekte Zwischenstation für ein köstliches Kaltgetränk. Auf einer urigen Bank vor der Almhütte, wo bereits andere Wanderer Platz gefunden hatten, pausierten wir kurz und genossen die Almstimmung mit den glücklichen Kühen auf den saftigen Weiden um uns herum. Natürlich wurden wir gefragt, wohin unsere Wanderung geht, denn unseren Rucksäcken sah man deutlich an, dass wir keine Tageswanderer waren. Vor allem Monets Gepäckstück warf interessierte Fragen auf. Und samt rotem Rucksack wurde er hier das erste Mal von anderen Wanderern fotografiert. So etwas hatten sie noch nie gesehen.

Der weitere Weg führte uns immer steiler bergan, vorbei an zauberhaft bizarren, moosbewachsenen Gesteinsformationen, Wasserfällen und über schmale Wurzelsteige.

»Es würde mich nicht wundern, wenn uns hier gleich die sieben Zwerge begegnen.« So hatte ich mir immer einen Märchenwald vorgestellt. Einige Zeit später nutzten wir diese märchenhafte Kulisse für die zweite Pause des Tages, um die vom Frühstück übrig gebliebenen Wurstsemmeln an einem munter plätschernden Bächlein genüsslich zu verzehren. Wir spülten mit viel Wasser hinterher, denn die Anstrengung nahm spürbar zu, der Durst auch.

Zuhause hatten wir uns schon entschlossen, keine Wasserflaschen mitzunehmen, sondern Wasserbeutel mit praktischen Trinkschläuchen zu benutzen, die jederzeit das Trinken während des Laufens ermöglichen. Diese Idee war goldrichtig, denn wir tranken deutlich mehr auf diese Art und Weise.

Immer steiler stieg der Weg am Fusse der mächtigen Benediktenwand an, was wir beim Bestaunen der artenreichen Alpenflora jedoch gar nicht richtig wahrnahmen. So sehr begeisterten uns die vielen zarten Blümchen und Pflanzen am Wegesrand.

Es war Montag, und entsprechend wenige andere Wanderer begegneten uns. Zwei ältere Männer, die wir auf dem Weg zur Tutzinger Hütte überholten, blieben erstaunt stehen, als unser Vierbeiner ohne Leine an ihnen vorbei lief.

»Habt ihr keine Angst, dass euer Hund jagen geht?«

Lachend schüttelten wir den Kopf, denn wenn unser Hund eins gewiss nicht ist, dann ein Jäger!

Wie oft waren uns auch in den heimischen Wäldern schon Wildtiere begegnet. Zwei Rehe hatten einmal unmittelbar vor uns auf dem Weg gestanden. Und Herr Monet? War stehen geblieben hatte zuerst uns und dann die Rehe entgeistert angestarrt mit einem grossen virtuellen Fragezeichen über dem Kopf.

»Wer sind die denn? Sind die gefährlich? Ich bleib mal lieber bei meinem Rudel stehen und warte ab.«

Murmeltiere, denen wir schon oft begegnet waren, haben höchstens seinen interessierten Blick und geschäftiges Schnüffeln hervorgerufen. Ansonsten hatte unser Hund die possierlichen Tierchen bisher stets mit respektvollem Abstand in Ruhe gelassen. Deshalb, und weil Monet jederzeit abrufbar ist, konnten wir unseren Vierbeiner mit gutem Gewissen ohne Leine in freier Natur laufen lassen. Obwohl wir anfangs nicht davon ausgehen konnten.

Beim Weiterwandern schweiften meine Gedanken im regelmässigen Takt meiner Wanderstöcke ab. Zu jenem Novembertag vor neun Jahren, an dem wir mit meinen Eltern den kleinen Welpen Monet angeschaut hatten, weil er sie interessierte.

Monets ehemaliger Besitzer, ein Maler und Lebenskünstler, hatte damals zu meinem Vater gesagt: »Das ist ein Jäger!«
Der Kleine konnte mit seiner ganzen Hundefamilie bei ihm ein freies Leben führen. Bei jeder sich bietenden Gelegenheit war er mit der gesamten Rasselbande in den nahen Wald ausgebüchst.

Als mein Vater dies hörte, machte er auf dem Absatz kehrt und wollte nichts mehr wissen von diesem Hund.

Dafür hatte ich mich vom ersten Augenblick an unsterblich verliebt. In diesen tollpatschigen, braun-weissen Herzensbrecher, der als Erster auf mich zugestürmt kam mit einem hellgrünen Tennisball im Maul, den er auffordernd und schwanzwedelnd vor meine Füsse kullern liess.

Ich war hoffnungslos verloren, als er mich treuherzig mit seinen tiefbraunen, glänzenden Augen unter einer viel zu grossen Stirnfalte angeblickt hatte.

»Spiel mit mir, und hab mich lieb!«

Und wie lieb ich ihn hatte, diesen kleinen Rabauken, der seit neun Jahren nicht von meiner Seite wich.

Oft hatte ich seither meine Eltern bedauernd sagen hören: »Wenn wir gewusst hätten, was für ein toller Hund das ist, hätten wir ihn auch genommen.«

Ein schlauer Mensch hat einmal gesagt: »Der Hund sucht sich seinen Menschen aus, nicht umgekehrt.«

Inzwischen waren wir ein grosses Stück empor gestiegen und wanderten durch typische Alpenvegetation, vorbei an Alpenrosensträuchern voller Knospen, zartblauen Frühlingsenzianen und grossen Farnen. Am Abzweig zum Gipfel der Benediktenwand blieben wir kurz stehen und überlegten, ob wir noch hinauf kraxeln sollen. Wohlwissend, dass Teilstücke zum Gipfel seilversichert sind.

Zu Beginn unserer Fernwanderung flössten mir seilversicherte Stücke noch sehr grossen Respekt ein. Nach sehr vielen Stunden stetigem bergauf Gehen und mit Rücksicht auf Monet verzichteten wir auf diesen alpinen Abstecher und strebten lieber der Tutzinger Hütte entgegen, wo unser »Hundezimmer« bereits auf uns wartete.

Der Hüttenwirt hatte mich per E-Mail wissen lassen, dass immer nur ein Hund zur Übernachtung in einem speziellen Zimmer zugelassen ist. Weshalb ich dieses bereits rechtzeitig von zuhause aus reserviert hatte. Entspannt und frohen Mutes wanderten wir zu der wunderschön gelegenen Hütte, die wir in der Ferne bereits sahen. Vor der Hütte im Biergarten sassen schon ein paar Wanderer bei Kaltgetränken und appetitlichen Brotzeiten. Die beiden freundlich strahlenden guten Geister der Hütte begrüssten uns fröhlich.

»Ihr seht aus, als ob ihr erst einmal etwas Kühles zum Trinken gebrauchen könntet.«

»Und wie«, riefen wir ihnen zu, »ein Helles und ein Radler bitte!«

Erschöpft schnallten wir unsere Rucksäcke an der nächsten freien Bank ab.

»Ich geh noch kurz rein und regle das mit unserem reservierten Zimmer.« Mit schweren Beinen bewegte ich mich im Zeitlupentempo die Treppe zur Hütte hinauf.

»Hallo, wir haben das Hundezimmer reserviert.«

»Ach, du gehörst zur Resie?« fragte die zweite Dame vom Hüttenteam und schaute vom Zapfhahn zu mir auf.

»Wie bitte? Wer in aller Welt ist Resie?«

Ein ungutes Gefühl nagte an mir. Irgendetwas stimmte hier nicht.

»Ich glaub, jetzt hab ich einen Schmarr'n gemacht«, sagte die Kellnerin zur Hüttenwirtin, als diese hereinkam.

»Hatten wir am Ende doch kein Zimmer sicher?« Mir schwante Böses.

Nochmals wurde ich nach meinem Namen gefragt.

»Und wann hast du das Zimmer reserviert?«

»Vor fünf Tagen schon, und der Hüttenwirt Hans hatte es mir auch telefonisch bestätigt«, gab ich hoffnungsfroh zu Protokoll.

Hektisches Rascheln mit den Reservierungslisten, gefolgt von einem herzhaften Fluch.

»Dein Radler steht draussen, geh schon mal einen Schluck trinken, wir regeln das.«

Sie schickten mich höflich aber bestimmt wieder hinaus.

Herr Monet hatte inzwischen einen vollen Wassernapf vor sich stehen und lag faul im Schatten unter der Bank.

Nach zehn Minuten kam die Hüttenwirtin an unseren Tisch und klärte das Rätsel um Resie und unser Zimmer auf. Offensichtlich hatten andere Wanderer am Vortag angerufen und ebenfalls ein Zimmer mit Hund für heute angefragt. Der Hüttenwirt hatte sie am Telefon informiert, dass das Hundezimmer bereits ausgebucht sei.

»Wir kommen trotzdem auf gut Glück, vielleicht sagen die mit der Reservierung ja noch ab oder kommen gar nicht.« Die anderen Wanderer hatten sich von unserer Reservierung nicht abschrecken lassen. Und nun waren sie wohl vor uns in der Hütte eingetroffen und hatten das Hundezimmer einfach bezogen.

Obwohl wir auch schon um 15:00 Uhr und nicht erst nach 18:00 Uhr eingetroffen waren. Normalerweise wurden reservierte Zimmer erst nach 18:00 Uhr weiter vergeben.

»Ganz schön dreist! Und was machen wir jetzt?«

Der dritte Wandertag, und die ersehnte Gelassenheit hatte sich, zumindest bei mir, noch nicht eingestellt. Am liebsten wäre ich explodiert und hätte diesen unbekannten Wanderern gern meine Meinung gesagt. Die besonnene Hüttenwirtin erstickte meine Wut jedoch im Keime.

»Wir haben da wohl etwas verwechselt und einen Fehler gemacht«, gestand sie uns.

»Aber wir haben auch schon einen Lösungsvorschlag. Ihr bekommt zu zweit ein Sechserzimmer in der neuen Holzhütte nebenan, wo der Hund im Gang vor dem Zimmer schlafen kann.

Da wir jetzt noch nicht so viele Übernachtungsgäste haben, seid ihr die Einzigen dort drüben, so dass der Hund dort keinen stören wird. Nur ins Zimmer darf er halt nicht. Ich zeig's euch gleich mal.«

»Glück im Unglück!«

Ein nagelneues, grosses Zimmer in der schönen, neuen Holzhütte bekamen wir, mit eigener kleiner Bank vor dem Eingang und zwei Fenstern mit wunderschöner Aussicht für uns ganz allein.

»Und wenn wir sowieso allein hier sind, können wir unsere Zimmertür offen lassen, dann sieht und hört Monet uns vom Gang aus.« Er war es nämlich überhaupt nicht gewohnt, weit getrennt von seinem Rudel zu schlafen. Schon gar nicht in einer total fremden Umgebung.

Danach das gleiche Ritual wie an den beiden Tagen zuvor. Duschen und Wanderkleidung von Hand waschen. Beides mit derselben ergiebigen Bio Universal Flüssigseife, die wir in einem kleinen Kunststofffläschchen dabei hatten.

Während ich unter der warmen Dusche stand, überlegte ich mir, wieviele verschiedene Duschprodukte, Shampoos, Reinigungsmittelchen und Cremetiegel bei uns zuhause im Badezimmer standen. Aus Platz- und Gewichtsgründen mussten nun vier Wochen lang eine Universalseife, eine Tube Feuchtigkeitscreme und die obligatorische Sonnencreme mit hohem Lichtschutzfaktor ausreichen. Kein Deo, kein Parfum, schon gar keine Wimperntusche, Lippenstift oder irgendein Haar Stylingprodukt.

»Wie wir wohl nach vier Wochen aussehen werden?«

Meine Unterschenkel jedenfalls sahen auch heute noch schrecklich aus. Die Rötungen und Pünktchen hatten eher noch zugenommen, Juckreiz verspürte ich immer noch nicht.

Nachdem ich mich an die Utensilien zuhause im Badezimmer erinnert hatte, fiel es mir plötzlich wie Schuppen von den Augen.

»Logisch, nur an den Unterschenken!«, platzte es leise aus mir heraus. Am liebsten hätte ich mich selbst heftig geohrfeigt in diesem Moment.

Vor vier Tagen, einen Tag vor unserem Tourstart also, hatte ich zuhause noch schnell, schnell mein Beine rasiert. Unter Zeitdruck, dafür aber mit einer neuen Rasierklinge. Extra gründlich war ich sicherheitshalber mehrfach über die gleichen Stellen gefahren, damit ich ja auch alle feinen, kleinen Beinhärchen erwischte. Bei näherer Überlegung fiel mir alles wieder ein. Auch die Geschichte, die mir eine Freundin einmal erzählt hatte über Beine rasieren und Sonnenbaden am Strand. Sie hatte darauf allergisch mit schweren Rötungen reagiert. Und ich hatte nun offenbar das gleiche Problem durch die warme Sonneneinstrahlung und den salzigen Schweiss.

»Gratulation! Der eitle Kandidat hat hundert Punkte!«, schimpfte ich mich selbst. Ich hätte diese absolut unnötige Aktion so gern rückgängig gemacht. Jammern half nun leider auch nichts mehr. »Hoffentlich beruhigt sich die Haut bald wieder.«

Das Wetter wurde zunehmend wärmer, und ich wollte möglichst bald in kurzen Hosen wandern. Aber mit diesem Ausschlag traute ich mich nicht.

Nach dem Duschen ging ich in den Biergarten zurück, wo Robert sich mit einer kleinen, zierlichen, sehr quirligen Dame mit dunklem Kurzhaarschnitt unterhielt, die recht kommunikativ zu sein schien. Mir reckte sie gleich energisch ihre Hand entgegen und stellte sich mit bayrisch rollendem Akzent vor.

»Resie, g'freit mi.«

Das war sie nun also, Resie, über die ich mich jüngst unbekannterweise so sehr geärgert hatte. Neugierig setzte ich mich dazu und lauschte ihren Ausführungen. Mit ihrem Sohn und dessen Hund Franzl sei sie unterwegs von München nach Venedig, erzählte sie.

Ein Blick unter den Tisch, und da lag der Franzl in voller Grösse, ein Schäfer-/ Berner Sennenhund-Mix. Doppelt so hoch und dreimal so breit wie Monet, mit langem, schwarz-braunem, dickem, Fell. Faul und träge blickte er mich von unten herauf an.

»Dieser müde Riese soll nach Venedig über die Alpen wandern?«

Ich wunderte mich, sagte jedoch nichts.

Resie war gerade dabei von ihrem Sohn zu berichten, der sich, müde und kaputt von den ersten drei Tagen, erst einmal aufs Ohr gehauen hatte. Nach drei Tagen schon kaputt, obwohl die beiden sogar mit der Brauneck Bahn nach oben gefahren sind und nicht zu Fuss die knapp achthundert Höhenmeter erklommen haben. Nach allem, was sie so erzählte, waren wir schon sehr gespannt auf den siebenundzwanzigjährigen Sohnemann, dem seine Mama sogar die Wanderschuhe und den Rest der Ausrüstung hatte kaufen müssen, obwohl die Wanderung seine Idee gewesen war.

Ausser Resie sass noch eine junge, hellblonde Frau am Tisch, die ebenfalls nach Venedig wandern wollte, allerdings schon hier auf der Tutzinger Hütte über Knieprobleme klagte und deshalb einschränkend meinte: »Mal sehen, wie weit ich wirklich kommen werde.«

Zwei andere, eher introvertierte, junge Leute sassen mit dem Wanderführer zum Maximiliansweg dort, der ebenfalls hier vorbeiführte. Später gesellten sich noch Vater und Sohn dazu, ebenfalls München-Venedig Wanderer. Am frühen Abend trafen wir noch drei junge Studenten und eine Studentin, die ebenfalls die Route München-Venedig zu viert bewältigen wollten. Allerdings hauptsächlich mit Zelt als Selbstversorger, wie wir erfuhren, während sie ein wenig abseits der Hütte ihre selbst mitgebrachten Dauerwürste mit Pumpernickel Brot verspeisten.

Insgesamt waren wir erstaunt, wieviele Menschen auf mehrtägigen Fernwanderrouten unterwegs waren. Und wieviele davon die Route von München nach Venedig planten wie wir. Eine eigene, kleine, bunt zusammengewürfelte Gemeinschaft sass hier zusammen. Alle mit denselben Zielen: die Natur zu geniessen, die körperliche Herausforderung zu meistern, mit minimalem Gepäck zu reisen, den richtigen Weg zu finden und das ersehnte Ziel gesund zu erreichen. Und dabei unterwegs möglichst viele nette Gleichgesinnte zum Austausch der vielen tollen Erlebnisse zu treffen.

Unser erster richtiger Hüttenabend in geselliger Runde gefiel uns sehr. Wie unkompliziert und offen es doch hier im Gebirge zuging, vor allem abends, wenn die vielen Tageswanderer wieder gegangen und die Übernachtungsgäste unter sich waren.

Richtig interessant wurde es, als ein junges Paar eintraf. Wir sahen, dass die Frau völlig ausgepumpt war vom Wandern, dennoch sprudelten die Worte aufgeregt aus ihr heraus.

»Ich komme aus Berlin, und das ist meine allererste Alpenwanderung im Leben. Gerade eben, kurz vor der Hütte haben wir mindestens acht grosse Steinböcke gesehen, ganz nah!«

»Ja, die standen mitten auf dem Weg, wie ich vorhin ganz allein dort lang ging. Ich hatte richtig Angst, dass die mich angreifen, so nah waren die!«, berichtete das blonde Mädchen neben uns ebenfalls.

Und die beiden »Maximiliansweg Wanderer« etwas weniger laut, aber genau so begeistert: »Wir haben sie auch gesehen!«

Robert und ich sahen uns fragend an.

»Steinböcke? Ganz nah am Weg? Wo denn?«

Wir hatten nicht die Spur eines Steinbocks gesehen. Ehrlich gesagt, hatten wir die hier auf 1'800 m Höhe um diese Jahreszeit auch nicht vermutet. Dass es hier eine ganz besondere Steinbock Population gibt, hatten wir vorher nicht gewusst.

Ihre Vorfahren waren ganz aus der Nähe unserer Heimat, dem Wildpark Peter und Paul in St. Gallen, ausgewildert worden.

Mitte des neunzehnten Jahrhunderts hatten alle Steinböcke im gesamten Alpengebiet vor der Ausrottung durch Jäger gestanden.

Dem italienischen König Vittorio Emanuele II war es damals zu verdanken gewesen, dass die restlichen einhundert Steinböcke und -geissen im Gran Paradiso Gebiet nicht mehr bejagt werden durften. Einige dieser geschützten Tiere waren wohl in jener Zeit lebend in das Schweizer Wildgehege Peter und Paul geschmuggelt worden, um dort unter besonderem Schutz gezüchtet zu werden.

Wiederum Jahrzehnte später hatte man Nachfahren dieser Wildpark Tiere wieder in Tirol ausgesetzt. Einer der ausgesetzten jungen Steinböcke war ins Gebiet der Benediktenwand weitergewandert, wo er Ende der fünfziger Jahre des zwanzigsten Jahrhunderts das erste Mal gesichtet worden war. Ihn hatten die Bayern in den sechziger Jahren zum Anlass genommen, beim berühmten Tierforscher Professor Grzimek, damals Direktor des Frankfurter Zoos, Steingeissen zur Ansiedlung einer grösseren Steinbock Population in dieser Region anzufordern.

Die Zootiere aus Frankfurt waren den rauen Lebensbedingungen im Gebirge jedoch leider nicht gewachsen, weil ihre von Natur aus gummiartigen Zehenballen im Zoo total verhornt waren. Die meisten stürzten ab im Gebirge. Erneut mussten aus dem Wildgehege in St. Gallen Jungtiere angefordert werden, mit denen die Aufzucht einer komplett neuen Population schliesslich Ende der sechziger Jahre gelungen war.

Die Urenkel dieser mühsamen, letztendlich von Erfolg gekrönten Bemühungen lebten nun offensichtlich hier im Gebiet relativ zahm, in für Steinböcke ungewöhnlich tiefer Lage. Und begrüssten alle Wanderer, die vorbei kamen. Ausser uns.

»Ja, die sieht man oft hier, manchmal sogar direkt von der Hütte aus«, erzählte die Hüttenwirtin.

Alle hatten sie gesehen und übertrumpften sich nun lachend mit ihren Anekdoten. Nur wir nicht.

Ich, die sonst immer und überall nach Steinböcken Ausschau hielt und schon von ferne in jedem Schaf oder jeder kleinen Kuh einen potentiellen Steinbock vermutete. Wir, die stundenlang in den Graubündner Alpen durch Schneefelder und Geröll auf über 2'000 m Höhe ausdauernd nach den Königen der Alpen gesucht und nicht eher geruht hatten, bis wir sie aufstöberten.

Heute waren wir einfach irgendwie an ihnen vorbei gewandert, ohne sie zu sehen, mitsamt unserer Superspürnase, Herrn Monet. Das war enttäuschend, so sehr wir uns auch für alle anderen freuten.

»Vermutlich haben die Steinböcke Herrn Monet gewittert und sich im Gestrüpp versteckt.«

»Ja, ja, genau«, feixte Robert, »heute Abend sitzen sie alle beim Steinbock Stammtisch und amüsieren sich köstlich darüber, wie sie uns aus dem Gebüsch heraus beobachtet haben. Und einer übertrumpft den anderen: »Ich hab ihn zuerst gesehen, den kleinen Köter mit dem miesen Riecher und dem seltsamen Rucksack auf dem Rücken!«

Österreich ist anders

Um halb sechs Uhr morgens musste ich einem dringenden Bedürfnis nachgehen und schlich in der rötlichen Morgendämmerung durch die menschenleere, zaghaft erwachende Bergnatur zum Haupthaus. Die ersten Vögel begannen schüchtern zu singen. Noch immer hoffend hielt ich Ausschau in der Felswand nach einem frühen Steinbock. Auch heute morgen wollte mir partout keiner diesen Gefallen tun.

Schliesslich öffnete ich die Tür zur verlassenen Gaststube, die ich auf dem Weg zur Toilette durchqueren musste. Auf dem Rückweg stand die junge Berlinerin ganz allein am Fenster des leeren Restaurants, die gestern Abend so begeistert von den Steinböcken geschwärmt hatte. Ihre Haltung sah irgendwie unglücklich aus.

»Guten Morgen«, rief ich gedämpft, um sie nicht zu erschrecken.

Sie drehte sich um und schaute mich aus übernächtigten Augen mit dunklen Rändern an.

»Schon so früh auf?«, versuchte ich einen Gesprächsanfang.

«Schlecht geschlafen. Total k.o. Und heute muss ich nochmals in die Berge.«

Das klang nicht gut.

»Bist du öfter in den Alpen?«, fragte sie mich.

»Ja, schon ab und zu. Aber eine lange Fernwanderung mit Hüttenübernachtungen machen wir das erste Mal.«

»Wo wandert ihr denn hin?«

Als sie von unserem Ziel hörte, riss sie die Augen auf und schaute mich mit einer Mischung aus Ungläubigkeit und verzweifelter Bewunderung an.

»Weisst du«, fuhr sie fort, »ich bin das allererste Mal in den Bergen und habe totale Höhenangst. Wenn ich nur daran denke, dass ich nachher wieder diese schmalen, steilen Wege gehen muss, vorbei an schroffen, tiefen Abhängen, bekomme ich schweissnasse Hände und mein Magen verkrampft sich total.«

Nein, das klang wirklich überhaupt nicht gut.

Jetzt bloss nicht das Falsche sagen, vorsichtig versuchte ich, die passenden Worte zu finden.

»Ich kann dich gut verstehen«, fing ich an. »Die Berge sind schon ganz schön Respekt einflössend am Anfang. Ich hab auch erst mit Ende dreissig angefangen, in den Alpen zu wandern. Man muss sich langsam herantasten. Immer einen Schritt nach dem anderen bewusst im eigenen Tempo setzen. Egal, wie langsam man geht, und egal, was die Begleiter oder die Wanderer hinter einem vielleicht denken mögen. Nutze auf jeden Fall immer deine Stöcke als zusätzliche Stützen und Anker.«

Mehr fiel mir so früh am Morgen dazu leider auch nicht ein.

Aus ihren grossen Rehaugen sah sie mich skeptisch an. Am liebsten hätte ich sie in den Arm genommen, so verzweifelt und allein wirkte sie in der dunklen Gaststube.

»Mein neuer Freund ist ein begeisterter Alpinist und wollte mir eine Freude machen.«

»Das war doch sicherlich ein toller Moment, als ihr gestern die Steinböcke gesehen habt.«

»Ja, aber ehrlich gesagt war ich so kaputt, dass ich mich gar nicht richtig freuen konnte. Ausserdem hatte ich vor diesen grossen Viechern mit ihren Hörnern ein bisschen Angst.«

Unschlüssig drehte sie sich wieder zum Fenster, zog ihre Strickjacke enger um den Körper und blickte abwesend in die Morgendämmerung.

In Gedanken noch bei diesem Gespräch, setzte ich mich vor unseren Eingang auf die Bank und schaute in den jungen Morgen. Wie schön und friedlich es hier war zu dieser frühen Stunde mitten in den Bergen.

»Aber das hab ich auch nicht immer so empfunden«, dachte ich zurück.

Nie hätte ich mir früher vorstellen können, einmal morgens um 6:00 Uhr glücklich vor einer Alpenhütte zu sitzen. Mit dem Wissen, noch knapp 500 km Fussmarsch und anspruchsvolle, hohe Alpengebirge, Scharten und Pässe vor mir zu haben.

Ich konnte die junge Berlinerin tatsächlich besser verstehen, als sie vermutlich dachte. Auch ich hatte lange Zeit in der Stadt gelebt, und wandern war in meinen Augen etwas für Rentner, auf jeden Fall nichts für mich. In jener Zeit war meine Kondition miserabel gewesen. Gelaufen war ich nur, wenn es sich nicht vermeiden liess. Bergauf jedenfalls nie. In hohen Gebäuden hatte ich stets den nächsten Lift aufgesucht.

Die Alpen hatte ich nur aus »*Heidi*« gekannt. Oder aus den dramatischen »*Luis Trenker Filmen*«, die ich als Kind mit meiner Grossmutter angeschaut habe. Früher hatte ich nicht nur Respekt, sondern eine gehörige Portion Angst vor den hohen, felsigen Gebirgsmassiven.

»Eher fahre ich Autorennen oder dressiere wilde Löwen, bevor ich einen Fuss ins Hochgebirge setze«, war stets mein Spruch gewesen.

Wie sich die Zeiten doch ändern können. Und der Mensch ebenso. Oder hatte ich mich gar nicht so grundlegend verändert, sondern fand irgendwann einfach zu meinen ureigensten Wurzeln zurück?

Als Kind war ich ganze Sommer lang nur barfuss draussen unterwegs, war auf Bäume geklettert und hatte stundenlange Streifzüge mit meiner kleinen Dackeldame Vira durch Wiesen und Felder unternommen. An der Hand meiner Grossmutter war ich damals stundenlang die Schwarzwälder Hügel auf und ab gewandert. Beim Gedanken an diese glückliche Kindheit auf dem Land wurde mir ganz warm ums Herz.

»Irgendwie bin ich nach etlichen Jahren auf vielen Umwegen wieder in der geliebten Natur angekommen«, stellte ich zufrieden fest. »Manchmal muss man eben zur rechten Zeit den richtigen Menschen treffen und den Mut haben, sein bisheriges Leben nochmals komplett zu ändern.«

Mitten in meine philosophischen Betrachtungen platzte nun genau dieser Mensch, der mich vor über zehn Jahren dazu veranlasst hatte, mein Leben ganz schön umzukrempeln. Robert trat verschlafen vor die Tür unserer Hütte und gähnte herzhaft.

»Was machst du denn um diese unchristliche Zeit schon hier draussen?«

Bevor ich antworten konnte, verschwand er wieder hinter der Tür und überliess mich noch ein wenig meinen Gedanken.

Nach einem überraschend üppigen Hüttenfrühstück, ergänzt um unser Spezialpulver, das gestern sehr wirksam gewesen ist, machten wir uns vor den meisten anderen Wanderern sehr früh auf den Weg. Bereits kurz hinter der Tutzinger Hütte ging es in einem steilen Gegenanstieg zünftig bergauf. Gerade recht, um den Kreislauf in Schwung zu bringen.

Die heutige Etappe begann nicht nur schweisstreibend, sie hielt auf ganzer Strecke, was sie am Anfang versprochen hatte. Steile Anstiege durch üppig bewachsene Felslandschaften wechselten sich ab mit abschüssigen Abstiegen in zauberhaften Buchenwäldern. Eine sagenhafte Landschaft zwischen der Tutzinger Hütte und Jachenau war unser Lohn der Mühe. Vor allem ein schmaler Pfad im Wald, den uns ein Wegweiser in Schreibschrift wies: »*Jachenau, steiler Steig*«, verlangte unseren Knien sehr viel ab.

Er belohnte uns anschliessend dafür mit einem eindrucksvollen Wasserfall an der »Grossen Laine«, der sich über erfrischende, feine Gischt Kaskaden in eine grosse, türkisfarbene Bade Gumpe ergoss, an deren Ufer ein idyllisches Pausenbänkchen stand.

Noch nie hatte ich meinen Mann so schnell aus Schuhen und Kleidung springen sehen, hinein ins kühle Nass. Begleitet von einem begeisterten Monet, der ebenfalls mit angezogenen Pfoten und einem filmreifen Bauchplatscher mitten im kleinen Badesee landete. Nur gut, dass Robert noch die Zeit gefunden hatte, Monets Rucksack und Hundegeschirr vorher abzuschnallen. Meine beiden Herren plantschten nackt, wie Gott sie schuf, in dem eisig kalten, klaren Gebirgswasser. Ich hingegen liess mir Zeit, dieses seltene Spektakel für die Nachwelt filmisch und fotografisch festzuhalten, bevor auch ich mich barfuss, wenigstens mit den Zehenspitzen hineinwagte.

Auf unserem letzten Wegstück nach Jachenau mündete der schmale Pfad wieder in einen breiteren Fahrweg, wo uns plötzlich ein völlig verkrusteter, bis zum Hals voll Schlamm verspritzter Franzl schwanzwedelnd entgegen kam und Herrn Monet freudig begrüsste. Die zierliche Resie folgte ihm mit energischem Schritt, ihr grosser Sohn Tom, der alles eher gemächlich anzugehen schien, schlenderte hinterher.

Die drei waren morgens deutlich nach uns zum Frühstück gegangen und entsprechend später gestartet. Da sie wohl nicht den steilen Steig, sondern den einfacheren, breiten Fahrweg nach Jachenau gewählt hatten, waren sie schneller als wir voran gekommen.

Gemeinsam liefen wir im kleinen Dorf Jachenau zur Mittagsrast ein. Resie bestellte im Gasthof nur eine Tasse Kaffee, ihr Sohn gleich zwei Weissbier hintereinander, die er in Rekordzeit trank. Wir entschieden uns für Apfelschorle und hausgemachten Kuchen.

»Wie wollen die beiden mit dieser seltsamen Diät die Strecke München-Venedig schaffen? Vor allem bei dem zackigen Schritt, den Resie vorhin auf dem letzten Stück mit dynamischem Stockeinsatz an den Tag legte.« Ich wunderte mich sehr.

In den folgenden zweieinhalb schweisstreibenden Stunden bergauf wurde aber auch Resie deutlich langsamer und schnaufte angestrengt. Sie erzählte mir zwischen unseren tiefen Atemzügen einige Details aus ihrem Leben, während die beiden Männer und Hunde schweigend voran stiegen.

Ein Phänomen, das ich schon oft fasziniert bemerkt habe. Beim gemeinsamen Wandern beginnen wildfremde Menschen oft, ihr Innerstes nach aussen zu kehren und private oder intime Dinge zu erzählen, die sonst Tabu wären. Probleme, Sorgen oder unverarbeitete Erlebnisse suchen sich beim Gehen offenbar ein Ventil. Die Tatsache, dass man keinen direkten Blickkontakt zum Wanderpartner hat uns sich eigentlich nicht sehr gut kennt, löst anscheinend Blockaden und baut Hemmschwellen ab.

»Diesen Mechanismus könnten Psychologen und Therapeuten doch nutzen«, dachte ich, während ich verständnisvoll lauschend mit Resie den Berg erklomm.

So erfuhr ich unter anderem, dass sie seit über zwanzig Jahren beim selben grossen Automobilkonzern angestellt ist, wo auch ich insgesamt sechs Jahre gearbeitet hatte. Das überraschte mich keineswegs, denn ihre dynamisch energische, leicht kämpferisch wirkende Art erinnerte mich verblüffend an die dortige Firmenkultur. Intern wurden in diesem Unternehmen ab und zu gern einmal die spitzen Ellenbogen eingesetzt, um ein persönliches oder berufliches Ziel zu erreichen. Schliesslich waren auch die sportlich positionierten Produkte des Autobauers nur allzu gern auf der Überholspur unterwegs.

Resie erzählte weiter, wie schwierig es mitunter sein konnte, als eines von drei Mädchen auf dem Bauernhof aufzuwachsen, obwohl der sehnlichste Wunsch des Vaters eigentlich ein männlicher Stammhalter gewesen war, der sich dann erst nach Jahrzehnten mit dem Enkel erfüllt hatte.

Wie so oft im Leben wurde mir auf den zweiten Blick beim näheren Zuhören so einiges klar.

Erschöpft und um einige Lebensgeschichten und Erkenntnisse reicher, gelangten wir zum Risssattel, von dessen Höhe wir einen phantastischen Blick auf das tief unter uns liegende Risstal hatten mit seinen breiten, hellgrauen Sandbänken, in denen Dutzende kleiner Rinnsale durcheinander mäanderten. Hier bekamen wir bereits einen kleinen Vorgeschmack auf das morgen anstehende Karwendel Massiv. Jetzt lag nur noch eine gute Dreiviertelstunde Abstieg in nicht enden wollenden, extrem steilen Kehren vor uns, bevor wir die eigentliche Tagesetappe, Vorderriss, erreichten.

Robert und ich hatten bereits bei der Planung zuhause überlegt, ob wir die heutige Etappe der klassischen Grassler Route noch um das weitere Wegstück von Vorderriss nach Hinterriss verlängern sollen, damit unsere individuelle Etappenplanung und Routenabweichung ab dort besser aufging. Als wir nach 18 km und sieben Stunden steilem Auf- und Abstieg nun in Vorderriss ankamen, hatten wir jedoch keine Energie mehr für weitere zweieinhalb Stunden.

»Bleiben wir hier, im Hotel Post in Vorderriss, obwohl das Restaurant heute geschlossen ist?« Ich war hin und her gerissen zwischen der Hoffnung auf Ruhe und der Befürchtung, heute Abend nichts Anständiges zu essen zu bekommen.

Bevor ich eine Antwort bekam, nahm uns der einfahrende Bus mit Ziel »*Hinterriss*« die Entscheidung schliesslich ab. Egal, wer ihn geschickt hatte, er kam keine Minute zu früh. Erleichtert stiegen wir ein, unsere Mitwanderer im Schlepptau, obwohl die beiden mit ihrem Franzl ab morgen weiterhin der klassischen Route folgen wollten.

Vom Bus aus konnten wir den Weg entlang der Riss sehen, den wir heute Abend oder morgen früh eigentlich hätten gehen müssen. Wir waren froh darüber, hier auf diesem endlos langen, ebenen Stück ausnahmsweise einen Bus-Joker gezogen zu haben.

In Deutschland waren wir in den Bus eingestiegen und nur wenige Kilometer weiter in Österreich wieder ausgestiegen. Für uns lagen jedoch Welten dazwischen, wie sich bald herausstellen sollte.

Das örtliche Hotel in Hinterriss hiess ebenfalls »*Zur Post*«, ein beliebter Name in der Gegend. Geduldig warteten wir an der Rezeption auf unseren Zimmerschlüssel und schauten uns derweil ein wenig um. Dass wir ab jetzt in Tirol waren, spürten wir sofort. Der österreichische Alpenchic mit seinen schweren, holzgetäfelten Decken und Wänden drohte uns beinahe zu erdrücken. Generationen toter, ausgestopfter Alpentiere und ihre ausgebleichten, weissen Schädel starrten uns von den Wänden der Räume anklagend an.

Die Wirtsfamilie schien ein hartes Leben zu führen, denn wir hatten bislang niemanden von ihnen lächeln gesehen. Die Männer alle hager und gross gewachsen, mit scharf geschnittenen Gesichtszügen und ernsten Mienen. Die Frauen eher kleiner, rundlich, sehr zurückhaltend, beinahe schon devot und ebenfalls ohne grossartige Gefühlsregungen nach aussen.

Ein auffallender Kontrast zur fröhlichen Herzlichkeit unserer Gastgeber der letzten Tage in Bayern. Lag es an dem engen Tal, das sich abgeschieden als österreichische Enklave an den Fuss des Karwendels schmiegte? Oder daran, dass Hinterriss die einzige Dauersiedlung im gesamten Karwendel ist, mit insgesamt nur siebenundvierzig gemeldeten Einwohnern? Einsam und abgelegen, mit wenig Kontakt zum Rest der besiedelten Welt. Vielleicht schlugen hier aber auch die vielen leblosen Tiere und ihre Schädelknochen mit den Jahren auf's Gemüt.

Düstere Wilderer- und Heimatfilme der Sechziger Jahre fielen uns unweigerlich ein. Wortkarge, kantige Naturburschen, vom harten Gebirgsleben gezeichnet. Züchtig und brav in Dirndl gekleidete, schüchterne Frauen, betend und bangend um ihre Liebsten in der steilen Wand. Ein Jagdschloss aus der Mitte des neunzehnten Jahrhunderts, das auf einem Felsen im Wald über Hinterriss thronte, machte diese düstere Kulisse für uns perfekt.

In unserem Zimmer bekam Herr Monet erst einmal seine Decke in einer Ecke ausgebreitet, wo er sich gemütlich einrollte, bis wir geduscht und umgezogen waren.

Im kleinen Biergarten des Hotels, direkt gegenüber eines dazugehörigen Gämsen Geheges, liessen wir den Tag ausklingen mit Blick ins dramatisch wolkenverhangene Karwendel Massiv.

»Ist es nicht traurig, wie sehnsüchtig die eingesperrten Alpentiere mit ihren herzigen Gamsjungen vom kargen Kletterfelsen ihres Gefängnisses aus in die unerreichbare Gebirgsheimat hinter dem Drahtzaun blicken?«

Die eingesperrten Gämsen taten mir leid.

»Die haben doch Glück, dass sie nicht drinnen, in der Galerie ihrer Ahnen, an der Wand gelandet sind.« Robert versuchte, meine gedämpfte Stimmung mit seinem schwarzen Humor aufzulockern.

»Noch nicht!«, stellte ich beim Blick in die Speisekarte fest. *Gamsbraten mit Knödeln.* Es schnürte mir die Kehle zu.

»Österreich ist anders«, stellte ich betrübt fest.

Das dachten wir auch, als am Nebentisch ein Gast höflich fragte: »Haben Sie auch eine klare Suppe?«

»Bei uns sind alle Suppen klar!«, blaffte der Kellner ruppig zurück und schmiss dem verdutzten Gast die Speisekarte auf den Tisch.

Danach drehte er sich zu uns um und nuschelte arrogant in unsere Richtung: »Was g'funden?«

Ungeduldig und mit genervtem Blick schien er, auf unsere Bestellung zu warten. Dieser auffallend gross gewachsene Kellner mit seinem hageren Gesicht ohne Lächeln und der fahlen Gesichtsfarbe war mit seiner muffigen Art bei meinem Mann genau an der richtigen Adresse.

»Sind Sie eventuell auch in der Lage, einen ganzen Satz zu bilden?« Robert schaute ihm direkt in die Augen.

Erschrocken und mit puterrot angelaufenem Kopf sah der Mann ihn an. Schlagartig änderte sich sein Gesichtsausdruck von lustlos zu dienstbeflissen. Gequält lächelnd wartete er nun auf unsere Bestellung.

»Haben Sie auch einfache Spaghetti mit Butter oder einer Fleischsosse für unseren Hund?«

»So etwas haben wir leider nicht. Ich könnte Ihnen aber eine gegrillte Wildbratwurst anbieten. Ohne Beilagen zum Sonderpreis.«

Damit war Herr Monet der einzige von uns allen, der an diesem Abend Fleisch gegessen hat.

Karwendel - nach dem Berg ist vor dem Berg

Am Tor zu den Alpen erwachten wir bei bedecktem Himmel, nachdem in der Nacht ein heftiges Gebirgsgewitter niedergegangen war. Das Karwendel mit seinen hellgrauen, felsig zerklüfteten, hohen Gipfeln, die sich jetzt am Morgen noch geheimnisvoll in dichten Hochnebel hüllten, erwartete uns heute.

Am kleinen Ahornboden trennte sich unser Weg von dem der anderen München-Venedig Wanderer. Resie und Tom gingen mit ihrem Franzl in Richtung Karwendelhaus weiter, während wir die Falkenhütte als erstes Zwischenziel anvisierten. Motiviert, den jeweiligen Weg erfolgreich bis nach Venedig zu verfolgen, verabschiedeten wir uns voneinander. Nicht wissend, ob sich unsere Wege später noch einmal zufällig kreuzen würden.

Die wunderschöne Falkenhütte lag pittoresk vor den imposanten, hohen grauen Laliderwänden mit ihren ausladenden Geröllfeldern. Ein wenig demütig standen wir vor diesen aufragenden Felsriesen, die unüberwindlich wie eine Wand aus dem Boden emporstiegen.

»Was war schon alles geschehen auf der Welt, während diese Bergspitzen hier ungerührt vom weltlichen Treiben bei Wind und Wetter zu allen Zeiten Bestand hatten?« Beim Betrachten solcher Naturwunder geriet ich stets ins Philosophieren. Das Bewusstsein der menschlichen Endlichkeit und der eigenen, persönlichen Unwichtigkeit im grossen Ganzen des Welttheaters liess mich schweigen und mit einem schaurig wohligen Gefühl meinen Gedanken nachhängen. »Nimm dich und deine Alltagsprobleme nicht immer allzu wichtig angesichts solcher Dimensionen. Geniesse stattdessen jeden schönen Moment. So wie diesen jetzt.«

»Wie wär's mit einem warmen Getränk bei diesen frischen Temperaturen hier oben? In der Gaststube werden Hunde ja hoffentlich erlaubt sein?« Robert unterbrach meine Gedanken jäh.

In der Falkenhütte waren Hunde zur Übernachtung leider nicht zugelassen. Deshalb mussten wir schweren Herzens auf diesen magischen Ort bei Nacht verzichten und noch weitere drei Stunden Fussmarsch auf uns nehmen.

»Ja, eine Pause und etwas Warmes zu trinken, vielleicht auch eine Kleinigkeit zu essen«, danach sehnte ich mich jetzt. Ausserdem wollte ich sowieso und unbedingt den Hüttenstempel der eindrucksvollen Falkenhütte als Erinnerung ans Karwendel in mein kleines Reisetagebuch stempeln.

So betraten wir also mit Herrn Monet die wohlig warme, gut geheizte Hütte, in der nicht allzu viel los war. Offensichtlich war ein Hund im Gastraum kein Problem, denn die Servierin, die an einem Tisch Servietten faltete, hob nur kurz den Kopf, grüsste freundlich und fuhr mit ihrer Tätigkeit fort. Ausser uns sass nur ein älteres Ehepaar in karierten Wanderhemden an einem Tisch, das sich hier häuslich eingerichtet hatte, um in einem der Hüttenzimmer zu übernachten. Kurz bedauerte ich, dass wir nicht auch hierbleiben konnten. Zumal das Wetter draussen heute nicht wirklich zum Weitergehen einlud. Ein eisiger Wind blies auf fast zweitausend Metern und jagte die grauen Wolkenfetzen dramatisch um die Berggipfel.

»Sollen wir nicht doch nochmals fragen, ob wir vielleicht trotzdem mit Hund...«, begann ich zaghaft zu fragen, während der heisse Tee und ein köstlicher Apfelstrudel vor mir dampften.

»Nichts da!« Robert fiel mir direkt ins Wort. »Wir holen uns doch keine zweite Abfuhr. Die E-Mail Antwort der Falkenhütte war doch ganz eindeutig gewesen.«

»Aber im Alpengasthof Eng haben wir auch noch nicht sicher ein Zimmer.« Ich nörgelte noch ein bisschen weiter und erinnerte

Robert an die skurrilen Episoden, die wir im Zusammenhang mit der dortigen Zimmerreservierung gestern Abend erlebt hatten.

Gestern hatte ich vom Hotel Post aus, gemäss unserer akribisch aufgestellten Etappen- und Übernachtungsliste, in besagtem Alpengasthof per Mobiltelefon angerufen, um für heute ein Zimmer zu reservieren.

Eine piepsig hohe Stimme, wie die eines Kindes, meldete sich dort mit dem Hinweis: »Rufen Sie in einer halben Stunde bitte wieder an«, und legte sofort wieder auf.

Perplex starrte ich mein Telefon an, um dann erneut die Hotelnummer zu wählen.

»Vielleicht hab ich mich ja verwählt?«

»Rufen Sie in einer halben Stunde wieder an«, forderte dieselbe Piepsstimme.

»Halt, stopp, nicht gleich wieder auflegen! Bin ich denn dort richtig im Alpengasthof Eng?«

»Ja, schon«, bekam ich leise zur Antwort. »Aber im Moment ist niemand da für Zimmerreservierungen. Rufen Sie in einer halben Stunde nochmals an!« Und wieder wurde aufgelegt.

Ungläubig schaute ich Robert an und erzählte ihm von diesen seltsamen Telefonaten.

»Dann lass denen doch ein wenig Zeit und sei nicht so ungeduldig.«

»Aber das ist doch ein Hotel, da muss doch jemand Bescheid wissen, ob noch Zimmer frei sind.« Inzwischen war ich schon ein wenig panisch, da es auf der Engalm nicht sehr viele Möglichkeiten zum Übernachten gab mit Hund. Meines Wissens war der Alpengasthof dort sogar die einzige.

«Im Notfall haben wir ja das Zelt dabei.«

Das beruhigte mich in keiner Weise, denn draussen vor unserem Fenster hatte am Abend ein zünftiges Gewitter getobt.

»Bei solchem Wetter im leichten Sommerzelt?«, prächtige Aussichten waren das.

Da ich nicht so schnell aufgebe, startete ich nach der erbetenen halben Stunde erneut einen Telefonanruf im Gasthof Eng, inzwischen allerdings selbst ein wenig peinlich berührt wegen meiner Penetranz.

Derselbe Dialog. Dieselbe Piepsstimme gab mir erneut keine Chance, ein Zimmer zu reservieren und bat um einen späteren Anruf, »in einer halben Stunde.«

Langsam kam mir das äusserst seltsam vor, und Zweifel über die Seriosität dieses Hotel stiegen in mir auf. Ganz abgesehen von den teuren Roaming Gebühren, die mir die Swisscom für diesen Unfug in Rechnung stellen würde, hatte ich endgültig keine Lust mehr auf dieses seltsame Spiel. Alle potentiellen Vorurteile gegenüber Österreich schienen sich in diesem Moment zu bestätigen.

»Österreich ist nicht nur anders, Österreich ist reichlich schräg.« Mit dieser Feststellung hatte ich gestern Abend entnervt aufgegeben und mich bereits mit der Tatsache abgefunden, dass wir am nächsten Tag vermutlich im Zelt übernachten müssen.

In der warmen, geschützten Falkenhütte sitzend fand ich heute den Gedanken an Freiluft Camping überhaupt nicht verlockend, während draussen bei gefühlten fünf Grad Celsius die Nebelschwaden umher waberten.

»So, jetzt sind wir wieder von innen aufgewärmt. Hol noch deine Wollmütze, die warme Jacke und deine Handschuhe aus dem Rucksack und dann nichts wie weiter.«

»Nur noch kurz Pippi.«

Kleinlaut verzog ich mich zur Toilette, bevor wir uns für den weiteren Weg warm einpackten.

Hinter der Falkenhütte stiegen wir eine ganze Weile in grauen, steinigen Serpentinen ab, bis wir direkt entlang der urgewaltigen Felswände und ihrer Geröllausläufer auf einem schmalen Weg weiterwandern.

Weiter unten erreichten wir wieder die Pflanzengrenze mit wunderschönen, natürlichen Alpengärten und einem zauberhaft mystischen Märchenwald mit altem Baumbestand, silbrigen Moosen und Farnen, die den naturbelassenen Baumriesen Gesichter und Persönlichkeit verliehen.

Der dichte Nebel hatte sich nun weitgehend verzogen, die Temperatur schien wieder aufwärts zu gehen. Meine Laune und Zuversicht stiegen mit jedem anmutigen Alpenblümchen, das ich am Wegesrand entdeckte. Trotz anfänglicher Unlust stellte sich das letzte Stück bis zur Engalm als äusserst interessant und landschaftlich sehr reizvoll heraus. Nach der heutigen Etappe war ich am Ende doch sehr froh und stolz, die sieben Stunden durch steinige Karwendelfelsen in das liebliche Tal der Engalm in einem Tag gemeistert zu haben.

Ohne weitere Probleme bekamen wir ein sehr schönes Zimmer mit Balkon im Alpengasthof Eng, auch ohne Reservierung und ohne erneut »eine halbe Stunde warten zu müssen«.

Anscheinend hatte gestern Abend einer der Hotelgäste einen schweren Unfall gehabt, der einige Angestellte auf Trab gehalten und den Rest der Belegschaft in totaler Ratlosigkeit zurückgelassen hatte. So jedenfalls erklärte uns die Dame des Hauses heute die seltsamen Telefonate von gestern.

Ein kleiner Restzweifel blieb trotzdem, ob dieser Teil nicht generell ein wenig anders tickte als der Rest Österreichs. Denn auch die Engalm gehört zur Region Hinterriss. Was vermutlich so einiges erklärt.

Die grauen Nebelschwaden vom Vortag waren am nächsten Morgen verschwunden, ein herrlicher Julisommertag brach an.

Als Erste beim Frühstück hatten wir die freie Auswahl und stärkten uns für die heutige Mammut Etappe. 19 km, 800 Höhenmeter hinauf und 1'500 Höhenmeter hinab wollten überwunden werden.

Wir waren bereits den sechsten Tag unterwegs, und ich wunderte mich sehr, wie frisch wir jeden Morgen aus dem Bett sprangen. Ohne Muskelkater oder andere Beschwerden, mit neuem Elan und frohem Mut, obwohl wir abends immer todmüde mit schweren Beinen wie die Steine ins Bett gefallen sind.

Offensichtlich waren wir bereits mitten drin in dem berühmten »Flow«, von dem so viele Fernwanderer berichten. In dem man einfach jeden Tag weiterging, im eigenen Tempo einen Schritt vor den anderen setzte und den Gedanken freien Lauf liess. Oder auch gar nichts Besonderes dachte, und die vorbeiziehende Natur im Detail mit allen Sinnen wahrnahm.

»Fast wie Meditation. Ich merk richtig, wie ich jeden Tag mehr in einen ruhigen Fluss der Abläufe, des Gehens und der Wahrnehmung gerate. Ich hab das Gefühl, schon viel gelassener und ruhiger zu sein«, stellte ich fest, während ich meinen Stoffelch Knut, der nachts auf meinem Nachtisch sass, an seinen Karabiner am Rucksack hängte.

»Hast du die Hirschtalg Salbe schon benutzt, kann ich die wegpacken?«, rief Robert aus dem Badezimmer.

»Oh, nein, die hab ich vergessen! Vor lauter Philosophieren mal wieder nicht an die praktischen Dinge des Lebens gedacht.«

Auch sie gehörte zum festen Ablauf unseres Morgenrituals, bevor wir Wandersocken und -schuhe anzogen. Das altbewährte Hausmittel zur Vorbeugung von Blasen an den Füssen.

Bereits einige Tage vor unserer grossen Wanderung hatten wir zuhause begonnen, täglich einen dünnen Film Hirschtalg Salbe auf die Füsse aufzutragen, um in den vier Wochen bloss nicht mit dem leidigen Thema »Blasen« konfrontiert zu werden.

Davon abgesehen, dass sie wirklich extrem stark roch, machte sie die Füsse geschmeidig und weich wie einen Kinderpopo. Und wir hatten bisher nicht einmal den Anflug einer Blase, was die Aussage von Frau Dr. Kohl glaubhaft unterstrich: »Nur was wirklich scheusslich schmeckt und riecht, hilft auch.«

Nachdem wir gestern insgesamt 800 m steil hinunter gestiegen waren, mussten wir diese heute wieder hinauf schnaufen.

»Es heisst ja schliesslich Alpenüberquerung und nicht Alpendurchquerung.«

Im Geiste stellte ich mir die riesengrosse Alpenregion mit ihren hunderten von Gipfeln aus der Vogelperspektive vor. Darin uns drei als winzige Punkte, wie im Zeitraffer die steilen Hänge hinauf und sofort wieder hinunter wuseln, um den nächsten Gipfel ebenfalls wieder empor zu steigen. Bei dieser Alpenüberquerung durften wir uns nie sehr lange ausruhen auf unseren hart erkämpften Gipfel-Lorbeeren. So manches Mal, wenn wir erschöpft aber glücklich auf einem Gipfel angekommen waren, fragte ich: «Müssen wir jetzt wirklich die mühsam erklommenen Höhenmeter sofort wieder zunichte machen?«

»Nach dem Berg ist vor dem Berg!«

So stiegen wir von der Engalm erneut steil hinauf, über die Binsalm zur Lamsenjochhütte. Immer noch bewegten wir uns inmitten der ehrwürdigen, hellgrauen Fels Eminenzen des Karwendels, die heute ohne Wolkenschleier ihre volle Pracht entfalteten. Nur schade, dass die Hütte wegen Renovierungsarbeiten geschlossen war. Auf knapp 2'000 m Höhe wäre ihre Sonnenterrasse bei diesem Kaiserwetter heute ein perfekter Logenplatz in erster Reihe gewesen, um den Blick zur Lamsenspitze bei einem Getränk zu geniessen. Da wir jedoch sowieso noch einen ziemlich langen Abstieg in das Tiroler Städtchen Schwaz vor uns hatten, gingen wir bald weiter.

Das war weise, denn die 1'500 Höhenmeter Abstieg zogen sich beinahe unendlich hin. Nicht besonders schwierig, dafür aber sehr langwierig.

Nachdem er meine ersten Ermüdungserscheinungen auf dem langen Stück bemerkt hatte, motivierte mich Robert bei einer kurzen Rast an einem idyllischen Waldpicknick Bänkchen mit einem frischen, warmen Tee.

»Wozu schleppe ich schliesslich den Campingkocher und fünf verschiedene Teesorten mit?« Er grinste und baute seine Feldküche vor mir auf. »Was darf es sein, Mylady? Bergminze, Kräuter, Darjeeling, Roiboos oder Früchtetee?«

Wie sehr ich meinen Mann in solchen Momenten liebte. Für seine humorvolle und doch fürsorgliche Art, im rechten Augenblick das Richtige zu tun. Und mir damit jedes Mal ein Lächeln zu entlocken.

»Kräutertee bitte, James«, säuselte ich kokett, während ich mich gemütlich im Halbschatten auf der breiten Holzbank reckte und dehnte

Erstaunlich, wie wohltuend und belebend eine warme Tasse Tee in unterschiedlichen Lebenssituationen stets wirkt. Dankbar hielt ich meine Campingtasse mit der dampfenden Flüssigkeit in beiden Händen und trank in genussvollen, langsamen Zügen. Kein Champagner dieser Welt hätte mir jetzt besser schmecken können.

Italien ist noch weit - München dafür überall

Durch das liebliche, grüne Stallental, vorbei an der gleichnamigen Alm, stiegen wir durch schattiges Waldgebiet hinab in das kleine Tiroler Städtchen Schwaz, wo unsere sechste Tagesetappe nach acht Stunden endlich endete. Die wunderbare, stille Natur des Karwendels entliess uns hier am Stadtrand abrupt und unsanft in die laute Hektik der Zivilisation.

Auf zweispurigen Schnellstrassen donnerte der Nachmittagsverkehr an uns vorbei. Gestresste Mütter mit plärrenden Kindern auf den Rücksitzen ihrer SUV's auf dem Weg zu Mega Einkaufszentren. Keine Zeit, um für Fussgänger am Zebrastreifen anzuhalten. Grosse Lastwagen rumpelten so dicht am Gehweg vorbei, dass Monet ängstlich die Ohren anlegte und zur Seite sprang, glücklicherweise an seiner Leine gesichert.

So mussten sich Naturvölker fühlen, die aus dem Urwald in die zivilisierte Industriewelt katapultiert wurden. Schrecklich. War es tatsächlich möglich, nach knapp einer Woche in den ruhigen Bergen bereits derart Lärm und Stress entwöhnt zu sein, dass wir am liebsten mit zugehaltenen Ohren dorthin zurück gerannt wären, wo wir gerade herkamen?

»Wie kann man auf die Dauer in solch einer Kakophonie erschreckender Geräusche leben, ohne dabei krank zu werden?« Ich wunderte mich, wie ich selbst jahrelang inmitten einer Grossstadt mit all ihren Stressfaktoren hatte leben können, ohne dabei verrückt geworden zu sein. Manch einer meiner Freunde aus der Münchner Zeit wird an dieser Stelle vielleicht wissend nicken und schmunzeln: »Du warst verrückt, meine Liebe!«

Inmitten des Verkehrsinfarktes am Rande des kleinen Städtchens Schwaz fielen mir wieder alle Argumente ein, warum ich vor zehn Jahren in unser kleines Ostschweizer Dorf in den Voralpen gezogen bin.

Vorsichtig tasteten wir uns entlang der Einfallstrasse, um einen Fussgängerüberweg zu finden, der uns sicher auf die andere Seite geleitet, von wo aus wir in Richtung Innenstadt gelangten. Am Bahnhof suchten wir uns ein schattiges Bänkchen, denn hier unten war das Thermometer auf über 30° Celsius im Schatten gestiegen. Die Luft stand zwischen den Häusern. Aus meinem Rucksack suchte ich schnell unsere Etappenliste heraus und rief das einzige Hotel an, das ich im Internet gefunden hatte.

»Hotel Goldener Löwe in Schwaz, Grüss Gott.«

»Grüss Gott, wir hätten bitte gern ein Doppelzimmer mit Hund für heute Nacht.«

»Tut mir leid«, tönte es aus der Leitung, »wir sind komplett ausgebucht!«

Nicht im Traum hatten wir daran gedacht, dass hier in diesem kleinen Städtchen unter der Woche ein Hotel komplett ausgebucht sein könnte, zumal ausserhalb der Feriensaison.

»Können Sie uns denn andere Hotels in Schwaz empfehlen?«

»Leider nicht«, erwiderte die Dame und verabschiedete sich.

Da sassen wir nun, verschwitzt, müde, hungrig und ohne Plan für diese Nacht.

»Lass uns erst einmal in die Innenstadt gehen. Das ist eine Stadt, hier gibt es sicherlich noch einige Hotels und Pensionen.«

Nachdem wir schliesslich die geschäftige City erreicht hatten, wo sommerliches Treiben herrschte, mussten wir erst vier verschiedene Passanten aller Altersstufen befragen, bevor uns eine gebückt gehende, ältere Dame mit ihrem ebenso betagten Hund Auskunft geben konnte. Nach einigen Minuten reiflicher Überlegung, in denen sie uns eingehend musterte, sagte sie:

»Das Stay-Inn Hotel gibt es hier noch. Soweit ich weiss, das einzige Hotel direkt in der Innenstadt. Über die Brücke und dann da hinten rechts.« Sie deutete mit ihrem Gicht gekrümmten Zeigefinger über die viel befahrene Einfallstrasse, hinunter in ein Viertel abseits der Fussgängerzone. Dort sah es zwar überhaupt nicht nach Hotel aus, dennoch machten wir uns zögerlich auf den Weg, immer wieder nach hinten zur Innenstadt blickend, ob wir nicht doch noch irgendwo ein charmantes Hotel sahen.

»Kommen Sie, kommen Sie«, hörten wir die alte Dame neben uns sagen, während sie uns mit ihrem Dackel überholte. »Ich muss in dieselbe Richtung«, mit diesen Worten zog sie mich am Unterarm mit sich weiter. Nach circa zweihundert Metern blieb sie vor einem grossen, unpersönlichen Flachbau stehen.

»So, da wären wir. Dort ist der Eingang.«

Grusslos schlurfte sie von dannen und zog ihren humpelnden Dackel hinter sich her, bevor wir uns bei ihr bedanken konnten.

»Das soll ein Hotel sein?«, skeptisch und hilflos blickten wir uns an.

Eine automatische Glasschiebetür öffnete sich, und wir standen in einem Entree, in dem sich lediglich ein Gerät befand, das wie ein Geldautomat aussah. Die nächste Glastüre, die ins Innere geführt hätte, war verschlossen und mit einer Hinweistafel versehen. »*Die Rezeption ist von 16:00 bis 22:00 Uhr besetzt.*«

Jetzt war es halb vier Uhr nachmittags und weit und breit kein Mensch zu sehen.

»Ach, nö! Ich bin so erschöpft, ich will jetzt nur noch unter die Dusche und raus aus den klebrigen Klamotten!«

Keine Minute länger wollte ich mehr warten müssen und begann entnervt zu fluchen. Von wegen meditative Gelassenheit.

»Ist doch kein Problem, hier kann man selbst einchecken am Automaten«, verkündete mein stets gelassener Ehemann.

Schöne, neue Welt! Wir waren in der total automatisierten

Zivilisation angekommen. Gott sei Dank hatten wir neben Bargeld auch diverse Bank- und Kreditkarten dabei, denn diese waren nun gefragt.

»Hoffentlich ist wenigstens noch ein Zimmer frei in diesem Roboter Hotel«, flehte ich innerlich.

Mit zittrigen Fingern tippte ich alle gewünschten Daten ein. Das waren eine Menge, es hätte mich nicht gewundert, wenn ich noch nach unseren Schuhgrössen gefragt worden wäre. Eine gefühlte Ewigkeit später, in der alle Daten geprüft und verarbeitet wurden, zeigte das Display endlich eine Zimmernummer an, und die Maschine spuckte zwei Zugangskarten aus.

Als sich mit diesen die innere Eingangstüre wie von Zauberhand öffnen liess, traten wir in eine sehr moderne, freundlich gestaltete Eingangshalle, mit fröhlichen Mustern in Gelbtönen und schicken Designermöbeln ausgestattet. Sofort war ich wieder versöhnt mit den technischen Errungenschaften der Zivilisation. Ein modernes, apfelgrünes Zimmer mit schönem Bad und allem, was das Wandererherz begehrt, belohnte uns.

Nach kurzer Rast zogen wir am frühen Abend los, dieses kleine Tiroler Städtchen zu erkunden und einige Besorgungen zu machen, die wir in den nächsten Tagen in den Bergen brauchen würden.

»Zuallererst bitte in eine Apotheke!«

Beim Duschen vorhin war ich erneut mit meinen bedenklich geröteten Unterschenkeln konfrontiert worden. Langsam machte ich mir Sorgen, weil die Rötungen nach einer Woche nicht von allein verschwunden sind.

In einem grossen Einkaufszentrum fanden wir schliesslich die ersehnte Pharmazie, wo eine sorgenvoll blickende Apothekerin meine Beine begutachtete und mir eine Salbe gegen Akne gab, die vielleicht helfen könne, weitere Entzündungen zu unterbinden.

Ich musste ihr versprechen, einen Arzt aufzusuchen, falls die

Rötungen nicht in drei Tagen deutlich zurückgingen. Daran wollte ich gar nicht erst denken. Womöglich hätte ein Arzt einen Abbruch unserer Wanderung verlangt. Das wollte ich auf gar keinen Fall riskieren.

»Die Salbe wird schon helfen.«

»Gibt es hier im Einkaufszentrum auch eine Metzgerei?«

»Ja, im Untergeschoss.«

Herr Monet sollte nach dem heutigen Marsch ebenfalls eine besondere Belohnung bekommen. Wir kauften ihm eine Fünferpackung Cervelat, seine Lieblingswurst.

In einem kleinen türkischen Obst- und Gemüseladen erstand ich ein paar frische Pfirsiche. Nach sechs Tagen äusserst kalorienreicher Hüttenmahlzeiten machte sich die Sehnsucht nach gesunden Vitaminen breit.

»Hier finden wir doch sicherlich ein Restaurant, wo wir mal was anderes als Schnitzel mit Pommes Frites, Hüttenmakkaroni oder Spaghetti Bolognese bekommen. Ich hätte Lust auf eine Pizza mit Rucola und einen Salat.«

Leichter gesagt als gefunden. Beinahe wollten wir unsere Suche in der Altstadt schon aufgeben, nachdem wir zwei Stunden vergebens in den engen Gassen gesucht hatten. Auf dem Rückweg zu unserem Hotel entdeckten wir endlich, eher zufällig und ganz versteckt, ein italienisches Ristorante mit charmantem Biergarten in einem Innenhof, idyllisch umrahmt von alten Torbögen.

Der »kosmische Bestellservice« hatte wieder einmal in letzter Minute funktioniert, denn die Pizza Auswahl war grandios.

Wir bestellten eine gemischte Vorspeise und einen Salat, danach für mich eine Pizza mit Rucola, Robert wählte Spaghetti Carbonara. Genüsslich liessen wir den Tag mit frischen Antipasti und einem Glas Wein ausklingen.

»Ein kleiner Vorgeschmack auf Italien.« Dieser Gedanke verflüchtigte sich jedoch, als Roberts Spaghetti serviert wurden.

Gequält kauend blickte er mich nach der ersten Gabel skeptisch an.

«Probier du mal.«

Ich gabelte ein paar Nudeln auf und verstand sofort.

Die frischen, hausgemachten Nudeln waren nicht gar gekocht, sondern noch ziemlich roh, so dass der Teig zwischen den Zähnen des Ober- und Unterkiefers förmlich kleben blieb. Sehr unangenehm und gar nicht schmackhaft.

Wir erklärten dem freundlichen Kellner das Problem, der die Pasta daraufhin anstandslos mitnahm, um in der Küche nachzufragen.

Als er nach circa zwanzig Minuten mit einem frischen Teller Spaghetti zurückkam, verzog Robert das Gesicht genau wie zuvor. Er schüttelte den Kopf.

Der Kellner meinte entschuldigend: »Die sind eben al dente gekocht! Soll ich Ihnen etwas anderes bringen?«

»Nein, danke.«

Robert hatte keine Lust mehr, auf etwas anderes zu warten, und wir teilten uns meine leckere Pizza, die nach der üppigen Vorspeise gross genug war für zwei Personen.

Der Kellner zeigte sich äusserst kulant.

»Dann storniere ich die Spaghetti.«

Damit war der Fall für uns erledigt ohne weiteres Aufhebens. Doch wir hatten im wahrsten Sinne des Wortes »die Rechnung ohne den Wirt gemacht«.

Nach zehn Minuten kam ein grosser, junger Österreicher mit Pferdeschwanz und stylisch getrimmtem Dreitagebart an unseren Tisch. Der Inhaber des Lokals, wie sich herausstellte, der da neben Roberts Stuhl in die Hocke ging.

Er hatte eine Gabel in der Hand, mit der er einige, inzwischen kalte Nudeln aus dem verklebten Haufen von Roberts Teller angelte. Umständlich versuchte er, die steifen, rohen Teigwaren aufzudrehen, die widerspenstig in alle Richtungen von der Gabel abstanden. Dann balancierte er die aufgespiessten, unfügsamen Objekte vorsichtig zu seinem Mund und kaute entschlossen darauf herum. Aufgrund ihrer festen Konsistenz und mangels Flüssigkeit zum Nachspülen dauerte das eine ganze Weile

Völlig perplex warteten wir ab, was weiter passieren würde.

»Die sind völlig in Ordnung, diese Spaghetti, al dente und handgemacht von meinem Koch aus Apulien!«

Irritiert schauten wir diesen Jungdynamiker an, der nun vehement versuchte, uns die italienische Küche zu erklären.

»Noch kein einziger Kunde hat sich über unsere Spaghetti beschwert. Und neuerdings werden sie sogar frisch von unserem süditalienischen Koch handgemacht.«

»Vielleicht hat Ihr Koch die Garzeiten noch nicht so ganz im Griff? Glauben Sie mir, ich kenn mich aus, meine Mutter war Norditalienerin. Ich bin mit italienischen Spaghetti grossgeworden, ein Standardgericht.«

Um die Situation ein wenig zu entspannen und das todernste Gesicht seines knienden Gegenübers aufzuheitern, fügte Robert noch hinzu: »Machen Sie den ultimativen Spaghettitest. Wenn die frisch gekochte Nudel beim Wurf an eine Fensterscheibe kleben bleibt, ist sie gar. Diese hier, würde ich meinen, durchschlägt glatt das Glas!«

Um meinen Mann mit sachlichen Argumenten zu unterstützen, ergänzte ich: »Seit Jahren stelle ich zuhause selbst Pasta aus Hartweizengriess her und weiss, wie Pasta al dente sein muss. Das hab ich bei meiner Cousine in Apulien gelernt, wo es täglich Spaghetti zu essen gab. Sie können mir glauben, dort waren die Nudeln nie so fest wie diese hier.«

Sicherlich gibt es persönliche Präferenzen und ein gewisses Spektrum an Garzeiten, aber in diesem Fall gab es für uns gar keinen Zweifel, der Teig war noch roh und ungeniessbar.

»Und was machen wir jetzt?« Der neben unserem Tisch kauernde Junggastronom zeigte sich immun gegen jegliches Argument und war zu keinerlei Scherzen aufgelegt. Er verzog keine Miene, während er uns betrübt von unten herauf fixierte.

»Ein Glas Rotwein, und die Sache ist vergessen.« Mein Mann hatte seine Frage als Versöhnungsversuch gedeutet, um uns nicht weiter zu verärgern.

Der Restaurantchef nickte und ging von dannen.

Kurz darauf brachte der Kellner ein Glas Rotwein für Robert, liess den Teller mit den ungeniessbaren, kalten Spaghetti jedoch unangetastet auf unserem Tisch stehen.

Wir bezahlten unsere Rechnung und spazierten später in der lauen Sommerluft zu unserem Hotel zurück.

Nachdem ich im Zimmer die Quittung des Abendessens für meine tägliche Reisebuchhaltung genauer geprüft hatte, stellte ich fest, dass die beanstandeten Spaghetti nun doch zum vollen Preis berechnet worden waren. Das kleine Glas Rotwein allerdings nicht.

»Jetzt hat er mich aber total erwischt, dieser kleinliche Möchtegern-Italo«, schimpfte mein Mann erzürnt.

»Wir sind hier eben noch meilenweit entfernt vom Dolce Vita Italiens.«

»Sein Glück«, entgegnete Robert zähneknirschend, »für diesen Frevel an der Pasta hätte ein Italiener den Kerl glatt gelyncht.«

Als wir am nächsten Morgen, nach einem unerwartet üppigen Frühstücksbuffet voller frischer Produkte in unserem »Automaten Hotel«, weiterzogen, schmunzelten wir noch immer über die verbissene Spaghetti Diskussion mit dem Italienkenner vom Vorabend.

»Heute Abend gibt es wieder original österreichische Küche«, versprach ich Robert voller Vorfreude auf unser heutiges Tagesziel.

»Der Gasthof Loas ist berühmt für seine Wiener Schnitzel«, fügte ich hinzu, während wir bereits die Ortsgrenze von Schwaz hinter uns liessen, um die nächsten sechs Stunden stetig bergan zu wandern. »Wenn die Österreicher kulinarisch eines ganz sicher beherrschen, dann ist das Schnitzel!«

Auf der Anhöhe über den Dächern von Schwaz teilte sich der Weg. »Wir müssen rechts gehen«, sagte ich bestimmt und deutete auf einen Wegweiser.

Obwohl Robert sich zuerst eher links gehalten hatte, während er auf sein GPS Gerät schaute, folgte er mir nun schweigend nach rechts. Als das Schweigen nach ein paar Hundert Metern seltsam unangenehm zwischen uns stand, fragte ich:

»Ist was?«

Mürrisch und mit dem gewissen Unterton in der Stimme kam die Antwort wie aus der Pistole geschossen.

»Ja, da hinten wär's links weggegangen, dann müssten wir jetzt nicht hier auf dieser blöden, befahrenen Strasse den Berg hinauf laufen, sondern wären vermutlich schon längst im Wald.«

Dicke Luft herrschte, weil ich so forsch voran geprescht bin, obwohl mein Mann eigentlich für die Orientierung zuständig war.

»Böser Fehler«, dachte ich kleinlaut und japste mit Monet an der Leine hinter ihm her.

Mein nicht ganz korrekter Weg führte schliesslich weiter oben dazu, dass wir querfeldein über Wiesen und Felder wandern mussten. Im Slalom durchquerten wir Kuhdung Inseln, krochen unter Weidezäunen hindurch und schnauften an verwaisten Skiliften und Gondelbahnen vorbei. Unsicher, wo der Weg nun weiter verlief, fragten wir hier und da die paar wenigen Menschen, die uns in der zunehmenden Einsamkeit der Almlandschaft begegneten. In meiner Not stoppte ich eine Autofahrerin auf einem Fahrweg und sprach sie an.

»Wo wollt ihr hin, nach Venedig? Prost Mahlzeit! Ich hab euch vorhin schon gesehen, wie ihr über unsere Weiden marschiert seid.«

Wir hatten offensichtlich die Bäuerin getroffen, über deren Boden wir abgekürzt hatten. »Na, da seid ihr ja einen schönen Umweg gegangen, wenn ihr zur Loas Hütte wollt«, kommentierte sie trocken. »Glück habt ihr, dass ihr mich getroffen habt. Ich bin selbst Bergführerin und weiss, wie es ist, wenn man mal vom Weg abkommt. Jetzt folgt einfach noch ein Stück der schmalen Strasse hier, bis sie oben zum Waldfahrweg wird. Dort noch eine ganze Weile dem Fahrweg folgen und dann in der zweiten Rechtskurve rechts weg. Aber erst in der zweiten!«, betonte sie ausdrücklich, »sonst geht ihr wieder falsch.«

Wir taten, wie uns befohlen und fanden schliesslich unseren Weg.

Kurz nach dieser Begegnung passierten wir in einem schattigen Wald einen aussergewöhnlichen Holzbrunnen. Aus seinem hölzernen Auslass blubberte der kühle Wasserstrahl der Bergquelle immer nur schubweise, pausierte kurz, bevor der nächste Wasserschwall ausgespuckt wurde. Ein lustiges Schauspiel. Wir machten uns einen Spass daraus, ganz nah heranzutreten und uns »anspucken« zu lassen, wenn der nächste Wasserstrahl kam. Eine herrlich erfrischende Abwechslung nach den schweisstreibenden Stunden bergauf. Aus der Nähe konnten wir den Brunnennamen erkennen, der gut lesbar oberhalb des Auslasses in ein Holzschild eingeritzt war: »*Prostata Bründl*«.

Endlich hatten die Österreicher in Tirol auch einmal echten Sinn für Humor bewiesen.

Der Höhenweg zwischen der Kellerjochhütte und dem Gasthof Loas stellte sich als kleines Highlight unserer Wanderung heraus. Auf einem romantischen Weg liefen wir durch üppige Alpengärten, vorbei an einem Meer rot blühender Alpenrosen.

Unser neugieriger Wanderhund preschte als Erster voran, mit der Nase stets aufmerksam am Boden, um ja nichts zu verpassen. Plötzlich sprang Herr Monet wie von der Tarantel gestochen mit einem Satz vom Weg in die Alpenbotanik. Gefolgt von einem ebenfalls zutiefst erschrockenen Alpen Schneehuhn im unauffällig braunen Sommerkleid, das unseren Weg mit heftig flatternden Flügeln kreuzte.

»Und was ist das?«

Vor meine Füsse purzelten vier flauschige braun-schwarz-weiss geflammte Flaumknäuel. Die Küken der aufgescheuchten Alpenhenne stolperten ihrer Mama unbeholfen aus dem Gebüsch hinterher.

»Sind die süss, die Armen!«, flüsterte ich begeistert und bückte mich reflexartig nach unten, um die Kleinen instinktiv zu schützen.

Aufgeregtes, hohes Piepsen ertönte, das mich mitten ins Herz traf.

»Halt, nicht anfassen und schnell weitergehen, damit die Vogelfamilie sich bald beruhigen kann und wieder zueinander findet.« Robert hatte natürlich recht. Nichts wie weg hier, damit wieder Ruhe einkehrte. Und vor allem keinen fremden Geruch hinterlassen.

Monet, unser Pazifist und schreckhafter Hasenfuss, hatte sowieso schon das Weite gesucht. Er erwartete uns ein ganzes Stück entfernt mit sorgenvoll gerunzelter Stirn wegen dieses schockierenden Ereignisses. »Tiere in Not« brachten ihn generell immer ganz aus der Fassung.

Im Alpengasthof Loas hatten wir nur mit enormem Glück und gutem Zureden am Telefon vor zwei Tagen kurzfristig ein Zimmer für heute Nacht reservieren können.

»Wir sind ausgebucht! Freitag ist schwierig, so kurzfristig!«

»Nun sind wir total aufgeschmissen, was machen wir denn jetzt nur?«

»Kommen Sie doch an einem anderen Wochenende oder Wochentag bei uns vorbei. Oder verschieben Sie ihre Wanderung um eine Woche.« Die wohl gemeinten Vorschläge des Hüttenwirts nutzen uns leider gar nichts.

»Das geht leider nicht, wir sind bereits unterwegs. Auf dem Weg von München nach Venedig. Und übermorgen bei Ihnen. Ausserdem haben wir uns so sehr auf ihre berühmten Schnitzel gefreut!«

Ich hörte ihn am anderen Ende der Leitung schlucken und sah förmlich vor meinem geistigen Auge, wie er sich ratlos am Kopf kratzte.

»Haben Sie denn einen anderen Tipp in der Nähe für uns?«

»Nur unten im Tal, dort müssten Sie hinab- und am nächsten Tag wieder hinauflaufen. Oder mit einem Taxi fahren.«

Ich hatte das Gefühl, dieser Vorschlag überzeugte ihn selbst nicht so richtig. Seufzend gab er nach.

»Dann kommt's halt her, ich überleg mir schon was.«

Innerlich hatte ich einen Freudensprung gemacht und sehr erleichtert aufgeatmet.

Dies war das zweite Wochenende unserer Tour, und wir merkten deutlich, dass es an den Wochenenden auf jeden Fall viel schwieriger war, kurzfristig eine Unterkunft zu finden.

Dabei waren wir momentan nicht einmal auf der Hauptroute München-Venedig unterwegs, sondern auf unserer selbst geplanten Ausweichstrecke durchs Karwendel und die Tuxer Alpen.

»Das kann ja heiter werden, wenn wir wieder auf die reguläre Achse treffen, wo wir mit anderen München-Venedig Wanderern um die freien Betten buhlen müssen.« Aber so weit denkt man nur kurz, wenn man zu Fuss unterwegs ist. Eigentlich lebt man völlig im Hier und Jetzt, geniesst den Augenblick, lässt die absolvierten Tage und Strecken einfach hinter sich und denkt nicht allzu weit im Voraus an die kommenden. Bis jetzt lief auch ohne wochenlange Reservierung alles ziemlich reibungslos. Ein paradiesischer, sorgloser Gemütszustand, den ich mir vornahm, so gut wie möglich in den Alltag hinüber zu retten. Überall hatte sich bisher in letzter Minute ein Türchen für uns geöffnet. Glück, höhere Macht oder Flow? Wer kann das schon mit Bestimmtheit sagen?

Auf knapp 1'700 m Höhe, am Rande des Karwendel und des Inntals, erwartete uns der idyllische Alpengasthof Loas. Mit der dunklen Holzfassade, den Sprossenfenstern, den leuchtenden Geranien auf den beiden grossen Balkonen und seiner herrlichen Sonnenterrasse mit Weitblick wirkte er wie ein grosses Châlet.

»Ihr seht's aus, als könntet ihr etwas zu trinken gebrauchen«, schallte es uns fröhlich entgegen. Eine sehr schlanke, junge Frau in Jeans und T-Shirt, mit zum Pferdeschwanz gebändigten schwarzen Locken und einem entwaffnenden Lächeln begrüsste uns herzlich in einem charmanten Akzent.

Unweigerlich lief vor meinem geistigen Auge ein Film ab, den ich als Kind mit meiner Oma gesehen hatte: »*Ich denke oft an Piroschka*«, in dem Liselotte Pulver die Tochter eines Bahnhofsvorstehers in einem kleinen ungarischen Dorf gespielt hat.

Genau wie Lilo Pulver in diesem Film lächelte Andrea spitzbübisch mit ihren Grübchen in den Wangen, während sie ihre Gäste umsichtig in reizendem ungarisch-österreichischem Dialekt bewirtete.

Der erste Eindruck zählt, und wir wussten sofort, hier sind wir herzlich willkommen.

Robert und Monet liess ich auf einer der beiden gemütlichen, holzgetäfelten Terrassennischen neben dem Haupteingang zurück mit der Bitte, mir ein Radler zu bestellen.

Ich folgte der schwungvollen Andrea ins Innere, wo sie für mich »den Scheeef« rufen wollte, um die Zimmerbuchung zu erledigen.

»Ach, Sie sind die mit dem Hund. War nicht einfach, aber ich hab da was geschoben. Kommen Sie mal mit, ich zeige Ihnen Ihr Zimmer.« Mit diesen Worten begrüsste mich der Hüttenwirt

Gespannt folgte ich ihm diverse ausgetretene, knarzende Holzstiegen hinauf. Durch dunkle holzgetäfelte Korridore, in denen Heerscharen ausgestopfter Murmeltiere, Auerhähne und anderer Alpentiere vor sich hin staubten. Ein mulmiges Gefühl beschlich mich.

Er öffnete eine kleine, niedrige Holztür und ging voraus in unser Dachzimmerchen. Kammer wäre wohl das treffende Wort für diese winzige, holzverkleidete Mansarde mit dem abgewetzten, total schiefen Holzboden. Das Doppelbett war liebevoll mit rotweiss karierter Bettwäsche bezogen, dazu die passenden Vorhänge am Fenster. Bei der Aussicht unseres Fensters in die Weite der Berge ging mir das Herz auf. Ich war mir sicher, dass wir das romantischste Zimmerchen des ganzen Gasthauses bekommen hatten. Und ich nickte heftig, als mich der Wirt fragte, ob wir dieses Zimmer haben wollen.

»Klein aber mein.«

Welche weiteren Überraschungen dieses Kleinod noch für uns bereit hielt, konnte ich zu diesem Zeitpunkt allerdings noch nicht ahnen.

Nach dem obligatorischen »Willkommens-Radler« unten auf der Terrasse bezogen wir unser Dachkämmerlein, wo wir mit einiger Mühe ein kleines Plätzchen für Monet und seine Decke unter einem winzigen Tischlein fanden.

Andere Übernachtungsgäste hatten wir bisher noch nicht getroffen. Die Gemeinschaftsduschen, neben unserem Zimmer gelegen, waren herrlich verwaist, so dass wir uns in Ruhe und ungestört frisch machen, umziehen und unsere Tageswäsche von Hand waschen konnten.

Von draussen drang durch die offenen Fenster immer wieder Andreas fröhliche Stimme zu uns hinauf, die aus voller Kehle ihre Tagesgäste auf der Terrasse bediente.

»Ja bitteeeee! Passst schooooon. Schniiiitzeeeel, kommmeee gleich «

Genau das war es, was wir nach diesem schön anstrengenden Tag auch haben wollten, das berühmte panierte Loas Schnitzel mit Bratkartoffeln. So begaben wir uns am späten Nachmittag erneut zu unserem gemütlichen Terrassenplätzchen in einer der Nischen neben dem Haupteingang.

Wie die beiden Alten, »*Statler und Waldorf*«, auf ihrem Theater Logenbalkon in der Muppets Show sassen wir hier in der ersten Reihe. Nicht ahnend, welchem Theater wir später noch beiwohnen würden.

Langsam lichtete sich der Pulk der Tagesausflügler. Für einen Moment schien es, als seien wir die einzigen Übernachtungsgäste und wunderten uns, wieso der Wirt so kompliziert getan hatte.

Unsere beiden Wiener Schnitzel wurden serviert, deren Ausmasse den Tellerrand und die Riesenportion Bratkartoffeln, die darunter lagen, nur erahnen liessen.

»Das sieht ja aus wie ein platt geklopftes, paniertes Huhn«, scherzte ich, nachdem Andrea meinen Teller auf den Tisch gestellt hatte.

»Sieht wirklich aus, als ob das Schneehuhn von heute Nachmittag unter den Bus gekommen wäre.« Der schwarze Humor meines Mannes konnte einem manchmal glatt den Appetit verderben.

»Prreiselbeeeereeeen dazuuuu?«, gurrte Andrea, während sie Türme schmutzigen Geschirrs die Stufen hinauf balancierte.

»So ein zartes Wesen, aber soviel Energie und Kraft.«

»Das kommt vermutlich vom vielen Schniiitzeeeel«, witzelte mein Gegenüber, dessen schwindendes Fleischstück bereits grosse Teile der knusprig braunen Bratkartoffeln freigegeben hatte.

»Jetzt muss ich mich aber ranhalten.«

Ich schaufelte einen grossen Löffel dunkelroter, süsser Preiselbeeren auf eine freie Ecke meines Tellers, denn selbstverständlich wollten wir Preiselbeeren dazu. Schliesslich waren wir hier im Herzen Tirols, wo man zu fast allem Preiselbeeren konsumierte. Ausserdem war uns jede köstliche Kalorie willkommen bei unserem Tagespensum. Es schmeckte herrlich.

Wir fühlten uns wie die Herren dieses charmanten Châlets inmitten der bezaubernden Berglandschaft.

»Bitte noch ein Glas Wein!«

»Und für mich einen »Apfelstruuudel mit vieeeel Zimt zum Dessert.«

Nach diesem Mahl würden wir in der absoluten Stille und Abgeschiedenheit der Natur hier sicherlich wie zufriedene Babies schlafen. Dachten wir.

Während wir unser Dessert verspeisten, kam eine Gruppe Männer mit Reisetaschen und Tagesrucksäcken zu Fuss auf den Gasthof zugelaufen. Sie sahen nicht wie Fernwanderer aus. Eher wie Wissenschaftler, Professoren oder Lehrer auf Betriebsausflug. Zwischen fünfzig und sechzig Jahre alt, von der Statur eher unsportlich, dafür mit Nickelbrillen auf den Nasen, die ihnen eine typisch lehrerhafte Optik verliehen.

Das waren also die anderen Gäste, die hier zur Übernachtung erwartet wurden. Aber diese fünf Männer konnten den grossen Gasthof gewiss auch noch nicht füllen.

»Wer kommt denn, jetzt am Abend, noch hierher in diese Abgeschiedenheit?«

Die Antwort liess nicht lange auf sich warten.

Zwei riesige, schwarze Familien Vans, deren Staubwolke man schon weit unten im Tal sah, kurvten den steilen, gekiesten Fahrweg zum Gasthof hinauf. Während sie an uns vorbeifuhren, um hinter dem Haus zu parken, sahen wir ihre Münchner Kennzeichen.

»Jetzt sind wir bereits eine Woche unterwegs, und München holt uns schon wieder ein.«

Kurz darauf schnauften zwei Ehepaare mittleren Alters, mit kräftiger bayrischer Figur, die Stiegen zur Terrasse hinauf. Sie hatten jeweils zwei nicht minder wohlgenährte, motzende Kinder im Schlepptau und Unmengen von Reisetaschen, Tüten und Koffern dabei. Grusslos stapften sie direkt an uns vorbei ins Haus.

»Grüss Gott«, rief Robert ihnen hinterher.

Ein Echo blieb aus.

»Wollen die den ganzen Sommer hier verbringen?«

Während ich mich wunderte, donnerte bereits das nächste Fahrzeug, ein Jeep oder neudeutsch SUV, den Berg hinauf und staubte die Landschaft ein. Auch er aus München.

»Siehst du«, erklärte ich Robert grinsend, »jetzt weisst du auch endlich, wofür die Städter einen Geländewagen benötigen.«

Ein gut gekleidetes Ehepaar, dieses Mal ohne Kinder, enterte die Bühne. Gleicher Auftritt wie zuvor. Voll bepackt und schwitzend zerrten die beiden ihre randvollen Reisetaschen stöhnend die Stufen hinauf an uns vorbei. Dieses Mal ersparten wir uns jegliches Grusswort, es wäre wieder unerwidert verhallt.

Es folgten noch ein ziemlich übergewichtiger Herr mit schütterem Haar und seine ebenso rundliche, pubertierende Tochter mit Zahnklammer und Akne im Gesicht, die lustlos hinterdrein trabte und einen Kaugummi quälte, als ob dieser die Schuld an ihrem traurigen Schicksal trüge.

»Wieviele kommen denn da noch?« fragte ich gerade, als Andrea an uns vorbei huschte.

»Ist eine grrrossse Familieee das. Kommen diese jedes Jahr ein Wochenende zur Loas. Und dieses Wochenende ist jeeetzt!«

Den ersten Ankömmlingen auf der Terrasse, die das Gepäck bereits in ihren Zimmern verstaut hatten, flötete sie zuckersüss entgegen: »Was darrrf ich deeenn zu trinken briiingennn?«

Unter grossem »Hallo« wurde ein Sitzplatz gewählt und, wie es sich für echte Münchner gehört, Weissbier bestellt. Die untere Terrasse war bald fest in bajuwarischer Hand. Wie ich es aus meiner einstigen Wahlheimat gewohnt war, ging es zünftig laut zu.

Langsam glaubte ich zu erahnen, wieso uns der Wirt lieber abgewimmelt hätte dieses Wochenende.

Inzwischen hatten sich die bereits eingetrudelten Kinder und Teenager, Cousins und Cousinen, unten am Fahrweg platziert, um dort jedes weitere eintreffende Fahrzeug der Onkels und Tanten johlend und winkend in Empfang zu nehmen. Die Erwachsenen auf der Terrasse taten es ihnen von dort aus gleich, nicht ohne jeden Neuankömmling gegenseitig zu kommentieren.

Dies schien wirklich eine grosse Dynastie zu sein.

»Na, hoffentlich hat Andrea noch genügend Schnitzel in der Küche.«

»Jetzt können ja nicht mehr so viele kommen.«

Die fünf Herren Professoren, die ruhig und ein wenig eingeschüchtert an einem Ecktisch auf der Terrasse ihre Spaghetti verspeisten, gingen in dem Getöse fast völlig unter.

Plötzlich stürmte eine der üppigen Münchnerinnen wie eine Furie aus dem Gasthof und beschwerte sich lauthals darüber, dass sie mit ihrem Mann kein Doppelzimmer bekommen habe wie sonst jedes Jahr, sondern dieses Mal auch in einem Mehrbettzimmer schlafen müsse.

Schuldbewusst schielte ich aus meiner Nische zu Robert hinüber, der wissend lächelte.

Auf einmal verebbten alle Gespräche auf der Terrasse, und wie auf Kommando drehten sich die Münchner Hälse schweigend in Richtung Fahrweg.

»Nanu?«, stutzte ich und schaute in dieselbe Richtung.

Von dort jagte ein niedriges Fahrzeug, mehr war im Staub nicht zu erkennen, in einem Höllentempo die Strasse hinauf und staubte die dort wartenden Kinder komplett ein. Diese zeigten ihrerseits überhaupt keine Regung, im Gegensatz zu allen anderen Autos davor.

Beim Näherkommen erkannten wir es dann, ein nagelneues Porsche Cabriolet mit Starnberger Nummer. Offensichtlich der Bruder oder die Schwester, die es ganz nach oben geschafft hatten in der gesellschaftlichen Hierarchie.

Was vom Rest der Verwandtschaft offensichtlich mit sozialer Nichtachtung goutiert wurde.

Kurz darauf passierte ein braungebranntes, lässig gekleidetes Ehepaar mit seiner gelangweilten Tochter unseren Logenplatz. Ebenfalls grusslos, wie in dieser Familie üblich.

»Herrlich, nach dem Dessert so seine Sozialstudien betreiben zu können!«

Beim Anblick des heranfahrenden Porsche Cabrios und der aussergewöhnlichen Verwandtenreaktion kam mir allerdings wieder in den Sinn, wie sehr ich selbst vor Jahren unter dem Sozialneid einiger Mitmenschen gelitten hatte.

Während meiner Berufsjahre bei der Porsche AG fuhr ich auch mit so einem teuren Traumflitzer herum. Damals hielt sich meine Freude darüber allerdings die Waage mit eben jenem mulmigen Gefühl, das mich jedes Mal beschlich, wenn ich von querenden Passanten an roten Ampeln grundlos beschimpft wurde, und andere mir den Vogel oder ihren Mittelfinger zeigten. Nur weil ich als Frau am Steuer eines Porsches sass.

Deshalb empfand ich auch diese Situation auf der Loas Hütte eher als unangenehm. Man hätte die Luft fast schneiden können, während die Porschefahrer die Terrasse und damit die Bühne zu ihrer Verwandtschaft betraten.

Ihnen schien das jedoch nicht das Geringste auszumachen. Cool, mit hochgestellten Polokrägen und in teure Parfums gehüllt stolzierten sie von Bussi zu Bussi, um sich am Ende filmreif am Tisch niederzulassen.

»Wieso hab ich grad schon wieder eine Assoziation mit Brathähnchen?« Robert schmunzelte süffisant.

Inmitten der Münchner Grossfamilie versuchte die fleissige Andrea währenddessen, sowohl den Überblick als auch ihre gute Laune zu behalten. Gekonnt schlängelte sie ihren schlanken Körper um die etwas fülligeren Gäste herum.

»Wir siiind alleee eeeeine grrrosse Familieee«, flötete sie ab und zu vor sich hin, wenn mit ihren vollen Schnitzel Tellern mal wieder kaum ein Durchkommen war.

Satt und müde von den zahlreichen Eindrücken des heutigen Tages stiegen wir schliesslich hinauf in unsere Dachkammer, wo unsere Wanderkleidung zum Trocknen am geöffneten Fenster hing.

Von der Terrasse direkt unter unserem Fenster drangen noch einige Stunden Stimmen und Gelächter zu uns hinauf. In Anbetracht unserer Müdigkeit und Bettschwere wirkte das jedoch eher einschläfernd als störend. Wie Kinder, die neben ihren am Tisch diskutierenden Eltern sitzend eingelullt werden, schliefen wir erschöpft ein.

Als sich nach Mitternacht die feiernde Münchner Gesellschaft draussen auflöste, fand unsere Nachtruhe jedoch ein jähes Ende. Fast senkrecht standen wir plötzlich im Bett, als die Grossfamilie den Gasthof enterte, polternd und lachend die ächzenden und knarzenden Holztreppen hinauf stolperte und ihre Zimmer beziehungsweise das Gemeinschaftsbad und die allgemeinen Toiletten belagerte.

Diese lagen, nur durch eine dünne Holz Dielenwand von uns getrennt, direkt neben dem Kopfteil unseres Bettes.

Müde und genervt wälzten wir uns in unserem Bett hin und her, um möglichst eine Schlafposition zu finden, aus der man die mannigfaltigen Geräusche nicht so stark hörte. Ohne Erfolg.

Sogar Monet, auf seiner Decke unter dem Tisch, gab hie und da ein gequältes Seufzen und Grunzen von sich, weil auch er bei diesem Lärm keinen Schlaf mehr fand.

»Irgendwann wird ja wohl auch der letzte seine Zähne geputzt und seine Blase entleert haben«, flüsterte ich Robert zu, obwohl ein Flüstern bei dieser Geräuschkulisse gar nicht nötig gewesen wäre.

Schlecht gelauntes Brummen von rechts war seine einzige Reaktion.

Es waren sicherlich bereits zwei oder drei schlaflose Stunden vergangen, in denen wir Ohrenzeugen der Teenagergeschichten und pubertären Kichereien der Jugendlichen in ihrem Schlaflager unter uns geworden waren, als plötzlich ein autoritärer Schrei von meinem Nebenmann durch die ganze Hütte schallte.

»Ruhe jetzt endlich!«

Quittiert von erneutem Gekicher. Und starkem Herzrasen meinerseits, weil ich total erschrocken bin.

Inzwischen war auch die Frequenz in den beiden angrenzenden Toiletten wieder gestiegen.

Nur durch einen dünnen, hellhörigen Holzbretterverschlag mit breiten Spaltmassen von den WC's getrennt, hörten wir im Zimmer die feinste Nuance des munteren Plätscherns nebenan. Jedes Mal gekrönt von der tosenden Wasserspülung und den knarzenden Schritten des Erleichterten auf seinem Rückweg.

Da der Bierkonsum der Münchner echt bayrisch ausgefallen

war, mussten diese vielen Liter schliesslich die ganze Nacht lang stetig wieder entsorgt werden.

An Schlaf war in unserer Pole Position leider nicht mehr zu denken.

»Hör mal«, wisperte Robert neben mir ins Dunkel unseres Zimmers, »der klingt jetzt aber original wie das Prostata Bründl von heute Nachmittag.«

Von der Hundekammer auf Umwegen in den gemütlichen Schrank

Mit dicken Augenrändern sassen wir als Erste schweigend beim Frühstück, während die quirlige Andrea bereits wieder gut gelaunt durch den Gasthof fegte.

»Morgeeeen«, zwitscherte sie uns fröhlich entgegen. »Kaffeeee?«

»Ja, gerne«, brachte ich mühevoll hervor, »mit viel warmer Milch, bitte.«

Nach dieser qualvollen Nacht konnte nur noch ein süsser, heisser Milchkaffee die Stimmung heben.

»Wie kann sie nach einem so anstrengenden Tag und der halben Nacht im Service nur so frisch und gut gelaunt sein?«

»Ich schätz mal, sie ist schlappe dreissig Jahre jünger als wir und weiss als Saisonkraft, dass sie sechs Monate durchhalten muss. Ausserdem gibt es sicherlich auch ruhigere Tage ohne Party mit echten Wanderern, die früh zu Bett gehen.«

Das war das Stichwort. Die ersten nächtlichen Plagegeister schleppten sich langsam zerknittert ins Frühstückszimmer. Der Wirt und Andrea hatten wohlweislich mehrere grosse Tische am anderen Ende des Raumes für die Grossfamilie gedeckt. Weit genug weg von uns und den fünf Herren Professoren, die direkt neben uns platziert waren, und das nächtliche Spektakel ebenfalls kurz und trocken kommentierten.

»Ach, die Nachteulen bekommen da hinten ihr Frühstück. Vermutlich, damit es keine Schlägerei gibt«, stellte einer von ihnen fest mit einem grinsenden Seitenblick auf Robert.

Glücklicherweise hatten wir unsere Morgenmahlzeit schon

beendet, bevor weitere übernächtigte, zerzauste Städter grusslos herein schlurften. Wir gaben der emsigen, freundlichen Andrea ihr wohlverdientes Trinkgeld und verabschiedeten uns vom hilfsbereiten Wirt, der sich schulterzuckend, ein wenig peinlich berührt bei uns für den nächtlichen Tumult entschuldigte.

»Wir waren ja froh, dass wir überhaupt ein Plätzchen bei Ihnen bekommen haben. Das nächste Mal wird sicher ruhiger. Und Ihr Schnitzel ist wirklich das beste!«

Schnell zogen wir mit unseren bereits gepackten Rucksäcken von dannen.

Obwohl wir gar nicht hatten wissen können, dass wir mangels Schlaf sehr unfit sein werden, hatten wir wieder einmal alles richtig gemacht. Unsere heutige Etappe fiel sehr viel kürzer aus als die bisherigen. In vier Stunden wollten wir zur Rastkogelhütte gehen, wo wir für den heutigen Samstag ohne Probleme noch kurzfristig das »Hundezimmer« telefonisch hatten buchen können.

»Ich bin so erleichtert, dass wir bei dem nebligen Wetter und in unserem übermüdeten Zustand so kurzfristig am Wochenende ein Zimmer bekommen haben.«

»Vermutlich wegen des Wetters. Kein Wochenendwanderer hat Lust, bei diesem Hochnebel in die Berge zu gehen«.

Ausflugswetter sah wirklich anders aus. So trafen wir auch kaum andere Menschen auf unserer heutigen Etappe durch die Tuxer Alpenwelt. In der Ferne sahen wir die tragisch verlassen wirkenden Hotel- und Liftanlagen von Hochfügen, wo sich im Winter der Zillertaler Skizirkus tummelt.

»Schau dir mal diese Skiindustrie an! Wenn man die riesigen Konstruktionen und Festungen der Liftanlagen und Hotelbunker in dieser lieblich blühenden Berglandschaft sieht, vergeht einem glatt die Lust auf Skiferien.«

Tatsächlich waren wir jahrelang schon nicht mehr in die

grossen Skigebiete gefahren, weil uns der Trubel und der dort eingezogene Event Charakter zu viel geworden war.

»Schade, dass die Sonne nicht scheint. Stell dir vor, wie rot die blühenden Alpenrosen glühen würden«, schwärmte ich, während wir auch hier ganze Hänge voll davon durchquerten. Inmitten der Rosenbüsche und grober Felsfindlinge sahen wir sportliche Kletterkühe, die scheinbar mühelos die steilen Hänge erklommen, um an besonders saftige Kräuter und Gräser zu gelangen. Neugierig blickten sie von ihren Felsaussichtspunkten mit grossen, sanften Kuhaugen auf uns herab. Vor allem Herrn Monet mit seinem roten Rucksack nahmen sie äusserst interessiert ins Visier. Kam eines der grossen Huftiere in seiner vorwitzigen Neugierde unserem Hund zu nah, flitzte Monet behände mit angelegten Ohren und eingeklemmtem Schwanz in einem grossen Bogen um die Kuh herum. Diese behäbigen Riesen waren ihm dann doch zu gross, um an ihren feuchten Nasen oder am Popo zu schnuppern.

Ein Hobby, dem er sonst liebend gerne frönte. Egal bei welchem Tier. Kühe gehörten jedoch definitiv nicht zu seiner Zielgruppe. Worüber wir sehr froh waren, um möglichen Konflikten mit Landwirten von vorne herein aus dem Weg zu gehen.

Die Fels durchzogenen, blühenden Almwiesen wurden in der Höhe abgelöst von kargem, felsigem Gelände, in dem kleine Tümpel und Seen verstreut lagen, die bei warmem Wetter sicherlich zu idyllischer Rast mit Ausblick einladen würden. Aber heute, in zunehmend dichter Nebelsuppe, konnten wir die eigentliche Schönheit dieser Alpenregion mehr erahnen als selbst geniessen. So setzen wir einfach einen Fuss vor den anderen in Richtung unseres Hüttenziels.

»Wir können ja nachher erst mal ein Mittagsschläfchen machen, um den entgangenen Schlaf nachzuholen.«

»Gute Idee«, tönte es von vorn.

Oben auf 2'127 m, am Gipfelgrat des Sidanjochs angekommen, konnten wir die Rastkogelhütte im Nebel bereits schemenhaft am Horizont erkennen. Ab hier ging es nur noch geradeaus.

Herr Monet wedelte fröhlich vor uns den schmalen Weg entlang. Als wir uns der Hütte näherten, ging sein Schwanz immer schneller hin und her wie ein Propeller. Der Grund seiner Freude stieg uns in die Nasen, sobald wir um die Hüttenecke in Richtung Eingang bogen. Dort stand ein qualmender, grosser, schwarzer Smoker, dessen Deckel just in dem Moment gelüftet wurde, als wir eintrafen. Auf dem Rost, inmitten des würzig duftenden Qualms, schmurgelten goldbraun glänzende, knusprige Spareribs, die der Hüttenwirt mit einer grossen Grillzange in eine Edelstahlkasserolle stapelte.

Perfektes Timing, pünktlich zum Mittagessen waren wir in der Rastkogelhütte eingetrudelt. Wir beeilten uns, unser Zimmer zu beziehen, um bald in der warmen Gaststube etwas trinken und vielleicht auch von den köstlichen Rippchen probieren zu können.

Die Serviertochter stieg mit dem Zimmerschlüssel voran in den ersten Stock. Nachdem sie die Türe aufgeschlossen und uns erklärt hat, dass sich Toiletten und Waschbecken direkt nebenan befänden, verschwand sie auch schon wieder hinunter. Verständlich, denn unser »Hundezimmer« machte seinem Namen alle Ehre.

Das Zimmer hatte in etwa die Masse einer kleinen Gefängniszelle und auch denselben Charme. Links an der Wand stand ein hölzernes Doppelstockbett, darauf die übliche Hüttendecke und plattgelegene Kopfkissen. An der Wand davor und gegenüber waren jeweils zwei Kleiderhaken aus Metall befestigt. Unter dem kleinen Fenster, vorne neben dem Bett, stand ein winziger Tisch, unter dem wir zunächst Monets Decke ausbreiten mussten, damit er sich dort zuerst einmal hinlegen konnte und aus dem Weg war.

Das Zimmer war so winzig und schmal, dass ein gleichzeitiges Umdrehen zweier Erwachsener einem Akrobatik Akt gleich kam. Da ich kleiner und leichter bin als Robert, war schnell klar, dass ich das obere von den beiden Stockbetten bekam. Denn der Abstand vom Bett zur Zimmerdecke betrug in etwa sechzig Zentimeter, so dass mein Mann sich beim schnellen Aufrichten vermutlich eine schwere Gehirnerschütterung geholt hätte.

»Hab ich das gerade richtig verstanden? Im Waschraum gibt es nur Waschbecken mit kaltem Wasser?«

«Was hast du erwartet in einer Alpenvereinshütte auf über 2'000 m Höhe? Einen Whirlpool?«

Robert fegte gerade dicke Staubflusen vom Boden aus der Ecke unter Monets Tisch hervor, bevor er seine Decke dort endgültig platzierte.

»Ganz schön schmuddelig hier. Guck mal, die Filzteppichfliesen lösen sich auch schon überall an den Ecken. Und ich schätze mal, darunter und auch darin gibt es Leben auf dem Planeten. Hier sollten wir auf keinen Fall barfuss und ohne Schuhe herumlaufen!«

Das hätte ich sowieso nicht gemacht, weil unsere heutige Heimstatt auch nicht geheizt war. Logisch nicht, würde man vermuten, Anfang Juli, mitten im Sommer. Aber wir waren hier auf 2'124 m Höhe und draussen wurden Nebelschwaden von einem kühlen Bergwind am Fenster vorbei getrieben.

»Wir müssen Herrn Monet schon sehr lieben, dass wir in solchen Kaschemmen übernachten«, entfuhr es Robert.

Ich war schlicht zu müde, um mich weiter über die Klasse unserer Herberge zu ereifern.

»Lass uns doch unten in der warmen Gaststube etwas essen und trinken, das wärmt von innen. Danach eine Runde Schlaf nachholen. Vielleicht bessert sich das Wetter zum Nachmittag und im ausgeschlafenen Zustand sicherlich auch unsere Laune.«

Mich liess der Anblick der appetitlichen Spareribs nicht mehr los. Wenn wir schon bescheiden schlafen mussten, wollte ich wenigstens fürstlich essen.

Wir zogen unsere leichten Turnschuhe an, die wir anstelle der empfohlenen leichten FlipFlops oder Badelatschen für die Alpenhütten und Gasthäuser eingepackt hatten. Sie hatten sich als Hüttenschuhe bisher sehr gut bewährt. Und hier waren wir nun mehr als froh, geschlossene Schuhe dabei zu haben, die ein wenig wärmten und einigermassen vor Schmutz und anderem Unbill schützten.

Im neu angebauten, mit hellem Holz freundlich gestalteten Gastraum der Hütte war es kuschelig warm und gemütlich. Zielstrebig peilte ich mit Monet an der Leine die Eckbank am Fenster an, von der man bei klarem Wetter sicherlich einen Traumblick hatte. Momentan konnte man die umliegenden Berge in ihren Umrissen leider nur erahnen. Es war inzwischen circa 13:00 Uhr, der Gastraum füllte sich mit ein paar unverdrossenen Tageswanderern. Darunter einige Familien mit kleinen Kindern, die von der anderen Talseite mit dem Auto bis auf einen Parkplatz in der Nähe gefahren waren.

»Ein Bier für mich bitte und was möchtest du?«

»Ein Radler bitte«, rief ich der Serviertochter hinterher. Obwohl noch relativ früh am Tag, hielt ich ein Radler für die geeignete Einschlafhilfe nachher.

»Wollt's auch was essen?«

»Eine Portion Spareribs bitte!«

»Ich hab nicht soviel Hunger, bringen Sie mir doch bitte eine Leberknödel Suppe.«

Der Zustand unseres Zimmers hatte meinem Mann anscheinend ein wenig auf den Appetit geschlagen. Als unser Essen schliesslich serviert wurde, war ich allerdings sehr froh, dass er nicht soviel bestellt hatte. Die Portion gegrillter Rippchen war wirklich etwas für Bergsteiger, diese Menge hätte für eine ganze Himalaja Expedition ausgereicht. Gut so. Wir labten uns alle daran. Inklusive Monet, für den wir das weniger gewürzte Fleisch direkt am Knochen abschnitten. Gut genährt, zufrieden, satt und wohlig müde zogen wir uns anschiessend in unsere Kammer zurück, wo wir uns bis obenhin in unsere warmen Schlafsäcke einmummelten und eine Runde schliefen.

»Zum Glück haben wir die dickeren Sommerschlafsäcke mitgenommen und nicht die im Wanderführer empfohlenen leichten, dünnen Hüttenschlafsäcke.« Ich zippte den Reissverschluss ganz nach oben und zog mich komplett in meine kuschelige Schlafhöhle zurück.

»Schlaf gut!«, tönte es gedämpft aus dem Schlafsack unter mir.

Als wir am späten Nachmittag wieder aus unseren Schlafstätten krochen, hatte sich der Nebel ein wenig verzogen, und wir konnten die Umgebung besser erkennen. Vor der Hütte sassen ein paar junge Mountain Biker bei der Rast, zu denen wir uns an den Tisch gesellten. Die Sonne strengte sich an und lugte hie und da bereits zwischen dem Hochnebel hervor. Auf der geschützten Bank an der Hauswand wärmte sie uns recht schnell auf. Wir genossen die Hüttenstimmung um uns herum und sassen dort eine ganze Weile schweigend, während dampfende Germknödel, Apfelstrudel mit Schlagrahm und Hüttenmakkaroni an uns vorbei schwebten.

Ein Glas Buttermilch, das einen typisch weissen, rahmigen Schnurrbart auf der Oberlippe meiner Sitznachbarin hinterliess, machte mir Appetit auf die frische Almspezialität. Ich riss mich los vom faulen Nichtstun und holte mir drinnen auch ein Glas. Noch nie zuvor hatte ich frische Buttermilch, gemischt mit naturtrübem, reinem Apfelsaft, getrunken. Köstlich! Genüsslich schleckte ich den letzten Rest meines fruchtigen Milchbartes mit der Zunge ab.

Weil es gegen Abend sehr viel frischer wurde, drehten wir nur noch eine kleine Gassirunde mit Monet um die Hütte herum, der es diesmal erstaunlich kurz machte und zurück ins Warme drängte. In der gemütlichen Gaststube erledigte ich meine tägliche Reisebuchhaltung, die ich im hinteren Teil meines kleinen Tagebuches vermerkte. Während mein Scout die morgige Tour auf seinem GPS Gerät plante und mit der Wanderkarte abglich, holte ich in Ruhe die Tagebucheinträge der letzten beiden Tage nach.

»Auch mal schön, so ein kleiner Ruhetag, an dem man nur den halben Tag wandert. Endlich mal Zeit und Musse, das bisher Erlebte Revue passieren zu lassen, und das Wanderadrenalin herunterzufahren.«

Mir fiel ein, was wir uns bei der Vorbereitung dieser langen Tour fest vorgenommen hatten. Nämlich, immer wieder die kritischen Erfolgsfaktoren dieser grossen Wanderung zu überprüfen und sie bei Bedarf den aktuellen Gegebenheiten und Bedürfnissen anzupassen: die Streckenkilometer pro Tag, die Gehzeit, das Gewicht des Gepäcks, die Ausrüstung, die Ernährung & die Erholungszeiten.

Heute hatten wir nur vier Stunden absolviert.

Bereits sieben Etappen intensiven Wanderns von jeweils sechs bis sieben Stunden pro Tag, 150 km Wegstrecke und 10'650 Höhenmeter hinauf- und hinab hatten wir insgesamt hinter uns.

Nach der ersten intensiven Woche erholten wir uns hier ein wenig, damit auch unsere Seelen uns wieder einholen konnten. Wir hatten bisher soviel gesehen und erlebt, dass es jetzt an der Zeit war, alles gedanklich zu sortieren und kurz innezuhalten.

Ich dachte an das Buch von Achill Moser, das Robert vor unserer Wanderung gelesen hatte: »*Zu Fuss hält die Seele Schritt*«. Das stimmt, aber manchmal war selbst das Wandern so intensiv, dass man der Seele eine kleine Pause gönnen musste.

Zwei Frauen mittleren Alters setzen sich an den Nebentisch. Wir hatten die beiden bereits bei ihrer Ankunft am späten Nachmittag bemerkt, als sie schweissgebadet und erschöpft vor der Hütte standen. Eine von ihnen begann gleich mit Herrn Monet zu flirten, der neugierig seinen Kopf unter unserem Tisch hervor streckte.

»Übernachten Sie auch hier?«, fragte sie uns, während sie Monet hinter den Ohren kraulte, dem dies sichtlich behagte.

»Ja.«

»Von wo kommen Sie denn mit Ihrem Hund? Und wo wollen Sie morgen hin?«

Wir erzählten von unserem Fernwanderziel Venedig und lösten damit zum wiederholten Male grosse Sehnsucht und Bewunderung aus.

»Davon träume ich auch schon lang. Einmal im Leben von München nach Venedig über die Alpen zu Fuss zu gehen.«

Ihre Freundin protestierte sofort.

»Mensch Gabi, hör bloss auf, ich bin ja schon nach zwei Tagen total erledigt und kaputt!«

Wir erfuhren, dass die beiden Familienmütter sich für ein verlängertes, viertägiges Wander Wochenende mit Hüttenübernachtungen hier in den Tuxer Alpen getroffen hatten. Nach dem zweiten Tagen hatten sie jedoch bereits beschlossen, die Tour morgen vorzeitig abzubrechen, weil Sandra körperlich völlig ausgelaugt war und von etlichen schmerzhaften Blasen an den Füssen gequält wurde.

»Dabei hab ich mir extra neue, teure Wanderschuhe gekauft und einen grossen Rucksack«, erzählte sie uns unglücklich. »Du hast aber auch ein Tempo vorgelegt!« Damit wandte sie sich an ihre Begleiterin Gabi. »Und dann mit diesem schweren Rucksack auf dem Rücken und nur mit einem Müesliriegel für unterwegs!«

Die beiden lieferten uns die Bestätigung für unsere Theorie.

Alle Faktoren müssen auf die individuellen Bedürfnisse, äusseren Gegebenheiten und persönlichen Fähigkeiten perfekt abgestimmt oder im Zweifel unterwegs noch fein justiert und angepasst werden.

Das war bei bei diesen beiden Freundinnen anscheinend zu kurz gekommen. Im Gespräch ergab sich, dass die eine weitaus erfahrener und konditionell deutlich trainierter war als die andere. Anscheinend hatten die beiden diese Tatsache bei der täglichen Streckenberechnung nicht berücksichtigt. Sie waren viel zu schnell gegangen, um das gesteckte Ziel pro Tag zu schaffen. Dazu kam, dass die nagelneuen Schuhe bereits nach dem ersten Tag Blasen hervorgerufen hatten, die das Gehen zusätzlich anstrengend und schmerzhaft machten. Die Rucksäcke waren mit jeweils zwölf Kilogramm pro Person ungewohnt schwer für steile Bergtouren, vielleicht auch nicht optimal eingestellt und beladen.

Robert zeichnete ihnen zur Verdeutlichung unserer Wanderphilosophie das einfache Regulierungssystem schematisch auf eine Papierserviette.

»Ihr könnt euch die Erfolgsfaktoren für eine lange Tour zu Fuss wie verschiedene Stellräder vorstellen, an denen ihr individuell nach den eigenen Bedürfnissen oder den äusseren Umständen regulierend drehen könnt, damit die persönliche Schmerzgrenze erst gar nicht erreicht wird. Ist der Weg sehr steil und das Gepäck schwer, muss die Geschwindigkeit und die gesamte Gehzeit pro Tag heruntergeschraubt werden. Genauso verhält es sich mit Schuhen, die zu Beginn einer Tour auf kleineren Etappen erst langsam eingelaufen werden sollten, wenn man vorher keine Möglichkeit dazu hatte. Reicht der eingepackte Proviant nicht aus, müssen mehrere kleine Pausen gemacht werden, idealerweise an Orten, wo man etwas zu essen kaufen kann. Auf sehr langen Touren wie unserem München-Venedig Weg bemerkt man nach einigen Tagen vielleicht, dass man zu viele oder unnötige Dinge dabei hat und deshalb das Gewicht des Rucksacks reduzieren kann. Dann schickt man eben einige Dinge per Post nach Hause zurück.«

Interessiert hörten die beiden Frauen ihm zu.

»Aber wir haben die Tagesetappen genau nach Wanderführer eingehalten«, rechtfertigten sich die beiden.

»Viele Wanderer unterwerfen sich dogmatisch den vorgegebenen Wanderstrecken und Gehzeiten in den Wanderführern, um die dort meist ambitioniert gesteckten Tagesziele auf jeden Fall zu erreichen. Koste es, was es wolle. Mit dem Risiko, eher eine längere Strecke lustlos und unter Schmerzen vorzeitig abzubrechen, als eine persönlich angepasste Tour der Freude ohne Leistungsdruck daraus zu machen.«

Es folgten einige Sekunden schweigenden Nachdenkens.

»Eigentlich hast du recht. Wir haben nicht hinterfragt, ob das im Wanderführer beschriebene Pensum für uns so stimmt. Wir dachten, wenn das so geschrieben steht, und alle das so machen, dann wird das schon passen«.

Es gehört natürlich auch eine ordentliche Portion Selbstbewusstsein dazu, andere Wanderer schneller an sich vorbeiziehen zu lassen oder sich einzugestehen, dass man selbst länger für eine Strecke gebraucht hat als beschrieben. Wir ertappten uns selbst auch oft genug dabei, wie wir uns anderen Wanderern an die Fersen hefteten oder immer schneller wurden, wenn sich andere von hinten näherten. Wobei dann meist einer von uns beiden den anderen feixend ansah und meinte:

»Hast du einen Termin?«

In dieser Nacht erkannte ich zum ersten Mal den wahren Sinn einer Stirnlampe, die ich in weiser Voraussicht am Bettpfosten meines hohen Lagers aufgehängt hatte. In tiefschwarzer Dunkelheit leistete sie mir in meinem schläfrigen Zustand gute Dienste beim akrobatischen Hinabklettern auf dem Weg zur Toilette. Der Lichtschalter in unserem Zimmer war nämlich direkt neben der Tür platziert. Unerreichbar vom Bett aus. Ausserdem weckte ich so meine beiden Zimmergenossen nicht auf. Dachte ich mindestens. Denn als ich strumpfsockig mit einem Fuss von der obersten Leitersprosse abrutschte und mich laut fluchend mit dem anderen Fuss und beiden Händen auffing, sprang Monet völlig verschreckt unter seinem Tisch hervor, schlug sich dabei geräuschvoll den Kopf an und kontrollierte, wer da herum lärmte. Robert brummelte im Halbschlaf unter seiner Schlafhöhle hervor.

»Gab's Verletzte?«

»Nein, nein, schlaf weiter. Muss nur auf's Klo.«

Umständlich schlüpfte ich in meine unten geparkten Hüttenschuhe und geisterte über den Flur, der wenigstens die ganze Nacht beleuchtet war. Geblendet von der unerwarteten Helligkeit auf dem Gang, half die Stirnlampe auf dem Rückweg umso mehr, im dunklen Zimmer die kantigen, schmalen Holzsprossen nach oben wieder exakt zu finden.

»Gut, dass ich heute nicht allzu viel getrunken habe.« Nochmals wollte ich diesen nächtlichen Abstieg nicht wagen.

Laut unserer Streckenplanung hatten wir am nächsten Tag über 21 km vor uns, wofür wir acht Stunden reine Gehzeit eingeplant hatten. Entsprechend früh machten wir uns auf den Weg.

Die kühle, frische Bergluft tat unseren Lungen sehr gut und prickelte erfrischend auf unseren Wangen, während die Tautropfen auf den Gräsern und Alpenblumen am Wegesrand in der Sonne glitzerten wie Diamanten.

»Ein frisch gewaschener Tag. Die Heinzelmännchen haben über Nacht geputzt und gewienert und lassen die Landschaft in voller Pracht erstrahlen. Nur für uns.« Übermütig freute ich mich auf diesen Sonntag, der seinem Namen alle Ehre machte.

Von der Rastkogelhütte stiegen wir in etlichen Kehren stetig steil bergab, vorbei an Wiesen voller Alpenblüten, die gerade erst erwachten. Einige Ställe und vereinzelte, idyllisch gelegene kleine Ferien Holzhäuser lagen am Weg.

»Glücklich, wer hier ein Ferienhöckli hat.«

»Aber auch schön, wenn man in den Ferien jedes Mal den Vorgarten und die Umgebung wechseln kann.«

Robert spielte damit auf unser mobiles Reisedomizil an, mit dem wir sonst immer unterwegs waren.

»Vermisst du den Koffer schon ein bisschen?« Das war der Spitzname unseres Wohnmobils.

»Im Moment noch nicht. Ist doch auch mal schön, wenn man einfach immer nur weiter gehen kann, ohne an einen bestimmten Punkt zurückkehren zu müssen. Und ohne sich um Stellplätze, Vorräte und Verkehr zu kümmern. Dazu mit noch viel kleinerem Reisegepäck als im Wohnmobil.«

»Du meinst also, zwei neue Backpacker Weltenbummler sind geboren?«

»Ich geb den Führerschein erst mit 113 Jahren ab, danach können wir darüber reden!« Grinsend spazierte er hinter dem munter springenden Monet den Weg hinab in Richtung Zillertal.

Den fünften Tag wanderten wir nun schon unsere ganz persönliche Route, abweichend von der klassischen Venedig Route, so dass wir die genaue Wegbeschreibung nicht in unserem mitgeführten Wanderbüchlein nachschlagen konnten. Hier verliessen wir uns ausschliesslich auf das GPS Gerät und das Kartenmaterial. An einer Weggabelung bog Robert rechts ab, steil hinauf in den Wald, der hier immer dichter wurde. Auf feuchten, lehmigen Waldböden rutschten und keuchten wir so eine ganze Weile fast senkrecht den schmalen Waldweg hinauf, eine schweisstreibende Angelegenheit.

Einzig Monet war in seinem Element, denn Wälder waren ein

Duft Festival für den kleinen Vierbeiner. Und all die spannenden Geräusche! Er lief hierhin und dorthin, immer ein Stück voraus, um schnüffelnd und lauschend, mit schräg gestelltem Kopf aufmerksam stehen zu bleiben. Dabei verlor er jedoch nie sein Rudel aus den Augen und stellte sich von Zeit zu Zeit fotogen auf einer kleinen Anhöhe oder einem Stein in Pose, um geduldig stirnrunzelnd auf sein viel zu langsames Herrchen und Frauchen zu warten.

Im Scherz sagte ich dann immer: »Schau mal, Herr Monet wartet schon wieder seit Stunden auf uns, Nägel feilend und gelangweilt ein Liedchen trällernd.«

Dieser Waldweg hier wollte einfach keine Ende nehmen. Es war mir gar nicht bewusst gewesen, dass wir so tief von der Hütte hinab gestiegen waren, um hier die Höhenmeter wieder mühsam zu gewinnen.

»Bist du sicher, dass wir hier richtig sind?«

»Siehst du einen anderen Weg?«, kam die leicht gereizte Gegenfrage zurück.

»Da hinten war doch eine Abzweigung in Richtung Penken«, gab ich zu bedenken.

»Du kannst ja umdrehen.«

Das wollte ich ohne mein Wanderrudel auch nicht machen und japste lieber schweigend meinen beiden Herren hinterher. Die Orientierung hatte ich in diesem Labyrinth von Bäumen und schmalen Waldwegen schon längst verloren, Wegweiser waren hier absolute Mangelware. Als unser Weg schliesslich ohne Brücke an einem recht breiten Bergbach endete, der auf den ersten Blick reissend und tief wirkte, war meine Moral auf dem Tiefpunkt.

»Wie sollen wir denn da hinüberkommen?«

»Zu Fuss würde ich vorschlagen«, und schon entledigte sich Robert flugs seiner Schuhe und Socken, krempelte die Hosenbeine hinauf und watete tapfer ins eiskalte Gebirgswasser.

»Pass bloss auf«, rief ich besorgt hinterher, den kleinen Wasserfall im Blick, der sich weiter links über hohe Felsen hinabstürzte.

»Ja, ja, Frau Fichter«, kam die Antwort zurück, die mich jedes Mal auf die Palme brachte. Mein Mann spielte damit auf meine stets besorgte Frau Mama an, die immer und überall ihre Bedenken bezüglich potentieller Gefahrenherde platzierte und andere damit ganz schön demoralisieren konnte. Wie jeder Mensch hatte natürlich auch sie ihre Gründe für diese übertriebene Vorsicht. Und ich hatte vermutlich ein kleines Stückchen dieser Angewohnheit geerbt.

»Pah, dem zeig ich's!«

Trotzig legte ich meinen Rucksack ab und setzte mich auf einen Felsen, um ebenfalls Schuhe und Socken auszuziehen. Inzwischen war er bereits heil am anderen Ufer angekommen, parkte seinen Rucksack dort, kam nochmals zurück, um meinen zu holen und damit die reissende Strömung ein zweites Mal zu durchwaten.

»Dann doch ein Kavalier!« gab ich brummelnd zu.

Jetzt sass er drüben auf einem grossen Stein am Wasserfall und beobachtete meine umständlichen Bemühungen, ihm barfuss durch das eiskalte Wasser zu folgen. Monet, Sternzeichen Wasserratte, war sowieso schon längst unerschrocken und völlig gelassen durch den heftig fliessenden Bach gesprungen. Mitsamt seinem kleinen Rucksack, der nun vollkommen nass war. Jetzt stand er schwanzwedelnd und auf der Stelle tänzelnd am Ufer und schaute erwartungsvoll zu mir hinüber. Gerade als ich mit meinen bleiernen Schuhen in der einen und meinen beiden Wanderstöcken als Stützen in der anderen Hand los stapfen wollte, kam von der gegenüberliegenden Seite ein Gruppe Mountain Biker an den Bach. Mit demselben Problem konfrontiert wie wir. Sie mussten allerdings auch noch ihre unhandlichen Fahrräder über den Bach tragen, der viel zu tief und felsig war, um ihn zu durchfahren.

Ich beeilte mich, denn auf massiven Gegenverkehr im kalten Wasser hatte ich erst recht keine Lust.

»Iiiih, ist das eisig«, kreischte ich bei der ersten Berührung des kühlen Nass, »und wie glitschig die Steine sind!«

Frei nach dem Motto: »Augen zu und durch«, setzte ich vorsichtig einen Fuss vor den anderen, mit den Stöcken ankernd und vorsichtig einen geeigneten Halt zwischen den rutschigen, kalten Steinen suchend.

»Bloss nicht die Schuhe fallen lassen!«

Als ich schliesslich mit jeder Menge Adrenalin im Blut das rettende Festland unter den Fusssohlen spürte, und Herr Monet freudig an mir hochsprang, atmete ich erleichtert und auch ein wenig stolz auf. Ein flacher Stein neben Roberts Sitzplatz bot sich zum Trocknen der nassen Füsse an. Ein idealer Beobachtungsposten für das Überquerungsmanöver der Mountain Biker.

In ihrer Profiausrüstung mit Protektoren an allen möglichen Körperteilen und ihren martialischen Helmen mit Kinnschutz sahen sie aus wie Ninja Turtles oder moderne Ritter in ihren Rüstungen auf stählernen Schlachtrossen, die es nun unbeschadet über die sprudelnden Fluten zu retten galt. Es half nichts, auch die Bike Ritter mussten ihre komplette Montur ablegen. Dabei erkannten wir unter diesen unerschrockenen Downhill Helden auch eine Frau. Ihr war deutlich anzusehen, was sie von dieser Aktion hier hielt. Mit einer Mischung aus Mitgefühl und Neugier verfolgte ich gespannt, was nun kam. Die Männer stopften ihre Protektoren und Schuhe in die Rucksäcke, liessen die Helme auf und schnappten sich scheinbar mühelos ihre kompakten Mountain Bikes, um diese hoch erhoben vor ihrem Körper durch den Bach zu tragen.

»Aha, Karbon statt Kondition«, dachte ich. Denn sonst hätten sie die Räder sicherlich nicht so leicht tragen können.

Die Frau blieb als letzte zurück, ein wenig hilflos abwartend, wie sie dieses Problem am besten bewältigen könne, während die Jungs bereits am anderen Ufer sassen und glotzten.

»Da hab ich aber den weitaus grösseren Gentleman dabei.«

Die Bikerin fasste sich schliesslich ein Herz und hob ihr Fahrrad ebenfalls an, um die ersten Schritte ins Wasser zu wagen. Doch sie geriet sofort in gefährliche Schieflage, das Fahrrad rutschte irgendwie schräg hinunter, und sie stand nun unbeweglich, sichtlich um Gleichgewicht und Contenance bemüht, inmitten des kalten Wassers. Offensichtlich war in dieser misslichen Lage weder ein Schritt nach vorne noch nach hinten möglich.

Gerade als Robert und ich aufspringen wollten, um zu Hilfe zu eilen, bequemte sich dann doch endlich ein Biker Kamerad, der jungen Frau zu helfen. Er nahm ihr das Fahrrad ab, und ein anderer bot ihr seine Hand an, um sie hinüber zu ziehen.

Mit trockenen Beinen und ein wenig erholt nach dem letzten steilen Stück machten wir uns wieder auf den Weg, der auch hinter dem Bach nirgends ausgeschildert war.

»Im Zillertal wissen offensichtlich alle, wo's lang geht, und wer das nicht weiss, hat hier nichts verloren.«

Ein einzelner Mountain Biker donnerte uns auf schmalem Weg entgegen, stieg aber höflich ab, als er unseren Hund sah.

»Wissen Sie, wie wir von hier nach Vorderlanersbach kommen?«

»Das ist noch ein ganzes Stück weit weg«, antwortete er auf Hochdeutsch. Kein Einheimischer, aber beim Blick auf unsere Wanderkarte konnte er uns zumindest unseren Standort angeben. Unser eigentliches Tagesziel lag meilenweit entfernt. Zu weit, darüber waren wir uns einig. Jetzt war der Zeitpunkt gekommen, wieder an einem der fünf Rädchen zu drehen und die Strecke der Situation anzupassen. Wir setzten uns auf einen Baumstumpf und suchten auf der Karte ein neues Übernachtungsziel für heute.

Der junge Mountain Biker hatte uns erklärt, wir müssten vom jetzigen Standort aus auf jeden Fall erst einmal zur Penken Bergstation aufsteigen. Und von dort dann entweder nach Mayrhofen oder Finkenberg weitergehen. Bergstation und Ortschaften, das gab mir Hoffnung, hier nicht in diesem endlosen Wald campen müssen. Zumal hier keine einzige flache Stelle zu finden war.

»Lass uns doch in Finkenberg eine Pension oder ein Hotel suchen. Das liegt auf unserem weiteren Weg. Dort finden wir bestimmt ein Zimmer«, schlug Robert im Weitergehen vor.

Den Wald weiter hinauf, konnten wir in der Nähe durch die Baumlücken bereits die ersten gespannten Seile der Bergbahn erkennen. Endlich die Sicherheit, dass wir uns doch nicht so schlimm verlaufen hatten. Die Hoffnung auf dieses konkrete Zwischenziel verlieh uns nach sechs Stunden non-stop Marsch wieder Flügel.

Als wir den Wald auf einer kleinen, lichten Kuppe schliesslich verliessen, um direkt zur Mittelstation der Penkenbahn zu gelangen, traf uns beim Näherkommen beinahe der Schlag.

Verschwitzt, abgekämpft, aber ganz schön stolz auf unsere heutige Leistung fanden wir uns, nach sechs Stunden in reinster Naturumgebung, hier in einer Art Alpen Disney World wieder.

Sommerlich bunt gekleidete, vielfach übergewichtige Familien in Flip Flops kamen uns mit Eiscreme Tüten entgegen, plärrende Kleinkinder trotzten, weil sie nach der Liftstation keinen Meter mehr laufen wollten. Geschminkte und sonntäglich herausgeputzte Teenager mit Smartphone Ohrenstöpseln musterten uns mit unseren grossen Rucksäcken, als ob wir vom Mond kämen. Einige zückten schnell ihr Smartphone, um Herrn Monet mit seinem roten Rucksack zu fotografieren, der sich an seiner Leine unter so vielen lärmenden Menschen sichtlich unwohl fühlte und heftig in die andere Richtung zog.

Als wir schliesslich hier oben auf 1'780 m Höhe auch noch an einem gut sortierten Mega Sportgeschäft in der modernen Bergstation vorbei kamen, die wie ein Raumschiffbahnhof wirkte, kamen wir uns vor wie im falschen Film.

»Wo sind wir denn hier gelandet?«

»Ich hab mich so auf eine kühle Buttermilch in einer urigen, kleinen Almhütte gefreut.«

Im Weitergehen deutete Robert auf einen kleinen eingezäunten Bereich, wo an einem künstlich aufgeschütteten Strand Liegestühle aufgestellt worden waren.

»Einen Cocktail mit Schirmchen kannst du haben!«

So hatten wir uns die idyllische Bergwelt der Zillertaler Alpen nicht vorgestellt.

»Eine Pause müssen wir jetzt aber machen.« Wir hatten bis auf die Trockenaktion am Bach bisher weder pausiert noch gegessen. Genervt ergaben wir uns unserem Schicksal und suchten uns einen Tisch am Rande der aufwändig zum Tal und den Berggipfeln hin gestalteten, grossen Aussichtsterrasse, die an diesem warmen Sonntag zum Bersten voll war mit Tagestouristen von der Bergbahn. Ein junger Kellner nahm unsere Bestellung auf.

»Zwei Apfelschorle, bitte.« Der Appetit war uns irgendwie vergangen. Wir sammelten uns ein wenig, kippten die schmackhaften Mineralien in Rekordzeit hinunter und flohen schnellstmöglich aus dieser Massentourismusindustrie.

»Kein Wunder, kommen den Wanderern auf schmalen, steilen Waldwegen ungeübte Mountain Biker entgegen, wenn Hinz und Kunz inzwischen mit Bergbahnen und Elekro Bikes die Alpen hinauffährt. Ausserdem muss man sich nicht über die steigende Vermüllung der Gebirge wundern!« Robert war in Rage.

Selbst das Journal des Alpenvereins hatte diesem Thema schon mehrfach einige Seiten gewidmet.

Kaum hatten wir die Bergstation hinter uns gelassen, kehrte wieder Ruhe ein, und wir begegneten keiner Menschenseele mehr auf unserem Weg bergab. Die Temperatur stieg mit jedem Meter abwärts. Der Serpentinenweg entlang der Almwiesen bot uns kein bisschen Schatten. Die fehlende Nahrung machte sich auch langsam bemerkbar. Heute hatten wir selbst vergessen, an dem Rädchen »Ernährung« zu drehen. Ich bekam schlechte Laune. Wie immer, wenn ich hungrig war. Verbissen stolperte ich neben Robert her.

»Ist es noch weit?«, fragte ich alle paar Meter.

Auf einer Bank an einem hohen Wasserfall, kurz vor Finkenberg, trat ich schliesslich in den Streik.

»Ich setz mich jetzt hierhin und sterbe!«

»Dann mach das.«

Mit diesen Worten plumpste mein ebenfalls erschöpfter Mann neben mir auf die Bank, während Monet interessiert das seichte Sammelbecken des Wasserfalls als potentielle Badewanne inspizierte und einige Schlucke vom kühlen Gebirgsnass schlabberte.

»Monet macht's richtig!« Schon stand Robert ebenfalls direkt am herabstürzenden Wasserfall in der feinen Gischt, die in zartem Nebel den Felswänden entlang sprühte.

»Komm auch, das erfrischt ungemein!«

Missmutig schleppte ich mich zu den beiden, wo Robert mich weiter nach vorne schubste. Und tatsächlich, kalter feiner Sprühnebel kühlte mein Gesicht, meine Unterarme und mein Gemüt.

»Die Natur ist das schönste Spa!« Sie erfrischte in diesem Moment nicht nur unsere Körper, sondern auch den müden Geist für das letzte kleine Stück Weg.

Am späten Nachmittag angekommen im kleinen Ferienort Finkenberg, galt es nun noch, »last minute« eine Bleibe zu finden.

»Guck mal, dort ist die Touristeninformation!«

»Die hat sonntags sicherlich geschlossen, lass uns doch gleich in dem Hotel da drüben fragen. Das sieht nett aus.«

Robert stapfte lieber in Richtung Touristeninformation. Deren Tür öffnete sich zwar, dahinter wartete jedoch nur ein Computerbildschirm auf uns. Genau das Richtige für technikbegeisterte Männer. Nachdem er sogleich wild drauflos getippt hatte, starrte mein Mann nun paralysiert auf das Display.

*Serverfehler, bitte wenden Sie sich an den Administrator.«

»Blöde Technik!«

Lachend machte ich auf dem Absatz kehrt und ging zu dem freundlich wirkenden Hotel Kristall gegenüber.

»Wir warten draussen.«

Dabei stand nirgends ein Schild am Haus »*Wir müssen draussen warten*«.

Total derangiert, mit verschwitztem, verrutschten Kopftuch und in muffelnder Wanderkleidung stand ich an der gepflegten Rezeption, wo mich eine ebensolche Empfangsdame freundlich nach meinem Wunsch fragte.

»Grüss Gott. Hätten Sie eventuell noch ein Doppelzimmer für heute Nacht für uns und unseren kleinen Hund?«, erkundigte ich mich vorsichtig. Denn hier hatte ich im Vorfeld keine Informationen eingeholt.

»Sie haben grosses Glück«, strahlte mich die Dame mit ihrem flotten Kurzhaarschnitt und der modernen Brille an, »heute Mittag hat jemand abgesagt, so dass wir noch genau ein Doppelzimmer frei haben. Hier ist der Schlüssel, zweiter Stock rechts. Wollen Sie Halbpension oder à la carte?«

»Äh, das weiss ich jetzt gar nicht so recht.«

»Ich würde Ihnen Halbpension empfehlen, da fahren Sie preislich besser und Sie bekommen ein Viergänge Menü zum Abendessen sowie ein üppiges Frühstücksbuffet. Jetzt machen Sie sich erst mal frisch, die Anmeldung machen wir dann später.«

Am liebsten hätte ich sie umarmt und geküsst, diese unkomplizierte, überaus zuvorkommende Dame, die in diesem Moment einen extrem anstrengenden Tag für mich zum Happy End führte. Glücklich stürmte ich hinaus und holte meine beiden Männer herein, die angenehm überrascht waren, dass es im ersten Hotel gleich geklappt hatte.

Ein sehr gepflegtes Zimmer mit grosszügigem Doppelbett, neuen Möbeln und Teppichboden hatten wir bekommen. Dazu ein eigenes, separates Badezimmer, das keine Wünsche offen liess. Sogar einen Föhn gab es hier, Shampoo und flüssige Duschseife. Dinge, die früher auf Geschäftsreisen selbstverständlich für mich gewesen waren, erschienen mir auf unserem Rucksack Trip auf einmal extrem luxuriös und geradezu paradiesisch.

Nach einer ausgiebigen Dusche betrat ich mit ordentlich geföhnten Haaren als neuer Mensch unser Zimmer, wo Robert sich auf dem bequemen Bett ausgestreckt hatte bis das Badezimmer frei war.

»Wo ist denn Herr Monet?«

»Auf seiner Decke natürlich.«

»Eben nicht!«

Suchend sah ich mich im Zimmer um. So gross, dass unser Hund sich darin hätte verlaufen können, war es nun auch wieder nicht. Besorgt öffnete ich sogar die Zimmertüre, um draussen nachzusehen, ob wir ihn in der Eile vergessen hatten. Doch auch dort kein Hund weit und breit.

Als ich die Tür wieder hinter mir schloss, bedeutete Robert mir mit vorsichtigen Gesten, langsam und leise hereinzukommen, und zeigte auf den Kleiderschrank. Dessen Schiebetüren hatte ich vorhin geöffnet, um meinen kleinen Kleidersack aus dem Rucksack hinein zu legen. Dort auf dem Schrankboden sah ich unseren selig schlummernden Hund. Eingerollt wie ein Fuchs lag er auf einer zusammengelegten dicken Wolldecke.

»Die perfekte, kuschelige Hundehütte«, hatte sich unser Vierbeiner vermutlich gedacht, nachdem er die letzte Nacht mit uns im kalten Hüttenzimmer hatte verbringen müssen. Wer hätte ihm in diesem Moment böse sein können?

Die Dame an der Rezeption hatte nicht zu viel versprochen, denn das viergängige Abendmenü war wirklich vom Feinsten. Wir durften sogar Monet problemlos mit ins Restaurant nehmen. Die Hotelinhaberin war selbst eine grosse Hundefreundin. Sie verliebte sich sofort in unseren kleinen Charmeur und zeigte ihm ihre Zuneigung mit einer üppigen Portion Butterspaghetti, die Herrn Monet draussen in einem grossen Hundenapf serviert wurde. Nach der bescheidenen Hüttenerfahrung gestern war unser Rudel heute im Paradies gelandet.

Am Abend verschlossen wir allerdings die Türen des Kleiderschranks. Herr Monet schlief dennoch wie ein kleiner Gott auf seiner eigenen, weichen Reisedecke auf dem Boden.

Auf knapp 2'700 Höhenmetern fährt es uns in alle Glieder

Der Wetterbericht hatte nichts Gutes verheissen. Das heftige Gewitter letzte Nacht war wohl nur der Vorbote einer kalten Schlechtwetterfront gewesen, die in den nächsten Tagen über die Zentralalpen ziehen würde. Beim Blick aus dem Fenster schien heute Morgen zwar wieder die Sonne, aber bereits vor der Hoteltür nahm uns die schwere, feucht-warme Luft fast den Atem.

»Gut, dass wir beschlossen haben, einen Bus-Joker zum Schlegeis Stausee zu nehmen, oder?«

Ich wollte von Robert die Bestätigung bekommen, dass dies keine faule Weichei Aktion, sondern eine vernünftige Entscheidung war. Vor allem im Hinblick auf die drohende Kaltfront sowie die anstrengenden, langen und steilen Höhentouren im Hochgebirge, die in den nächsten Tagen vor uns lagen.

»Bleibt uns gar nichts anderes übrig, wenn wir im Zweifel nicht tagelang im Pfitscherjochhaus festsitzen und auf besseres Wetter warten wollen.«

Alle Faktoren sprachen heute für den Bus. Gelegenheiten, unsere Wanderfähigkeiten unter Beweis zu stellen, würden wir in den nächsten drei Wochen noch mehr als genug bekommen. Das Rädchen »Wegstrecke« wurde heute also den Wetterbedingungen angepasst.

So sassen wir frühmorgens im Bus nach Mayrhofen, wo wir zum Schlegeis Stausee umsteigen mussten. Als er sich durch den beliebten Zillertaler Urlaubsort schlängelte, stiegen zahlreiche Tagesausflügler zu, bis der Bus fast drohte auseinander zu bersten.

Alle hatten die Hoffnung, heute den letzten sonnigen Tag noch in der Natur geniessen zu können. Über eine kurvige Höhenstrasse, vorbei an saftigen Almwiesen, durch einen finsteren, einspurigen Natursteintunnel, schraubte sich unser Bus in rasanter Fahrt hinauf. Aussichtsreiche Momentaufnahmen auf umliegende Alpengipfel und Gletscher, die zwischen den Bäumen hindurch blitzten, steigerten unsere Vorfreude auf die letzte Tour durch die Zillertaler Alpen.

»Wie es wohl den anderen München-Venedig Wanderern geht, die auf der klassischen Route unterwegs sind? Vielleicht treffen wir einige von ihnen am Pfitscherjochhaus, wo wir wieder auf den Grassler Weg treffen.«

»Meinst du, Resie und Tom wandern immer noch mit dem behäbigen Franzl über die Berge?«

»Keine Ahnung. Ich frag mich generell, ob die andern bei dem gewittrigen Wetter und den bescheidenen Sommertemperaturen die Bikkarspitze auf 2'750 m Höhe überqueren konnten. Und wie es ihnen am seilversicherten, steilen Abstieg der 2'900 m hohen Friesenbergscharte ergangen ist.«

Wegen jener heiklen Stellen und aufgrund diverser Hundeverbote auf den dortigen Hütten hatten wir eine eigene, hundegerechte Wegvariante durchs Karwendel und die Tuxer Alpen gewählt.

»Na, wir werden es ja hören, wenn wir wieder einen von ihnen treffen«.

Am überaus malerischen, türkisfarbenen Schlegeis Stausee, inmitten hoher Gipfel und Schnee bedeckter Gletscher, stiegen alle Passagiere erleichtert aus. Manche von ihnen ein wenig blass um die Nase nach der abenteuerlichen Kurvenfahrt, die sie tapfer im Stehen absolviert hatten. Endlich konnten auch wir unsere engen Sitze im hinteren Busbereich verlassen, alle Glieder strecken und hier auf 1'780 m die frische Bergluft tief einatmen.

Angenehm kühl war es hier oben noch trotz Sonnenscheins, genau richtig zum Wandern. Schnell das Wanderkopftuch umbinden, denn der Bergwind wehte uns frisch um die Ohren.

Von hier aus hatten wir jetzt nur zwei gemütliche Stunden vor uns, hinauf zum Pfitscherjochhaus. Eine Wohltat nach dem über achtstündigen, steilen Waldmarathon gestern. Und erst recht vor der morgen geplanten neun Stunden Wanderung mit Überquerung der steilen Gliederscharte.

»Das ist ja eine regelrechte Völkerwanderung hier.«

Jung und Alt schien mit Rucksäcken und Wanderstöcken bewaffnet, auf den Beinen zu sein. Herr Monet, der wie immer ein Stückchen voraus gegangen war, kam ganz durcheinander, zu welcher Wandergruppe er denn nun gehörte und sah sich immer wieder unsicher nach uns um. Wir kamen nicht so richtig zügig voran, denn unser Hund war der erklärte Alpenstar mit seinem ungewöhnlichen, roten Rucksack. Alle, die uns entgegen kamen oder überholten, hatten einen Kommentar parat.

»Guck mal, Else, der Hund hat einen Rucksack!«

»Karl-Heinz, hast du den Hund mit dem Rucksack gesehen?«

»Ooch, der Arme, muss sein Futter selbst schleppen.«

»Hat der wohl Rum in seinem Rucksack?«

»Wie putzig, ein Alpen Bernhardiner en miniature.«

»Che bello, un cagnolino con un sacco da montagna!«, tönte es sogar in italienisch.

Sonst gar nicht schüchtern, schaute Monet ein wenig irritiert über die unerwartete Aufmerksamkeit so vieler Menschen und wich keinen Meter mehr von unserer Seite. Vor Freude zückten viele Wanderer umständlich ihre Smartphones oder Kameras aus den Rucksäcken, um ein Foto von Herrn Monet zu ergattern. Erst recht, wenn wir ihnen von unserem Ziel erzählten. Einen Alpen überquerenden Hund mit Rucksack hatte bisher noch niemand von ihnen getroffen.

Vorbei an idyllischen Hochalmen mit glücklichen Kühen und einigen lustigen Bergziegen, schafften wir den Anstieg schliesslich doch noch einigermassen in der geplanten Zeit. Inmitten des Pulks von Tageswanderern kamen wir mittags am Pfitscherjochhaus an, vor dem ein grosses Schild unsere Ankunft in Südtirol verkündete. Ich freute mich auf einen feinen, original italienischen Cappuccino. Während Robert mit Monet ein sonniges Plätzchen auf einer der zahlreichen Bierbänke vor dem imposanten Pfitscherjochhaus suchte, ging ich hinein.

»Ich organisier uns etwas zu trinken und frag dabei gleich nach unserem reservierten Zimmer.«

Drinnen ging es zu wie in einem Bienenstock.

Eine italienische Schulklasse hatte den Gastraum belagert, um geräuschvoll und mit grossen Gesten ihre Spaghetti zu verspeisen. Denn draussen war es heute, bei circa fünfzehn Grad Celsius, definitiv zu kalt für Italiener. Der freundliche Wirt behielt auch im grössten Tumult den Überblick und seine Gelassenheit.

»Endlich in Italien, wo es den guten, cremigen Cappuccino gibt«, begrüsste ich ihn strahlend.

Die grosse, chromblitzende Kaffeemaschine im Hintergrund des Tresens dampfte verheissungsvoll.

»Sind Sie sicher? Ich werde mein Bestes geben!«

Amüsiert grinste der Wirt mich an und zwinkerte mit den Augen. Er zauberte den besten Cappuccino seit langem. Mit einem entzückenden, kleinen, braunen Espresso Herzchen auf dem weissen, cremigen Milchschaum, in dem der Zucker erst nach Sekunden langsam versank.

Die füllige Grossmutter der Wirtsfamilie, die an der Kasse sass, war für die Zimmer zuständig und ging zügig und unkompliziert mit mir die Anmeldung durch. Mit Zimmerschlüssel, Cappuccino und Bier für Robert auf dem Tablett suchte ich mir einen Weg durch die noch immer hereinströmenden Besucher.

Auch draussen ging es zu wie in einem Taubenschlag. Ein stetiges Kommen und Gehen, denn das Pfitscherjochhaus liegt an einem zentralen Punkt der Zillertaler Alpen, wo viele Wanderwege kreuzen.

Lustvoll trank ich meinen köstlichen, süssen Cappuccino und genoss das unvergleichliche Gefühl, wenn die zarten Milchbläschen des ersten Schlucks sanft auf der Oberlippe zerplatzen.

Herr Monet hatte einen Napf mit frischem Wasser vor sich, das ihn jedoch nur mässig interessierte in Anbetracht einiger anderer Hunde, die hier herumsprangen. Hier kam er voll auf seine Kosten. Vom kleinen Rehpinscher bis zum stämmigen Rhodesian Ridgeback war alles vertreten, was im weitesten Sinne zur Gattung Hund zählt. Und erstaunlicherweise liefen im Gebirge die Begegnungen der unterschiedlichen Hunde vielfach friedlicher und unkomplizierter ab als im Flachland oder in den Städten. Den Vierbeinern ging es offensichtlich wie uns Menschen. Sozialer Dichtestress und Bewegungsmangel führte zu Konflikten. Der Auslauf in der Weite und Freiheit der Bergnatur dagegen sorgte für Ausgeglichenheit und Frieden. Herr Monet schnüffelte und wedelte mit seinen Artgenossen um die Wette.

Auch unter den Hundebesitzern war er das Thema Nummer eins, denn kein anderer Hund hier oben hatte eine so schicke Ausrüstung, und schon gar nicht ein solch aufregendes Abenteuer vorzuweisen. Sie standen Schlange, um unseren Hund zu fotografieren.

»Süsser, guck mal hierher...«

Im Scherz sagte ich zu meinem Mann:

»Jetzt wissen wir endlich, wie sich George Clooney fühlen muss, wenn er aus dem Haus geht.«

»Alpen Clooney«. Ein neuer Spitzname für Monet war geboren, dem er auf unserem weiteren Weg alle Ehre machte, wenn er sich fotogen in Pose warf oder reihenweise Frauenherzen brach.

Als die Sonne tiefer sank, leerten sich Tische und Bänke schlagartig. Die Tagestouristen kehrten ins Tal zurück. Die von uns so geschätzte Ruhe nach dem Sturm kehrte ein, hier oben auf 2'276 m. Nur vereinzelte Gäste, vermutlich Fernwanderer und Übernachtungsgäste wie wir, sassen nun noch draussen in ihren warmen Jacken.

Wir planten unseren nächsten Tag, lasen nochmals alle Details der Strecke zur Gliederscharte im Wanderführer nach und verglichen die Beschreibung mit den Daten unseres GPS Geräts. Falls die Sicht schlechter werden sollte, wollten wir gerüstet sein.

In unserem Eifer hatten wir offensichtlich gar nicht bemerkt, dass unsere selbst erstellte Excel-Planungsliste von einem Windstoss erfasst worden und davongeflogen war. Unsere Routenbibel, der wichtige rote Leitfaden für unsere individuellen Tagesetappen und Übernachtungen. Ein Mann mittleren Alters war vom Nebentisch plötzlich aufgesprungen und unseren beiden bedruckten Papierseiten hinterher gejagt, die er uns anschliessend grinsend in die Hand drückte.

»Ich schätz mal, die werdet ihr noch brauchen«, lachte er mit unverkennbar Schwarzwälder Akzent. »Wo kommt ihr her und wo wollt ihr hin?«

»Aus der Schweiz kommen wir und nach Venedig wollen wir.«

»Aha!«, tönte es ein wenig skeptisch. Er drehte sich um und ging ins Haus zurück, in der Hand ebenfalls einen roten Wanderführer, dessen Titel wir jedoch nicht erkennen konnten.

»Komischer Kauz, aber aufmerksam und hilfsbereit.«

»Ein typischer Südbadener halt. Die machen nicht viel Worte.« Ich musste es ja wissen. Schliesslich war ich dort aufgewachsen.

Am frühen Abend trafen wir Udo, den Schwarzwälder, im Gasthaus beim Postkarten schreiben an.

»Dürfen wir uns dazugesellen?«

»Von mir aus.« Nur kurz schaute er von seiner konzentrierten Schreibtätigkeit auf.

»Eine gute Idee.« Ich ging auch gleich zur Kasse, um ein paar Postkarten vom Pfitscherjochhaus für die Daheimgebliebenen zu kaufen.

»Heutzutage schreibt ja kaum noch jemand Postkarten, umso mehr freuen sich meine erwachsenen Töchter darüber«, meinte Udo gerade, als ich mit einem ganzen Stapel Karten zurück kam.

Langsam wurde er mir sympathischer, der wortkarge, reserviert wirkende Wanderer. Jetzt sah ich auch den Titel seines Wanderführers, der vor ihm auf dem Tisch lag. »*München-Venedig*« stand darauf.

»Du auch?«

Jetzt taute er ein wenig auf und erzählte uns seine persönlichen Beweggründe für diese lange Wanderung.

»Jetzt bitte nicht lachen«, begann er seine Erzählung, »vor einem Jahr hab ich mir beim Rasen mähen zwei Lendenwirbel gebrochen. Total bescheuert, dass mir ausgerechnet bei einer so banalen Tätigkeit ein derart blöder Unfall passiert ist. Davor war ich körperlich topfit als ausbildender Bergführer und Skilehrer der Polizei. Der Unfall hat mich sehr lang aus dem Verkehr gezogen. Nach monatelanger Genesungszeit will ich jetzt unbedingt diese Tour von München nach Venedig schaffen, um wieder Selbstvertrauen zu gewinnen. Und um meinen Kollegen zu zeigen, dass ich's konditionell und körperlich noch drauf hab. Mein persönliches Rehabilitationsprogramm, wenn ihr so wollt.«

Mit einem schelmischen Grinsen legte er noch nach:

»Und übrigens fahr ich dann von Venedig mit dem Fahrrad wieder nachhause zurück.«

Ein echt badischer Haudegen, der da still und bescheiden vor uns sass.

Mit gebrochenen Lendenwirbeln und dem Leben danach kannte ich mich bestens aus. Auch wenn mein eigener Unfall jetzt schon zwanzig Jahre zurück lag. Voller Bewunderung und Erstaunen über sein aussergewöhnliches Motiv sah ich Udo nun mit anderen Augen.

»Von wo genau kommst du aus dem Schwarzwald?«

»Nähe von Freiburg, kleiner Ort in der Höhe, den werdet ihr nicht kennen.«

«Doch, sag mal, ich komm ja selbst ursprünglich aus dem Schwarzwald.«

»Dacht ich mir's doch gleich. Dass du keine Schweizerin bist, hört man ja zehn Meter gegen den Wind!«

Da war sie wieder, die entwaffnende, badische Direktheit, die ich schon so lang nicht mehr erlebt hatte. Schweizer sind im Allgemeinen eher zurückhaltend und vorsichtig, niemals direkt.

»Wie heisst der Ort denn jetzt?«, bohrte ich nach. Nun musste ich mich auch nicht mehr zurückhalten.

»Sankt Blasien. Und du?«

»Kirchzarten.«

Damit war das also auch geklärt.

Ich überliess die beiden Männer ihren Gesprächen über die Etappe morgen und ihren Bergsteiger Geschichten, während ich meine Postkarten schrieb.

Aufmerksam wurde ich erst wieder, als Udo folgende Geschichte zum Besten gab.

»Im Hallerhangerhaus hab ich einen Bayern getroffen, der München-Venedig auch mit Hund machen wollte. Der hat allerdings mit seinem Riesenkalb von Hund draussen im Zelt übernachtet und meinte, dass sein Hund die Tour wohl nicht bis zum Ende packen würde. Deshalb sollte sein Vater den Hund und seine Mutter, die bis dorthin auch mit gewandert ist, in Hall mit dem Auto abholen.«

Robert und ich wechselten einen kurzen Blick. Udo hatte offensichtlich Tom und Resie mit ihrem Franzl getroffen.

Nach dem Abendessen verabschiedete sich Udo bald, denn er wollte morgen sehr früh starten.

»Ohne Frühstück, wie immer. Bevor alle anderen die Wege belagern. Frühmorgens sind die Berge am schönsten, da hab ich meine Ruhe.«

»Das Wetter wird definitiv schlechter werden Eine massive Kaltfront zieht herein. Aber niemand kann im Moment sagen, wann genau sie eintreffen und wie lang sie dauern wird.« Dies teilte uns der Hüttenwirt am Abend noch mit.

»Wo wollt ihr morgen hin?«

»Die Gliederscharte hinauf und von dort hinunter nach Pfunders.«

»Oha, kein einfaches Stück und recht lang. Da würd ich beizeiten losgehen, damit ihr wenigstens die Gliederscharte vor dem Unwetter hinter euch bringen könnt.«

So ähnlich hatte Udo auch argumentiert.

»Wann gibt es denn hier Frühstück?« Ohne etwas im Magen wollte ich nicht losmarschieren, im Gegensatz zum sportlichen Kämpfer Udo. Schon gar nicht auf eine neun Stunden Tour mit 1'000 Höhenmetern Aufstieg und über 2'000 Höhenmetern Abstieg.

»Frühstück gibt's bei uns ab 7:00 Uhr.«

»Viel zu spät«, winkte Robert ab.

»Wir werden morgen kurz nach 5:00 Uhr aufstehen, damit wir noch vor 6:00 Uhr loskommen!«

Pünktlich um 5:00 Uhr früh klingelte am nächsten Morgen der Handy Wecker. Eine unruhige Nacht fand ihr jähes Ende. Ein heftiges Gewitter mit Starkregen hatte getobt, so dass an Einschlafen gestern Abend lange nicht zu denken gewesen war.

Der Wirt war noch spät, inmitten des Unwetters, mit seinem Pickup davon gefahren und kurz darauf mit aufgeregten, laut diskutierenden Gästen zurückgekehrt. Vermutlich Wanderer, die unterwegs vom Gewitter überrascht worden sind.

Wütende Blitze zuckten und erhellten den Himmel, als ich schlaflos am Fenster stand, um nachzusehen, wer in Wind und Wetter mit dem Auto vorgefahren war. Beängstigend, wie der Regen, vom Sturm gepeitscht, in schwallartigen Böen auf den Vorplatz niedergegangen war. Gespenstisch und zugleich faszinierend hatte ich die nächtliche Szenerie empfunden, inmitten der Einsamkeit hoher Gipfel um uns herum. Besorgt hatte ich an den nächsten Tag gedacht, an unseren Gewaltmarsch über die Gliederscharte. Und hatte lange keinen Schlaf gefunden.

»Hopp, hopp, raus aus den Federn«, mit einem Ruck wurde mir die wärmende Bettdecke weggezogen. »Der frühe Vogel...«

«...kann mich mal«, ergänzte ich grummelnd den abgedroschenen Satz meines Mannes, der mich damit gut gelaunt aus dem Bett provozieren wollte.

Monet steckte mit seiner schwarzen Hundenase ebenfalls noch ganz tief drin in seiner Kuscheldecke und legte demonstrativ eine Pfote über seinen Kopf. Es stand eindeutig zwei zu eins heute Morgen: »Viel zu früh zum Aufstehen!«

Aber das nützte uns nichts. Robert knipste alle Lichter im Zimmer an und verschwand pfeifend im Badezimmer. In Zeitlupe schälte ich mich aus dem Bett und zog die Vorhänge zurück.

Draussen begann es zu dämmern, milchige Nebelschwaden zogen am Fenster vorbei.

»Zum Glück regnet es nicht mehr«, tröstete ich mich, »und das Gewitter ist auch vorbei.«

Einladend war die Stimmung da draussen dennoch nicht wirklich.

Um diese frühe Uhrzeit hatte ich nicht einmal Lust, eine warme Dusche zu nehmen, die wir im eigenen kleinen Badezimmer hatten. Zähneputzen und »Katzenwäsche« musste heute genügen.

Wie ferngesteuert erledigte ich die üblichen Handgriffe. Füsse mit Hirschtalg Salbe einreiben. Socken, Hose, T-Shirt, Pullover drüber ziehen. Mobiltelefon und Kamera ausstecken, Kabel aufrollen. Alle verstreuten Dinge in ihre jeweiligen Beutel packen und übereinander in den Rucksack schichten. Aber erst nachdem der Wassersack am Wasserhahn aufgefüllt und im Rucksack verankert worden war. Zuletzt noch das aussergewöhnlich grosse, in Aluminiumfolie eingepackte, belegte Brot einpacken, das uns die Wirtsfamilie gestern Abend netterweise als Frühstücksersatz für unterwegs zubereitet hatte.

Inzwischen entwendete Robert unserem Hund unsanft seine Decke, um sie in den Rucksack zu packen. Den verschlafenen Monet verfrachtete er reisefertig in sein Hundegeschirr plus Rucksack.

Leise schlichen wir um diese frühe Stunde auf Socken durch das leere Haus nach unten, wo unsere Wanderschuhe im Regal auf uns warteten. Keiner Menschenseele begegneten wir um diese Zeit. Ausser Michael, einem anderen München-Venedig Wanderer, der vor der Haustür im Halbdunkel seine Frühstückszigarette rauchte, als wir das Haus verliessen.

»Udo ist schon gestartet«, teilte er uns mit. »Ich mach mich dann auch gleich auf den Weg. Tschüss dann und einen schönen Tag.«

»Ciao Michael, dir auch.«

Robert dirigierte mich am Haus vorbei, während es langsam heller wurde.

»Da vorne müssen wir links. Jetzt geht's erst mal ein ganzes Stück bergab in Richtung Stein.«

Durch kühle, feuchte Bergluft stiegen wir schweigend den

schmalen Weg hinab, vorbei an Sträuchern und Alpenblumen, deren Blütenkelche wegen der fehlenden Sonne noch geschlossen waren.

»Hoffentlich halt ich heute durch«, flehte ich in Gedanken. Ohne Frühstück war ich bisher noch keinen Tag gestartet. Nicht einmal unser Quinoa-Algen Wunderpulver hatten wir heute Morgen zu uns genommen, da wir nicht wussten, ob wir es ohne zusätzliche Nahrung gut vertragen würden. Besser keine Experimente, denn eine Magenverstimmung war heute das Letzte, was wir hätten brauchen können.

Der Wanderführer gab die heutige Etappe über die Gliederscharte mit acht Stunden reiner Gehzeit an. Inzwischen wussten wir jedoch, dass die Zeitangaben dort sehr ambitioniert waren und für extrem sportliche Wanderer galten, was sogar der erfahrene Bergführer und Sportler Udo gestern bestätigt hatte. Wir hatten zusätzlich noch den Weg hinunter nach Stein vor uns, der in der klassischen Etappenplanung bereits für gestern vorgesehen gewesen wäre. Deshalb hatten wir neun Stunden reine Gehzeit eingeplant. Wohlwissend, dass dies ebenfalls sehr ambitioniert war.

Nach zehn Minuten begann mein Magen bereits zu knurren, obwohl ich gestern gut und reichlich gegessen hatte. Aus meiner kleinen Gurttasche vorne am Rucksack fingerte ich während des Gehens umständlich mit klammen Fingern meinen Notvorrat an Traubenzucker heraus. Drei Stückchen landeten blitzschnell hintereinander in meinem Mund, mit reichlich Wasser hinuntergespült. Jetzt ging es gleich ein bisschen besser.

Monet tippelte inzwischen hellwach durch die erwachende Berglandschaft. Robert folgte ihm schwungvollen Schrittes durch die vom Regen nasse Alpenflora.

»Psst, Monet, hier bei Fuss!«, hörte ich ihn vor mir wispern. Beide blieben stehen und guckten konzentriert nach vorn.

Gebannt schaute ich ebenfalls in dieselbe Richtung. Kurzsichtig, wie ich bin, konnte ich jedoch im diffusen Morgenlicht nichts erkennen. Langsam und leise näherte ich mich und sah plötzlich den Grund unseres Halts.

Zehn Meter von uns entfernt stand ein stattlicher Rehbock und äste friedlich das saftige Gras links des Wegs. So ein imposantes Bild konnte man nur zu so früher Stunde geniessen, wenn die Natur noch unter sich war.

Nun verstand ich alle Wanderer sehr gut, die ohne Frühstück um diese Zeit schon unterwegs waren.

Im wabernden Bodennebel stand dieses prachtvolle Tier unwirklich vor uns. Es hob und senkte seinen gehörnten Kopf und mampfte unbefangen und völlig arglos seine würzigen Bergkräuter. Windstill war es im Moment, so dass das empfindsame Tier unseren Geruch anscheinend nicht witterte.

Eine gefühlte Ewigkeit standen und staunten wir, bis ich versuchte, meine kleine Kamera aus der Gurttasche herauszufischen. Dabei fiel das Traubenzucker Päckchen mit einem deutlichen Rascheln ins Gras.

Der Rehbock spitzte sofort die Ohren, wandte seinen Kopf mit den sanften, dunklen Augen direkt in unsere Richtung, um innert Sekunden, vom ungewöhnlichen Geräusch alarmiert, mit kraftvollen Sprüngen in die andere Richtung zu entfliehen.

»Bei dem Licht, wär das sowieso nichts geworden.«

Ein wenig traurig hob ich meine restliche Notration Traubenzucker schnell auf, und wir setzen unseren Weg fort.

Nachdem wir 500 m bergab gewandert waren, stieg der Weg wieder durch lichte Wälder auf steinigem Pfad an. Wir gingen langsam, denn die feuchten Baumwurzeln und Steine bildeten einen rutschigen Untergrund. Der gestrige Regen tropfte von den Bäumen, die im dunstigen Morgennebel unwirklich aussahen. »Baumbart«, ein alter, weiser, sprechender Baum aus dem Roman

»*Herr der Ringe*«, fiel mir ein in diesem märchenhaften Wald mit seinem diffusen Licht.

Nachdem wir die Brücke eines Bergbachs überquert hatten, kamen wir zu den sogenannten Unterberghütten, von den Einheimischen auch »Wiener Neustadt« genannt. Ein kleines, verlassenes Bergbauerndorf, dessen zerfallende Hütten im hohen Gras und Gestrüpp einen morbiden Charme verbreiteten, vor allem heute bei diesem unwirklich diesigen Licht. Mitten hindurch mussten wir, obwohl ein Weg nicht wirklich zu erkennen war.

»Manchmal wär ich gern Zeitreisende. Und stille unsichtbare, Beobachterin solch verlassener Orte in der Zeit, als diese noch belebt waren.«

Das anschliessende Unterbergtal durchquerten wir auf einem Weg, der offensichtlich weder oft benutzt noch in Stand gehalten wurde. Hohes, nasses Gras umschlang unsere Wanderschuhe bei jedem Schritt. Sehr ermüdend, denn wir mussten uns ständig mit grossen, ausladenden Schritten befreien. Als wir bemerkten, dass unsere Hosenbeine davon pitschnass geworden waren, war es bereits zu spät, um sie hochzukrempeln.

Bei strahlendem Sonnenschein war dieses abgelegene Tal hier sicherlich ein idyllischer, friedlicher Ort. Heute hatte es jedoch etwas Beklemmendes. Dieses Gefühl verstärkte sich noch, weil aus der Richtung hinter uns, aus der wir gekommen waren, schwerer Nebel von den Gipfeln herabzusinken begann. Wir hatten den Eindruck, er verfolge uns.

»Wann machen wir denn endlich Frühstückspause?«, begann ich nach zwei Stunden zu quengeln.

»Lass uns doch noch ein Stück gehen, damit wir dem Nebel etwas entkommen können.«

Wir stiegen tapfer höher, immer entlang des Gliderbachs, überquerten hier und dort den teils reissenden Gebirgsbach auf schmalen Stegen oder stellenweise nur auf grossen Steinen, die im kalten Wasser oder inmitten kleiner Wasserfälle lagen.

Mein Traubenzucker war inzwischen leer. Ein weiteres Päckchen befand sich weit unten, in den Tiefen meines Rucksacks. Inmitten der steinigen Kehren, die uns zum oberen Zulauf des Gliderbachs und von dort weiter zur Scharte bringen sollten, streikte ich mit einem Mal.

»Ich muss dringend Pipi«, jammerte ich, »und ausserdem hab ich Hunger für zehn!«

»Zeit für eine Frühstückspause.« Endlich gab Robert nach.

An einem grossen, flachen Stein, der als Tisch dienen sollte, entledigten wir uns der Rucksäcke. Ich suchte mir einen Busch für mein dringendes Bedürfnis, während mein Mann seine mitgeführte Campingküche auspackte.

»Tee oder Kaffee?«

»Was für eine Frage!« Gern einen Milchkaffee, bitte.«

Ausser den verschiedenen Teesorten hatten wir auch Instant Kaffe dabei. Latte Macchiato für mich und schwarzen Kaffee für Robert, der bereits das Wasser im Campingkocher erhitzte.

Erwartungsvoll holte ich aus meinem Rucksack das belegte Brot vom Pfitscherjochhaus und packte es aus. Wir trauten unseren Augen nicht. Die Wirtin hatte einen normalen, halben Weissbrotlaib einfach der Länge nach durchgeschnitten, gebuttert und einen dicken Berg gekochten Schinken, mehrere Scheiben Käse und saftige Essiggurken dazwischen geklemmt. So ein Riesensandwich hatten wir noch nie gesehen.

»Dir gebührt der erste Biss!«

Ohne mich zweimal bitten zu lassen, sperrte ich den Mund weit auf, um überhaupt von diesem Turm abbeissen zu können.

»Hhhhm, das beste Sandwich aller Zeiten«, murmelte ich glücklich kauend mit vollen Backen.

Monet sass mit grossen Augen da und schleckte sich das Maul.

»Du bekommst natürlich auch was.« Ich riss ein Stückchen Brot mit viel Schinken für ihn ab. Meine Laune stieg mit jedem Schluck des süssen Kaffeegetränks und jedem Bissen Brot.

Robert wollte erst in Ruhe einen Schluck vom heissen Kaffee nehmen, bevor auch er in die herzhafte Stulle biss.

»Guck mal, wer da unten kommt.«

Unten im Tal sahen wir einen Punkt näher kommen.

»Das ist doch Udo.

»Das kann nicht sein, der ist doch viel früher losgegangen.«

Angestrengt äugte ich in die Ferne und winkte.

»Was macht er denn jetzt?«

Er schien uns noch nicht gesehen zu haben, denn abrupt blieb er stehen und ging ebenfalls einem dringenden menschlichen Bedürfnis nach. Ohne Gebüsch, was für Männer bekanntlich unkomplizierter ist.

Diskret widmete ich mich wieder meinem Frühstück. Und der Zubereitung unseres Wunderpulvers, das wir in meinem Campingbecher in Wasser auflösten. Mit vollem Magen traute ich mich nun wieder. Im Hinblick auf unseren weiteren, extrem steilen Weg wollte ich einer Unterzucker Attacke keine Chance geben. Auch wenn das klumpige, sandige Zeug, in reinem Wasser aufgelöst, wirklich widerlich schmeckte. Als ich gerade mit angehaltener Luft und Todesverachtung die beige Pampe hinunterwürgte, erreichte Udo unseren Rastplatz.

Mit hochrotem Kopf, verschwitzt und kurzatmig blieb er vor den Resten unseres Frühstücksbuffets stehen.

»Guten Morgen, Udo. Bist du nicht vor uns gestartet?«

Verächtlich winkte er ab und schimpfte, total wütend auf sich selbst: «Falsch abgebogen und aus Versehen in den Ort Stein hineingelaufen, anstatt dran vorbei. Eine Stunde Umweg für nichts. Dabei bin ich extra früh aufgestanden, ich Depp, um dem Unwetter zu entgehen.«

»Möchtest du einen warmen Kaffee?« Robert reichte ihm seinen dampfenden Becher, den Udo gern entgegen nahm.

»Nur einen Schluck.«

»Trink ihn aus, ich kann mir ja einen neuen machen.«

Und tatsächlich leerte er den Becher in einem Zug und beruhigte sich zusehends.

»Herzlichen Dank, sehr freundlich.« Für einen Schwarzwälder bedankte sich Udo ausserordentlich wortreich. »Ich geh dann mal wieder. Möchte noch vor dem Unwetter die Scharte hinter mich bringen. Sieht gar nicht gut aus da hinten. Habt ihr übrigens den Michael gesehen?«

»Der müsste hinter uns sein.«

Mit einem seiner Wanderstöcke deutete Udo auf die heran nahende Wolkenwand und zog von dannen. In seinem sportlichen Tempo wurde er bald nur noch zu einem kleinen, blauen Punkt am Hang über unseren Köpfen.

Angesteckt von seiner Aufbruchsstimmung, packten auch wir zügig unsere Sachen wieder ein und zogen weiter. Der Weg war jetzt extrem steil, schmal und steinig. Zu unserer Rechten verlief eine schroffe Felswand, entlang der wir uns ein ganzes Stück in die Höhe schraubten. Teilweise waren so hohe Steinstufen zu überwinden, dass ich Mühe hatte, mich mit einem grossen Schritt dort hinauf zu hieven. Ich nahm meine Stöcke zu Hilfe, was mit dem schweren Rucksackgewicht auf den Schultern sehr schnell extrem in die Arme zog. Kräftezehrend war dieser Aufstieg. Dazu kam viel loses Geröll in der Steigung, in dem ich das Gefühl hatte, zwei Schritte vor und einen wieder zurück zu machen.

Wie leichtfüssig und grazil Herr Monet doch vor uns her sprang und sich seinen eigenen Weg suchte. Ihm schien dieses Gelände überhaupt nichts auszumachen. Er fand sogar noch Zeit, überall zu schnuppern und ging behände voran, sprang von Stein zu Stein, wich den höheren geschickt aus und fand mit gespreizten Zehen überall Halt.

Auch Robert stieg kraftvoll und gleichmässig bergauf, während ich hinten zusehends langsamer wurde und Angst hatte, den Anschluss zu verpassen.

Die drohende Wolkennebelwand schien näher zu kommen und parallel zu uns herauf zu steigen. „Nebel des Grauens".

Udo, der gleichmässig voran steigende Punkt verschwand zeitweise am oberen Bildrand, wurde wieder kurz sichtbar und verschwand wieder.

Mein Mann schien sein Tempo zu beschleunigen, kein Wunder bei den Wetteraussichten.

»Wann kommt denn endlich diese blöde Gliederscharte?«

Ich sah nur Geröll und steile Hänge vor mir, kein Ende in Sicht, kein Gipfel, kein Übergang, nichts. Nur Steine. Meine Arme und Beine schmerzten. Der Rucksack zog mich scheinbar bei jeder hohen Trittstufe nach hinten, meine Oberschenkel zitterten und wollten mir den Dienst verweigern.

Im engen Zickzackkurs, das Geröll teilweise mit Holzbalken gesichert, setzten wir einen mühsamen Schritt vor den anderen.

»Meine ich das nur, oder wird die Luft hier oben immer dünner? Wie hoch sind wir denn hier?«, rief ich meinem Vordermann hinterher mit dem Hintergedanken, dass Robert dann stehenbleiben und auf seinen Höhenmesser blicken würde.

»Nur kurz anhalten, eine kleine Rast«, hoffte ich.

Er ging jedoch gleichmässig weiter und entgegnete mir von oben: »Ungefähr 2'500 m, warum?«

Abgekämpft blieb ich stehen. Wütend auf diesen Aufstieg zu einer Scharte, die sich nicht blicken liess. Auf das Unwetter, das uns bedrohte. Auf meine Nase, die permanent lief. Einfach sauer auf die ganze Welt in diesem Moment.

»Ich krieg keine Luft mehr!«, schrie ich mit dem letzten bisschen Sauerstoff in meinen Lungen.

Trotzig blieb ich stehen. Zum x-ten Mal putze ich meine Rotznase mit dem ohnehin schon total unappetitlichen, durchnässten Stofftaschentuch, das an meinem Schultergurt baumelte. Und schluckte ihn hinunter, den dicken Kloss in meinem Hals, der sich hier und jetzt am liebsten aufgelöst hätte in einem Tränenmeer.

»Wie konnte ich nur in so eine ausweglose, absurde Situation geraten, am Rande meiner körperlichen Kräfte? Was für eine saublöde Idee, wegen eines zerbrochenen Glases zu Fuss über die Alpen zu marschieren!«

Japsend und nach Luft ringend, verschwitzt und triefnass, erschöpft und verzweifelt stand ich da, inmitten einer tristen, grauen Geröllwüste, deren Ende nach oben ich nicht absehen konnte. Und deren Anfang inzwischen auch nur noch zu erahnen war, weil der Nebel das Tal unter uns komplett ausgefüllt hatte und stetig weiter anstieg. Immer hinter uns her.

Mein letzter Rest Verstand flüsterte mir ein: »Heulen bringt jetzt gar nichts. Entweder zurückgehen oder das Heil in der Flucht nach vorne suchen.«

Inzwischen hatte mein Mann weiter oben ebenfalls gestoppt und rief zu mir herunter: »Komm, ich nehm deinen Rucksack!«

Das liess mein Stolz nicht zu. Dem geliebten Menschen ein solches Zusatzgewicht auf einem derart anstrengenden Weg zumuten? Das kam für mich nicht in Frage.

»Lass mal, es geht schon wieder. Ich muss einfach mal kurz durchschnaufen und eine kleine Pause machen.« Ich versuchte tapfer zu klingen, obwohl ich mich elend fühlte.

Herr Monet stieg zu mir herunter, um in seiner fürsorglichen Art nachzusehen, was denn mit dem dritten Rudelmitglied da hinten los ist. Tröstend schleckte er meine von Schweiss und Rotz ganz salzige Hand ab.

Gerührt riss ich mich ein letztes Mal zusammen, putzte nochmals energisch meine Triefnase und versuchte, mich auf etwas Positives zu konzentrieren.

Eine Belohnung.

Zuerst fiel mir mein farbiges Glas aus Murano ein, dessen Scherben die Initialzündung zu dieser Wahnsinnstour geliefert hatten. Ein neues, magisch schillerndes, buntes Glas würde auf mich warten. Ganz am Ende dieser Wanderung. Auf der Insel Murano in Venedig. Doch dieses Ziel schien in diesem Moment in unendliche Ferne gerückt.

»Schaffen wir es überhaupt bis nach Venedig? Von wegen, Scherben bringen Glück!«

Schnell dachte ich an etwas anderes. Etwas, das hoffentlich schon am Ende dieses Tages auf mich warten würde, nicht erst in gut zwei Wochen und weiteren 330 km.

»Eine heisse Dusche!«

Um all die Mühen, den Schweiss und Rotz sowie die latenten Tränen einfach fortzuspülen und den müden Gliedern wieder Leben einzuhauchen.

Wie ein Mantra wiederholte ich im Gehen: »Alles hat eine Ende. Es geht vorbei. Eine heisse Dusche wartet auf dich. Heute Abend!«

Tief und langsam versuchte ich zu atmen, während ich bewusst im Zeitlupentempo Schritt für Schritt nach oben ging und meinen Blick stur auf den Boden vor mir heftete. Nicht in die Ferne, wo irgendwo da oben, im Nichts diese verdammte Gliederscharte darauf wartete, von uns überschritten zu werden.

Nach einer kleinen Ewigkeit des schweigenden, konzentrierten Hinaufquälens, in der ich wie in Watte gepackt nicht mehr viel von der Aussenwelt mitbekommen hatte, stand Robert plötzlich im Nebel neben mir und umarmte mich.

»Du hast es geschafft!«

Er drehte mich um die eigene Achse und deutete auf ein Holzschild, das ich in der milchigen Suppe, die hier oben herrschte, erst gar nicht erkannt habe.

»*Gliederscharte*« stand darauf.

Wir hatten es tatsächlich geschafft. Da standen wir nun, auf 2'644 m Höhe, dem höchsten Punkt an diesem Tag.

Als ob der Himmel, stellvertretend für mich, die erlösenden Schleusen öffnen wollte, begann es just in diesem Moment zu schneien wie verrückt.

Ich wusste nicht, wie mir geschah.

»Lachen oder weinen?«

»Verdammt kalt hier oben. Scheisswetter!«

Mein Mann nahm mir den Rucksack ab, öffnete ihn und rief mir durch das Schneetreiben zu: »Ausziehen! Pulli und T-Shirt ausziehen. Sofort!«

«Spinnst du, in dem Schneesturm?«, brüllte ich entsetzt zurück.

»Los, ausziehen! Du bist total verschwitzt. Sonst erkältest du dich beim Abstieg.« Er liess nicht locker und reichte mir meinen Kleiderbeutel mit der Ersatzkleidung.

Was blieb mir anderes übrig? Als zitterndes Häuflein Elend stand ich mit nacktem Oberkörper im Schneesturm auf der Gliederscharte und folgte automatisch den Anweisungen meines Bergführers und Ehemanns. Im Nachhinein unendlich dankbar, dass wenigstens er einen klaren Kopf bewahrt hatte und genau wusste, was zu tun war.

Mit einem anderen Menschen hätte ich diese Wahnsinnstour vermutlich gar nicht erst gewagt.

Und so absurd es klingen mag, in diesem unwirtlichen Augenblick fiel mir ein Zitat von Ernest Hemingway ein: »Reise niemals mit jemandem, den du nicht liebst.«

Mit dem trockenen Pullover, meiner warmen wattierten Jacke, der schützenden Regenjacke, meiner Wollmütze auf dem Kopf und den wärmenden Handschuhen an den Fingern fühlte ich mich um Welten besser. Geborgen in einem molligen, undurchlässigen Schutzpanzer, mit dem ich getrost dem Rest des heutigen Tages begegnen konnte.

Robert packte sich ebenfalls warm und regendicht ein, denn nun waren wir tatsächlich im Zentrum der Kaltfront, vor der wir den ganzen Morgen geflohen waren. Pünktlich auf der Gliederscharte hatte sie uns eingeholt, und war uns mit voller Wucht in die Glieder gefahren.

»Und wo müssen wir jetzt weitergehen?«

Ich brüllte gegen den starken Wind an, der plötzlich hier oben wehte und uns den Schnee in Augen und Nasenlöcher trieb.

Monet stand steif im Wind, die Augen zum Schutz vor den eisigen Schneekristallen zu Schlitzen verengt. Obwohl er von uns dreien Schnee am meisten liebte, machte auch er keinen glücklichen Eindruck, während sein braunes Fell in Rekordzeit weiss wurde.

Die Sicht tendierte gegen Null.

Robert hatte sein GPS in Betrieb und strebte einem abschüssigen Schneefeld zu, dessen Ende wir von unserem Standort aus jedoch nicht sehen konnten.

»Halt, wohin willst du?«, schrie ich entsetzt.

»Wir müssen da lang!«

»Aber du siehst ja nicht einmal den Rand. Wenn das ein Abhang ist oder ein Schneebrett?«

Kaum hatten wir die Situation im Griff gehabt, schien sie uns erneut zu entgleiten.

»Vertrau mir doch, das ist der richtige Weg.«

Er verschwand im Schneegestöber auf dem Schneefeld, gefolgt von unserem treuen Hund.

Welche Alternative hatte ich?

Nach kurzem Zögern stapfte ich mit gemischten Gefühlen und zittrigen Knien vorsichtig auf dem Neuschnee hinterher, unter dem das glitschige Altschneefeld zur reinsten Rutschbahn geworden war.

Immer den schwachen, verwehten Spuren meines Rudels folgend. Denn ich wollte sie auf gar keinen Fall verlieren hier oben, irgendwo im Nirgendwo.

Alpen Rapper, Hüttenfeeling und wer ist Jérôme?

Das warme, dampfende Wasser lief mir in wohligen Schauern über Kopf und Körper. Herrlich!

Wir hatten es geschafft. Nach neun schweisstreibenden Stunden hinauf und wieder hinab im strömenden Regen könnte man meinen, ich hätte genug gehabt von Wasser und Feuchtigkeit. Aber dies hier war etwas ganz anderes. Die langersehnte, wohltuende Dusche am Ende der härtesten Etappe unserer bisherigen Tour. Im warmen Dunst des Badezimmers erinnerte ich mich nochmals zurück an den schmerzlichen Moment heute Vormittag, als ich mir, am Ende meiner Kräfte, diese Belohnung im Geiste ausgemalt hatte. Nun war sie Realität und all die Strapazen Vergangenheit.

Der heutige Tag, wie schlimm er auch vor Stunden noch gewesen sein mochte, hatte für uns ein gutes Ende genommen. Im einzigen Gasthof weit und breit waren wir im Örtchen Pfunders untergekommen. Und nicht nur das. Wir bekamen sogar eines der schönsten Zimmer mit gemütlicher Dachschräge, eigenem Badezimmer und einem grossen Balkon mit Wäscheständern, wo bereits unsere durchweichten Kleidungsstücke zum Trocknen hingen.

Die nette Frau Brugger hat uns erzählt, dass sie hier vorwiegend München-Venedig Wanderer beherbergten, schon seit zwei Generationen, weshalb sie gut auf deren Bedürfnisse eingerichtet seien. Selbst am heutigen Ruhetag empfingen sie Fernwanderer und versorgten sie mit einem warmen Abendessen. Am Nachmittag war die Küche allerdings noch geschlossen.

Auf Roberts Anfrage bekamen wir von der jungen Wirtin trotzdem schon zwei Gläser Bier, die wir mit aufs Zimmer nahmen. Da sassen wir, frisch geduscht, auf unserem gemütlichen Bett, mit bleischweren Gliedern und schlürften unseren Gerstensaft. Kaputt, aber glücklich und stolz auf unsere heutige Leistung.
Ich freute mich vor allem darüber, dass ich meinen inneren Schweinehund überwunden hatte.

»Ich hab Hunger!« Mein Magen knurrte. »Nach dem Bier auf nüchternen Magen bin ich schon fast betrunken und kann mich keinen Meter mehr bewegen.«

Das Abendessen war ab 18:00 Uhr angekündigt, jetzt war es 16:00 Uhr. Noch zwei Stunden ohne Essen waren zu lang.

»Dann schmeiss ich eben den Campingkocher auf dem Balkon an.«

Während das Wasser sich dort erwärmte, kramte Robert in den Tiefen seines Rucksacks. Das Angebot an Trekking Futter, das er für den Notfall mitschleppte, war immens.

»Curryreis mit Huhn, Boeuf Stroganoff oder Sahnenudeln mit Frühlingsgemüse?«

»Sahnenudeln«, entschied ich spontan, »das klingt nach vielen Kalorien!«

Einen Michelin Stern hätten wir für dieses Gericht, das in einer Viertelstunde zubereitet war, nicht vergeben, Aber nach all den Strapazen schmeckten uns die rahmigen Nudeln aus der Aluminiumtüte erstaunlich gut. Ausserdem hatte ein warmes Essen nach diesem nassen, grauen, kühlen Tag in unserer kleinen, gemütlichen Dachkammer etwas ungeheuer Tröstendes.

Monet vertilgte derweil ebenfalls gierig eine Riesenportion Trockenfutter aus seinem Reisenapf, bevor er auf seiner Decke einschlummerte.

»Hast du vorhin die Trekking Schuhe vor der Tür stehen sehen, als wir Herrn Monet abgetrocknet haben?«

»Klar, das sind die von Udo. Der trägt diese halben, leichten Trekking Treter. Ich bin mal gespannt, wann Michael zu uns stossen wird, und ob sich bei dem Wetter ausser den beiden noch jemand in diesen abgelegenen Seitenarm des Pustertals verirrt.«

Nach unserem verspäteten, improvisierten Mittagsmahl gönnten wir unseren ausgelaugten Körpern noch ein wenig Ruhe, bevor wir zwei Stockwerke tiefer, pünktlich um 18:00 Uhr, die Gaststube betraten.

Wir waren die ersten Gäste. Kurz nach uns kamen auch Udo und Michael unter grossem »Hallo« herein. Ausser einem deutschen Ehepaar, das von hier aus Tageswanderungen unternahm, waren wir vier München-Venedig Wanderer die einzigen Übernachtungsgäste.

»Mensch, was für eine ätzend anstrengende Tour heute«, begann Michael zu erzählen. Der ansonsten sehr zurückhaltende, ruhige und stets ganz in schwarz gekleidete Franke mit Brille war ausser sich. »Die längste Zeit hab ich euch mit Monet vor mir hoch steigen sehen, aber oben im Nebel und Schneesturm an der Gliederscharte hab ich euch plötzlich aus den Augen verloren. Die Orientierung war mir dort völlig abhanden gekommen.«

»Das Gefühl hab ich auch gehabt. Ich hab befürchtet, jetzt stürzen wir gleich über ein Schneebrett in die Tiefe. Robert ist einfach mitten hinein ins Nichts von Nebel und Schneegestöber gelaufen.«

»War doch gar nicht so dramatisch«, schaltete sich nun Udo ein, der besonnene, erfahrene Berggänger, »ich hatte noch einigermassen gute Sicht, als ich auf der Scharte ankam.«

»Du bist ja auch abgezogen wie eine Rakete. Im Handumdrehen warst du nur noch ein kleiner Punkt, da oben im Geröll.«

»Dafür hat' s mich dann unten ganz schön eingeseift. Als ich die Obere Engbergalm passierte, öffnete der Himmel seine Schleusen und hörte nicht auf, bis ich hier angekommen bin.«

»Ich hatte totale Panik, den richtigen Weg da oben gar nicht mehr zu finden und bin orientierungslos umhergeirrt. Bis ich schliesslich oben an der Scharte im Schneefeld ganz schwache, verwehte Fussspuren und Pfotenabdrücke sah. Da dachte ich, das seid bestimmt ihr gewesen und bin hinterher gegangen«, erklärte uns Michael sichtlich geschockt und völlig abgekämpft von der heutigen Etappe. »Mann, bin ich fertig. Und hungrig. Ich hatte nicht gefrühstückt, weil ich dachte, ich könne später in der Oberen Engbergalm einkehren. In meinem Wanderführer steht, wie gastfreundlich die Senner Familie dort ist. Aber da war gar niemand!« Empört machte er sich daran, die Speisekarte zu studieren.

»Ja, die Obere Engbergalm war auch für uns das Erlebnis der dritten Art«, bestätigte ich meinen Vorredner und begann zu erzählen.

Pitschnass vom Schnee und einsetzendem Dauerregen waren wir nach der Gliederscharte am Grindlberger See vorbei gewandert, der entgegen aller idyllischen Schilderungen im Wanderführer heute so gar nicht zum Bade lud. Im Gegenteil, vereinzelte auf dem Gebirgssee umhertreibende, schneebedeckte Eisschollen verbreiteten eine frostige Grönland Stimmung.

Eingepackt wie Eskimos stolperten wir durch nasses Gras und über rutschige Steine abwärts, vorbei an verdutzt blickenden, durchnässten Bergziegen und vereinzelten ratlosen Kühen, die unsere baldige Ankunft bei der Oberen Engbergalm vermuten liessen.

Als die Almhütten bereits in Sicht waren, sahen wir den Senner von oben im Regen auf seinem Hof umher huschen.

»So ein Glück«, hatte ich zu Robert gesagt, »die Alm ist bewirtschaftet, und es ist jemand zuhause. Hier können wir sicherlich eine frische Buttermilch oder einen warmen Tee trinken, etwas ausruhen, uns ein wenig aufwärmen.«

Von der kurzen Frühstückspause abgesehen, waren wir inzwischen sechseinhalb Stunden nonstop auf den Beinen in unwegsamem Gelände und garstigem Wetter. Meine ganze Hoffnung lag auf dieser Alm, die einzige Möglichkeit zur Einkehr auf der neunstündigen Etappe. Als wir endlich vor den Almhütten standen, war niemand mehr zu sehen, drinnen brannte kein Licht, alle Türen waren geschlossen. Wie ausgestorben. Dabei hatten wir doch gerade noch den Senner deutlich gesehen.

»Die wollen uns nicht.« In unserer farbigen Regenkleidung waren wir unmöglich zu übersehen gewesen.

»Das kann doch nicht sein. Bei dem Wetter! Ich hab mich so auf eine Buttermilch gefreut.«

Mindestens zweieinhalb Stunden durch Wind und Wetter über Stock und Stein lagen noch vor uns. Ohne Pause und Verpflegung? Das wollte ich nicht akzeptieren. Ohne Hemmungen klopfte ich in meiner Verzweiflung energisch an die Tür zur Almhütte. Zögerlich wurde sie geöffnet. Die Sennerin, eine rundliche Frau mit roten Bäckchen und Kopftuch blickte uns erstaunt an.

»Grüss Gott! Haben Sie bitte ein Glas Buttermilch für uns? Wir sind gerade durch einen heftigen Schneesturm über die Gliederscharte gestiegen. Und sind seit vielen Stunden ohne Pause im strömenden Regen unterwegs.«

»Buttermilch gibt's heut keine«, polterte der Herr des Hauses von hinten und stellte sich neben seine Frau.

»Holundersirup mit Wasser könnt ihr haben.«

»Gerne, wenigstens etwas zu trinken mit Geschmack.«

Die Sennerin reichte uns zwei Gläser Limonade durch die Tür nach draussen, wo wir halb unter einem schmalen Vordach standen, von dem es tropfte, und halb im Regen. Von innen drangen warme Luftschwaden eines Holzofens hinaus und vermittelten uns eine Idee von trockener Gemütlichkeit.

»Bei dem Sauwetter über die Gliederscharte. Ihr habt auch noch Mut.« Während uns die Sennerin aus ihrer warmen Hütte heraus musterte, stürzten wir die süsse, kalte Holunder Limonade in grossen, hastigen Zügen hinunter. Mit nassen Schuhen und Kleidern war uns im Stehen sehr bald kalt geworden.

»Was sind wir schuldig?«

»Drei Euro für beide!«

Nachdem wir bezahlt hatten und schnell weiter wollten, rief die Sennerin uns hinterher: «Wollt ihr einen Schnaps?«

Alles Mögliche hätten wir in diesem Moment gern gewollt, aber sicher keinen Schnaps.

»Seht ihr«, meinte Udo, nachdem er meiner Geschichte amüsiert gelauscht hatte, »deshalb bin ich da erst gar nicht hingegangen, sondern gleich durchmarschiert bis hierher.«

»Und ich hab noch nicht mal `ne Limonade bekommen. So ein Scheisstag!« Michael war noch immer ausser sich. »Eine Nudelsuppe und danach ein Schnitzel mit Pommes Frites«, bestellte er und wartete schweigend auf sein Essen.

Am nächsten Morgen waren unsere beiden Mitstreiter bereits vor uns abgefahren. Gestern Abend hatten wir alle beschlossen, das erste Stückchen der heutigen Etappe, entlang einer viel befahrenen Hauptstrasse, mit dem Bus zu fahren.

Direkt neben dem Gasthof Brugger warteten Robert, Monet und ich auf den zweiten und letzten Bus des Vormittags, der um 9:00 in Richtung Niedervintl abfährt.

Monet hatten wir vorsorglich schon seinen Maulkorb übergestülpt, da in Italien wie auch in Österreich die Busfahrer peinlich genau darauf achten, dass ein mitfahrender Hund diese Vorschrift einhält.

Kaum hatten wir unsere Plätze im Bus eingenommen, streifte Herr Monet das lästige, steife Ding mit einer Pfote vom Kopf.

Nun hing es ihm um den Hals und baumelte unter seinen Lefzen wie der Mundschutz eines Star Chirurgen in einer zweitklassigen Ärzte-Soap. »George Clooney« fiel mir wieder ein, in seiner Rolle als Kinderarzt in »*Emergency Room.*« Unser Hund hatte offensichtlich wirklich ein berühmtes Idol auf zwei Beinen. Unweigerlich musste ich schmunzeln.

Dadurch fühlte sich der kauzige, alte Landwirt, der uns im Bus gegenüber sass, wohl animiert. Er lächelte zurück, während er unseren »Clooney Verschnitt« streichelte. In einem mir fremden Kauderwelsch fragte er mich, wohin wir denn wollten, indem er auf Monets und meinen Rucksack deutete.

»Venezia.«

Seine buschigen, weissen Augenbrauen hoben sich erstaunt, und er reichte mir seine knotige Hand, um uns viel Glück zu wünschen.

In Niedervintl stiegen wir aus. Nicht ohne unserem »vierbeinigen Doktor« vorher wieder seinen Maulkorb überzustülpen.

Mein betagter Sitznachbar überquerte humpelnd die Strasse zu einem Gasthaus, vor dem sein Stammtisch schon auf ihn wartete. Mit einem letzten Winken verabschiedete er uns. Wild gestikulierend berichtete er seinen Freunden und deutete mit dem Finger auf Monet, der nun ohne Mundschutz, dafür hoch erhobenen Schwanzes, mit seinem Rucksack auf dem Rücken elegant an der Rentnertruppe vorbei flanierte.

Unser Weg führte aus dem Ort hinaus, durch eine Strassenunterführung, auf einen gekiesten Fahrweg im Grünen. An der Weggabelung entdeckte ich seit langem wieder einmal das München-Venedig Zeichen, das den Radweg dorthin kennzeichnete. Eine Gruppe Radler mit grossem Gepäck fuhr fröhlich winkend an uns vorbei. An der nächsten Abzweigung bogen wir vom Fahrweg auf einen schmalen Pfad ab, der uns in regelmässigen Kehren 1'000 m hinauf durch den Rodenecker Wald führte.

»Wie gut und intensiv es hier riecht.« Zuerst hatte ich das Gefühl, jemand mit einem extrem würzigen Rasierwasser sei vor uns hergelaufen. »Was für ein absurder Gedanke«, schalt ich mich selbst. Hier roch es doch soviel besser als jedes synthetische Duftwässerchen. Eine Mischung aus grünem Nadelduft, erdigem Moss, feuchter Erde, süssen Waldblumen und aromatischen Pilzen stieg uns in die Nase.

Die Sonne zeigte sich heute immer nur kurz, erwärmte dann jedes Mal die lichten Stellen zwischen den Bäumen und bildete interessante kleine Lichtbühnen. Farbige und teils grosse, bizarr geformte Pilze sahen wir am Wegesrand stehen, manche grösser als Roberts Handteller. Sogar einige kleine, junge Pfifferlinge mit ihrer zart orangen Färbung und dem typischen Trichterhut sahen wir. Da wir jedoch keine wahren Pilzkenner sind, beschränkten wir uns lieber aufs Schauen, Staunen und Riechen. Bei den üppig gefüllten Waldhimbeerbüschen, die unseren Weg säumten, war ich deutlich weniger zurückhaltend.

»Ich liebe Himbeeren.« Im Vorübergehen steckte ich mir einige der aromatischen, reifen Früchtchen in den Mund.

Nach drei Stunden Steigung durch den Wald fanden wir uns auf saftigem, aussichtsreichem Almgebiet wieder.

»Was für ein phantastischer Blick!«

Hinter uns die massiven Zentralalpen, von wo wir gekommen waren. Vor uns, noch ein wenig im Hochnebel versteckt, die südlichen Alpen mit den Dolomiten. Mit dieser Aussicht von der Lüsner Alm und der Vorfreude auf die Könige der Berge wanderten wir gemütlich über Wiesen und Weiden unserem heutigen Ziel entgegen, der Kreuzwiesenalm.

In die Stille der Natur drang plötzlich ein seltsam unpassendes Geräusch von hinten. Leises Zischen und Stampfen, ein undefinierbarer Rhythmus, abgehackte Stimmsequenzen, begleitet von dem gleichmässigen »Tack-tack« mehrerer Wanderstöcke.

Irritiert drehten wir uns um und sahen die ersten Alpen-Rapper unserer Tour und unseres Lebens. Im Takt ihrer Musik überholten sie uns, mit Ohrenstöpseln verkabelt, ihre Baseball Kappen schief auf dem Kopf, schwarze Gangster Sonnenbrillen auf den Nasen. Drei junge Männer mit grossen Rucksäcken wanderten in rhythmischen Bewegungen dynamisch und cool an uns vorbei. Ihre Wanderstöcke zum Gruss und je eine Hand zum Victory Zeichen erhoben, zogen sie von dannen. Das leise, hämmernde Echo des lauten Raps in ihren Ohren wehte wie eine kleine Fahne hinter ihnen her.

»Da sag nochmal jemand, wandern sei nur was für Oldies!«
»Wo die wohl hinwollen?«
Das grosse Gepäck liess auf eine lange Tour schliessen.

Auf der idyllischen Kreuzwiesenalm angekommen, wussten wir zumindest, wohin die Alpen-Rapper heute wollten. Denn sie liefen uns hier direkt wieder über den Weg, zusammen mit einem Angestellten des Hüttenteams, der ihnen gerade das Matratzenlager zeigte.

Wir fragten in der Haupthütte nach unserem telefonisch reservierten Zimmer mit Hund. Derselbe junge Mann, der die Rapper begleitet hatte, brachte uns ebenfalls zur Hütte mit dem Matratzenlager, wo er im Erdgeschoss eine winzige Kammer öffnete.

»Das Badezimmer müssen Sie sich mit den anderen Gästen teilen, die über Ihrem Zimmer schlafen.«

Eine Holztreppe führte nach oben, wo sich das Matratzenlager befand. Dort hörten wir die jungen Alpen-Rapper hantieren.

»Nein, für zehn Euro extra mit Hund bleib ich hier nicht.« Dass wir hier vermutlich keine Nachtruhe finden würden, war mir sofort klar. »Haben Sie noch ein anderes Zimmer?«

»Da müsste ich nachfragen«, meinte er unsicher, »mit Hund weiss ich das nicht so genau.«

»Ich geh mal mit, und wir klären das.« Ich übernahm die Regie und folgte dem Kellner ins Haupthaus. Am Tresen erklärte ich der Hüttenwirtin unser Anliegen, und innerhalb weniger Minuten hatten wir ein anderes Zimmer, die Nr. 10.

»Welch ein Unterschied zur Abstellkammer!«, jubelte Robert, als ich ihn und Herrn Monet zu unserem gemütlichen Zimmer mit separatem Eingang neben dem Haupthaus führte.

Ein gemütliches, mit hellem Lärchenholz getäfeltes und mit Zirbenmöbeln eingerichtetes, grosses Zimmer im modernen Châlet Stil, inklusive eigenem Badezimmer war unsere heutige Belohnung. Sogar ein klitzekleines, gefliestes, eigenes Entree hatten wir, wo wir unsere schmutzigen Wanderschuhe und die Rucksäcke unterbringen konnten.

Für die feuchten Wanderschuhe organisierten wir beim Hüttenteam alte Zeitungen, um sie von innen trocken zu bekommen. Das hatte gestern nach der Gliederscharte über Nacht schon einigermassen effektiv gewirkt. Unsere wasserdichten High Tech Wanderschuhe waren leider doch nicht so dicht, wenn wir stundenlang durch Regen und nasses Gras wanderten. Dabei hatten wir zuhause wochenlang verschiedene Fabrikate und Modelle im Regen getestet und drei Paar bereits als unbrauchbar wieder umgetauscht. Im Dauertest versagten nun leider auch unsere Testsieger.

»Im nassen Grass dürfen Sie natürlich nicht stundenlang mit diesen Wanderschuhen herumlaufen. Da müssen Sie dann halt Gummistiefel anziehen.« Das hatte der kleine, dicke Verkäufer in unserem Sportfachgeschäft zuhause gesagt. Gummistiefel in den Alpen? Welch befremdlicher Tipp eines Sportfachverkäufers.

»Vielleicht hat er ja doch recht gehabt?« Der Verdacht lag nahe, dass die modernen Wanderschuhe nur für Schönwetter Wanderer produziert werden.

»Hoffentlich schickt uns Petrus keinen Regen mehr!«

Kaum gehofft, ging draussen ein heftiger Regenschauer nieder, begleitet von fernen Blitzen und dumpfem Donnergrollen. Das war uns in unserer behaglichen Behausung jedoch total egal.

»Soll der Wettergott doch seinen Tank heut noch ordentlich leeren, damit morgen die Sonne wieder scheint.«

Ein kleines Nickerchen, eine warme Dusche, frische Kleidung. Zwei neue Menschen betraten am Spätnachmittag die vom gemütlichen Kachelofen gewärmte Gaststube, in der sich bei dem feuchten Wetter inzwischen einige Gäste eingefunden hatten. Als Ersten erblickten wir Udo, der direkt neben dem Ofen auf einer Bank am Tisch sass und uns erfreut begrüsste.

»Auch schon da? Seid ihr nass geworden?«

»Nein, grad noch rechtzeitig hierher geschafft.«

Auf einen heissen Tee und ein Bier gesellten wir uns zu ihm.

»Was ich dich gestern schon fragen wollte«, begann Robert das Gespräch.»Konntest du eigentlich ohne Probleme Schlauchkarsattel und Bikkarspitze beschreiben?«

»Hör bloss auf«, winkte Udo ab, »das war vielleicht ein Reinfall. Ich hatte den Hüttenwirt gefragt, ob das möglich sei, und er verneinte vehement. Mit einer Drohne habe er die Lage dort oben genau kontrolliert und könne zuverlässig sagen, dass ein Aufstieg, vor allem aber der Abstieg nicht zu verantworten sei. Woraufhin ich und viele andere Wanderer nach Scharnitz absteigen und von dort im Paralleltal wieder hochsteigen mussten.« Die Enttäuschung stand ihm ins Gesicht geschrieben.

»Und das Beste kommt jetzt«, ergänzte er. »Auf der nächsten Hütte hat mir dann der dortige Wirt erklärt, dass es kein Problem gewesen wäre, von der Bikkarspitze abzusteigen. Ausserdem könne besagte Drohne ja gar nicht so weit fliegen, um alles restlos zu überblicken, weil sie sonst in einem Funkloch abstürzt. Ich hab mich vielleicht geärgert! Wenn man sich auf die Technik verlässt, ist man verlassen!«

Jetzt waren wir erst recht froh, dass wir eine ganz andere Route durchs Karwendel gewählt hatten, der wir ohne Einschränkungen und Umwege hatten folgen können.

»Übrigens, deine rettende, warme Tasse Kaffee gestern vor der Gliederscharte war mir eine Erwähnung in meinem Tagebuch wert«, wechselte Udo abrupt das Thema. »Hat mich schwer beeindruckt. Danke nochmals. So etwas passiert einem nicht oft.« Mit diesen, für ihn ungewöhnlich persönlichen, abschliessenden Worten versank er wieder in dem farbigen Alpenbildband der Hüttenbibliothek, den er bereits bei unserer Ankunft studiert hatte.

Da unser Zimmer zwar wunderschön, im Juli aber nicht geheizt und entsprechend kühl war, verbrachten wir den ganzen Spätnachmittag in der warmen, geschmackvoll eingerichteten Gaststube. Rustikale, grob behauene Wand- Boden- und Deckenbretter sowie helle, massive Holzmöbel und der weiss getünchte, runde Kachelofen in der Raummitte mit seiner umlaufenden Sitzbank prägten diese gemütliche Schutzhütte. Nostalgische schwarz-weiss Fotografien alter Bergbauernfamilien, der klassische »Herrgottswinkel« sowie die alpenländisch gemusterten Vorhänge an den Fenstern zauberten ein authentisches Almhütten Feeling, ohne kitschig zu wirken. Hier fühlten wir uns wohl und gut aufgehoben, während wir uns bis zum Abendessen mit Apfelstrudel und Kaiserschmarrn über Wasser hielten.

Viele Fern- und Tageswanderer hatten sich vor dem abrupten Gewitterregen hierher gerettet, und die Gaststube war gut besucht.

Die drei lässigen Alpen- Rapper mit ihren verdrehten Caps sassen an einem Ecktisch und tauschten sich mit ihren Smartphones aus. Wer hatte das coolste Video des Tages gedreht?

»Hey Alter, guck mal die Kuh auf dem Stein, voll krass!«

»Und hier, der Nino mitten im Kuhfladen, igitt!«

Als ich auf dem Weg zur Toilette vorbei ging, sah ich auf ihrem Tisch den roten Wanderführer »München-Venedig« liegen.

»Aha, die Jugend ist ebenfalls auf dem Traumpfad unterwegs.« Schmunzelnd ergänzte ich in Gedanken: »Und zwar analog statt digital.«

Am frühen Abend traf ein weiterer junger Fernwanderer ein.

»Haben Sie noch einen Schlafplatz? Ich hab leider nicht reserviert.«

Er war sehr gross und schlank. Klobige, orangefarbene Schuhe für extreme Hochgebirgstouren leuchteten am Ende seiner langen, schlaksigen Beine. Er trug einen für die Alpen untypischen, ledernen, australischen »*Crocodile Dundee*« Hut auf dem Kopf. Ein breites, schwarzes Brillengestell nahm einen Grossteil seines schmalen Gesichts mit dem modischen Kinnbärtchen ein. Sein mächtiger Rucksack mit der schräg festgebundenen Isomatte, die jeden Moment herunterzurutschen drohte, war insgesamt etwas in Schieflage geraten. Mit den schweren Bergschuhen an den Füssen, dem schiefen Rucksack und seinen langen, dünnen Gliedmassen schien er stets um Gleichgewichtsausgleich bemüht.

Sein Auftritt erinnerte uns spontan an »*Kater Mikesch*«, eine Figur aus der »*Augsburger Puppenkiste*«. Wie an unsichtbaren Fäden dirigiert, folgte er dem Kellner mit steifen, staksigen Schritten und dem hin und her schwankenden Rucksack zum Nebenhaus.

Abends versammelten sich die Alpen-Rapper, der junge Neuankömmling, sowie Udo und Michael an unserem Nebentisch und debattierten angeregt über die Tour. Offensichtlich waren alle sechs München-Venedig Wanderer. Da wir hier das einzige Paar auf der Route waren, blieben die »Junggesellen« wohl lieber unter sich, was uns irgendwie auch recht war. Sie übertönten sich begeistert in den Schilderungen ihrer jüngsten Leistungen und Anekdoten. Amüsiert hörten wir den Sprachfetzen von nebenan zu.

Allen voran die drei Alpen-Rapper, die den München-Venedig Weg wohl als sportlichen Wettkampf sahen, denn sie wollten die über 500 km »in Rekordzeit bolzen.«

»Für den 28. Juli haben wir unser Zugticket von Venedig nach Hause gebucht. Bis dann müssen wir es geschafft haben.«

»Bei unserem Tempo kein Problem, vor ein paar Tagen haben wir schon aus zwei Tagesetappen eine gemacht!«, prahlte einer.

»Ihr YouTube Jünger seid doch Warmduscher!« Udo schaltete sich in seiner trockenen Art ein. »Mit dem Zug zurückfahren kann doch jeder!«

»Der Herr Rentner fliegt vermutlich«, konterte der kecke Sprücheklopfer.

»Nö, der fährt mit dem Fahrrad!«

Mit verschränkten Armen und einem triumphalen Grinsen lehnte sich der trainierte Udo zufrieden zurück und genoss die Wirkung seiner Antwort.

Völlig perplex wandten sich die Rapper nun dem einsamen Nachzügler mit Hut zu, den Nino, Roger und Andi wohl bereits unterwegs kennengelernt hatten.

»Und du, Jérôme, bist im Schneckengang unterwegs? Erst drei Stunden nach uns hier angekommen! Was trödelst du denn so herum?«

Der ungewöhnliche, junge Mann mit dem seltenen Vornamen liess sich von der aufgedrehten Bande überhaupt nicht provozieren. Er strahlte eine ganz eigene Ruhe und Persönlichkeit aus, wie er langsam seine Brille zurecht rückte und die drei aufgekratzten Jungs mit grossen Augen ansah.

»Ich schau mir halt die Landschaft gern in Ruhe an.«

Ruhig und gelassen sass er am Tisch neben den hibbeligen Rappern. In einer viel zu weiten Wanderhose unter seinem Sport T-Shirt aus Merinowolle und mit Flip-Flops an den nackten, verarzteten Füssen.

»Ausserdem hab ich heute Geburtstag«, murmelte Jérôme ein wenig verlegen in sein kleines Kinnbärtchen hinein.

»Das muss gefeiert und begossen werden!« Da waren sich auf einmal alle wieder einig.

Lautstark wurde diskutiert: »Bier oder Wein?«

»Was ist denn günstiger?«

»Bier wär günstiger, Wein steigt schneller in die Birne.«

Nach einigem Hin und Her entschieden sie sich für den weissen, günstigen Hauswein und pichelten fröhlich, während das Abendessen serviert wurde.

Wir zogen uns gleich nach dem Essen müde auf unser Zimmer zurück. Die illustre Männerrunde feierte noch lustig weiter und begann gerade mit der Wirtin zu diskutieren, wieso der zweite Liter Wein unbedingt aufs Haus gehen müsse.

»Gut, dass wir darauf bestanden haben, nicht unter dem Matratzenlager zu schlafen.«

Halbzeit - die Ruhe vor der Königsetappe

Nachts hatte es geschneit. Wie mit Puderzucker bestäubt lagen die umliegenden Gipfel im ersten fahlen Morgenlicht des neuen Tages. Allen voran der imposante Peitlerkofel. Der erste sichtbare Dolomitengipfel thronte majestätisch direkt vor uns am Horizont, als wir nach dem Frühstück die Kreuzwiesenalm in Richtung Süden verliessen. Ein kalter Wind blies uns um die Ohren.

»Riechst du auch den Schnee in der Luft?«

Es war Mitte Juli. Wir hatten das Gefühl, im Herbst unterwegs zu sein, wenn die ersten Schneefälle den nahenden Winter ankündigen.

»In den Dolomiten können wir überhaupt keinen Schnee gebrauchen.«

»Keine Sorge. Alle meinten, das sei nur eine kleine Kaltfront, die bald vorüberzieht. Ausserdem wandern wir immer südlicher, da wird es automatisch wärmer und sonniger!«

»Dein Wort in Gottes Ohr.« Skeptisch blickte ich auf die weisse Pracht.

»Bitte kurz anhalten, ich find mein Taschentuch nicht. Vermutlich liegt es noch vor unserer Zimmertür.«

Ungeduldig blieb Robert stehen, während ich hurtig zurückging um nachzusehen. Gestern hatte ich es zusammen mit unseren Socken und meinem Kopftuch draussen aufgehängt. Beim Wäscheabhängen musste es verloren gegangen sein.

»Da liegt es ja!« Klatschnass, vom nächtlichen Gewittersturm unter einen Holzstapel vor unserer Zimmertür geweht. Ich wrang es aus und knotete es zum Trocknen an meinen Rucksackgurt.

»Gott sei Dank!«

Einen Ersatz hatte ich nämlich nicht dabei. Und Papiertaschentücher sowieso nicht. Zu viel Müll, hier in der Natur.

»Gefunden! Wir können weiter.«

Peinlich aber wahr, nach ein paar Metern musste ich unser Rudel schon wieder stoppen.

»Stein im Schuh!«

An einem Holzweidezaun zog ich meinen linken Schuh aus, fand darin jedoch keinen Stein. »Vielleicht im Socken?« Tatsächlich, ein kleines spitzes Ungeheuer hatte sich in den linken Socken geschmuggelt und meine ersten Schritte heute zur Tortur gemacht. Gerade als ich meinen Schuh wieder zuband, zockelte Jérôme vorbei mit seinem unverkennbaren Hut auf dem Kopf und dem immer noch schräg schwankenden Rucksack.

»Guten Morgen!«

»Hallo, wie geht's?«

»Einen schönen Tag.« Mit seinem typisch staksigen Schritt verschwand er hinter der nächsten Wegbiegung.

Wir setzten unseren Weg ebenfalls in Richtung Süden fort, Schritt für Schritt den Königen der Alpen entgegen.

Heute war Donnerstag und wir hatten kurzfristig in der Maurerberghütte ein Zimmer reservieren können. Von dort aus wollten wir die Wochenendplanung in Angriff nehmen, die sich erfahrungsgemäss ein bisschen schwieriger gestaltete. Vor allem bei dem vorhergesagten, warmen Wetter für das kommende, sonnige Wochenende.

»Wir werden sehen. Für heute haben wir ja eine Unterkunft. Morgen ist ein neuer Tag.«

Nach circa einer Stunde hatten wir auf unserem Weg einen etwas höheren Hügel umrandet, als wir links eine bekannte Silhouette im Takt der Wanderstöcke auf und nieder wippen sahen.

»Das ist doch *Kater Mikesch*!«

»Wo kommt der denn jetzt her? Er hatte uns doch da hinten schon längst in flottem Schritt überholt.«

Mit seinem roten, leicht zerfledderten Wanderführer in der Hand stand er ein wenig ratlos an der nächsten Weggabelung.

»Ach, ihr seid das!« Verhaltene Freude, uns wiederzusehen. »Ich bin da vorhin links abgezweigt, weil in meinem Wanderbuch steht, dass es auf dem Gampill Gipfel eine schöne Aussicht gibt. Da hab ich den kleinen Umweg über den Hügel gemacht. Irgendwie war das nichts Besonderes. Nicht einmal ein Gipfelkreuz. Kann ich ein Stück mit euch gehen?«

»Klar, kein Problem.«

»Was hat denn euer Hund da auf dem Rücken? Seinen eigenen Rucksack?«

»Ja, er trägt seine Näpfe und einen Teil seines Futters selbst.«

»Und wie heisst er?«

»Monet. Das ist Robert, und ich bin Petra.«

»Monet? Was für ein ungewöhnlicher Name für einen Hund. Malt er denn auch?«, fragte er uns.

»Der Junge ist gebildet«, dachte ich sofort.

»Nein, er malt nicht, auch wenn er weisse Farbe an der Schwanzspitze hat«, scherzte ich. »Der Vorbesitzer war Künstler und hat alle Welpen nach seinen persönlichen Lieblingsmalern und -schriftstellern benannt. »Monet«, »Manet«, »Puschkin«. Nur die einzige Hündin des Wurfs, die als erste das Licht der Welt erblickt hat, fiel etwas aus der Reihe. Sie hatte er »Bonjour« getauft.

»Das ist ja lustig. Ich hab auch einen französischen Namen, Jérôme.« Höflich hielt er uns seine Hand hin.

Unser Rudel hatte Zuwachs bekommen. Mit seiner offenen, arglosen Art, seinen grossen braunen Augen und den leicht tapsig wirkenden Bewegungen erinnerte er mich ein wenig an einen liebenswerten Welpen.

Der Weg führte stetig moderat bergauf, dann wieder sanft bergab. Heute war die Tour nicht allzu anstrengend. So konnten wir uns zwischendurch ein wenig mit Jérôme unterhalten.

»Ganz schön mutig, in deinem jungen Alter allein von München nach Venedig zu wandern.«

»So jung bin ich gar nicht mehr, ich seh viel jünger aus. Gestern bin ich einundzwanzig geworden.«

»Gratulation!« Alles Gute nachträglich zum Geburtstag.«

»Dankeschön.«

Wir mussten schmunzeln. Wenn man wie ich kurz vor fünfzig stand oder wie Robert bereits einige Jahre darüber, war einundzwanzig blutjung.

»Wie bist du denn auf die Idee gekommen, ganz allein über die Alpen zu marschieren?«

Jérôme fing in seiner bedächtigen, ruhigen Art zu erzählen an: »Seit ein paar Jahren bin ich Mitglied im Alpenverein. Und seitdem regelmässig in den Bergen unterwegs. Ich hab gemerkt, dass ich mich im Gebirge sehr wohl fühle und dort die nötige Ruhe finde, die ich brauche bei all der Alltagshektik. Ein Lehrer in meiner Montessori Schule unterstützt mich dabei. So kurz vor den Sommerferien, zwischen zwei Schuljahren, habe ich jetzt etwas Zeit, die ich für diese vierwöchige Alpenüberquerung als Projektthema nutze. Und wenn ich es schaffe, erstelle ich anschliessend eine kleine Präsentation mit Vortrag zu meiner Tour, die ich dann in der Schule zeigen werde.«

»Finden wir toll, was du da machst, und dass du schon so weit gekommen bist!« Wir waren echt beeindruckt.

»Ja, schon. Aber die anderen Jungs, mit denen ich anfangs ein Stück gegangen bin, ärgern mich immer. Die meinen, ich sei zu langsam.«

Nach ein paar Metern sagte er: »Schön, dass ich jetzt euch getroffen habe. Ich glaube, euer Tempo passt besser zu mir.«

Inzwischen hatten wir das Glittner Joch erreicht, auf dessen Kamm ein beissender, eisiger Wind herrschte.

»Mir ist kalt. Ich muss meine Handschuhe aus dem Rucksack holen und die warme Jacke.« Erneut stoppte ich unseren Tross.

»Wie wär's denn generell mit einer Pause und einem warmen Getränk?« Hier standen zwei Bänke und ein Holztisch, auf dem Robert seinen Gaskocher aufbaute.

»Ich trinke auch ein bisschen Wasser, gute Idee.« Umständlich begann Jérôme seine Wasserflasche aus dem Rucksack zu befördern.

»Willst du nicht lieber einen heissen Kaffee oder einen warmen Tee?«

Mit grossen Augen und einem unsicheren Lächeln schaute er uns an: »Echt jetzt? Ein warmer Tee wär natürlich klasse. Sehr freundlich!«

»Kräuter-, Früchte- oder Rooibostee mit Karamel?«

Jérôme war baff. »Wenn ich aussuchen darf, gerne einen Rooibos.«

Ich entschied mich für einen süssen Milchkaffee, während die beiden Herren sich einen dampfenden südafrikanischen Rooibos Tee genehmigten.

»Der Junge kennt sich erstaunlich gut aus für einundzwanzig.« Ich war verblüfft.

Herr Monet lag entspannt in der Wiese und knabberte ein paar Hunde Leckerlis, die wir als Motivation für ihn dabei hatten. Um seinen Wasserhaushalt mussten wir uns bisher keine Sorgen machen, denn es gab überall am Weg genügend kleine Bäche, Rinnsale oder Brunnen, wo unser Vierbeiner sich selbst versorgte.

Warm eingepackt in unsere dicken Jacken, Mützen und Handschuhe setzen wir unseren Weg zum Glittner See fort, einem der schönsten Fotomotive auf der Grassler Route. Von saftig grünen Wiesen gesäumt, lag dieses kleine Gewässer vor der schräg in den Himmel ragenden Spitze des mächtigen Peitlerkofel und seiner Gipfelgenossen. Auf seiner spiegelglatten Oberfläche lag ein Holzschiff mit Mast vertäut, das an ein kleines Piratenschiff erinnert. Zwei majestätische Schwäne zogen daran vorbei. Eine skurrile Inszenierung hier oben in der Alpenwelt: »Schwanensee mit Schiff vor Berg.«

Mit Blick auf den Peitlerkofel marschierten wir weiter.

»Morgen möchte ich dort auf den Gipfel steigen. Deshalb übernachte ich heute in der Maurerberghütte und nicht in der Schlüterhütte«, erzählte uns Jérôme, der Gipfelsammler.

»Das trifft sich gut. Wir übernachten heute auch dort.«

Das letzte Stück dorthin führte uns durch dichte, blühende Alpenrosen- und Wacholderbüsche, vorbei an würzig duftenden Zirbenkiefern. Herr Monet voran, gefolgt von Robert, mir und Jérôme am Rudelende.

»Was ist das für ein lustiger, kleiner Elch, den du da im Rucksack mitschleppst?« Jérôme hatte Knut im Visier, der im Takt meiner Schritte auf und ab wippte.

»Das ist unser Reisemaskottchen, Knut Elch aus Schweden. Der begleitet uns überall hin. In Südafrika war er auch schon und hat dort mit den Pinguinen geflirtet, sich vor Löwen gefürchtet und grosse Strausse bewundert. Aber eigentlich sucht er überall unterwegs die ultimative Bambi-Freundin.«

Jérôme musste lachen: »Na, dann helf ich ihm mal, Ausschau zu halten nach seiner Herzdame. In Südafrika seid ihr gewesen? Da war ich auch schon. Ein tolles Land. Mit so vielen eindrucksvollen Tieren und Landschaften.«

Kein Wunder, dass er sich auskannte mit Rooibos Tee, dem Nationalgetränk der Südafrikaner.

Nach vier Stunden gemütlicher Wanderung und Plauderei kam die Maurerberghütte am Fusse des gleichnamigen Bergs in Sicht. Im Wanderführer nur als mögliche Zwischenstation für eine Pause erwähnt, hatten wir sie bewusst zur Übernachtung für heute gewählt. Wie gut diese Wahl gewesen ist, stellte sich bald heraus.

Im Innern des vor drei Jahren komplett renovierten, sehr schönen Hauses wurden wir sehr herzlich vom Hüttenwirt und seinen beiden Töchtern begrüsst.

Jérôme, der einmal mehr nicht reserviert hatte, bekam zum Glück noch problemlos ein Zimmer, sogar für sich ganz allein.

Eine der beiden Wirtstöchter begleitete uns. Jérôme lieferte sie im ersten Stock ab. Mit uns stieg sie die Treppen hinauf bis unters Dach. Ich freute mich schon heimlich, denn Dachzimmer fand ich am gemütlichsten.

Als sie die Tür öffnete, verschlug es uns die Sprache. Dies war kein Hüttenzimmer, sondern in unseren Augen eine Luxussuite. Ganz in hellem Zirbenholz gehalten, erwartete uns ein grosszügiger, im modernen Alpenstil eingerichteter, lichtdurchfluteter Raum mit einem grossen Südbalkon. Frontaler Blick auf den markanten Peitlerkofel und die anschliessenden Dolomitengipfel im Südosten. Traumhaft!

Unser eigenes, modernes Badezimmer mit geräumiger Dusche, Handtuch Radiator, WC und einem italienischen Bidet machte unser Wohnglück perfekt.

»Rot-weiss karierte Bettwäsche und Vorhänge, Holzstühle mit Herzchen in den Lehnen. Den Peitlerkofel kann man sogar vom Bett aus sehen! Ich flipp aus.« Meine romantische Ader kam hier voll auf ihre Kosten, und ich musste zugeben, dass zwischendurch ein klein wenig Luxus Körper und Geist ganz einfach gut tat.

»Erst mal ein Getränk!«

Wir installierten unsere wenigen Habseligkeiten im Zimmer, zogen unsere bequemen Hüttenschuhe an und platzierten uns an der windgeschützten Hauswand auf der grossen Sonnenterrasse. Denn trotz Sonnenscheins war es auch hier empfindlich frisch und ein eisiger Wind blies über die Terrasse.

Sehr oft hatten wir bei unserer Wanderung vergessen, wie hoch oben wir uns inzwischen bewegten. Die Kaltfront der vergangenen Tage tat das ihre dazu, dass wir uns Mitte Juli auf 2'150 m Höhe mit Wollmützen und wattierten Jacken auf der Veranda einfanden.

Ausser uns waren nur wenige hartgesottene Wanderer draussen. Bei dieser Aussicht konnten wir jedoch nicht anders. Der Peitlerkofel zog unsere Blicke wie magisch an. Jérôme gesellte sich zu uns und bestellte sich einen Teller Pasta, während wir uns heisse Schokolade, Kaffee und Apfelstrudel gönnten.

»Ich hab grad Wetterbericht geschaut über WLAN. Es soll wärmer und sonniger werden, aber der Wind bläst morgen auch noch stark. Keine Ahnung, ob ich auf den Peitlerkofel steigen kann«, Jérôme runzelte die Stirn. »Wär schön, wenn's klappt.«

»Ich hätte keine Lust, auf die schneebedeckte Spitze zu steigen.« Beim Anblick des Puderzuckerhuts vor uns bekam ich Gänsehaut.

»Der Aufstieg befindet sich hinten, von der Südseite aus. Den sieht man hier vom Norden gar nicht. Ich schau morgen einfach mal spontan, was ich mache, wenn ich sowieso dort vorbei komme.« Jérôme erstaunte uns immer wieder.

Zwei junge Frauen mit grossem Gepäck wanderten an unserem Aussichtsplätzchen vorbei. Ein auffallendes Paar. Die eine mindestens 1.85 m gross, sehr hager, hellblonde, kurze Haare, der nordisch kühle, ernste Typ. Die andere viel kleiner, mit dunklen, halb langen, lockigen Haaren und lustigen Sommersprossen, wirkte eher quirlig.

Als sie Jérôme mit seinem unverkennbaren Hut auf der Terrasse sitzen sahen, winkte die kleinere mit ihren Wanderstöcken und lächelte zu uns herüber, bevor die beiden dynamisch hinter der nächsten Kurve verschwanden. Jérôme hatte zurückgewinkt.

»Das sind Dagmar und Giulia. Die beiden haben gestern Abend in der Kreuzwiesen Hütte mit uns gefeiert. Sie wandern ebenfalls nach Venedig.«

Und da erinnerte auch ich mich wieder, die jungen Frauen heute Morgen in der Kreuzwiesenalm beim Frühstück gesehen zu haben, bevor wir den Raum morgens verliessen.

»Ich muss jetzt erst mal unsere nächsten Übernachtungen klar machen.« Am Wochenende trauten wir uns nicht, spontan einfach irgendwo kurzfristig anzurufen oder aufzukreuzen.

Die Schlüterhütte, bei der ich zuerst anfragte, war bereits total ausgebucht. Kein Wunder, denn das ist die Hütte am Ende der offiziellen Tagesetappe vierzehn im Wanderführer München-Venedig. Da wollen alle übernachten.«

»Versuch's doch bei der Puezhütte.«

»Das wär dann aber eine Mega Etappe. Minimum achteinhalb Stunden ohne Pause«, gab ich zu Bedenken.

»Welche Alternativen haben wir denn?«

»Keine.«

Ab der nächsten Etappe würden wir ins Herz der Dolomiten wandern, wo die Übernachtungsmöglichkeiten etwas rarer gesät waren als bisher.

In der Puezhütte empfing mich eine gestresste Dame am Telefon, die mir erklärte, dass wir mit Hund dort nicht übernachten können, weil sie nur noch Mehrbettzimmer zur Verfügung habe. Ausserdem nähmen sie sowieso nicht gern Übernachtungsgäste mit Hunden. Enttäuscht legte ich den Hörer auf, denn von dort hatte ich im Vorfeld eigentlich keine Absage mit Hund erhalten.

»Ist doch wie verhext heute. Ich hab jetzt keine Lust mehr.«

Robert unterhielt sich mit einem Ehepaar am Nebentisch, das sich dort diskutierend über eine Wanderkarte der Region beugte. Sie wollten von ihm wissen, woher wir denn kämen, und ob wir ihnen einen guten Tipp für die nächsten Tage geben könnten.

Das konnten wir. Bei der Gelegenheit warf Robert einen genauen Blick auf die Karte, die ein grosses Stück der Dolomiten und alle Hütten umfasste.

»Gampenalm«, las er laut, »unterhalb der Schlüterhütte.«

»Ja, ich erinnere mich. Diese Almhütte hatte die Wirtstochter der Kreuzwiesenalm auch als Alternative für die Schlüterhütte erwähnt.«

»Liegt allerdings nicht direkt am Weg. Von der Schlüterhütte zusätzlich eine halbe Stunde bergab. Und am nächsten Tag wieder bergauf, zurück zum Ausgangspunkt.«

Im Zweifel besser als das ganze Wochenende festzusitzen und nicht voranzukommen.

»Guten Tag, wir suchen ein Doppelzimmer mit Hund für morgen, Freitag.«

»Tut mir leid«, erwiderte eine freundliche Stimme am anderen Ende der Leitung, »morgen ist schon alles ausgebucht.«

Panik ergriff mich.

»Sollte das bisherige Glück uns an diesem Wochenende tatsächlich verlassen haben? Bedeutete das, zelten auf über 2'000 m Höhe?« Ich sah uns im Geiste schon, mit allen zur Verfügung stehenden Schichten bekleidet, angezogen wie die Polarforscher, bibbernd im windgepeitschten Sommerzelt schlottern.

»Am Samstag könnten wir Ihnen wieder ein Doppelzimmer anbieten. Mit Hund.«

Hatte ich mich nicht verhört? Licht am Horizont!

»Samstag würde gehen? Ich klär das kurz ab mit meinem Mann und rufe umgehend zurück.«

Just in dem Moment war Robert im Innern der Hütte verschwunden.

»Ich hab gefragt, ob wir noch eine Nacht hier bleiben können. Das ginge.«

»Phantastisch! Dann bestätige ich sofort in der Gampenalm.«

Das war knapp. Jetzt noch schnell den Sonntag organisieren, der erfahrungsgemäss meist wieder einfacher war. Und tatsächlich bekamen wir im übernächsten Ziel, am Grödner Joch, problemlos ein Zimmer für Sonntag.

»Jetzt mach doch gleich auch noch die Boé Hütte für Montag fix. Auf über 2'800 m Höhe hab ich wirklich keine Lust, bei den Temperaturen zu zelten.«

Ich kratzte mein Schulitalienisch zusammen und rief an.

»Buon giorno! Cerciamo una camera per due persone ed un cane per lunedi per favore.«

Eine sprachbegabte Südtirolerin erkannte meinen holprigen Akzent sofort und antwortete mir auf Hochdeutsch.

»Für Montag Abend? Das geht klar. Unser Hundezimmer ist frei. Welchen Namen darf ich notieren?«

»Madonna«, fuhr es mir durch den Kopf, »unsere persönliche Wunschfee hatte anscheinend nur ganz kurz pausiert. Gott sei Dank!«

»Petra & Robert«, antwortete ich gemäss dem Brauch vieler Hütten, sich nur die Vornamen zu notieren.

»Montag Abend. Ganz sicher?« Ich konnte es kaum glauben.

»Si, si, certo«, wiederholte die Stimme am anderen Ende, »ist reserviert!«

Jetzt konnte ich langsam wieder entspannen. Heute war Donnerstag, und für die nächsten vier Tage hatten wir unsere Unterkünfte fix reserviert.

»Meinst du, wir schaffen die geplanten Etappen bis Montag?« Schon wieder nagte ein kleiner Zweifel an mir. Der Montag und alle Kilometer dazwischen erschienen mir Lichtjahre entfernt.

»Klar, schaffen wir das! Jetzt haben wir hier morgen quasi einen Zwangsruhetag, ziemlich genau in der Mitte der Tour. Gar nicht so schlecht, um ein wenig auszuruhen, Dinge zu erledigen und innezuhalten, bevor wir die Könige der Alpen angehen.«

Es gab wirklich Schlimmeres im Leben, als in dieser wunderschön gelegenen, charmanten Hütte mit Traumzimmer für einen Tag fest zu sitzen.

»Halbzeit!«

Am nächsten Morgen verabschiedeten wir Jérôme, der bei strahlendem Sonnenschein und starkem Wind die Maurerberghütte in Richtung Peitlerkofel und Puezhütte verliess. Allein und ohne Hund bekam er als Alpenvereinsmitglied immer einen Schlafplatz.

»Macht's gut!«

Wir winkten ihm hinterher, bis sein Rucksack nur noch ein schwankender Punkt war auf dem Weg entlang des nördlichen Peitlerkofels.

»Zeit zum Gassigang, hol deine Mütze und die Handschuhe!«

Warm angezogen erklommen wir mit Monet den Maurerberg, auf dessen Gipfel uns ein grosses Kreuz mit Gipfelbuch erwartete. Und nicht nur das, sondern auch eine phantastische Rundumsicht. Im Norden sahen wir das Massiv der frisch verschneiten Zentralalpen, in denen wir vor Tagen herum gekraxelt waren.

»Gut, dass wir dort noch vor dem grössten Schneefall durchgekommen sind.«

Im Süden das eindrucksvolle Panorama der ersten, mächtigen Dolomitengipfel. Berge, soweit das Auge reichte. Und Stille. Nur der Wind, der hie und da an unseren Mützen zog. Ein klarer Himmel in kräftigem Hellbau. Staunend standen wir hier oben, sprachlos und ein wenig demütig vor dieser gewaltigen Natur. Stolz auf das, was wir bis hierher geleistet und erlebt hatten. Ehrfürchtig vor dem, was uns jetzt wohl in den nächsten beiden Wochen noch erwarten würde.

»Die schönsten Berge der Welt«, wie Reinhold Messmer es einmal formuliert haben soll, lagen vor uns. Konnte es eine

Steigerung dessen geben, was wir bisher schon alles erlebt hatten?

Zeit zur Reflexion, hier oben auf diesem Gipfel in 2'300 m Höhe, mit dieser enormen Weitsicht und ohne das schwere Gepäck. Das Herz schien mir überzulaufen vor lauter Glücksgefühlen, Hoffen und Bangen, Spannung und Entspannung. All die Begegnungen, die verschiedenen Gastgeber und Unterkünfte. Wie ein Film im Schnelldurchlauf kamen und gingen die Bilder der letzten zwei Wochen.

»Komm, es wird langsam frisch hier oben.«

»Nur noch einen Eintrag ins Gipfelbuch!«

Irgendwo wollte ich meine Gefühle lassen, niederschreiben und deponieren. An diesem 15. Juli.

Zurück in unserem gemütlichen, warmen Zimmer, erledigten wir zunächst die notwendigen Dinge des Alltags. Ich wusch unsere Wäsche von Hand und hängte sie zum Trocknen in den Wind auf unseren Balkon. Robert putzte derweil unsere Wanderschuhe und wachste sie neu ein. Er hatte wirklich an alles gedacht und sogar eine kleine Tube Schuhwachs mitgenommen.

Monet rollte sich behaglich auf seiner Kuscheldecke ein. Er schien auch froh zu sein über den unverhofften Ruhetag. Wenn man bedenkt, dass er zuhause in seinem Körbchen stundenlang dem gesunden Büroschlaf frönte zwischen den Gassigängen, war das eine Superleistung, die auch er bisher vollbracht hatte.

Als Robert sich später gemütlich auf dem Bett ausstreckte, schienen auch ihn unsere bisherigen Erlebnisse gedanklich einzuholen, während ich in mein kleines Reisetagebuch schrieb.

»Welche München-Venedig Wanderer haben wir bis jetzt getroffen?«

»Resie und Tom mit ihrem grossen Hund Franzl, die wir am kleinen Ahornboden verabschiedet hatten. Das junge, blonde Mädchen mit den Knieproblemen auf der Tutzinger Hütte und den Vater und Sohn, von denen wir nicht einmal die Namen wussten. Die drei Alpen-Rapper Nino, Roger und Andi. Udo, den stillen, sportlichen Schwarzwälder und Michael, den Franken in seiner schwarzen Kleidung. Die beiden jungen Frauen, Dagmar, blond und gross, und Giulia, dunkelhaarig und klein, die gestern an uns vorbei gewandert waren. Und natürlich Jérôme, den mutigen, gebildeten, wohlerzogenen, weit gereisten, jungen Mann mit seinem Hut.«

Dreizehn Personen waren uns bisher begegnet, die wie wir den Traumpfad München-Venedig zu Fuss in Angriff genommen hatten. Aber noch kein einziger Hund ausser Monsieur Monet.

Robert hatte irgendwo gelesen, dass pro Jahr zwischen achtzig und hundert Personen den Traumpfad am Stück von Anfang bis zum Ende gingen.

Wer von unseren Wegbekanntschaften wohl das Zeug dazu hatte? Ob wir den einen oder anderen auf dem Weg wohl nochmals treffen würden? Oder zufällig in Venedig? Würden wir selbst bis zum Ende durchhalten? Und wieviele neue München-Venedig Wanderer würden wir womöglich in den kommenden beiden Wochen noch kennenlernen? Vielleicht sogar noch so einen begeisterten Hund wie unseren kleinen Kerl, der jetzt so entspannt auf seiner Decke pennte?

Diese und andere Fragen schwirrten uns durch die Köpfe an unserem Ruhetag am Maurerberg.

Am späten Nachmittag sassen wir gemütlich beim Aperitif im Gasthaus und gingen die Route von morgen im Detail durch.

»An diesem friedlichen Ort könnt ich glatt eine ganze Woche verbringen.« Ich bin nicht abergläubisch, aber man sollte den Tag nie vor dem Abend loben.

Kaum eine halbe Stunde später füllte sich der Gastraum mit einer Truppe Männer, die offensichtlich mit Fahrzeugen herauf gefahren waren. Zu Fuss wäre in den meisten Fällen schlicht unmöglich gewesen bei der körperlichen Konstitution der Herren.

Aus dem nordbayrischen Frankenland waren sie für ihr Männerwochenende hierher angereist. Und zwar nicht das erste Mal, wie sich sehr schnell herausstellte. Sie begrüssten den Südtiroler Wirt lautstark, schulterklopfend und sehr leutselig, der bisher eher durch diskrete Freundlichkeit angenehm aufgefallen war.

Im Spannungsfeld dieses lauten Überfalls auf der einen und der wirtschaftlichen Notwendigkeit regelmässiger Stammgäste auf der anderen Seite, bemühte sich der Hüttenwirt den einen wie den anderen Gästen gerecht zu werden mit seinem freundlichen, unergründlichen Lächeln. Seinen beiden Töchtern im Teenagerater sah man einen gewissen Widerwillen gegenüber dem, was da am Wochenende wohl alles kommen mochte, deutlicher an.

Später trudelten noch einige andere illustre Wochenendgäste mit dem Auto ein an diesem Freitagnachmittag. Nach dem Männerverein betrat ein älteres Ehepaar den Schankraum. Ihrem Akzent nach offensichtlich aus dem Ruhrgebiet. Auch sie begrüssten das Hüttenteam plump vertraulich mit einnehmenden Wesen, als seien sie zuhause in dieser Hütte.

»Erst einmal den üblichen Willkommensdrink. Wie immer!«

Sie sassen an der Bar und erkundigten sich nach ihrem Zimmer. Die erste Enttäuschung, sie hatten dieses Mal nicht das südliche Dachzimmer bekommen. Denn das hatten wir ja. Empörung folgte auf Enttäuschung

»Wie konnte das denn passieren?«

Die beiden Töchter wurden vom Vater in der Küche zur Rechenschaft gezogen. Schulterzuckend schauten sie ihn an.

»Haben Sie wenigstens ein Südzimmer mit Aussicht für unsere Bekannten, denen wir oft von ihrer Hütte vorgeschwärmt haben?«

»Nein, leider nichts mehr zu machen.« Der Wirt schüttelte bedauernd den Kopf.

Und wir waren indirekt Schuld an dem Dilemma.

»Meinst du, wir sollen freiwillig unser Zimmer tauschen,

wenn das so kriegsentscheidend ist?« Für die zweite Nacht wäre mir persönlich ein Tausch völlig egal gewesen. Grundsätzlich waren wir ja überhaupt froh darüber, ein Dach über dem Kopf zu haben.

»Spinnst du?« Mein Mann reagierte unmissverständlich und eindeutig.

Also schwieg ich und verfolgte weiter gespannt das Geschehen in diesem Mikrokosmos Gaststube.

»Gibt es später wenigstens eine bisschen stimmungsvolle Musik?«, fragte die ältere, enttäuschte Deutsche an der Bar den Wirt und deutete auf ein Akkordeon, das an der Wand hing.

»Ich dachte, das ist nur Deko«, raunte ich Robert zu.

»Leider nicht«, gab er augenzwinkernd zurück.

Wir waren gespannt, welche Rolle diesem Instrument noch zugedacht war im Verlauf des Abends.

An unserem Nebentisch hatten sich inzwischen zwei Pärchen niedergelassen, die auch zu übernachten schienen, da sie ohne Jacken aus Richtung der Zimmer gekommen waren. Ein junges Paar und eins mit deutlichem Altersunterschied. Ebenfalls Deutsche, die sich grusslos an uns vorbei gequetscht hatten. Aus den Gesprächen des jungen Paares mit der Frau und aufgrund des Wanderführers, den sie mitführten, war uns sehr schnell klar: München-Venedig Wanderer. Und zwar welche, die am heutigen Freitag in keiner der anderen Hütten mehr untergekommen waren und deshalb hier gelandet sind.

»Hoffentlich hat Jérôme wenigstens noch ein Plätzchen für heute Nacht bekommen.«

»Mach dir mal um den keine Sorgen, der kommt allein klar!«

Rolf, der zweite Mann am Nebentisch, deutlich älter als seine Frau Marion, sagte kein Wort. Er starrte wie apathisch auf den Tisch, während seine junge Frau plapperte wie ein Wasserfall. Seltsam, aber vielleicht war er einfach nur müde.

An der Bar ging es inzwischen bereits sehr laut und lustig zu.

»Hoffentlich bekommen wir bald etwas zu essen. Und dann nichts wie rauf aufs Zimmer.« Robert hatte keine Lust auf Hüttenzauber. Ich noch viel weniger.

Die Bekannten des deutschen Rentnerpaares waren ebenfalls inzwischen eingetroffen.

Am Schuhwerk der ebenfalls nicht mehr ganz jungen Dame konnten wir deutlich erkennen, mit dem Auto. Sie betrat die Hütte mit hohen Absätzen im Münchner Trachtenschick. »Klack, klack, klack.« Bussi rechts und links und grosses »Hallo.« Ihr kleiner, rundlicher Mann mühte sich hinter ihr mit den Koffern ab, die locker für ein halbes Jahr Aufenthalt gereicht hätten.

»Ja mei, so schad, dass es hier oben so kalt ist. Wir sind in München mit offenem Verdeck losgefahren. Aber hier? Unmöglich!«, jammerte sie.

»Gopfrid Stutz«, dachte ich, »München scheint uns zu verfolgen auf dieser Tour. Und zwar der Teil, den ich als Wahlmünchnerin selbst am wenigsten geschätzt habe. Die Möchtegerns und »Adabeis der Schickeria«.

»Na?«, neckte mich mein Gegenüber, »möchtest du immer noch gern ein paar Tage länger hier bleiben?«

»Das liegt nur am Wochenende. Man sollte am Wochenende einfach nicht in den Alpen unterwegs sein, wenn man seine Ruhe haben möchte.«

Eine junge Serviererin, die inzwischen ihren Dienst angetreten hatte, wurde sogleich dazu verdonnert, auf dem Akkordeon die üblichen Hüttenweisen zu spielen. Die Rentner mitsamt dem Männerclub fingen an zu schunkeln und verklärt mit zu summen.

Nun waren wir endgültig im falschen Film.

Dieser Freitag hatte so gar nichts gemeinsam mit dem gestrigen, ruhigen Donnerstag auf der authentischen, friedlichen Berghütte.

»Wenn wir diese wunderbare Hütte weiterempfehlen werden, dann nur unter der Woche!«

»Dann musst du das halt reinschreiben, in dein Buch.«

Mein Mann war nach dem zweiten Bier deutlich entspannter und beobachtete das seltsame Treiben amüsiert.

»Ja, das mach ich auch.« Kopfnickend wandte ich mich der Speisekarte zu, in die ich fast versank, während dieser gequälten Vorführung einheimischen Musikbrauchtums.

Rolf am Nebentisch schwieg weiterhin stoisch. Möglicherweise litt er genauso wie ich. Er hatte vielleicht das Gefühl, wenn er sich nicht bewegt und auf keinen Fall redet, ginge alles schneller vorbei.

Nach einem Finale mit dem obligatorischen »*Schneewalzer*« war der musikalische Spuk vorüber und das Essen wurde serviert. Endlich! Sonst immer ein Highlight des Tages, habe ich inzwischen sogar vergessen, was wir an diesem Abend bestellt hatten. Posttraumatischer Schock!

Wäre alles nicht so schlimm und irgendwie sogar amüsant gewesen, wenn die hochhackige Münchnerin sich nicht in den Kopf gesetzt hätte, in der Nacht noch circa eine Stunde den Gang vor unserem Zimmer auf- und abzuklappern.

War das vielleicht ihre persönliche, kleine Rache für das entgangene Südzimmer mit Aussicht?

Ein halbes Jahrhundert auf der Suche nach dem Edelweiss

Zeitig verliessen wir am nächsten Morgen den Ort des turbulenten Wochenendgeschehens. Auf breitem Fahrweg wanderten wir durch einen Wald bergab, wo das Leben gerade zu erwachen schien. Überall im Unterholz knisterte und raschelte es rechts und links des Wegs. Monet schnüffelte interessiert auf Fährtensuche, lauschte und guckte. Auch wir strengten uns an, vielleicht ein Reh oder einen Hirsch zu erspähen. Fehlanzeige. Kein »Bambi«, dessen Anblick unseren »Reise-Knut« und uns entzückt hätte.

»Das ist aber wirklich ein breit ausgebauter Fahrweg, der von dieser Seite zur Maurerberghütte führt. Kein Wunder, dass hier am Wochenende so viele motorisierte Gäste hinauffahren.«

»Achtung, zur Seite, von hinten kommt eine Truppe Mountain Biker.«

Acht bis an die Zähne eingepackte Mountain Biker donnerten in rasanter Talfahrt an uns vorbei. Die Steigerung des Tourismusrummels erlebten wir kurz darauf am Würzjoch, zu dessen Parkplätzen und dem gleichnamigen Almgasthaus eine gut ausgebaute, breite Strasse hinaufführte. Schon von weit oben konnten wir das geschäftige Treiben und viele Parkplatz suchende Fahrzeuge an diesem Knotenpunkt des Alpentourismus erkennen. Da wurde gehupt, gerufen und sich in grossen Gruppen für den Tagesausflug gerüstet.

»Lass uns schnell weiter gehen!«

Die vielen Italiener, die hier Urlaub machten oder ein langes Wochenende in den Bergen verbrachten, machten kein Geheimnis aus ihrer Neugier für unseren Rucksack Hund.

»Che bello!«

»Hai visto?«

Auch sie zückten ihre Smartphones und Tablets, um unseren Alpen-Bello für die Nachwelt zu verewigen.

»Aspetta un attimo!«

So schnell, wie wir uns das vorgestellt hatten, konnten wir das Würzjoch mit unserem kleinen »VIP« leider doch nicht passieren. Hinter dem Würzjoch, entlang des mächtigen Peitlerkofel zu unserer Linken, stiegen wir bergan. Inmitten italienischer Familien und Paare, die nicht schweigend wandern konnten.

»Wie holen die denn überhaupt Luft?«, japste ich.

»Jahrelanges Training...«

Erneut überholten wir zwei perfekt gestylte Italienerinnen in ihrem flotten Alpen Designoutfit, die miteinander schnatterten und Herrn Monet begeistert hinterher knipsten.

»...und weil sie alle paar Meter stehen bleiben.«

Die Peitlerscharte öffnete sich über uns. Ein breiter Taleinschnitt zog sich in engen, steilen Serpentinen 300 m bergauf. Samstags herrschte hier Betrieb wie beim Schlussverkauf.

Selektive Wahrnehmung war die Zauberformel, Schritt für Schritt, den Blick zu Boden gerichtet.

»Und immer schön atmen.«

Stets in der Hoffnung, dass Monet, der ohne Leine seinen eigenen Weg zwischen den Steinen und Menschen fand, nicht versehentlich einer anderen Wandergruppe hinterher sprang.

»Schau mal, dort geht es hinauf zum Peitlerkofel. Es sind sogar ein paar Leute oben!«

Von hier aus sahen wir den Aufstieg an der Südflanke, von dem Jérôme gestern gesprochen hatte. Das sah weit weniger spektakulär aus als von Norden, wäre jedoch mindestens noch eine zusätzliche Zweistunden Aktion gewesen.

»Meinst du, er hat diesen Gipfel auch noch mitgenommen?«

»Keine Ahnung. Wenn wir ihn nochmals treffen, kannst du ihn ja fragen.«

Wir hatten jedenfalls keine Lust, diese Kraxelei zusätzlich einzubauen. Nicht bei diesem Betrieb. Und nicht mit dem Wissen, dass wir noch genügend seilversicherte Dolomitenpassagen vor uns haben werden in den nächsten Tagen.

Auf der Peitlerscharte oben angekommen, hielten wir uns rechts in Richtung Schlüterhütte. Allmählich nahm der Betrieb etwas ab. Die Ausflügler verteilten sich.

Wir wanderten auf schmalem Pfad durch liebliches Murmeltierland. Rechts und links des Wegs fanden sich überall die typischen bewachsenen Fels- und Steinhügel, in denen die possierlichen Alpennager gewöhnlich wohnen. Heute räkelten sie sich faul in der Sonne unter den wachsamen Augen ihrer aufmerksamen Wachmännchen. Wir genossen den Weg durch dieses Murmelparadies sehr. Überall hörten wir ihre Pfiffe, sahen sie aufrecht in der Landschaft stehen oder mit ihren Jungen vor den Bauten spielen.

»Ein herrliches Leben muss das sein. Im Sommer in diesem blühenden, friedlichen Tal, fern der Zivilisation, mit all den frischen Alpenkräutern. Und den Winter in einer kuscheligen Höhle verschlafen. Vielleicht wär Murmeltier eine Option für das nächste Leben?«

Wir beobachteten genau, wie Herr Monet auf die herumwuselnden Tierchen reagierte. Er machte wie immer nichts Besonderes. Völlig verzückt guckte er aufmerksam in der Gegend umher, stellte die Ohren und runzelte die Stirn, wenn sich mal wieder einer der pelzigen Genossen zeigte. Wie gern hätte er vermutlich ihre Bekanntschaft gemacht.

Ein Hüttenwirt hatte uns jedoch gewarnt. Seine Hündin wurde einst schwer verletzt von einem wehrhaften Murmeltier, weil sie ihre vorwitzige Nase zu tief in seinen Bau gesteckt hatte.

Deshalb hatten wir stets ein Auge auf unseren neugierigen Mitwanderer. Denn auch er kam zuweilen auf die Idee, einen Baueingang mit der Nase zu inspizieren, der direkt am Weg lag. Dort roch es anscheinend zu verlockend nach »Murmeltier Pups«.

Nach gut dreieinhalb Stunden Wanderung erreichten wir die Schlüterhütte auf 2'300 m Höhe. Malerisch eingebettet liegt sie zwischen Peitlerkofel- und Geislergruppe am Übergang vom Villnösstal zu den ladinischen Dolomitentälern.

Wie vermutet, herrschte auch hier reges Treiben und viel Trubel. Mit den Augen suchten wir die belebte Sonnenterrasse nach bekannten München-Venedig Gesichtern ab, fanden jedoch keins. Von hier wichen wir von der eigentlichen Route ab und gingen bergab, rechts an der Schlüterhütte vorbei.

Knapp 300 Höhenmeter vernichteten wir beim Abstieg durch saftige Almwiesen auf unserem Weg zur Gampenalm.

»Und morgen früh müssen wir das alles wieder rauf latschen?«
»Genau.«

Dabei durften wir uns wirklich nicht beklagen, denn wir hatten bisher immer grosses Glück gehabt bei der Wahl unserer Unterkünfte. Andere Wanderer hatten uns teils haarsträubende Geschichten erzählt von Umwegen, die sie machen mussten. Oder von Nächten, die sie auf Bierbänken in der Gaststube verbrachten.

»Himmlisch, da unten ist keine Menschenseele auf der Terrasse.«

Zunächst hatten wir den Eindruck, die Gampenalm sei noch geschlossen, denn draussen war aus der Ferne niemand zu sehen. Welch angenehmer Kontrast zur überfüllten Schlüterhütte. Als wir um das Gasthaus herum gingen, sahen wir zwar einige Gäste auf der windgeschützten Seite der Terrasse sitzen, aber kaum der Rede wert.

»Hier sind wir bestimmt allein heut Nacht!«

Entgegen meiner Vermutung füllten sich am späteren Mittag Terrasse und Gasthaus schlagartig. Wir waren sehr froh, dass wir unser Zimmer schon bezogen hatten. Denn es kamen Dutzende von Wanderern, die ebenfalls noch nach Zimmern oder Lagerplätzen fragten. Und viele, die auch hier abgewiesen wurden.

Unser Zimmer war klein, schlicht aber sauber und hatte eine phantastische Aussicht auf die Geislergruppe, die direkt neben der Gampenalm in den Himmel wuchs. Davor idyllische Almwiesen mit glücklich kauenden Kühen, deren grosse Glocken akustisch eine schöne Hintergrundmusik bildeten. Eine entspannte Atmosphäre.

Der frische Wind draussen hatte noch nicht nachgelassen. Nach kurzer Zeit auf der Terrasse suchten wir gerne wieder unser Zimmer auf, wo wir uns ein wenig auf die faule Haut legten. Morgen stand wieder eine sehr kräftezehrende Tour an: über 1'200 Höhenmeter hinauf, genau so viele wieder hinunter, über zwei Scharten und fünf Joche hinweg.

Während ich auf dem Bett herum lümmelte und meine Gedanken schweifen liess, sah ich unseren selig schlummernden Vierbeiner auf seiner Decke am Boden liegen. Neben unseren drei Rucksäcken. Mit einem Mal fiel er mir ein. Der Buchtitel für meine Geschichte über dieses sagenhafte Abenteuer quer durch die Alpenwelt.

»Ein Hund, sein Rudel und drei Rucksäcke«.

Damit war das kleine Zimmer in der Gampenalm die Geburtsstätte meines ersten Buchtitels.

Zum Abendessen wurden wir von den Wirtsleuten auf die Tische verteilt, was bei der Anzahl der inzwischen eingetroffenen Gäste sinnvoll war. Jeder Platz war besetzt. Wir teilten uns einen Vierertisch mit einem sympathischen Paar aus Bozen, das übers verlängerte Wochenende zum Wandern in die Berge gefahren war.

Wie auf den Hütten üblich, kamen wir sehr schnell mit ihnen ins Gespräch, und die beiden erzählten uns von ihrer heutigen Tageswanderung zum Zendleser Kofel.

»Dort oben haben wir sogar echte Edelweisse gesehen!«

Mit grossen Augen sah ich sie an. Denn so, wie Monet von der Murmeltier Bekanntschaft träumte, sehnte ich mich schon seit Jahren danach, endlich einmal die seltene, weisse Alpenschönheit in natura zu erblicken. Eigentlich schon seit meiner Kindheit. Meine geliebte Grossmutter hatte so ein getrocknetes, gut erhaltenes Edelweiss in ihrem Gesangbuch aufbewahrt. Als Talisman. Von wem sie es hatte, verriet sie mir nie. Sie hatte es gehütet wie ihren Augapfel. Deshalb war für mich immer klar gewesen, dass es von meinem Opa sein musste, ihrem im Krieg gefallen Ehemann. Aus diesem Grund umgab diese Blume für mich eine ganz spezielle Aura.

Die junge Boznerin, Martina, kramte ihr Smartphone hervor.

»Da schaut«, rief sie triumphierend, »ganz viele. Direkt auf der Wiese zwischen den Steinen unter dem Gipfelkreuz. Gar nicht zu verfehlen.«

Sie hatte wunderschöne Fotos gemacht von dieser sagenumwobenen, kleinen Blume mit ihren weissen, filzigen Blättern und den gelben Blütenstempeln.

Ich sah Robert an.

»Ja, ja. Schon verstanden. Wir werden morgen wohl oder übel auch noch auf den Zendleser Kofel steigen. Zusätzlich zu unserem extra Aufstieg zur Schlüterhütte.«

Auch er hatte noch nie ein wildes Edelweiss in freier Natur gesehen. Bei uns zuhause im Alpstein fand man sie nicht so ohne Weiteres. Nur an höchst unzugänglichen Stellen sehr, sehr selten.

»Dann heisst es eben sehr früh aufstehen!«

Die Tochter des Hauses brachte unsere Vorspeise: hausgemachte Kasnocken. Ein Traum, der auf der Zunge zerging.

Danach einen gemischten Salat für jeden. Frische Vitamine! Als sie mit dem Hauptgericht kam, erkundigte ich mich: »Ab wann gibt es denn Frühstück bei euch?«

»Ab sieben Uhr.«

»Dann können wir ja wenigstens ordentlich frühstücken.«

Köstlich dampfende Teller mit Kalbsbraten, Gemüse und Kartoffelpüree wurden vor uns auf dem Tisch platziert. Zufrieden wendeten wir uns unserer Mahlzeit zu. Nach einem feinen Stückchen Kuchen mit cremigem, selbst gemachtem Joghurt und Waldbeeren, blieben keine Wünsche mehr offen für heute. Der Umweg zur Gampenalm hatte sich rein kulinarisch schon gelohnt. Wir waren uns einig, dass wir diesen Abstecher jedem München-Venedig Wanderer guten Gewissens empfehlen können. Nicht nur als Notlösung.

»Ich hol noch schnell die Kamera im Zimmer, dann können wir die Abend Gassirunde mit dem Sonnenuntergang verbinden.«

Draussen warteten bereits andere Gäste mit ihren Fotoapparaten im Anschlag auf den kurzen Augenblick, in dem die untergehende Sonne die Felsnadeln der Geislergruppe in ein sattes, leuchtendes Orangerot tauchen würde. Es war tatsächlich nur ein klitzekleiner Augenblick, in dem sie sich farbig zeigten, bevor sie wieder in ihr typisches Steingrau verfielen. Aber wir hatten ihn eingefangen. Ein schönes Ambiente für eine kleine Abendrunde, vorbei an der kleinen Almkapelle im Schatten der mächtigen Geislerspitzen. Ein kleiner Vorgeschmack auf die Dolomitenriesen und die göttlichen Stimmungen, in die wir ab morgen endgültig eintauchen würden. Gespannt sahen wir dem nächsten Tag entgegen.

Ein für italienische Verhältnisse geradezu luxuriöses Frühstück wurde uns in der Gampenalm serviert. Käse- und Wurstplatten, frische Brötchen, hausgemachte Konfitüren und Milchkaffee.

Weil wir uns mit unseren netten Tischnachbarn aus Bozen angeregt unterhalten hatten, waren wir viel später dran als geplant.

»Wie lang wäre der Umweg über den Zendleser Kofel?«

»Circa eine Stunde müsst ihr dafür schon einrechnen. Was wollt ihr denn dort? Ich dachte, ihr wandert nach Venedig?«

»Martina und ihr Mann haben uns erzählt, dass es dort oben Edelweisse gibt. Die wollen wir unbedingt sehen!«

Der Wirt lachte:« Dafür müsst ihr doch nicht extra da hoch kraxeln. Die gibt's auf dem Weg zur Medalges Alm und in Richtung Roa Scharte auch. Ihr müsst halt eure Augen aufsperren, dann findet ihr garantiert welche!«

Erleichtert, nicht noch mehr zusätzliche Höhenmeter wandern zu müssen, starteten wir die heutige Mammut Tour. Der Aufstieg von der Gampenalm zum Dolomiten Höhenweg Nr. 2 war gerade recht, um den Kreislauf so richtig in Schwung zu bringen. In vierzig Minuten erklommen wir unseren gestrigen Ausgangspunkt und das Bronsoi Joch zwischen Geisler- und Puezgruppe. Dort waren wir wieder auf der regulären Route in Richtung Puezhütte und Grödner Joch. Wir wanderten zügig durch phantastisch blühende Alpenlandschaften. Unsere Blicke hefteten wir konzentriert auf die Pflanzen und Blumen am Wegesrand. Alles gab es dort: leuchtend blaue Enziane, verschieden blühende Alpen Wurz- und Steinbrecharten in Violett und Orange, pinkfarbene Pechnelken, zart hellrosa blühendes Fingerkraut. Vor allem aber Gemskresse, die überall am Weg mit ihren weissen Blüten zwischen den Steinen und Felsen hervorlugte. Bei deren Anblick gab ich jedes Mal, kurzsichtig wie ich bin, einen Schrei des Entzückens von mir: »Edelweiss!«

»Nein, du blindes Huhn, immer noch nicht!«, kommentierte Robert jedesmal. »Schau du lieber mal auf den Weg, mit deinen vielen Stolperschritten. Ich seh's schon kommen. Irgendwann liegst du in der Botanik!«

Er beschleunigte sein Tempo, ohne weiter rechts und links zu schauen. »Komm jetzt, Edelweiss wird generell überbewertet.«

Noch mindestens sieben Stunden lagen vor uns. Trödelei konnten wir uns gerade heute nicht erlauben. Aber so schnell gab ich einfach nicht auf. Nicht so nah am Ziel. Irgendwo musste sie sich doch verstecken, die Königin der Alpenblumen.

»Ha!« Ein einziger Ausruf meines Mannes und eine abrupte Vollbremsung.

»Bestimmt wieder nur so eine blöde Gemskresse.«

Er ging in die Hocke und blieb dort die längste Zeit sitzen, bevor er sich zu mir umdrehte und breit grinste.

»Fotoapparat bitte!«

Beim Näherkommen konnte ich es kaum fassen. Da stand in dichtem Grün, an Steine geschmiegt direkt neben dem Weg ein schüchternes Edelweiss. Einfach so. Glückshormone strömten durch meine Adern.

»Hallo, du seltenes Pflänzchen!«

Wie filigran und klein es doch war. Seine strahlend weissen, pelzigen Hochblätter erinnerten mich an die Oberfläche eines französischen Camemberts. Wie gern hätte ich mit den Fingerkuppen leicht über die samtige Haut gestreichelt. Aber ich traute mich nicht, diese geschützte, seltene Blume anzufassen.

Robert fotografierte, während ich ehrfürchtig guckte.

Da musste ich fast fünfzig Jahre alt werden, um das »Leontopodium alpinum« in seinem natürlichen Lebensraum bestaunen zu können. Nachdem sein getrockneter Vorfahr mich so viele Jahre meiner Kindheit begleitet hatte, mitsamt der Traurigkeit meiner Grossmutter bei seinem Anblick.

Diese Edelweiss Melancholie hatte ich offensichtlich von ihr geerbt. Denn in diesem Moment fehlte sie mir unsäglich, meine Oma mit den runden Apfelbäckchen und ihrem warmen Lächeln. Und mein Grossvater, den ich leider nur vom vergilbten

Hochzeitsfoto kannte, auf dem er sie glücklich und verliebt anlächelte.

Wir rissen uns los vom weissen Blümchen und fanden prompt noch weitere der seltenen Schönheiten. Hier standen ganze Familien beieinander und blühten mit ihren kleinen, gelben Blütenköpfchen um die Wette.

»Ist ja geradezu inflationär hier«, zwinkerte Robert mir zu.

»Schön, dass anscheinend alle Wanderer Verständnis und Respekt zeigen für die streng geschützte Pflanze.«

Ein echter Tipp für Edelweiss Liebhaber: der Dolomiten Höhenweg Nr.2, zwischen Schlüter- und Puezhütte.

Begleitet von Murmeltierpfiffen wanderten wir weiter, vorbei an der kleinen Medalges Alm, entlang der Ostflanke der Geislergruppe, bergauf in Richtung Roa Scharte, die es bald zu überwinden galt. Schon von Weitem sahen wir sie. Die steile, hellgraue Geröllsteigung, in deren Mitte ein sehr schmaler Pfad in engen Zickzack Serpentinen nach oben zur Scharte führte.

»Dort sollen wir hinauf steigen?« Mit Blick auf diese fast senkrecht nach oben ragende Geröllhalde verliess mich kurz der Mut. »Das geht doch gar nicht. Da rutschen wir doch mit den schweren Rucksäcken runter. Herr Monet schafft das doch niemals durch dieses spitze, scharfkantige Geröll.«

»Immer schön langsam einen Schritt vor den anderen setzen. Und atmen nicht vergessen.«

Unser Rudelführer Robert machte seine Sache gut. Mit gutem Beispiel stieg er unbeirrt voran, ohne anzuhalten. Ich schnaufte hinterher. Immer schön mit Stockeinsatz, um nicht wegzurutschen.

Und Herr Monet?

Der kleine Tausendsassa suchte sich seinen eigenen Weg, frei nach dem Motto: »der kürzeste Weg zwischen zwei Punkten ist eine Gerade«. Senkrecht stieg er mit seinem Vierpfoten Antrieb direkt zwischen den Zickzack-Kurven des Wegs hinauf. Wir mussten seine Abkürzungstaktik allerdings stoppen, weil er zu enthusiastisch eine kleine Geröll Lawine ausgelöst hatte. Nichts passiert.

Wir nahmen ihn dennoch an die Leine und führten ihn den Rest der Steigung auf dem vorgegebenem Weg. Als kurz darauf von Robert versehentlich ein Stein losgetreten wurde, rief er schnell nach unten: »Achtung, Steinschlag!«

Ein junges Paar, das unter uns aufstieg, zog die Köpfe ein und winkte dankend.

Verschwitzt aber stolz kamen wir oben an auf der Roa Scharte, wo ein frischer Wind über die Felskante pfiff. Schnell die warmen Pullover überziehen, bevor wir die Aussicht genossen. Wirklich sehr imposant, wenn man unseren Aufstieg zur Roa Scharte nun unter sich liegen sah. Unglaublich, wohin einem die Füsse tragen können, wenn man nur will.

Drei Stunden waren wir schon unterwegs, fünf lagen noch vor uns. Deshalb hatten wir noch keinen Sinn für eine entspannte Pause.

Über den zweiten Gipfeleinschnitt des heutigen Tages, die 2'700 m hohe Nives Scharte führen zwei alternative Wege. Ein seilversicherter, teils ausgesetzter Klettersteig mit einer vier Meter langen Leiter. Oder eine streckenmässig weitere Umgehung durch das Val della Roa, mit steilerem Ab- und Aufstieg verbunden. Mit Rücksicht auf unseren Hund und ehrlich gesagt auch auf mich, die ich bisher keine Klettersteig Erfahrung hatte, wählten wir die Umgehung. Entlang der Felswände stiegen wir in das steinige Roa Tal ab, um an seinem Ende wieder über steile Kehren hinauf zu wandern zur 2'500 m hohen, unaussprechlichen Forcella Forces de Sieles. Wie der italienische Name vermuten lässt, eine Gabelung inmitten der grauen Felsgiganten.

»Eine kurze Verschnaufpause bitte!«

Wir lehnten uns an die Felswände und genossen den Blick. Neben uns pausierte ein älteres Paar mit Tagesrucksäcken, das uns freundlich grüsste.

»Where do you want to go?«, fragte uns der Mann interessiert.

»Venice.«

Beeindruckt nickend fragte er, woher wir kämen. Anerkennend pfiff er durch die Zähne. Die beiden fröhlichen Schweden machten Wanderferien in den Dolomiten.

»Wir haben auch einen Schweden an Bord«, lachte ich und drehte mich mit meinem Rucksack um, »darf ich vorstellen, Knut Elch aus Schweden!«

Sie mussten herzhaft lachen.

»If you were my wife, we would have had a discussion about that elk. For such a tour!«, sagte der Mann mit einem Augenzwinkern.

»Hatten wir auch im Vorfeld, die Diskussion über Knut im Gepäck. Und ich hab sie gewonnen«, entgegnete ich in Englisch mit einem entwaffnenden Lächeln.

»Wir müssen weiter!«

»Bye, bye, have a nice trip!«

Wir bogen nach links ab und stiegen über einen teils seilversicherten Steig am Gratrücken des Piz Duleda entlang. Robert und Monet wie immer voraus.

»Oh Schreck, was macht er denn jetzt?«

Robert hob unseren Hund das erste Mal auf dieser Tour an seinem Geschirr, mitsamt dem kleinen Rucksack, in die Luft und hievte ihn auf die andere Seite.

»Auf die andere Seite wovon?«, fragte ich mich mit einem flauen Gefühl im Bauch.

Das Herz rutschte mir in die Hose, als ich Robert, an ein Seil geklammert, einen grossen Schritt nach vorne machen sah. Er hatte sich förmlich hinaufziehen müssen an diesem Drahtseil.

Meine beiden Herren standen nun auf einem felsigen Vorsprung. Jenseits einer viel zu breiten, tiefen Felsspalte für meinen Geschmack, die auch ich nun irgendwie überwinden musste. Leider hatte ich kein Geschirr, an dem mich eine höhere Macht hätte hinüber hieven können. Nie zuvor hatte ich das Gefühl gehabt, meine Beine seien zu kurz, aber jetzt waren sie es definitiv.

»Das schaffe ich nicht!«, rief ich verzweifelt hinüber.

»Doch, du schaffst das. Halt dich am Seil fest und stell dich mit einem Fuss so nah und hoch wie möglich an die Spalte!«

»Das sagt sich so einfach. Na gut, ich probier's«, krampfhaft umklammerte ich mit meinen schwitzigen Händen das Seil, während ich auf einem erhöhten Stein balancierte.

»Jetzt gib mir deine rechte Hand!«

»Geht nicht!«

»Doch, lass los und gib sie mir.«

Roberts Hand kam mir entgegen.

Ich liess mit der rechten Hand los, griff mit der linken am Seil nach und zog mich mit Schwung nach oben. Ein grosser Schritt, meine Hand in seiner. Und schon spürte ich den festen Untergrund drüben unter meiner rechten Sohle, wo ich wenig elegant irgendwie gelandet war. Frei nach Goethes Motto: »Halb zog sie ihn, halb sank er hin«, nur umgekehrt.

Monet sprang freudig an mir hoch.

»Ich dachte, hier gibt's keinen Klettersteig mehr«, schimpfte ich mit wild pochendem Puls. »Aber ein bisschen stolz bin ich schon. Mein erstes seilversichertes Stück!«

Nur gut, dass man in solchen Momenten nicht weiss, was noch alles kommt.

Links von uns sahen wir einen Gipfelgrat mit drei Felsspitzen wie Skulpturen: rechts erkannte ich Hathi, den kleinen Elefanten aus dem »*Dschungelbuch*« mit erhobenem Rüssel beim Trompeten. Daneben eine Ente. Und links einen Zwerg mit Zipfelmütze.

Auf einer balkonartig gelegenen Alpe auf über 2'400 m führte uns der Weg nach den steinigen Scharten und Kletterübungen durch grüne Alpwiesen. Rechts des Wegs fielen sie sanft ab, um nach einigen Metern fast senkrecht über hohe Felswände hinab zu stürzen ins Langetal. Eine wilde und sehr gegensätzliche Gegend. Friedlich weidende Schafe auf saftigen Wiesen, die nach einigen Metern plötzlich und abrupt im Nichts endeten. Jenseits des Langetals sahen wir auf der anderen Seite wild zerklüftete Dolomitenwände senkrecht aufsteigen.

»Hast du gewusst, dass es in den Dolomiten solche tiefen und breiten Schluchten gibt? Fast wie im Grand Canyon.«

»Nicht wirklich.«

Dem Grödener Höhenweg geradeaus folgend, staunten wir eine ganze Weile über diese bizarr geformte Landschaft um uns herum. So hatten wir die Dolomiten noch nie gesehen. Wir waren sprachlos beim Anblick dieser Gebirgsformationen, die der berühmte Architekt Le Corbusier einmal die »schönste Architektur der Welt« genannt hatte. Hier standen und verstanden wir.

»Zeit und Ort für eine Pause nach fünf Stunden! Wir wär's mit einem Picknick und etwas Warmem zu essen und zu trinken?«

»Ich bin dabei! Nach der aufregenden und anstrengenden Kraxelei hab ich jetzt wirklich Appetit.«

Rechts vom Weg suchten wir uns auf einer Almwiese hinter einem grossen Felsen ein geschütztes Plätzchen mit traumhafter Aussicht. Robert baute seinen Gaskocher für die Warmwasserbereitung auf. Ich suchte aus den noch verbliebenen Trekking Menüs eins aus.

»Boeuf Stroganoff!«

Herrn Monet zogen wir ebenfalls seinen Rucksack aus, damit er unbeschwert und übermütig über die Wiese toben und sich ausgiebig wälzen konnte, bevor er sich wohlig an mich kuschelte.

Die Sonne schien warm, einzelne Schönwetterwolken zogen vorbei, und am Himmel hatten die Bergdohlen Spass an ihrer Flugshow im Wind.

»Wie sehr die Tiere doch auch ihren Spass am Leben haben und es sichtlich geniessen. Ob Murmeltiere beim Sonnenbaden und Spielen oder die Gebirgsvögel im Wind. Ihr Leben besteht definitiv nicht nur aus Überlebenskampf und Pflicht, sondern zum grossen Teil aus reiner Lebensfreude.«

Zufrieden und ebenfalls lebensfroh sassen wir inmitten der lebendigen Natur und sogen die Stimmung auf.

»Essen ist fertig!«

Nach der obligatorischen Viertelstunde war unser Retortengericht durchgezogen und parat.

»Mhhhm, schmeckt auch nicht schlecht. Vielleicht ein bisschen salzig. Der Koch ist wohl verliebt!«

Nicht unbedingt ein Nachteil bei dem hohen Salzverlust, wenn man in den Bergen schwitzt. Wasser hatten wir ja immer genügend in unseren Trinkschläuchen.

»Kaffee oder Tee zum Dessert?«

Nach dem pikanten Mahl, in dieser würzig duftenden Almkräuterwiese sitzend, hatte ich Lust auf einen Kräutertee. Deshalb bestellte ich beim Küchenchef: »Einen Piz Palü, bitte«, unsere liebste Schweizer Kräutertee Mischung.

Während wir unseren Tee tranken, knabberte Monet selig eine Portion Trockenfutter, von dem wir immer noch genügend dabei hatten. »Gut, dass wir so einen unkomplizierten Hund haben, dessen Speiseplan wir mit Hüttenessen bereichern und variieren können.«

Die Pause auf der grünen Wiese dehnten wir auf knapp eine Stunde aus. Eine gute Entscheidung! Denn in der Puezhütte, an der wir kurz darauf vorbei kamen, herrschte an diesem Sonntag Hochbetrieb. Die Tische und Bänke draussen vor der Hütte waren bis auf den letzten Platz besetzt, von innen strömten die hungrigen Wanderer in Scharen heraus. Um die Hütte herum waren ebenfalls alle Wiesen und Felsen bevölkert.

»Eigentlich wollte ich mir den Hüttenstempel für mein Tagebuch holen, aber da vergeht mir grad die Lust! Nichts wie weg hier.«

Aus Richtung Langetal und Grödner Joch kamen uns auf dem Weg immer mehr italienische Tagesausflügler entgegen. Sie boten einen amüsanten Anblick. Voll ausgestattete Familienväter im funktionalen Bergoutfit mit martialischen Bergschuhen an den Füssen, das GPS Gerät am Tagesrucksack baumelnd, starrten angestrengt auf ihre Smartphone Displays oder redeten wild gestikulierend hinein. Gefolgt von ihren Frauen, nicht minder gestylt. In pinkfarbenen oder goldenen Turnschuhen, mit Strass Steinchen besetzt. Modische, riesengrosse Sonnenbrillen über den knallroten Mündern. Lustlose Teenager in ausgeleierten T-Shirts latschten Kaugummi kauend hinterher und komplettierten den sportlichen Familienausflug in die Berge. Mit einem Auge stets auf dem Display ihres Smartphones, um bloss nichts zu verpassen in den sozialen Netzwerken.

Paare ohne Kinder führten oft einen kläffenden Schosshund mit. An einer zum Frauchen passenden Strass Hundeleine, in einem modischen Täschchen sitzend oder auf dem Arm seines Besitzers lautstark vor sich hin schimpfend.

Sonntagsidyll! Amüsant zu beobachten, zeitraubend, wenn man diesem Spektakel alle paar Meter ausweichen musste.

Monet legte seine Ohren an und preschte zielgerichtet im Slalom durch den Wahnsinn. Ohne jegliches Interesse an einem seiner nervösen Artgenossen. Auch er dachte vermutlich: »Nichts wie weg hier!«

Ein paar hundert Meter nach der Puezhütte war der ganze Spuk wieder vorbei. Die Massen verteilten sich auf den Wegen.

Und wir folgten unserem zum Ciampei-Joch. Von hier sahen wir, aus einer anderen Perspektive, nochmals das eindrucksvolle Langetal mit seinen steilen Felswänden, an dessen Ende der bekannte Südtiroler Ort Wolkenstein liegt.

Der Dolomiten Höhenweg Nr. 2, dem wir folgten, führte weiter in Richtung Crespeina Joch, das es noch zu übersteigen galt. Bevor wir uns in steilen Kehren das Joch hinaufschraubten, erblicken wir rechts einen kleinen See, der auch einen schönen Picknickplatz abgegeben hätte. Die Zeit drängte jedoch, es lagen immer noch knapp zwei Stunden vor uns, und die Uhr zeigte bereits drei Uhr nachmittags. Stoisch schnauften wir auch diesen Anstieg noch hinauf. Heute waren wir sicherlich schon drei- bis viermal komplett nass geschwitzt und wieder getrocknet. Auf einmal mehr kam es nun auch nicht mehr an.

»Gelobt sei die schnell trocknende Funktionskleidung!«

Das Crespeina Joch bot einen lohnenswerten Ausblick auf die Dolomiten und ein wunderschönes Fotomotiv. Dort oben ragte neben den spitzen Felsen ein schlichtes Holzkreuz mit einem geschnitzten Jesus in den Himmel. Bei jeder Lichtstimmung »ein Muss« für jeden Fotografen. Ein verwitterter, schiefer Holzzaun, durch dessen Gatter wir auf die andere Seite zum Abstieg gelangten, teilte das Joch. Die soeben mühsam erklommenen Meter wurden sofort wieder vernichtet. Über einen holzversicherten Treppenweg ging es hinab zum Cir-Joch und weiter in steilen Kehren, vorbei an einem enormen Steingarten aus riesigen, bizarr geformten, spitz in die Luft ragenden Felsnadeln und Gesteinsbrocken.

»Das Kinderzimmer der Dolomitenriesen, die hier nachts bei Vollmond heimlich mit ihren Bauklötzen spielen.«

Langsam verliessen wir für heute die Steinwüste und kamen in eine von niedrigen Kiefern, Wacholdersträuchern und einigen Alpenrosen bewachsene Bergregion, durch die wir im Zickzack zum Grödner Joch hinab wanderten. Dessen gut ausgebaute Serpentinenstrassen, Häuser und Parkplätze waren bereits von weit oben gut zu erkennen und erinnerten von hier aus an die Landschaft einer Spielzeug Eisenbahn.

Inklusive einer Stunde Pause waren wir heute gut acht Stunden unterwegs gewesen. Nach über 2'200 Höhenmetern auf und ab kamen wir schliesslich mit letzter Kraft im Rifugio Frara an.

Ein kleiner Ballsaal mit der Einrichtung und dem Charme einer Sechzigerjahre Wohnung erwartete uns dort als Zimmer.

»Dieses Interieur würde in einer Stadtwohnung glatt als cooles Vintage Design durchgehen!«

»Wichtig ist das eigene Badezimmer«, inzwischen war ich wirklich mit wenig glücklich. Mit frischer Bekleidung und Waschbeutel verschwand ich sofort in jenem Raum, der mich im Moment am meisten interessierte.

Nach diesem langen Tag bekam Herr Monet abends eine ordentliche Portion Spaghetti mit Fleischsosse aus der Küche des Berggasthauses, die er glücklich bis auf die letzte Nudel verspeiste.

Da wir im Badezimmer einen Föhn gefunden hatten, wagten wir es abends noch, ein paar Kleidungsstücke von Hand zu waschen. Wir wollten morgen schliesslich frisch sein für den höchsten Punkt unserer vierwöchigen Tour. Das Highlight in den Dolomiten, den Piz Boé.

Piz Boé - hinter dem Mond links

In zweierlei Hinsicht brach heute ein besonderer Tag an. Es galt, die ersten längeren, seilversicherten Teilstücke zu bewältigen auf dem Weg zum höchsten Punkt unserer Alpenüberquerung, dem einzigen Dreitausender unserer Tour: Piz Boé.

Aufgeregt zappelte ich am Frühstückstisch herum.

»Du musst etwas essen, sonst machst du schlapp!«

Ich hatte vor lauter Nervosität keinen Appetit. Zu einem Joghurt mit Früchten und einem Käsebrot liess ich mich schliesslich überreden. Als Unterlage für unser Wunderpulver, das sich als fester Bestandteil unseres Frühstücks etabliert hatte.

»Ich hol mal zwei grosse Orangensaft vom Buffet.«

Den gruselig sandigen Algengeschmack konnte man mit Fruchtsaft am besten kaschieren.

»Übrigens«, strahlte ich übers ganze Gesicht,« der Ausschlag an meinen Beinen ist endlich komplett verschwunden. Nichts mehr zu sehen.«

Wenn das kein gutes Omen war für den heutigen Tag. Kurze Hosen waren zwar nicht gerade die Garderobe der Wahl auf 3'000 m Höhe. Aber ich war einfach froh, wieder normale Waden zu haben. Über zwei Wochen hatte ich mich mit den fiesen, roten Pünktchen rumgeschlagen. »Nie mehr Beine rasieren vor solchen Unternehmungen!«

Ein junger Mann vom Nebentisch kam vom Buffet zurück und blieb bei uns stehen.

»Was habt ihr denn da für ein interessantes Pulver?«

Wir erklärten ihm die verblüffende Wirkung des pflanzlichen Mittelchens und erzählten von unserem Wanderprojekt.

»Wieviele Kilometer macht ihr denn so pro Tag?«

»Im Schnitt vielleicht 16 km. Je nach Steigung sind es mal mehr und mal weniger.«

»Und wieviele Tage?«

»Wir haben uns dreissig Tage reserviert. Plus eine Woche Reserve für Unvorhergesehenes wie Wetterstürze oder Verletzungen. Mal sehen, wie viele es am Ende tatsächlich werden.«

»Hut ab! Wenn ich so alt bin wie ihr, mache ich das vielleicht auch einmal«, erwiderte der Jungspund, den wir auf Ende zwanzig schätzten. Er selbst war mit Auto und Rennrad in den Alpen unterwegs.

»Gute Reise«, wünschte er uns und wir ihm.

Draussen vor dem Rifugio spuckten die ersten grossen Ausflugsbusse Dutzende von Japanern aus. Die Damen mit weissen Sonnenschirmen bewaffnet, die Herren ständig am Fotografieren. Mitten hindurch mussten wir. Herr Monet stahl der Landschaft wieder kurzfristig die Schau. Auch in japanischen Fotoalben würde er dieses Jahr vermehrt auftauchen mit seinem roten Rucksack.

Hinter dem Rifugio Frara ging links der Weg Nummer 666 hinauf in Richtung Val Setus, Rifugio Pisciadu und Rifugio Boé. Zunächst stiegen wir in grüner Landschaft vom Grödner Joch hinauf bis zum Fusse des Kar Val Setus, einer breiten Geröllfurche, die mir von hier unten ziemlich viel Respekt einflösste.

»Schon wieder so eine steile, staubige Geröllhalde mit feinem Schutt! Puuuh, das wird anstrengend.«

Morgens konnten wir wenigstens noch im Schatten der Sellariesen aufsteigen. In der prallen Sonne musste das hier mörderisch sein. Rechts und links flankierten senkrechte Felswände die breite Furche und schauten majestätisch und streng auf uns Zwerge herab.

»Wie klein der Mensch doch ist angesichts solcher Naturgewalten.«

Gleichmässig folgten wir der Zickzack Spur im feinen Geröll. Wieder das Gefühl, immer einen halben Schritt zurück zu rutschen. Vor mir sah ich Herrn Monets hin- und her wippenden Rucksack, der sich gleichmässig und für meine Begriffe sehr rasant nach oben bewegte. Darüber ein endloses Geröllfeld, das in den Himmel zu wachsen schien. Dazwischen Robert, der scheinbar mühelos einen Schritt vor den anderen setzte.

Nach einer guten halben Stunde weitete sich die Furche nach oben und verzweigte sich. Rechts sahen wir den feinen, im Sonnenlicht glitzernden Sprühregen eines Wasserfalls die steile Wand herunter rieseln.

»Ein flüssiger Regenbogen!«

Wir mussten uns jetzt links halten, auf eine markante Felswand zu, wo der erste Klettersteig und meine grosse Herausforderung des heutigen Tages lauerte.

Meine Knie begannen ein wenig zu schlottern beim Anblick der Stahlbügel und Seile im nackten Stein, die diesen Steig hinaufführten.

»Geh du voran«, forderte Robert mich auf. »Versorg zuerst deine Wanderstöcke im Rucksack, zieh deine Handschuhe an und los geht's.«

Ich tat, wie mir befohlen.

»Nicht zu viel nachdenken. Einfach machen«, redete ich mir gut zu.

»Lass doch erst noch die beiden vorbei. Wir haben ja Zeit.«

Das war mir sehr recht. Ich wollte nicht das Gefühl haben, andere Wanderer aufzuhalten, sondern lieber in meinem eigenen Tempo hier hinaufklettern.

»Dankeschön. Aber wir sind vermutlich auch nicht viel schneller«, damit überholte mich ein Paar zügig und stieg beherzt auf die Stahlbügel.

Die filigranen Stahlhalterungen kamen mir nicht geheuer vor.

»Hoffentlich halten die auch«, schoss es mir durch den Kopf, »wie platziere ich nur den Fuss richtig auf diesen dünnen Teilen?«

»Immer mit beiden Händen am Seil festhalten und erst mit einer Hand umgreifen, wenn du mit beiden Füssen sicher stehst. Sieh zu, dass du immer drei Fixpunkte hast!« Mit diesem Tipp meines persönlichen Bergführers ging ich die Sache an.

»Wenn das die anderen können, kann ich das auch!« Entschlossen griff ich nach dem Seil und setzte den ersten Fuss auf einen Bügel. Kraftvoll hievte ich mich hoch.

»Das ging ja besser als gedacht!« Ich stand schon ein Stückchen weiter oben und sah, wie Monet unter mir interessiert zuschaute und wedelte.

»Wie soll denn Monet hier hoch kommen?«

»Lass das mal unsere Sorge sein und konzentrier du dich.«

Robert hatte unserem Hund inzwischen den kleinen Rucksack abgeschnallt und auf seinem eigenen fixiert. Jetzt trug Monet nur noch sein Geschirr mit dem Griff auf dem Rücken. Ausserdem wurde er hier mit seiner Karabiner-Leine gesichert, die wir extra für die Gebirgstour gekauft hatten.

Ich suchte mit meinem Blick den nächsten Steigbügel, hielt mich mit beiden Händen am Seil fest und tat einen grossen Schritt. Mit beiden Füssen fest auf je einem Steigbügel stehend griff ich mit einer Hand nach, um den nächsten Bügel mit den Augen zu fixieren. Auf einmal kam ich in eine Art Fluss. Der Bewegungsablauf schien ganz von selbst zu funktionieren, und ich gewann schnell an Höhe.

»Das macht ja richtig Spass!«, dachte ich. Und griff und zog, kletterte und stieg. Knapp eine halbe Stunde dauerte mein erster richtiger Klettersteig, bevor ich auf einem Geröllband landete, das den Sellastock hier oben umgab. Erst hier oben hatte ich den Mut, zurück zu schauen.

Mann und Hund folgten mir auf den Fersen.

Robert hatte Monets Leine an seinem Hüftgurt fixiert. Da die Leine lang genug war, konnte Monet sich einen eigenen Pfad durch die Felsen suchen. Er stieg mit seinen kleinen Pfoten natürlich nicht auf die Stahlbügel und -nägel, sondern suchte seinen Weg direkt am Fels und in den Gesteinsritzen. Sein Vierradantrieb und seine flexiblen Zehen kamen ihm dabei zugute. Ich sah, wie er seine kleinen Pfoten mit den Krallen regelrecht in das Gestein spreizte und somit sehr guten Halt fand. Keine Sekunde zögerte oder haderte er. Er ging diese Felswand hinauf wie einen Laufsteg entlang. Sicher, behände und zügig. Und irgendwie elegant. Nur an zwei besonders steilen Stellen mit hohen Felsstufen, wo Monet selbst stehen blieb und wartete, weil seine Beine zu kurz waren, hievte Robert ihn mit seinem Tragegriff auf dem Rücken wie einen Koffer hinauf.

100 m weiter oben gut angekommen, musste ich schliesslich meiner Anspannung und Freude Ausdruck geben.

»Juchhu!! Mein erster richtiger Klettersteig«, lauthals rief ich es hinaus. Ich war so stolz. Und froh, dass wir alle diese erste kleine Felswand gut gemeistert hatten. Bei meinem Mann, dem erfahrenen Kletterer hatte ich sowieso keine Bedenken. Monet hatte meine Sorgen souverän widerlegt.

Und ich? Hatte jetzt zwar weiche Knie, aber auch genügend Adrenalin für alles, was da heute noch kommen möchte. Und das war so einiges.

Zunächst wanderten wir jedoch gemütlich zur Pisciadu Hütte, oberhalb des smaragdgrünen, gleichnamigen Bergseeleins, inmitten imposanter Steinriesen. An diesem Vormittag genossen nur wenige Wanderer die Aussicht von der Sonnenterrasse

»Kleine Pause?«

»Und wie!«

Herrlich war es auf fast 2'600 m Höhe an diesem sonnigen Morgen mit Aussicht auf die Cima Pisciadu, an deren Westflanke wir weiter wanderten. Von der Hütte gingen wir in Richtung See weiter, um dann oberhalb und links davon, entlang des Piz Pisciadu, auf schmalem Geröllweg hinauf zu wandern.

Im hellgrauen, feinen Geröll blühten hunderte gelber Alpen Mohnblumen, die keck aus ihren grünen Blattbüscheln hervorguckten. Sanft wogten die seidigen Blüten in der Gebirgsbrise. Sie waren die einzigen sichtbaren Lebewesen in dieser kargen Steinwüste weit und breit. Unwirklich und unsagbar schön war dieses filigrane, gelbe Blütenballett in dieser rauen, staubigen Landschaft.

Das nächste seilversicherte Stück liess nicht lange auf sich warten. Der Steig durch das Val de Tita. Auch hier Stahlbügel, Nägel und Seile im kargen Stein. Die rauen, zerklüfteten Felsen boten bei trockenen Wetter jedoch guten Halt und Tritt, so dass wir diesen Teil in circa zehn Minuten durchklettert hatten. Herr Monet wiederum mit Sicherheitsleine aber völlig gelassen. Wir ohne Stöcke, dafür mit Handschuhen.

»Ging schon viel besser! Langsam finde ich Gefallen daran.«

Ab der Pisciadu Hütte erschienen uns die Dolomiten wie eine Mondlandschaft. So weit das Auge reichte Steine, Geröll, vom Wind geschliffene Felsplateaus und bizarr geformte Gipfelspitzen.

Ein Gefühl von Erhabenheit und wahrer Grösse der Natur beschlich uns hier, in der wir Menschen uns als kleine Punkte nur geduldet bewegten. Jederzeit von Wohl und Wehe der wilden Landschaft abhängig. An solchen Orten konnte ich alte Kulturen nur zu gut verstehen, die mystische Naturgötter anbeteten.

Nichts war hier oben mehr zu spüren vom Strassenlärm der Zivilisation und dem sozialen Dichtestress der Ballungsgebiete. Es gab nur die gigantischen Bergriesen, den säuselnden Wind, die strahlende Sonne, malerisch vorbei ziehende, weisse Wolken und uns. Hier bekamen wir den Kopf wirklich frei. Und lebten nur im Augenblick. Glück ist wohl das passende Wort dafür.

Als wir inmitten der bizarren Mondlandschaft endlich den höchsten Punkt des eigentlichen Traumpfadwegs auf 2'962 m Höhe erreicht hatten, überwältigten mich nach drei Stunden Aufstieg und zwei Kletterpassagen meine Gefühle. Glückshormone schlugen Purzelbäume in meinem Körper und entluden sich schliesslich in einem lauten Juchzer, gefolgt von schweigendem, ungläubigem Staunen in diesem sagenhaften 360° Panorama.

Eine sanfte Brise streifte mein Gesicht, keiner von uns sagte ein Wort. Jeder hing seinen eigenen Gedanken nach.

Dankbar und tief berührt dachte ich an die letzten siebzehn Tage. »Was wir zu dritt bis hierher alles geleistet haben. Und erlebt! Bereits jetzt schon eines der grössten und unvergesslichen Abenteuer meines Lebens. Und eine der wunderbarsten Reisen in unserem Dreier-Rudel.«

Eine ganze Weile standen wir dort, andächtig in diesen Moment versunken. Selbst Herr Monet schien die Besonderheit des Augenblicks zu spüren. Er sass ruhig auf einem Felsen, sah in die Ferne und liess den Wind mit seinen Ohren spielen.

»Grüss Gott«, ertönte es plötzlich hinter uns. Ein rüstiges, braun gebranntes, älteres Ehepaar erklomm ebenfalls den Kamm der Hochfläche, wo wir gerade standen.

»Guten Tag!«

»Herrlich hier oben, nicht wahr?«

Robert ging auf die beiden Wanderer zu: »Wären Sie wohl so freundlich, ein Foto von uns zu machen? Eine Erinnerung an diesen Moment wär toll!«

Wir stellten uns neben einen Markierungsstab, setzen unser Maskottchen Knut obendrauf, platzierten Herrn Monet davor, und der freundliche Herr drückte ab.

»Monet, sein Rudel und drei Rucksäcke am höchsten Wegpunkt. Für die Nachwelt dokumentiert!«

»Herzlichen Dank und einen schönen Tag, Ihnen beiden!«

»Gute Weiterreise und heiles Ankommen in Venedig!«

Weiter ging es durch diese unwirkliche, märchenhafte Steinlandschaft. Vor uns konnten wir bereits den Piz Boé mit seiner kleinen Hütte und dem riesigen Telefonreflektor auf dem Gipfel erkennen. Er überragte unseren jetzigen Standort nochmals um knapp 200 m. Der Weg teilte sich, und zwei Wegweiser zeigten zur Rifugio Boé.

»Dreissig Minuten oder zwanzig?« Fragend schaute ich Robert an, während Herr Monet schon dem rechten, zeitlich kürzeren Weg zustrebte.

»Zwanzig Minuten, ist doch klar!«

»Sollen wir vielleicht nicht doch kurz im Wanderführer nachlesen?«

»Nö, wieso denn? Wenn zwei Wege nach Rom führen, nehmen wir natürlich den kürzeren. Ausserdem ist dort nicht so viel Betrieb!«

Das stimmte. Hier oben auf dem Sattel des Zwischenkofel hatten sich wieder viele Wanderer und Grüppchen eingefunden, da hier Wanderwege aus vielen Richtungen kreuzten. Die meisten von ihnen schlugen den längeren Weg ein.

Ich folgte Mann und Hund nach rechts, obwohl ich mich fragte, wieso die anderen Wanderer alle den linken Weg wählten.

Nach circa zehn Minuten konnte ich es erahnen. Denn wir standen auf einem schmalen, steinigen Weg, der um einen bauchigen Felshang herumführte. Ein grosses Schild warnte in fetter, roter Schrift auf Italienisch, dass der folgende, ausgesetzte, seilversicherte Klettersteig nur mit Klettergurt zu besteigen sei.

»Wir müssen umdrehen. Ohne Klettersteig Set geht das hier nicht!« Nochmals versuchte ich, mein Veto einzulegen.

»Wart du mal mit Herrn Monet hier, ich schau kurz um die Kurve.« Unser Rudelchef verschwand hinter der Felswand, um kurz darauf wieder aufzutauchen.

»Kein Problem, ist nicht so schlimm. Versorg mal deine Stöcke im Rucksack.«

Er versorgte seine Stöcke ebenfalls und nahm Monet den Rucksack ab.

»Du gehst voran. Herr Monet und ich folgen dir.«

Der felsige Weg wurde hinter der Kurve immer schmaler. Ein fortlaufendes Stahlseil war auf Taillenhöhe im Fels verankert. Vorsichtig setzte ich einen Fuss vor den anderen, während ich mich mit beiden Händen am Seil festhielt. Erst nach einigen Schritten wurde mir so richtig bewusst, dass rechts von mir nichts mehr war. Ausser einem tiefen Abgrund, dessen unteres Ende ich auf die Schnelle gar nicht sehen konnte. Auf einer sehr schmalen Zwischenkante des senkrecht abfallenden Felshangs zu meiner Linken balancierte ich im Schneckentempo vorwärts.

»Meine Güte, wo bin ich denn hier gelandet?« Heiss und kalt schoss das Adrenalin durch meinen Körper. Auf einem minimal breiteren Felsvorsprung hielt ich kurz inne, lehnte mich links an die Felswand, das Seil mit beiden Händen umklammert, und sah zurück zu Mann und Hund.

Monet war inzwischen wieder an seiner Leine angeseilt. Robert hatte den Hunderucksack auf seinem befestigt. Und langsam folgten mir die beiden. Monet mit seinen Pfoten deutlich sicherer auf diesen schmalen Felsabsätzen als ich.

»Immer schön einen Schritt nach dem anderen. Eine Hand immer am Seil. Und nicht nach unten schauen, sondern nach vorne!«, redete mir mein Mann von hinten gut zu.

»Gut gesagt, nicht nach unten schauen!«

Denn indem ich wieder nach vorn blickte, streifte mein Blick automatisch den Abgrund.

»Teufel, geht's da steil und tief runter. Jetzt bloss keine Panikattacke! Atmen, atmen, atmen!« Stur blickte ich nach vorn und versuchte, meinen Atem zu normalisieren.

Mit jedem Schritt suchte ich zuerst sicheren Halt, bevor ich eine Hand vom Seil löste und weiter vorne nachgriff. Eine gefühlte Ewigkeit später führten die Felstritte an diesem stark ausgesetzten Steig plötzlich viel weiter oben entlang, so dass ich das rettende Stahlseil jetzt nur noch auf Kniehöhe hatte, viel zu tief. Mein Schwerpunkt mit dem schweren Rucksack auf dem Rücken verlagerte sich unangenehm. Ich hatte das Gefühl, die Schwerkraft zöge mich magisch an, und ich hinge nur noch am seidenen Faden. Kurzer Blick nach unten und gleich wieder nach vorne.

»Nicht stehenbleiben, langsam weitergehen«, hörte ich die beruhigende Stimme von hinten. »Wir sind hinter dir. Gleich ist es geschafft!«

»Bloss weiter. Irgendwann muss dieser schreckliche Weg doch ein Ende haben. Und gut festhalten. Alles wird gut.«

In diesem Moment konnte ich tatsächlich nur noch an den nächsten Schritt und den nächsten Griff denken. Alles andere Denken war ausgeschaltet. Der Satz »Leben im Hier und Jetzt« bekam plötzlich eine ganz neue Dimension für mich.

Nach der längsten Viertelstunde meines Lebens spürte ich endlich wieder festen, flachen Felsboden unter den Schuhen.

Genauso abrupt, wie dieser ausgesetzte Steig begonnen hatte, endete er nun hinter diesem Felshang auf einem Plateau. Monet tippelte leichtfüssig die letzten Meter an der steilen Felswand entlang und kam freudig wedelnd auf mich zu. Zusammen mit meinem Mann, der Monets Leine und den Fotoapparat in der einen Hand hatte und sich mit der anderen am Seil festhielt.

»Hast du etwa auch noch fotografiert auf diesem Horrorstück?«

»Na klar, und gefilmt, wie du tapfer diesen Steig bewältigt hast!«

Nur gut, dass ich das nicht mitbekommen hatte!

Das aufgestaute Adrenalin in meinen Adern suchte sich ein

Ventil. Halb geschockt, halb stolz riss ich die Arme hoch und schrie:

»Ich gebe zu, ich hatte Schiss!«

Und zwar so sehr, wie kaum zuvor in meinem Leben. Mit rasendem Puls und Puddingknien, aber unendlich erleichtert, setzte ich mich erst einmal auf den nächstbesten grossen Stein.

Monet spürte meine Aufregung wohl, er suchte meine Nähe und drückte sich ganz fest an mich. Der Gute. Immer da, wenn man ihn braucht. Ich vergrub mein Gesicht in seinem Nacken und wischte ein paar Freudentränen an seinem Fell ab.

»Wieder eine Angst überwunden und eine Herausforderung gemeistert.«

Im Nachhinein würde ich aber jedem Wanderer mit Hund den dreissigminütigen, linken Weg zum Rifugio Boé empfehlen. Wie es in unserem gedruckten Wanderführer übrigens auch steht. Man hätte ihn vorher nur sorgfältig lesen sollen: »*Den Coburger Weg, einen kurzen, ausgesetzten Klettersteig, lassen wir rechts liegen.*«

Viereinhalb spektakuläre Stunden waren wir gewandert, als wir endlich das Rifugio Boé, unseren höchst gelegenen Übernachtungsplatz, erreichten.

Auf einem Felsplateau in 2'873 m Höhe liegt die italienische Alpenvereinshütte, malerisch eingebettet in die bizarre Dolomiten Mondlandschaft. Die eindrucksvollste Hütte auf dieser Tour. Nicht den Komfort betreffend, wohl aber die einmalige Lage und die herzliche Gastfreundschaft von Ludovico und seinem Team.

Ich meldete uns drinnen an der Theke an und bekam unser »Hunde-Zimmer« gezeigt, während meine beiden Herren vor der Hütte bereits wieder von einem grossen Fanclub umringt wurden.

Eine junge Italienerin war gerade dabei, Herrn Monet zu umarmen und zu küssen, als ich wieder hinaus trat.

»Besser Herrn Monet, als meinen Mann.«

Es herrschte Hochbetrieb an diesem Montag Mittag.

»Wo kommen nur all die Leute her? Sind die alle diese Klettersteige gekraxelt?«

Die meisten sportlich-modisch gekleideten Italiener hier oben machten so gar nicht den Eindruck alpiner Wanderer. Ihre untersetzen Kinder und einige kleine Schosshunde noch viel weniger.

Wir setzten uns auf eine Holzbank vor der Hütte, um erst einmal richtig anzukommen und das Treiben zu beobachten.

Zwei Wanderer, die mit Kaffee und Kuchen am Nebentisch sassen, beugten sich zu uns herüber: »Höllenbetrieb hier oben, nicht wahr? Wir machen nur kurz Kaffeepause und verschwinden dann wieder von hier. Zu viele Menschen! Das liegt an der Seilbahn, die vom Pordoi Joch die Touristen hier hoch transportiert. Von dort ist es nicht mehr besonders schwierig, zur Boé Hütte zu wandern.«

Das erklärte einiges.

Uns war das egal. Hauptsache, wir waren heil gelandet, hatten für heute Nacht ein Bett, ein Dach über dem Kopf, etwas zu essen und zu trinken. Unsere Ansprüche und Bedürfnisse sanken proportional zur Wegstrecke und den wundervollen, unbezahlbaren Eindrücken, die wir sammelten wie kostbare Schätze. An die sonnengewärmte Steinwand der Hütte gelehnt, sassen wir eine ganze Weile hier und nahmen schweigend die Stimmung in uns auf.

Nach einer Stunde kribbelte es meinem Mann anscheinend schon wieder in den Beinen. Er fragte Ludovico, den Hüttenwirt: »Wie lang steigt man denn auf zum Gipfel? Kann das unser Hund hier auch?«

»Kein Problem. Es gibt einen Weg mit einer kurzen Treppe und Seilversicherungen. Da könnt ihr locker alle drei in circa vierzig Minuten hinauf. Bei dem schönen Wetter müsst ihr das unbedingt machen. Bis zum Abendessen ist es ja auch noch eine Weile hin!« Er strahlte übers ganze Gesicht. Ihm war deutlich anzusehen, dass die Berge sein Leben waren.

»Wollen wir?« Das war wohl eher eine rhetorische Frage. Robert schnappte sich seinen Rucksack und verschwand mit Monet bereits im Gebäude. Ich trottete mit meinem hinterher.

»Wo ist denn unser Zimmer?«

Ich ging voraus. Im Gastraum geradeaus, dann links weiter im Erdgeschoss. Vorbei an dem grossen Gemeinschaftswaschbecken mit ausschliesslich kaltem Wasser und dem italienischen Steh Klo. Den schmalen Gang ganz nach hinten. Bis man auf der Westseite der Hütte durch eine Aussentüre fast schon wieder ins Freie gelangte. Kurz vor dieser Tür mit Fenster zweigte unsere Zimmertür ins Bivacco- oder Hunde-Zimmer rechts ab.

»Voilà, herzlich willkommen in unserer Suite«, empfing ich meine beiden Männer in unserem schmalen Vierbettlager mit zwei Doppelstockbetten und einem schmalen Regal.

»Ziemlich kalt und klamm hier drin!«

»Für eine Nacht geht das schon. Wir haben ja die warmen Schlafsäcke dabei.«

Die Hüttenwände aus Stein waren nicht isoliert, sondern lediglich gestrichen. Entsprechend ausgekühlt und leicht feucht war der Raum. Wir legten unsere Rucksäcke in eine Ecke, nahmen etwas Geld, unseren kleinen Fotoapparat und die Wanderstöcke mit. Durch unsere eigene, kleine Ausgangstür machten wir uns auf den Weg nach draussen, zum Gipfel auf über 3'000 m Höhe.

Seit siebzehn Tagen das erste Mal wandern ohne Rücksäcke! Wie leicht, geradezu beschwingt gingen wir diesen Aufstieg an. Ein sonniger Spätnachmittag. Die meisten Tagestouristen waren schon wieder auf dem Rückweg zur Seilbahn. Der Piz Boé gehörte uns allein im warmen Sonnenlicht der späten Julisonne. Welch ein Luxus.

Ludovico hatte recht gehabt. Nach allem, was wir bis hierher erwandert hatten, erklommen wir auch das letzte Stück bis zur

Spitze auf 3'125 m Höhe mit Leichtigkeit. An die Höhe hatte sich unser Organismus inzwischen gewöhnt. Nicht einmal mehr auf dieser Höhe musste ich so angestrengt nach Luft japsen wie zu Beginn unserer Tour an der Gliederscharte.

Dafür spielten heute die Hormone verrückt. Als wir ganz oben neben der betenden Madonna beim Steinaltar standen, um die spektakuläre Rundumsicht zu geniessen, fuhren endgültig sämtliche Emotionen Achterbahn in meinem Innern. Gab es eine Steigerung von Glück, Schönheit und Perfektion?

Aus eigener Kraft standen wir dem Himmel so nah, wie selten zuvor. Auf dem Dach der Dolomiten. Weisse Wattebausch Wolken, wie in einem klassischen Ölgemälde, zogen zum Greifen nah am blauen Zenit über unsere Köpfe hinweg. Unzählbar viele Gipfelspitzen erhoben sich unter uns aus einem schier endlos scheinenden Alpenmeer. Wieder streichelte eine sanfte Gebirgsbrise unsere geröteten Wangen, als wollte sie flüstern: »Schaut nur, wie friedlich die Welt daliegt. Alles nur für euch. In diesem Moment.«

Ich bin selten sprachlos. Aber hier war ich es. Und es fällt mir auch jetzt sichtlich schwer, in Worte zu fassen, was wir dort oben empfunden hatten.

Ein Gefühl von Freiheit? - Bestimmt!

Demut? -In gewisser Weise.

Dankbarkeit?- Sehr tief.

Wie alles Grossartige, kaum Fassbare rückte auch dieser Gipfel für uns sehr vieles in ein anderes Licht, relativierte Kleinigkeiten und die eigene Wichtigkeit auf dieser faszinierenden Welt, die lange vor uns schon gewesen ist und lange nach uns noch sein wird.

Eine ganze Weile sassen wir auf dem Gipfel, liessen unsere Seelen baumeln und staunten. Auch unser Hund.

In der kleinen Gipfelhütte war heute nicht sehr viel los.

Nur drei Wanderer, die hier oben übernachten wollten, standen auf der dazugehörigen Aussichtsterrasse und blickten hinunter. Die sonst so begehrten, auf Monate im Voraus ausgebuchten Übernachtungsplätze waren heute anscheinend nicht alle vergeben worden. Wir hatten wegen des Hundes hier gar nicht angefragt, denn es gab nur Lagerzimmer, die mit Hunden nicht bewohnt werden durften. Für Wanderer ohne Hund ist die Capanna Fassa jedoch ein unvergesslicher Schlafplatz, den man sich rechtzeitig sichern sollte. Denn wo kann man sonst schlafen wie in einem Adlerhorst?

Irgendwann mussten wir diesen magischen Dreitausender Gipfel leider doch wieder verlassen. Auf demselben Weg, den wir gekommen waren, stiegen wir wieder hinunter zur Rifugio Boé.

Jedoch nicht, ohne Herrn Monet seine verdiente Belohnung des heutigen Tages zu gönnen: Schneeball jagen! Auf der Ebene vor dem Rifugio gab es auch im Juli noch einige grosse Felder mit Altschnee. Hier war unser Hund in seinem Element. Amüsiert stellten wir fest, dass Monet noch lange nicht am Ende seiner Kondition angekommen war. Wie ein Wilder galoppierte er durch das kühle Weiss, schlitterte hierhin und dorthin und sprang mit dem Kopf voran in sulzige Schneemulden. Glücklich, mit lächelnden Lefzen und schneebedeckter Nase blickte er uns auffordernd an: »Hopp, den nächsten Schneeball bitte!«

Wohlig müde erreichten wir das Rifugio, vor dem jetzt nur noch verstreut einzelne Übernachtungsgäste die letzten Sonnenstrahlen des Tages genossen. Wir setzten uns ebenfalls auf eine der Bänke im Freien, um den Tag in dieser zauberhaften Mondlandschaft ausklingen zu lassen.

Auf der Bank hinter uns sass eine junge, blonde Frau in Wanderkluft, die in ein Tagebuch schrieb. Auffällig oft schaute sie auf ihre Uhr. Jeden Neuankömmling blickte sie erwartungsvoll an. Hin und wieder sprang sie auf und lief um die Hütte herum.

Sie schaute mal in die eine, dann wieder in die andere Richtung, um sich gleich wieder ihrem Tagebuch zu widmen. Ein junges Wanderpaar, das hier noch zur Übernachtung eintrudelte, wurde nervös von ihr befragt, woher sie kämen und ob sie eine grosse schlanke, dunkelhaarige, junge Frau gesehen hätten. Als diese verneinten, setzte sie sich wieder sichtlich beunruhigt auf ihren Platz.

Sie wartete ganz offensichtlich auf jemanden. Nach einer Weile begann sie den Anwesenden schliesslich zu erzählen.

«Ich mache mit meiner Freundin eine Woche Wanderferien in den Dolomiten. Heute morgen sind wir separate Wege gegangen, weil sie einen Klettersteig gehen wollte, den ich nicht geschafft hätte. Hier an der Rifugio Boé wollten wir uns nachmittags wieder treffen. Sie müsste schon längst hier sein. Hoffentlich ist nichts passiert!« Den Tränen nahe prüfte sie zum wiederholten Male das Display ihres Telefons, mit dem sie ihre Freundin bisher nicht erreichen konnte.

Jetzt wurden wir Umsitzenden ebenfalls ein wenig nervös und teilten im Stillen die Sorgen der jungen Frau.

»Was war zu tun in einer solchen Situation?«

Der Hüttenwirt kam hinzu und meinte: »Es ist ja noch hell. Abwarten, sie kommt bestimmt bald!« Ein Optimist. Vermutlich nicht sein erstes Erlebnis dieser Art.

Wiebke, die wartende Hamburgerin, versuchte, sich wieder auf ihr Tagebuch zu konzentrieren. Wir anderen betrachteten das wechselnde Licht an den Felsen des Piz Boé. Ein junger Wanderer aus Thüringen spielte mit Herrn Monet. Eine gespannte, seltsam beklemmende Stimmung herrschte inzwischen in dieser kleinen, zufällig zusammengewürfelten Hüttengemeinschaft. Abwartende, betretene Stille herrschte, wie in einem alten Western vor dem grossen Showdown.

Wo blieb nur die Bergsteiger Freundin so lange? Unablässig

suchten wir die Wege mit unserem Blicken ab, als ob wir die Vermisste so herbeizaubern könnten. Eine knappe Stunde war sicherlich schon vergangen in dieser Ungewissheit.

Plötzlich drehte Wiebke sich nach hinten um, warf ihr Tagebuch zu Boden, stiess die Bank um und rannte auf eine grosse, dunkelhaarige Wanderin mit Klettergurt um die Hüften zu. Diese begann ihrerseits zu laufen und fiel ihrer Freundin in die Arme. Hemmungslos weinend standen die beiden eng umschlungen da.

Wir schauten alle verlegen zur Seite. Erleichtert, dass die Vermisste gesund angekommen war.

Da wir sowieso Zeuge dieses herzergreifenden Wiedersehens geworden waren und vermutlich, um sich alles von der Seele zu reden, fing die dunkelhaarige Alexandra zu erzählen an, wieso sie erst jetzt angekommen war.

»Das war ein unmöglicher Klettersteig. In meinem Kletterführer stand zwar drin, dass er keine einfachen Passagen enthält. Aber so schwierig? Das konnte ich wirklich nicht ahnen. Die Sicherungsseile waren zum Teil herausgerissen. Nägel und Bügel fehlten an manchen Stellen. Zum Glück hab ich so lange Beine. Aber selbst ich musste mir fast die Gelenke überdehnen, um überhaupt weiter zu kommen. Und keine Menschenseele weit und breit. Ich ganz allein in diesem Scheiss Klettersteig! Schreckliche Angst hatte ich. Panikattacken. Selbstgespräche hab ich geführt, um mir immer wieder einzureden, dass ich das schaffen werde. Ein Glück, ich hab's geschafft. Ich bin hier.«

Fast ohne Luft zu holen, sprudelte es aus ihr heraus, immer wieder unterbrochen von Weinkrämpfen. Alexandra war körperlich und psychisch am Ende. Ihre Freundin hielt sie im Arm und streichelte ihr beruhigend den Rücken.

»Wie dramatisch!« Ich stellte mir Alexandras Situation am Fels vor. »Dagegen war meine Klettersteig Erfahrung ein Klacks. Mutterseelenallein in einer steilen Felswand, ohne Sicherungen?«

Ich bekam eine Gänsehaut und war hin- und her gerissen, ob ich Alexandra nun bewundern sollte für ihre Tapferkeit oder für verrückt erklären, weil sie solch riskante Touren allein unternahm.

Kurz vor dem Abendessen gingen wir noch schnell in unser Zimmer, um Roberts GPS Gerät und mein Tagebuch zu holen. Welche Überraschung! Als wir die Tür zu unserer Kammer öffneten, kam uns angenehm warme Luft entgegen. Der Raum war kuschelig geheizt, im Gegensatz zum Nachmittag. Ein elektrischer Heizofen, den ein unsichtbarer, guter Geist für uns angestellt hatte, summte an der Wand. Nicht selbstverständlich auf fast 3'000 m Höhe, wo Elektrizität umständlich und kostspielig per Dieselgenerator erzeugt werden musste. Deshalb gab es für die Übernachtungsgäste auch nur kaltes Wasser zum Waschen. Hier oben bekamen wir eine vage Vorstellung vom Begriff »einfaches Leben«.

Hocherfreut über diese gastfreundliche, aufmerksame Geste des Hüttenwirtes Ludovico, gingen wir gut gelaunt nach vorne in den Gastraum. Andere Wanderer warteten dort bereits auf ihr Abendessen. Hier war es deutlich kühler als in unserem Zimmer, was wohl mit der Grösse des Raumes zu tun hatte, den man nicht mal eben so schnell aufheizen konnte.

Eine ernst blickende Frau mit mittellangen, blonden Haaren und Brille ging wortlos an uns vorbei und setzte sich zwei Tische hinter uns. Sie schien sehr introvertiert und vermittelte den Eindruck, lieber allein bleiben zu wollen. Eine distanzierte Aura umgab sie, was mich als stillen Beobachter immer besonders neugierig macht. Sie bildete einen seltsam einsamen Kontrast zu den anderen, aufgedrehten Wanderern hier oben, die in Gruppen fröhlich und lautstark ihre Tageserlebnisse zum Besten gaben. Auch sie hatte einen Wanderführer in der Hand gehalten, dessen Titelbild ich jedoch nicht sehen konnte. Schweigend vertiefte sie sich in das Buch und schrieb mit Kugelschreiber hinein.

Die beiden Hamburgerinnen sassen für sich allein in der anderen Ecke der Gasstube. Glücklich darüber, sich gesund wieder gefunden zu haben, beugten sie sich schon wieder eifrig über ihre Wanderkarte, um die Route des nächsten Tages zu planen.

Mit Monet hatten wir uns auch separat an einen Tisch gesetzt. Denn wir waren ziemlich müde und so voller Eindrücke des heutigen Tages, dass wir keine grosse Lust zu Geselligkeit und Konversation hatten. Robert schaute auf sein GPS Gerät, und ich schrieb in mein Tagebuch, während wir gespannt und hungrig auf unser Halbpension Menü warteten.

»Was es in dieser Einsamkeit wohl zu essen gibt?«

Auf den Hütten und überall, wo Halbpension zu den Zimmern offeriert wurde, nahmen wir dieses Angebot stets gern an. Bezüglich des Preis-Leistungs-Verhältnisses war das Dreigänge Menü der Halbpension meist die beste Wahl. Zumal bei unserem Bärenhunger, den wir auf dieser Reise entwickelt hatten. Das sahen offensichtlich nicht alle Fernwanderer so wie wir.

Die allein reisende Dame hinter uns fragte die Kellnerin mit leicht ostdeutschem Akzent: »Haben Sie auch Pommes?«

Die Südtirolerin verstand nicht gleich und sah die Dame fragend an.

»Pommes Frites mit Ketchup?«, versuchte diese, ihren Wunsch etwas nachdrücklicher zu äussern.

»Tut mir leid, wir haben nur Bratkartoffeln.«

»Ach nö«, hörte ich die enttäuschte Deutsche hinter meinem Rücken seufzen, »ich hatte mich so sehr auf Pommes gefreut! Dann eine Portion Bratkartoffeln und einen Weisswein, bitte.«

»Eine Portion Bratkartoffeln? Und sonst nichts?« Vermutlich hatte ich mich verhört. »Wer kann denn mit so wenig Nahrung hier oben auf 3'000 m in den Dolomiten herum wandern?« Neugierig beobachtete ich sie.

»Jetzt schau nicht so«, raunte mein Mann mir zu.

Aber die Frau bemerkte mich gar nicht, sie war schon wieder total versunken in ihren Wanderführer.

Zwei Teller mit dampfenden Spaghetti wurden uns serviert. Eine ordentliche Portion, die den ersten Heisshunger in jedem Fall stillen konnte. Unsere Tischnachbarin bekam ihre Bratkartoffeln, die nicht annähernd so üppig wirkten wie unsere Vorspeise. Danach bekam sie nichts mehr ausser ihrem bestellten Weisswein. Währenddessen verspeisten wir noch ein feines Hauptgericht mit Kalbfleisch und Kartoffelpüree sowie ein Dessert.

»Vielleicht ist sie Vegetarierin?«, mutmasste ich. »Oder irgendetwas hat ihr den Appetit verschlagen.«

«Das geht dich doch nichts an. Sie ist erwachsen und wird schon wissen, was sie tut.«

Damit war die Diskussion für meinen Mann beendet.

Für mich jedoch noch nicht. Manchmal fielen mir Menschen ganz besonders auf und begannen mich zu interessieren. Diese blonde Frau mit Brille im Wanderoutfit war solch ein Mensch.

»Welche Geschichte schlummert wohl hinter der introvertierten Fassade? Was machte sie, wenn sie nicht in den Alpen wanderte? Lebte sie allein, oder war sie nur hier ohne Begleiter unterwegs? Und wenn ja, warum?«

Eine alte Angewohnheit aus Kindheitstagen.

Während andere Kinder am Wochenende und in den Ferien mit ihren Eltern Ausflüge und Reisen in die spannende Welt da draußen gemacht hatten, war ich tagelang gelangweilt auf einem kleinen Hocker gesessen, hinter der Kuchentheke der elterlichen Konditorei. Von dort hatte ich neugierig die Menschen und das Geschehen im Laden beobachtet. Das Spektrum der Kunden war so vielfältig wie das Angebot der Waren gewesen. Es reichte von den einfachen bis zu den exklusivsten. Handwerker und Ärzte, Hausfrauen und Manager, Familien und Alleinstehende hatten sich damals bei uns getroffen. Um ihrer Lust auf Nussgipfel oder feine Patisserie nachzugeben. Und mit ihnen ihre Geschichten. Im Sommer erzählten die braungebrannten Kunden zwischen Schwarzwälder Kirschtorte und Pistazien Eis von ihren Ferien in ferne Länder. Im Winter standen sie im neuesten Skioutfit vor der Theke und konnten sich nicht entscheiden zwischen Christstollen, Lebkuchen oder Linzertorte. Und ich hatte, versteckt hinter Engadiner Nusstörtchen und Apfelkuchen, jeden Samstag und Sonntag auf meinem Hocker gesessen. Und gelauscht, geguckt und gestaunt, was die Leute da draußen so alles erlebten, wie sie aussahen, und was sie umtrieb. Mit sechs Jahren hatte ich bereits begonnen, meine eigene Typologie zu erstellen. Mein Spiel hatte darin bestanden zu erraten, wer zu welchem Produkt greifen und sich damit seine geheimsten Naschwünsche erfüllen würde.

Diese frühkindliche Prägung wurzelte tief. Weshalb ich es noch immer liebe, unbekannte Menschen zu ergründen, ihnen zuzuhören und mir ihre Geschichten im Geiste auszumalen. Wenn ich manche von ihnen zufällig näher kennenlerne, zeigt sich dann meine gute Menschenkenntnis. Meistens jedenfalls.

Im Fall der einsamen, blonden Wanderin auf dem Piz Boé schwebten mir Bilder einer strengen, ernsten Lehrerin vor Augen. Schuldirektorin oder vielleicht auch Bibliothekarin. Und ich war mir ziemlich sicher, dass diese Frau allein lebt. Aber vermutlich würde ich es nie erfahren, denn sie suchte ja offenbar keinen Anschluss. Aufdrängen wollte ich mich keinesfalls.

Dazu hatte ich auch gar keine Zeit mehr, denn draussen hüllten sich die umliegenden Felsen plötzlich in magisches Orangerot. Bewaffnet mit unserem kleinen Fotoapparat und in unsere warmen Jacken gehüllt, eilten wir vor die Tür.

Heute war definitiv einer dieser Tage, die alle Register zogen, um uns bis zum Schluss den Atem zu rauben.

Ein fulminanter Sonnenuntergang fand hier seine phantastische Bühne. Flüssiges Gold und Bronze ergossen sich über den Piz Boé und die gesamte Umgebung. Superlative schossen mir durch den Kopf beim Anblick der leuchtenden Felsen.

Robert und die anderen Gäste suchten mit ihren Kameras die beste Lichtstimmung und Perspektive, um diesen einmaligen Moment einzufangen.

Die stille, blonde Frau stand ganz allein, an den Türrahmen gelehnt, hinten auf der Terrasse des Rifugio. Nachdenklich blickte sie in die Ferne, dem Rauch ihrer brennenden Zigarette hinterher. Etwas Melancholisches lag in ihrem Ausdruck.

Herr Monet und ich standen inmitten des Naturschauspiels. Ruhe und Frieden strahlte diese bizarre Mondlandschaft im warmen Licht der untergehenden Sonne aus. Obwohl nicht besonders religiös, dachte ich in diesem Augenblick: »Göttlich!«

Bella Italia -
mindestens einer von uns geht baden

In aller Herrgottsfrühe verliessen wir das Rifugio Boé. Heute standen anderthalb Tagesetappen auf unserem Plan, weil am Ende der nächsten Wanderbuch Etappe, in der Rifugio Viel da Pan, keine Hunde akzeptiert wurden. Das bedeutete, insgesamt mindestens acht Stunden wandern am Stück. Deshalb hatten wir beschlossen, die Seilbahn zum Pordoi Joch hinunter zu nehmen, anstatt den steilen, einstündigen Abstieg durch die Pordoi Scharte zusätzlich zu bewältigen.

Hatte der gestrige Tag mit einem Sonnenspektakel geendet, so begann der heutige ebenso spektakulär mit einem herrlichen Sonnenaufgang bei wolkenlosem Himmel. Wir verabschiedeten uns vom Seelenplatz Piz Boé mit dem Versprechen, wieder zu kommen. Die aufgehende Sonne im Rücken, gingen wir durch vereiste Altschneefelder in Richtung Westen zur Pordoi Scharte und dem Sass Pordoi. Zu dieser frühen Stunde waren wir ganz allein unterwegs, alle anderen sassen noch beim Frühstück.

Nur die blonde, stille Brillenträgerin von gestern Abend hatten wir dort nicht mehr gesehen. Entweder war sie früher gestartet oder eine Langschläferin.

Nach den ersten hundert Metern stellte ich mich ganz vorn auf einen überhängenden Felsvorsprung, um den neuen, strahlenden Tag zu begrüssen. Euphorisch breitete ich die Arme aus, um die ganze Welt zu umarmen, und genoss den friedlichen Morgen in den Dolomiten.

Herr Monet und Robert wanderten derweil schon weiter.

Unser Hund stets in freudiger Erwartung, wann der nächste

Schneeball geflogen kommt. Als der Abstand zu mir zu gross geworden war, blieb Monet stehen und sah sich stirnrunzelnd nach mir um. Er drehte sich kurz wieder zu Robert und entschied dann, das fehlende Rudelmitglied da hinten abzuholen. Mit flatternden Ohren und klapperndem Rucksack rannte er auf mich zu, sprang an mir hoch und forderte mich auf, endlich nicht mehr so zu trödeln.

»Komme ja schon!«

Ich formte einen Schneeball aus dem eisigen Schnee und riss mich los von meiner Morgenandacht. Werfend und spielend liefen wir weiter.

Vorbei an der malerisch gelegenen Rifugio Forcella Pordoi erklommen wir den steilen, schmalen Weg zur Pordoi Bahn, die erst in einer halben Stunde öffnete. Die Zeit bis zur ersten Talfahrt nutzten wir, um von hier oben nochmals die grandiose 360° Sicht über die Dolomitenkönige auf uns wirken zu lassen. Der berühmte Rosengarten, Seiser Alm und Langkofel im Westen und Nordwesten. Bei dem klaren Wetter heute konnte man von hier sogar die Ötztaler bis zu den Zillertaler Alpen erkennen.

»Von ganz dort hinten sind wir zu Fuss bis hierher gelaufen. Unglaublich!«

Im Süden sahen wir vor uns das Fassatal und den höchsten Dolomitengipfel, die schneebedeckte Marmolata, in deren Richtung unser weiterer Wanderweg führte.

Mit ein paar Angestellten der Seilbahn bestiegen wir als erste Wanderer des heutigen Tages die Gondel. Monet war erfahrungsgemäss ein wenig skeptisch, wenn er durch die bodennahen Fenster keinen festen Boden mehr unter sich sah. Aber als Bergbahn und Sessellift erfahrener Hund konnte ihn so schnell nichts wirklich aus der Ruhe bringen. Gefasst harrte er der Dinge, die da kommen mochten.

Die Bahn glitt sehr schnell und weich zwischen den rechts

und links hoch aufragenden Felswänden der schmalen Pordoi Scharte hindurch und entliess uns nach wenigen Minuten unten an der Station des geschäftigen Pordoi Jochs. Dort hatten die ersten Tageswanderer bereits alle Parkplätze besetzt und rüsteten sich für ihre Bergtour im Sella Gebiet.

Wir mussten erneut erst einmal richtig ankommen im Zivilisationstrubel. Souvenirläden öffneten ratternd ihre Rollgitter. Überfüllte Ständer mit allerlei Kleinkram wurden auf den Gehwegen platziert. Gestresste Autofahrer hupten lautstark, weil Touristen die Strasse überquerten, ohne rechts oder links zu schauen. Wanderer drängelten zur Bergbahn, um möglichst schnell nach oben zu kommen.

Wir fühlten uns wieder wie Ureinwohner, die aus der absoluten Stille ihres Naturdschungels hineingeworfen wurden in den ganz normalen Wahnsinn.

»Stöcke auspacken, Rucksäcke schultern und nichts wie weg hier.«

Monet zog ebenfalls wie verrückt an seiner Leine, die er im Dunstkreis der italienischen, temperamentvollen »Automobilisti«, unbedingt benötigte. Auch er gestresst, kaum dass wir die Bahn verlassen hatten, wollte zurück in die Bergwelt mit ihrem artgerechten Tempo, den guten Gerüchen und freiem Laufen für freie Hunde.

Ein kurzes Stück mussten wir noch direkt neben der Strasse hergehen. Vorbei an Hotels, Souvenirläden und grossen Parkplätzen, die sich schnell füllten, bis wir rechts abbiegen konnten auf einen breiten Schotterweg in Richtung Passo Fedaia.

Ein älteres französisches Paar kam uns entgegen, deutete verzückt auf unseren Hund und gestikulierte: »Un moment, s'il vous plaît!« Umständlich kramte die Französin in ihrem kleinen Tagesrucksack und beförderte ein pinkfarbenes Tablet hervor, das sie erst noch umständlich anschalten und hochfahren musste.

»Aha, ein Foto wollen sie machen.« Das kannten wir ja schon.

Ein leicht genervter Robert nahm es mit der ihm eigenen Ironie: »Cinq Euro, s'il vous plaît!« Grinsend hielt er den beiden verdutzten Franzosen seine hohle Hand hin.

Es dauerte eine Weile, bis die beiden den Witz verstanden hatten. Endlich war auch ihr Gerät parat. Herr Monet wurde abgelichtet, um mit seinem roten Rucksack die Cloud Speicher dieser Welt zu füllen. »Merci et au revoir!«

Ein japanisches Paar folgte den Franzosen. Robert beschleunigte seinen Schritt und rief unseren Hund zu sich, um den Japanern keine Zeit für Fragen zu lassen.

Wir waren jetzt auf dem Viel del Pan, dem »Weg des Brotes«, der uns bald auf schmalem Pfad über eine lange Querung durch grüne Wiesen führte. Endlich wieder allein. Ruhe herrschte. Hie und da lugte aus dem saftigen Gras zu unserer Linken schwarzes Lavagestein hervor. Ein bisschen fühlte ich mich an das Auenland in »*Herr der Ringe*« erinnert.

Zu unserer Rechten erhob sich mächtig das gewaltige Massiv der schneebedeckten Marmolata mit ihrem sonnenbeschienen Gletscher. Diese grandiose Aussicht auf den höchsten Berg der Dolomiten begleitete uns über eine Stunde.

Nach dem Rifugio Viel dal Pan wechselte die Sicht auf den von hohen Gipfeln gesäumten, blauen Fedaia Stausee tief unter uns. Bevor wir den Abstieg dorthin begannen, passierten wir eine Stelle, von der wir einen letzten Abschiedsblick zurück werfen konnten auf den Piz Boé im Norden.

In unzähligen engen Kehren stiegen wir auf schmalem Weg die knapp 400 m hinunter. Sehr schnell spürten wir, dass wir uns immer südlicher bewegten. Die Temperatur stieg an, wir konnten unsere Pullover im Rucksack verstauen.

Auf halbem Weg zum See kamen uns wieder vermehrt Wanderer entgegen. Einige Familien mit Kindern auf Tagesausflug.

Der beliebte Urlaubs- und Ausflugsort Fedaia See warf seinen Schatten voraus.

»Schau mal, da unten!« Mit meinem Wanderstock deutete ich auf einen blonden Schopf auf dem Weg unter uns. »Da ist ja wieder die Frau mit Brille vom Piz Boé.«

In zügigen, gleichmässigen Schritten mäanderte sie hinab. Unmöglich, sie einzuholen.

Unser Weg endete direkt an der vielbefahrenen Hauptstrasse, die um den See herumführt. Leinenpflicht für unseren Vierbeiner.

»Jetzt sind wir endgültig im italienischen Sommer angekommen.« Eine grosse Gruppe drahtiger Rennradfahrer in gleichfarbigen Trikots radelte mit grossem Getöse und Palaver an uns vorbei. »Sempre in gruppo«, entfuhr es mir. »Rennrad fahren in grossen Gruppen«, ein weit verbreitetes Hobby italienischer Männer. Immer. Und überall.

Wir kamen in einen kleinen Ort, der vor allem aus Hotels und Restaurants bestand. In einem kleinen Biergarten entdeckten wir dort auch die blonde Wanderin wieder. Sie sah uns jedoch nicht.

»Belegtes Brötchen und Kaltgetränk?«

Heftig nickend lief ich zielstrebig auf eine typisch italienische Bar zu, die draussen ein paar Tische unter Sonnenschirmen aufgestellt hatte.

»Puuh, ist das heiss hier!«

»Wenn man bedenkt, dass wir immer noch auf über 2'000 m Höhe sind, öffnen sich meine Schweissporen zusätzlich beim Gedanken an die Piave Ebene.«

Im Innern der kleinen Bar bestellte ich zwei Panini, belegte Brötchen, die der junge Italiener für uns toastete. Eins mit Speck und eins mit gekochtem Schinken und Käse. Speck war typisch für's Trentino, das wir hier verliessen. Schinken und Käse für Venetien, das kurz nach dem Fedaia See beginnt.

Für mich das wahre Italien. Und das lag nicht nur an den Gruppen Bein rasierter Radler in hautengen, knallbunten Trikots, sondern an vielen typischen Kleinigkeiten, die es so nur hier gab.

Zum Beispiel die Lautsprecher auf der Terrasse der Bar, durch die ein temperamentvoller, italienischer Radiosender nach draussen plärrte. Die ganze Umgebung wurde beschallt. Schmalzige Italo-Schlager wechselten sich ab mit wortreichen Werbespots für örtliche Autowerkstätten, Gewinnspielen im Supermarkt oder Nachrichten im akustischen Schnellfeuer.

Herrlich! Bella Italia.

Elegant gekleidete, italienische Sommerfrischler flanierten barfuss in bunten, weichen Leder Mokassins vorbei, im Slalom zwischen hupenden Autos. Junge, coole Latin Lover mit ihren braunen Ray-Ban Sonnenbrillen und gestylten schwarzen Locken flitzten auf hochglanzpolierten Vespas vorüber. Hübsche junge Frauen stöckelten auf Sandaletten und in kurzen Hosen über die Strasse. Egal, ob mitten in Rom oder hier in diesem winzigen Ort in den Bergen, wir fühlten uns wohl in der fröhlichen Gelassenheit des italienischen »Dolce Vita«.

Robert hatte seine Wanderschuhe und Socken ausgezogen und gönnte seinen Füssen ein wenig Sonne und Luft. Monet döste im Schatten unter dem Tisch neben seinem Wassernapf.

»Gute Idee!«

Als ich meine Schuhe öffnete, hatte ich das erste Mal das Gefühl, dass meine Socken dampften. »Morgen zieh ich wohl besser die dünneren Wandersocken an.«

Meine Füsse freuten sich über die unerwartete, kleine Pause an der frischen Luft. Nach wie vor alles in Ordnung. Keine Blasen, keine Druckstellen, Füsse, so zart wie ein Kinderpopo. Die Hirschtalgsalbe wirkte Wunder.

Die getoasteten Panini wurden serviert. Der schwere Toastgrill hatte seine typisch dunkel gestreiften Brandmale hinterlassen auf den plattgedrückten Brötchen. Köstlich knusprig und krümelnd. Der geschmolzene Käse hellgelb, weich wie Gummi und so heiss, dass man sich gierig den Mund daran verbrannte. Speck und Schinken schön salzig. Genau so mussten sie sein. Dazu einen grossen Schluck eiskalte Aranciata, italienische Orangenlimonade mit Fruchtfleisch.

»Jetzt noch ein Gelato zum Dessert für das perfekte Glück!«

»Damit würd ich noch warten bis wir wirklich in Venetien sind.«

»Du hast recht. Das Beste immer am Schluss!«

Faul lehnte ich mich in meinem Stuhl zurück. »Am liebsten würde ich den ganzen Tag hier sitzen und das Urlaubstreiben beobachten.«

»Nichts da, wir haben noch mindestens zwei Stunden Fussmarsch vor uns. Hopp, hopp, Schuhe anziehen und weiter.«

Am Seeufer setzten wir unseren Weg südwärts fort.

Monet ständig mit der Nase in Richtung Wasser, auf der Suche nach einer geeigneten Badestelle.

»Komisch, hier ist gar niemand im Wasser.« Bei der Hitze wäre ich selbst gern hinein gesprungen.

»Hast du eine Ahnung, wie kalt das Wasser hier oben ist? Du kannst es gern mal ausprobieren!«

«Ach, lass mal, lieber nicht. Monet könnte aber eine kleine Abkühlung vertragen. Schau mal, wie er den Kopf hängen lässt.«

Unser Hund ist definitiv kein Südländer. Als geborener Schweizer liebt er Kälte und Schnee. Bei Hitze und Trockenheit sinkt seine Motivation mit jedem steigenden Grad. Hier half jetzt nur noch eins.

»Soviel Zeit muss sein. Monet, halt doch mal still!«

Ich zog ihm Leine, Rucksack und Geschirr aus. Mit einem lauten »Frei!« entliessen wir unseren Sportler in Richtung See.

»Platsch«, und ein fideler Hund paddelte im kühlen Nass.

Ausser Rand und Band schwamm er den Stöckchen hinterher, die wir in den See warfen, und genoss in vollen Zügen die Abkühlung in seinem Lieblingselement. Nicht die Spur von Ermüdungserscheinungen mehr.

Wie sich später an diesem Tag noch herausstellen würde, sollte unser Hund an diesem heissen Sommertag nicht der einzige bleiben, der »baden ging«.

Mit einem tropfnassen, abgekühlten und zufriedenen Hund setzten wir unseren Weg fort. Weg vom See über Trampelpfade auf Kuh- und Schafweiden, die im Winter als Skipisten dienten. Eine riesengrosse Schafherde mit über Hundert Schafen kreuzte plötzlich unseren Weg. Gleich mehrere Hütehunde halfen dem einzelnen Schäfer die blökende Menge auf Trab zu halten.

»Nimm Monet lieber an die Leine«, rief mir Robert von vorne zu, »wenn die Hunde ihren Job ernst nehmen, wird das jetzt nicht lustig für ihn. Lass uns lieber einen grossen Bogen machen.«

Angeleint trabte unser kleiner Wächter neben uns her, während einige Hütehunde in einem Bauwagen anfingen, aggressiv zu bellen. Mir war ziemlich mulmig zumute. Eilig suchten wir einen Weg, vorbei an den Kläffern und den sommerlichen Wollpullover Trägern.

»Die müssen ja ganz schön schwitzen bei der Hitze!«

In der Capanna Bill, einem kleinen Restaurant direkt an der Strasse, die von der anderen Seite zum Fedaia See hinaufführte, mussten wir abermals eine kleine Pause machen. Bei 30° Celsius in der Sonne brauchten wir jetzt öfter ein kühles Getränk. Unsere Wasserschläuche in den Rucksäcken waren auch schon wieder leer getrunken. Die freundliche Wirtin füllte sie für unseren weiteren Weg mit frischem, kühlem Wasser auf und servierte Monet seine Wasserration in einem grossen Hundenapf.

Auf der Hauptstrasse donnerten Cabriolets mit heruntergelassenem Verdeck vorbei, laute Musik drang an unsere Ohren.

Die Feriensaison schien hier Mitte Juli schon in vollem Gange zu sein.

«Meinst du, wir bekommen in Venedig mitten im Sommer spontan überhaupt ein Hotelzimmer?«, fragte ich besorgt beim Anblick der Touristenmengen.

Wir hatten nichts reserviert, weil wir nicht genau wussten, ob und wann wir tatsächlich dort ankommen werden.

»Nein, keine Chance! Bestimmt gibt es kein einziges, freies Hotelzimmer mehr in Venedig«, zog mich mein Mann auf. »Ausserdem ist es noch eine gute Woche bis dorthin. Was da noch alles passieren kann. Im Notfall haben wir ja immer noch unser Zelt dabei.«

»In Venedig auf dem Campingplatz zelten? Zum fünfzigsten Geburtstag?«

Das konnte ich mir nicht wirklich vorstellen.

Vorbei an der Seilbahn, die bis kurz unter den Gipfel der Marmolata auf 3'265 m Höhe führt, gelangten wir auf Skipisten, zwischen Skilift Trassen hindurch, bis zur Serrai di Sottoguda.

Diese zwei Kilometer lange Naturschlucht, im Winter ein beliebter Ort für Eiskletterer, mussten wir noch durchwandern, um an ihrem Ende in den Ort Sottoguda zu gelangen, unserem selbst gewählten Etappenziel. Wir mussten nicht, wir durften es durchwandern, dieses Naturschutzgebiet, nachdem wir an einem Eingangstor vier Euro Eintritt dafür bezahlten. Total irritiert sahen wir uns an vor dem Kassenhäuschen inmitten hoher, bewachsener Felsen.

»Wegezoll! Na da bin ich jetzt aber mal gespannt!«

Eine geteerte, schmale Strasse, in deren Belag alle paar Meter Bodenlampen eingelassen waren, führte durch die Schlucht. Vorbei an einem wilden Gebirgsbach, der sich hier seinen kurvigen Weg tief eingefräst hatte. Ausser der Elektrik konnten wir noch keinen direkten Unterschied erkennen zur Natur ausserhalb des kostenpflichtigen Gebiets. Schön war es hier schon, aber was war das Besondere?

Die an beiden Seiten des Wegs steil in die Höhe wachsenden, teils stark überhängenden Felsen waren bewachsen mit Moosen, Flechten, kleinen Büschen und Bäumen. Überall stürzten oder sprühten grosse oder feine Wasserfälle über die Felswände und verliehen der gesamten Schlucht eine kühle, feuchte Atmosphäre. Eine willkommene Abkühlung nach der grossen Hitze auf unserem kaum schattigen Weg hierher. Je weiter wir die Schlucht durchschritten, desto mehr Spaziergänger begegneten uns. Abgekämpft und mit unseren grossen Rucksäcken bepackt, muteten wir sicherlich ein wenig seltsam an zwischen all den Familien im sommerlichen Freizeitdress mit ihren Eis schleckenden Kindern.

»Eine Art italienische Natur Disney World«, stellte ich fest, während eine kleine, elektrische, blau-weiss geringelte Bimmelbahn voller fotografierender Ausflügler an uns vorbei fuhr.

Das erklärte auch die vielen mit Geranien bepflanzten Kunststofftröge an den Brückengeländern. Schade nur, dass scheinbar niemand den Betreibern dieses Naturwunders gesagt hatte, wie sehr Geranien Sonne und Licht benötigen, damit sie üppig blühen und gedeihen. Diese armen Schattengewächse hier unten in der tiefen Schlucht gammelten kümmerlich vor sich hin, während wir in der kühlen Luft wieder begannen aufzublühen.

Am Ende der Schlucht begann der kleine Ort Sottoguda.

Hier hatten die italienischen Tourismusexperten so richtig zugeschlagen. Ein sehr schönes Bergdorf mit gut erhaltenen und restaurierten, stattlichen Holzhäusern, an deren Geländer die Geranien üppig blühten. Aber vor den Häusern, auf den Balkonen und in den Vorgärten, einfach überall im ganzen Ort verteilt, standen kitschige, fast lebensgrosse Puppen in traditioneller Kleidung, bemalte Kunststoffziegen und einige andere Plastiktiere.

Der Begriff »Gartenzwerg« bekam hier eine ganz neue Dimension.

»Wo sind wir denn hier gelandet?«

Den Satz noch nicht zu Ende gesprochen, blieb ich erneut verwundert stehen und schaute. Wir waren umgeben von Dutzenden, ratlos umher blickender, orthodoxer Juden, die auf Mäuerchen und Bänken sitzend Schatten suchten.

Ihre Garderobe schien für italienische Hochsommer Temperaturen gar nicht geeignet. Die Männer ganz in schwarz und hochgeschlossen, mit Vollbärten, ihren typischen Schläfenlocken und der Kippa auf dem Kopf. Die Frauen angezogen, als ob sie per Zeitmaschine direkt aus den 40er Jahren des letzten Jahrhunderts hierher gebeamt worden wären. Mit blickdichten, hautfarbenen Strumpfhosen, wadenlangen Röcken, flachen Schuhen und unterschiedlichsten Kopfbedeckungen.

Ganz offensichtlich eine israelische Reisegruppe, die auf ihrer Italienrundreise hier abgesetzt worden war.

»Hoffentlich bekommen die auch noch etwas anderes von Italien zu sehen«, bemerkte ich trocken im Vorbeigehen.

Der Ort war sehr übersichtlich, so dass wir bald in der Ortsmitte vor einer kleinen Kirche standen. Direkt gegenüber lag ein Hotel, in dessen Erdgeschoss sich eine Eisdiele und ein Restaurant befanden.

»Ich frag hier mal nach einem Zimmer.«

In der Hoffnung, dass Monet kein Problem sein würde, betrat ich die Rezeption, die jedoch nicht besetzt war. Ein direkter Durchgang führte in die Eisdiele nebenan, wo Hochbetrieb herrschte. Ich stellte mich in die Schlange der Wartenden. Beim Blick in die Kühltheke nahm ich mir fest vor, hier später ein Eis zu kaufen. Zimmer hin oder her.

Als ich an der Reihe war, fragte ich zuerst nach einem freien Zimmer. Höflich nickend wies der junge Mann hinter der Theke mich in Richtung Rezeption. Dort überprüfte er umständlich seine Zimmerliste im Computer. Prüfend betrachtete er mich.

»Con Cane?«, fragte er stirnrunzelnd.

»Ja, mit Hund!«

Erneutes angestrengtes Studium der Belegungen. Nach diesem Ritual griff er schliesslich zu einem Zimmerschlüssel und bedeutete mir, ihm zu folgen. An der verglasten Eingangstür winkte ich im Vorbeigehen meinen beiden Begleitern draussen, uns ebenfalls zu folgen.

Er hatte uns ein Zimmer mit Blick zur Wand des Nebenhauses gegeben, das circa zwei Meter entfernt stand. Dafür hatten wir einen kleinen Balkon, von dem man ums Eck auf die Dorfstrasse sehen konnte, wo sich gerade die jüdische Reisegruppe lustlos in Zeitlupe fortbewegte. Aber viel wichtiger als Aussicht und Balkon, wir hatten ein gut ausgestattetes, eigenes Badezimmer. Nach diesem schweisstreibenden Tag eine Wohltat. Erst recht nach dem gestrigen Verzicht auf umfangreiche Körperhygiene mangels Badezimmer und warmen Wassers im Rifugio Boé.

»Sogar Shampoo und Duschgel«, jubelte ich begeistert. »Mal wieder was anderes als unser Einheitswaschmittel.«

Frisch geduscht machten wir uns an die üblichen Pflichten eines Fernwanderers. Heute stand vor allem T-Shirt und Socken waschen auf dem Programm. Ich weichte die Kleidungsstücke im Waschbecken ein, rubbelte und knetete sie von Hand. Robert spülte sie dann Teil für Teil im Bidet mit klarem Wasser nach, wrang sie gut aus und drapierte sie draussen auf dem Balkon zum Trocknen. Hatte man das ritualisiert, war es ein Leichtes und gehörte einfach zum Ankommen dazu.

»Jetzt ein kühles Getränk.«

Robert schnappte sich Wanderführer, Kamera und GPS Gerät. Monet schaute erwartungsvoll von seiner Decke auf und wedelte, während ich mich auf einen grossen Eisbecher freute.

»Sind wir endlich in Venetien?«

»Si.«

»Na dann steht einem Gelato nichts mehr im Wege!«

»Una Coppa Amarena, per favore.« Ich bin regelrecht süchtig nach dieser italienischen Eisspezialität mit den knackigen, pappsüssen Amarena Kirschen in Sirup.

Ein grandioser Eisbecher wurde mir serviert. Kühle Schlagsahne, zart schmelzende Vanille- und Haselnuss Eiscreme mit den dunklen, aromatischen Kirschen riefen die gewünschte Geschmacksexplosion hervor. Genuss ohne Reue. Denn bei unserem täglichen Tagespensum konnten wir gar nicht so schnell Kalorien nachschieben, wie wir sie verbrauchten.

»Schau mal, wer da kommt«, murmelte Robert hinter seinem Glas hervor.

Ich drehte mich um und sah die blonde Brillenträgerin vom Piz Boé auf das Hotel zukommen.

»Hallo!«, riefen wir ihr fröhlich zu.

»Hallo!«, grüsste sie zurück und kam an unseren Tisch. »Euch hab ich doch schon auf dem Piz Boé gesehen. Ich erkenne euren Hund wieder. Wo hat er denn seinen Rucksack?«

Sie reichte uns ihre Hand: »Ich bin übrigens Beate!«

Wir stellten uns auch kurz vor, bevor sie in Richtung Rezeption weiterzog.

»Darf ich mich zu euch setzten?« fragte Beate uns kurze Zeit später, nachdem sie ihr Zimmer bezogen und ihren Rucksack dort versorgt hatte.

»Sehr gern.«

»Wo wollt ihr denn hin mit eurem Hund?«

»Venedig.«

»Na, so ein Zufall. Da will ich auch hin. Von München nach Venedig.« Sie legte ihren Wanderführer auf den Tisch, nicht den altbekannten roten, sondern einen hellgrünen.

»Gehst du die Strecke denn ganz allein?«

»Ja.«

Sie lächelte verschmitzt. »Bis auf ein kleines Teilstück in den Tuxer Alpen, wo mich mein Mann unterwegs unverhofft überrascht hatte. Da pfiff mir doch glatt aus einem Busch jemand hinterher. Normalerweise dreh ich mich ja nicht um wegen eines Pfiffs. Aber beim zweiten Mal schaute ich dann doch hinter mich. Und da stand er plötzlich grinsend hinter mir und hat mich zwei Tage lang beim Wandern begleitet.«

»Du hast aber einen phantasievollen Mann. Woher wusste er denn so genau, wo du warst?«

»Wir sind täglich über Mobiltelefon in Kontakt. Er bucht mir von zuhause meine Übernachtungen auf der Strecke. Mein Back Office sozusagen.«

»Das ist ja praktisch und total nett von ihm. Wieso wandert er denn nicht die ganze Strecke mit?«

»Er ist selbständig und hat leider nicht soviel freie Zeit am Stück. Normalerweise wandern wir schon viel gemeinsam. Aber die richtig langen Fernwanderungen mach ich allein. Manchmal find ich es einfach auch schön, nur mit mir unterwegs zu sein. Mein Tempo, meine Etappen und einfach alles selbst bestimmen zu können. Meinen Gedanken nachzuhängen, ohne immer kommunizieren zu müssen.«

»Hast du denn schon mehrere solcher Abenteuer unternommen?«

»Den Jakobsweg bin ich vor einigen Jahren gegangen. Und vor drei Jahren hatte ich München-Venedig schon einmal begonnen, musste aber leider nach der Gliederscharte aufgeben wegen schlechtem Wetter!«

Beeindruckt lauschten wir ihren Ausführungen. Heute hatte Beate ganz offensichtlich Lust, mit anderen Menschen zu kommunizieren. Denn sie erzählte offen und ehrlich aus ihrem Leben.

Inmitten ihrer interessanten Erzählungen klingelte mein Handy.

»Meine Eltern, da muss ich kurz rangehen.«

Ich schnappte mir das Telefon und verliess unseren Tisch auf der Gartenterrasse.

»Hallo, wo seid ihr?«, hörte ich meine Mutter am anderen Ende der Leitung fragen.

»Immer noch in den Bergen«, antwortete ich. »Aber ohne Wohnmobil.«

Kurze Stille am anderen Ende der Leitung. Dann eine besorgte Stimme, eine Oktave höher: »Wieso das denn? Ist was passiert?«

In weiser Voraussicht, und weil ich die Ängste, Sorgen und schlaflosen Nächte meiner Frau Mama kannte, hatte ich meinen Eltern nichts von unserem München-Venedig Projekt erzählt. Sie wussten lediglich, dass wir vier Wochen auf Reisen sind in den Bergen. Sie waren automatisch davon ausgegangen, mit unserem Wohnmobil.

Jetzt, da wir die höchsten Gipfel erfolgreich hinter uns gebracht hatten, und uns nur noch eine gute Woche von Venedig trennte, fand ich die Gelegenheit günstig, das Missverständnis aufzuklären. Ausserdem war ich selbst so euphorisch und glücklich über den bisherigen Verlauf, dass ich nicht länger damit hinterm Berg halten konnte.

»Nein, es ist nichts passiert«, beruhigte ich sie gleich.

»Wir sind gar nicht mit dem Wohnmobil unterwegs.«

»Habt ihr eine Panne gehabt? Wo ist denn das Wohnmobil?« Offensichtlich war sie noch immer ein wenig durcheinander.

»Wir sind zu Fuss unterwegs. Von München nach Venedig.«

Erneut kurze Stille am anderen Ende der Leitung.

»Hans, komm mal her!« Sie rief meinen Vater an den Hörer.

»Wo seid ihr?«, fragte nun mein Papa ungläubig.

»In den Dolomiten. Zu Fuss. Auf dem Weg von München nach Venedig.«

»Das gibt's doch nicht. Wieso das denn?«

Ich erzählte von unserem Projekt zu meinem Fünfzigsten. Dass wir die höchsten und gefährlichsten Gipfel nun bereits hinter uns hatten. Dass diese Tour uns sehr viel Freude machte. Und vor allem, dass wir alle gesund und munter waren.

»Und wo ist Monet?«

»Auch dabei und alles tipptopp!«

»Na, dann weiterhin gutes Wandern und toi, toi, toi, dass ihr gesund und heil ankommen werdet. Verrückt seid ihr ja schon ein bisschen. Alle beide. Wir melden uns wieder.« Er gab meiner Mutter den Hörer zurück, die es offensichtlich immer noch nicht fassen konnte: »Gib mir mal kurz den Robert.«

»Das geht jetzt leider nicht. Der ist ins Gespräch mit einer anderen München-Venedig Wanderin vertieft. Ich grüss ihn aber gern von dir«

»Wieviele laufen denn da über die Alpen nach Venedig?« Sichtlich irritiert versuchte sie, die neue Situation einzuordnen. »Dann sag ihm, er soll bloss gut auf dich aufpassen. Und schöne Grüsse. Tschüss dann.«

»Schönen Gruss aus dem Schwarzwald.«

Robert und Beate sassen gerade über den Wanderführer gebeugt, um festzustellen, wo wir von der klassischen Route auf unsere eigene ausgewichen waren.

»Danke. Alles klar?«

»Ja, ja, ich habe ihnen jetzt endlich erzählt, was wir tatsächlich gerade machen.«

Verständnislos schaute Beate uns an.

»Meine Eltern machen sich immer so viele Sorgen. Deshalb hatte ich erst einmal nichts erzählt.«

»Wie ist das denn bei deiner Familie, wenn du ganz allein solche Trips unternimmst?«

»Die machen sich natürlich auch immer ein wenig Sorgen. Aber ich bin in regelmässigem Kontakt mit meinem Mann, den Kindern und meinen Enkeln. Die moderne Technik macht's möglich.«

»Du bist Grossmutter von Enkeln, die schon mit dir telefonieren können? Dafür hast du dich aber gut gehalten.«

Ein wenig stolz über das Kompliment sagte sie verlegen: »Na ja, wir haben halt früher begonnen mit der Familienplanung in der damaligen DDR.«

Beate stammte aus Thüringen und erzählte uns begeistert von ihren zahlreichen Reisen und Wanderungen, die sie zusammen mit Mann und Familie bereits unternommen hatte, seit die Mauer gefallen ist. Sogar in Nepal war sie schon mit Mann, Tochter und Cousin zum Trekking.

»Aber eigentlich wollte ich nie nach Nepal. Deshalb heisst mein Buch über diese Reise auch so.«

Diese Frau steckte wirklich voller Überraschungen.

»Du hast ein Buch geschrieben?«

Damit traf sie mich persönlich nun wirklich mitten ins Herz. Ein eigenes Buch zu schreiben, gehörte für mich seit frühester Jugend zu einem meiner unerfüllten Lebensträume.

»Nicht nur eins. Eigentlich fing ich damit an, um meine Erlebnisse zu verarbeiten. Und dann hatte ich die Idee, all meine Bücher als Weihnachtsgeschenk für die Familie zu produzieren. Als ich herausfand, dass man Bücher im Selbstverlag auch zum Verkauf anbieten kann, hab ich das eben gemacht. Aber das ist nur ein Hobby.«

»Was machst du denn sonst noch?«

»Na, arbeiten«, gab sie trocken zurück. »Ich bin viel unterwegs. Unter der Woche immer auf Montage.«

Damit war ihre persönliche Erzählstunde für beendet erklärt, und wir plauderten weiter über die nächsten Etappen unserer Wanderung.

»Wo wollt ihr denn morgen übernachten?«

»Wir haben im Rifugio Coldai reserviert.«

Nachdem wir mit unserem heutigen Tagesziel dem Wanderführer um eine halbe Tagesetappe voraus waren, wollten wir morgen nicht nur drei Stunden bis in das Städtchen Alleghe wandern, sondern noch anderthalb Stunden weiter. Insgesamt hatten wir für den nächsten Tag viereinhalb Stunden reine Gehzeit eingeplant.

»Ich will morgen noch weiter bis zum Rifugio Tissi. Da ich sowieso immer sehr früh aufstehe und ohne Frühstück losgehe, bin ich hoffentlich vor der grössten Hitze schon fast dort.«

Schon wieder eine asketische Fernwanderin, die ohne Frühstück startete und sehr lange Strecken plante. Das wäre definitiv nicht mein Ding.

Beim Abendessen leistete uns Beate Gesellschaft.

Wir setzten uns mit Monet an den zugewiesenen Tisch in der kühlen Gelateria, leicht irritiert, dass die anderen Hotelgäste ihr Abendessen im Restaurant serviert bekamen.

»Vielleicht, weil wir den Hund dabei haben«, raunte ich meinem stirnrunzelnden Mann zu.

»Aber das macht doch nichts«, schob ich beschwichtigend hinterher, bevor er zu einem Disput mit dem Herrn von der Rezeption ansetzen konnte, der offensichtlich auch als Kellner für uns zuständig war.

»Möchten Sie Halbpension oder à la carte essen?«, fragte er uns auf Italienisch.

»Was hat er gesagt? Ich kann nämlich kein Italienisch.«

Beate schaute uns verständnislos an.

Nachdem wir für sie übersetzt hatten, meinte sie:

»Ich nehme nie Halbpension. Ist mir meistens zu teuer, und ich kann ausserdem gar nicht so viel essen.«

»Was gibt es denn als Menü der Halbpension?« fragte ich den Kellner..

Jetzt warf er sich gekonnt in die Brust und zitierte voller Stolz: »Zwei Vorspeisen stehen zur Auswahl: Gnocchi mit Salbeibutter oder Spaghetti mit Ragout. Als Hauptgericht: Rehschnitzel oder Lammkotelett und als Dessert Kuchen oder Eiscreme.«

»Klingt doch gut, oder?«

»Ich nehme die Gnocchi und das Rehschnitzel«, entschied Robert.

»Dann nehm ich Spaghetti und Lammkotelett.«

Beate bestellte Tagliatelle mit Rehragout ohne Vorspeise und Dessert.

Während wir auf das Essen warteten, unterhielten wir uns angeregt mit Beate.

»So kann man sich täuschen. Von wegen alleinstehende, zurückhaltende Bibliothekarin«, dachte ich. »Aber wenigstens mit den Büchern lag ich nicht ganz falsch.«

»Wieso könnt ihr denn so gut Italienisch?«

»Meine Mama war Italienerin«, erzählte Robert nicht ohne Stolz.

Und ich ergänzte: «Meine Cousine lebt in Süditalien, wo ich früher jedes Jahr meine Ferien verbracht habe. Als deutscher Teenager zwischen all den italienischen Herzensbrechern hatte ich damals eine extrem hohe Motivation, deren Sprache schnell zu lernen.«

Sie lachte. »Könnt ihr mir netterweise ein paar italienische Wörter in meinen Wanderführer schreiben? Das würde mir bei der zukünftigen Zimmersuche helfen. Mein Mann kann nämlich kein Italienisch. Und die meisten Italiener, bei denen er bisher ein Zimmer reservieren wollte, sprachen kein Englisch.«

»Cerco una camera singola per una notte, per favore«, schrieb ich hinten in ihren Wanderführer hinein.

»Ich suche doch keinen Fotoapparat!« Beate sah mich skeptisch an.

»Schon klar«, erklärte ich, »du suchst ein Einzelzimmer für eine Nacht. Die Betonung beim italienischen Wort »camera«, dem Zimmer, liegt auf der ersten Silbe: »caaaa-mera«, mir rollendem »r«.«

Sie übte laut vor sich hin, und wir hatten jede Menge Spass an ihrer Italienischlektion bis unsere Vorspeisen und ihr Hauptgericht serviert wurden.

»Hab schon bessere Gnocchi gegessen, aber nicht hier.« Robert verzog das Gesicht.

Ich probierte und hatte auch das Gefühl, die weichen, klebrigen Klumpen nur schwer wieder aus dem Mund zu bekommen.

Dennoch leerte er den Teller. Wir hatten Hunger und waren ja schliesslich nicht auf einer Gourmetreise.

Beate ass schweigend ihre Tagliatelle, die ein wenig trocken aussahen. Das Rehragout war vom Koch gut unter den Nudeln versteckt worden. Da sie aber nichts sagte, enthielten auch wir uns taktvoll jeglichen Kommentars.

Unser Hauptgericht folgte. Zwei grosse weisse Teller, die auch beim zweiten Hinsehen nicht voller zu werden schienen.

Jetzt machte auch Beate grosse Augen, sagte jedoch ebenfalls nichts.

Robert sah mich ungläubig an. Seine zwei Rehschnitzel entpuppten sich als winzig kleine, dünne, trockene Scheibchen Fleisch undefinierbarer Farbe, die sich schüchtern in einer Ecke des ansonsten leeren weissen Tellers bogen. Weiter nichts.

Bei mir das gleiche Bild mit zwei dürftigen Lammkoteletts.

Erwartungsvoll und etwas unsicher sahen wir uns um.

»Versteckte Kamera?«

Vielleicht hatten wir vorhin zu laut und offensichtlich »camera« gesagt, so dass man uns jetzt einen Streich spielte. Aber nichts weiter passierte.

Robert begann als Erster, mutig von seinen Schnitzeln zu probieren, was ihn mit den normalen Messern einiges an Anstrengung kostete. Er säbelte verzweifelt daran herum und legte sein Messer nach dem ersten Bissen wortlos zur Seite. Dann entführte er meine Gabel und spiesste mit dieser und mit seiner Gabel je ein Brötchen auf, die er dem Brotkorb entnommen hatte. Sogleich vollführte er auf dem Tisch den berühmten Brötchentanz von Charlie Chaplin.

Ich verstand sofort und hätte mich vor Lachen fast an einem meiner Minikoteletts verschluckt. Für seinen Humor in absurden Situationen liebte ich meinen Mann immer wieder.

Bevor Beate uns für verrückt hielt, klärte ich sie zwischen zwei Glucksern auf.

»*Goldrausch von Charlie Chaplin*«, der Film, in dem er aus Verzweiflung erst einen alten Schuh verspeiste und dann im Traum den Brötchentanz zur Unterhaltung seiner Angebeteten und ihrer Freundinnen vorführte.

»Hat die Grösse, Form, Konsistenz und den Geschmack des alten Absatzes eines Kinderschuhs«, konstatierte mein Mann und säbelte weiter tapfer am Corpus Delicti herum.

Derweil kam eine andere Angestellte des Hauses und stellte zusätzlich einen mittleren Teller mit vier kleinen, gedämpften Kartoffeln und fünf bissfesten, in reinem Wasser gegarten Broccoliröschen auf den Tisch.

»Contorno - Ihre Beilagen.«

Sie lächelte freundlich und in vollem Ernst, während Robert angestrengt von seinen verbogenen Fleischresten aufsah.

Eines mussten wir dem Team hier wirklich lassen, sie wahrten die Contenance perfekt bis ganz zum Schluss. Wir taten das auch.

Eine derart erstklassige Inszenierung für ein so miserables Essen hatten wir bisher noch nirgends erlebt. Das machte uns sprachlos und setzte uns schachmatt.

Hier verstanden wir das erste Mal auf unserer Wanderung, wieso Beate lieber à la carte bestellte. Denn wir gingen mit unserer Halbpension an diesem Abend so richtig baden.

Alte Bekannte und eine kokette Eule bei Vollmond

Das Frühstück am nächsten Tag machte das misslungene Abendmahl wieder ein wenig wett. Wir durften mit Herrn Monet sogar im Restaurant Platz nehmen, wo ein grosses, appetitliches Frühstücksbuffet aufgebaut war, das keine Wünsche offen liess. Sogar einen wunderbar cremigen Cappuccino bekamen wir hier auf Anfrage ohne Aufpreis. Neuer Tag, neues Glück.

Vom verkappten »Nouvelle Cuisine« Kellner keine Spur. Dafür grüsste uns eine gut gekleidete, ältere Dame freundlich. Bei ihr bezahlten wir auch das Zimmer und machten uns bald auf den Weg.

Beate hatten wir nicht mehr getroffen. Wie angekündigt war sie sicherlich schon mit den ersten Sonnenstrahlen erwacht und ohne Frühstück von dannen gezogen.

Wir liessen das skurrile Sottoguda hinter uns und wanderten auf dem »Sentiero naturale Sottoguda-Masarè«, einem gut gekennzeichneten Naturwanderpfad. Durch schattige Wälder kamen wir an einigen Picknickbänken und schön angelegten Grillstellen vorbei.

Es versprach, ein heisser Tag zu werden, denn bereits um 9:00 Uhr morgens war es schon angenehm warm und sonnig.

Monet traf hier zahlreiche vierbeinige Freunde aller Grössen und Rassen beim Morgengassi, die er freudig begrüsste und mit ihnen eine Runde spielte. Es gab so viele interessante »Zeitungsartikel und Kolumnen« anderer Hunde links und rechts des Wegs für ihn zu beschnuppern. Eifrig kommentierte er sie alle.

»Hunde verstehen sich überall auf der Welt ganz ohne Sprachbarrieren. Wie praktisch!«

»Mir ist die Sprache lieber«, konterte Robert, »stell dir vor, du müsstest jedem Menschen, den du triffst, am Hintern riechen. Oder sein Pipi beschnüffeln.«

Da musste ich ihm ausnahmsweise zustimmen.

Bevor wir die kleine Gemeinde Alleghe erreichten, sahen wir schon den dazugehörigen, tiefblauen Bergsee friedlich in der Sonne glitzern.

Beim Anblick dieses Idylls konnten wir uns nur schwer vorstellen, welche Naturkatastrophe sich hier im Jahre 1771 ereignet hatte. Dieser malerische See, umringt von hohen Bergen, war vor 245 Jahren durch einen gigantischen Erdrutsch und einen unaufhaltsamen, heftigen Wasserstau gebildet worden. Zahlreiche Ortschaften waren damals mitgerissen und für immer begraben worden.

Übrig geblieben ist der Ort Alleghe, der vor allem vom Wintertourismus lebt. Aber auch jetzt im Sommer zog die Gegend ein paar Touristen an, vor allem Wanderer wie wir.

»Das wär hier auch ein schöner Ort zum Verweilen.«

»Schon, aber jetzt sind wir grad erst gut zwei Stunden gewandert und richtig in Schwung. Du willst doch nicht schon wieder aufhören?«

»Nein, nein. Sonnencreme sollten wir hier aber unbedingt kaufen. Da drüben seh ich ein Apotheken Schild. Wer weiss, wann wir in den nächsten Ort mit Geschäften kommen werden.«

Nach drei Wochen war unser Vorrat an Sonnencreme aufgebraucht. Die Sonneneinstrahlung im Gebirge hatte dennoch dafür gesorgt, dass man die Bergwanderer in unseren Gesichtern und auf den Unterarmen deutlich erkennen konnte. Typische Streifenbildung dort, wo die Ärmel der T-Shirts endeten. Tiefbraune Nasenrücken und rings um die Augen helle Stellen von den Sonnenbrillen, wie die Masken der »Panzerknackerbande«. Nur umgekehrt.

»Frag doch in der Apotheke gleich noch, wo die Station der Bergbahn ist!«

»Was heisst denn Bergbahn auf Italienisch?«

»Stazione della montagna«, kam im Brustton der Überzeugung.

Ich hatte so meine Zweifel bezüglich dieser Übersetzung und überquerte die vielbefahrene Strasse, um die Apotheke zu suchen, die sich am Ende einer schmalen Strasse befand.

Ein kleiner, sehr modern eingerichteter Raum mit allerlei Kosmetik-, Drogerie- und Pharmaprodukten. Mit meinem grossen Rucksack, den schweren Wanderschuhen und meinem feuchten Wanderkopftuch kam ich mir seltsam deplatziert vor. Hinter der weissen Theke begrüsste mich eine adrette, dezent geschminkte Apothekerin mit Brille in weissem Kittel. Sie schien nicht besonders überrascht, einen Bergfreak wie mich zu sehen und fragte höflich auf Italienisch, was ich denn wünsche.

»Eine Sonnencreme mit hohem Lichtschutzfaktor für's Hochgebirge und die Piave Ebene bitte.«

»Monaco-Venezia!« Sie strahlte mich an, griff zielgerichtet in ein Regal und stellte eine Sonnenlotion vor mir auf die Theke. »Sehr leicht zu verteilen, nicht fettend, nicht parfümiert. Ein Produkt hier aus der Gegend. Sehr bewährt.«

Das regionale Produkt im praktischen Spender überzeugte mich, auch wenn es ziemlich gross und voluminös war.

Die Pharmazeutin drehte sich erneut um, griff in ihr Regal und zauberte die passende After Sun Lotion herbei.

»Nein, nein, Sonnencreme reicht völlig. Danke!« Ich dachte an das zusätzliche Gewicht und unser Budget.

»Ich möchte Ihnen die kühlende Lotion schenken. Sie wird Ihnen in der Piave Ebene abends gute Dienste leisten«, erklärte sie mit einem charmanten Lächeln.

Jetzt konnte ich ihr unmöglich vor den Kopf stossen und »nein« sagen. Beglückt über diese unerwartete, freundliche Geste, strahlte ich zurück und nickte dankbar.

»Grazie mille!«

Irgendwie würde ich die zweite Creme schon in den Tiefen meines Rucksacks unterbringen.

»Arrivederci e buon viaggio!«

Mit meiner Tüte voller Produkte ging ich beschwingt zu meinen beiden Begleitern zurück.

»Hast du den ganzen Laden leer gekauft?«

»Das erzähl ich dir gleich in der Gondel im Detail.«

»Wo ist denn nun die Station der Bergbahn?«

»Oh nein, vor lauter Plauderei hab ich vergessen zu fragen!«

Stirnrunzeln.

»Du kleiner Schussel! Das Wichtigste wieder verbummelt. Dafür aber einen ganzen Sack voll schwerer Produkte gekauft.«

»Gar nicht gekauft«, erwiderte ich kleinlaut.

»Guck doch, da vorne ist ein Schild: »Ferrovia di montagna!«, lenkte ich das Gespräch in andere Bahnen. »Von wegen stazione«, murmelte ich leise hinterher.

Das Wanderbuch hatte empfohlen, hier die Bergbahnen nach oben zu nehmen, um die knapp 800 Höhenmeter zu überwinden, da die Wege Steinschlag gefährdet sind und an einigen Stellen durch den Wald wohl auch schwierig begehbar. In Anbetracht unseres Vierbeiners und der steigenden Temperaturen nahmen wir diesen Ratschlag gerne an.

Zwei moderne Gondelbahnen brachten uns mit herrlicher Aussicht auf den 1'992 m hohen Col dei Baldi. Während der Fahrt verstaute ich meine neu erworbenen Sonnenprodukte im Rucksack und erzählte meinem Mann von der freundlichen Apothekerin.

Robert schlug mir plötzlich vor, die heutige Etappe nicht wie geplant am Rifugio Coldai zu beenden, sondern bis zur Tissi Hütte weiter zu wandern.

»Wieviel länger wär das denn?«

»Nur zwei Stunden laut Wanderbuch.«

»Aber wir haben doch gestern schon im Rifugio Coldai reserviert«, gab ich zu Bedenken, weil ich eigentlich keine grosse Lust hatte, den heutigen Plan umzuwerfen.

»Dann stornieren wir halt gleich telefonisch.«

»Und wenn wir so kurzfristig in der Rifugio Tisso gar kein Zimmer mehr bekommen mit Hund?« Ich unternahm einen zweiten Versuch, das Vorhaben zu stoppen.

Prüfend sah mein Mann mich über seine Sonnengläser hinweg an und sagte nichts mehr. Er kannte mich und durchschaute meine Manöver längst.

»Komm wir trinken hier etwas und überlegen in Ruhe, wie wir weitergehen werden«, sagte Robert und steuerte die grosse Sonnenterrasse auf dem Col dei Baldi an.

Das fand ich gut. Ausserdem musste ich zur Toilette, die Pause kam wie gerufen. Als ich zurück kam, standen die Kaltgetränke auf dem Tisch und Robert fixierte konzentriert sein GPS Gerät.

»Meiner Meinung nach wär das keine grosse Sache, heute bis zur Tissi Hütte zu wandern. Im Wanderführer steht, dass sie traumhaft wie ein Adlerhorst in den Dolomiten klebt, direkt gegenüber der Civettawand. Das sollten wir nicht verpassen.«

»Das Rifugio Coldai liegt in der Nähe eines Bergsees. Das ist bestimmt auch superschön. Und Monet könnte dort baden.«

Wir schenkten uns beide nichts in unseren Argumentationen. Schliesslich gab ich nach.

»Ich ruf erst mal in der Tissi Hütte an, ob die überhaupt noch einen Platz für heute Nacht hätten«, in der Hoffnung, dass sich das Thema sicherlich von selbst erledigte.

Fehlanzeige. Meine Hoffnung erfüllte sich leider nicht. Das in Italien vielfach als »bivacco« bezeichnete Winter- oder auch Notlager, das in der Tissi Hütte ebenfalls als »Hundezimmer« diente, war noch frei. Die quirlige Hüttenwirtin Paola erklärte mir am Telefon, dass das Zimmer »downstairs« sei. Ein wenig entfernt vom Haupthaus, wo sich Duschen, WC und Restaurant befanden. Aufgrund der schlechten Telefonverbindung waren wir zu Englisch übergegangen, da ich ihr Italienisch beim besten Willen nicht verstanden hatte.

»Prendiamo!«, rief ich schliesslich auf Italienisch in den Hörer. »Wir nehmen das Zimmer!«, um das Thema abzuschliessen.

»Nome?« schallte es im Kasernenton aus dem Hörer zurück.

Da unser Nachname »Kochgruber« für Italiener eine mittlere Katastrophe darstellt, war ich dazu übergegangen nur noch »Petra« bei Reservierungen anzugeben.

»Come?« Sie hatte anscheinend nicht verstanden.

»PETRA«, schrie ich fast zurück.

»Can you spell that?«

Ich buchstabierte.

Sie wiederholte: »PIETRA! Ecco! Va bene. Ciao.«

Von mir aus. Ich war es gewohnt, dass man mich in Italien »Stein« nannte. Und dass sich jeder Italiener fast kaputt lachte über meinen seltsamen Vornamen. Wie ein »Fels in der Brandung« nahm ich sowohl die Namenverunglimpfung hin, als auch die Tatsache, heute weiter wandern zu müssen als ursprünglich geplant.

Nach circa einer Dreiviertelstunde Aufstieg in praller Sonne hörten wir auf einmal eine fröhliche Frauenstimme hinter uns.

»Hallo, so trifft man sich wieder!«

Wir drehten uns um, suchten den Weg ab und sahen schliesslich erst nach einem zweiten »Hallo, hier sind wir!«, woher die Stimme kam. Die energiegeladene, drahtige Marion mit ihrem älteren, schweigsamen, kettenrauchenden Mann Rolf, die wir in der Maurerberghütte das erste Mal gesehen hatten, kam hinter einem Baum hervor, wo die beiden pausierten. Wir hielten kurz an und plauderten mit ihr.

»Wir versuchen, heute noch bis zur Tissi Hütte zu kommen. Dort müssen wir unsere Tour leider definitiv abbrechen. Rolf ist so schwer erkältet, dass er kaum noch Luft bekommt. So macht das keinen Sinn mehr bis Venedig. Ich bin total enttäuscht.«

Ihr Mann blieb, wie immer wortlos, im Schatten des Baums sitzen.

»Das tut uns leid für euch. Dann sehen wir uns später in der Tissi. Da wollen wir auch hin!«

Schon wieder zwei München-Venedig Wanderer, die die Tour vorzeitig beenden mussten. Das war bestimmt hart, eine gute Woche vor dem Ziel.

Wir setzten unseren anstrengenden, der gnadenlosen Sonne ausgesetzten Weg nach oben fort.

»Das ist so heiss. Ich kann nicht mehr!« Den Blick stur auf den Boden gerichtet, stöhnte ich hinter Mann und Hund her. Den Wasserschlauch hatte ich ständig im Mund, um von dem lauwarmen Nass genügend zu bekommen, während mir der Schweiss sofort wieder in Bächen aus allen Poren rann.

Die beiden vorne nahmen keine Notiz von mir und gingen einfach weiter. Gerade als meine Laune auf dem Nullpunkt anzukommen drohte, und ich dabei war, eine gewaltige Schimpftirade abzusetzen, stoppten sie abrupt. Beinahe hätte es eine Kollision gegeben.

Ich schaute auf, und meine Laune hob sich schlagartig.

Denn wer lag da in der Kurve neben dem Weg im schattigen Gras? Den Hut wie ein Cowboy über die Augen gelegt und ein Bein lässig über das andere geschlagen trafen wir Jérôme, unseren Wanderwelpen wieder. Welche Freude!

»Hi Jérôme«, rief Robert ihm zu, der uns noch gar nicht bemerkt hatte.

Der Hut wurde ein wenig nach oben geschoben, um zu sehen, wer ihn da ansprach. Kaum hatte auch er uns erkannt, lief ein breites Grinsen über sein Gesicht. Er sprang auf seine Beine.

»Hi, wie geht's euch?« Sichtlich erfreut hielt er uns seine Hand entgegen. »Hallo Monsieur Monet!«, unser Hund bekam ein paar Streicheleinheiten zur Begrüssung.

»Puuuh, ist das heiss heute!«

»Deshalb musste ich kurz Pause machen«, erklärte uns Jérôme, »ich bin von Alleghe nicht mit den Bahnen nach oben gefahren, sondern gelaufen. Das war vielleicht ein blöder Weg. Nur gut, dass ich zuvor in Alleghe einen Ruhetag eingelegt hatte. Bin aber trotzdem total k.o. Wo wollt ihr denn heut noch hin?«

»Rifugio Tissi.«

»Da wollte ich auch ursprünglich hin, hab mir aber gerade überlegt, ob ich lieber vorher in der Coldai Hütte stoppe, so kaputt wie ich bin.«

Damit schnappte er sich seinen Rucksack und hievte ihn auf die Schultern. Bereit, weiter zu wandern.

»Wir wollten dich nicht stören. Du kannst dich ruhig noch ein wenig ausruhen.«

»Ach, nö. Ich komm gern mit euch mit, wenn ich darf.« Er war wirklich froh, uns nach einigen einsamen Tagen getroffen zu haben und verstärkte unser Rudel wieder in der gewohnten Reihenfolge. So erreichten wir »in gruppo« die Coldai Hütte, vor der einige Wanderer draussen sassen und das schöne Wetter genossen.

»Möchtest du jetzt hierbleiben?«

»Nein, ich hab's mir wieder anders überlegt. Wenn ihr nichts dagegen habt, würd ich gern weiter mit euch kommen. Ihr habt mein perfektes Tempo, und in Gesellschaft macht es einfach mehr Spass.«

Wir hatten überhaupt nichts dagegen, denn wir mochten Jérôme von Anfang an und unterhielten uns gern mit ihm.

Nach einem weiteren kurzen Aufstieg erreichten wir die Forcella di Coldai, den Einschnitt zwischen dem Coldai Gipfel und dem mehrere Kilometer langen Civetta Massiv auf der linken Seite, das uns noch einige Zeit begleiten würde. In einer Senke sahen wir vor uns den eisblauen, kleinen Lago Coldai. Robert beschleunigte seine Schritte. Bis Jérôme und ich ihn eingeholt hatten, war Herr Monet schon wieder badefertig ohne Rucksack und Geschirr.

»Frei!«

Er sauste in einem Affenzahn dem kühlen Nass entgegen und landete mit einem spritzenden, filmreifen »Platsch« im See. Umstehende Besucher, und davon gab es hier einige, drehten sich amüsiert um. Begeistert schauten sie Monet beim Schwimmen zu. Ein junger Italiener suchte am Kiesufer Stöckchen und warf sie weit in den See. Das war es, was unser Hund liebte. Energisch warf er seinen Aussenbordmotor an und pflügte elegant durchs Wasser. Er sah einem Biber ähnlich, wie er pitschnass geschickt mit seinem Schwanz hin und her steuerte. Die beiden hatten eine ganze Weile viel Spass miteinander.

Wir drei anderen zogen auch unsere Rucksäcke, Schuhe und Socken aus, um am Ufer durch den kalten See zu waten. Eine Wohltat für die erhitzten Füsse.

»Mensch, Jérôme, du hast ja immer noch so viele Pflaster an den Füssen. Tut das nicht schrecklich weh beim Gehen?«

»Und wie, aber was soll ich machen? Ich hab eine Salbe mit und klebe täglich neue Tapes und Pflaster auf die wunden Stellen.«

»Du solltest dir im nächsten grossen Ort wirklich leichtere, bequeme Wander- oder Laufschuhe kaufen.«

»Dann muss ich die schweren Dinger zusätzlich mitschleppen.

Bei der Hitze!«

»Nö, du kannst die alten doch per Post nach Hause schicken.«

«Gute Idee, ich denk mal drüber nach«, damit verschwand er humpelnd in Richtung See.

Nach dieser kleinen Abkühlung gingen wir einen Sattel hinauf, gefolgt von einem Gegenanstieg. Von der Forcella di Col Negro hatten wir einen grandiosen Blick auf die Westwand der mächtigen Civetta. Von diesem Joch aus teilten sich die Wege. Rechts ging der im Wanderbuch beschriebene Weg zur Rifugio Tissi weiter, den andere Wanderer vor uns eingeschlagen hatten.

Robert hingegen schlug zielstrebig den linken Weg ein, der parallel entlang führte unter der grandiosen, fast senkrecht in den Himmel ragenden, langen Felswand der Civetta. Eine knapp einstündige Querung durch mehrere Geröllkars stand uns bevor.

»Der Wanderführer rät davon ab, diese Route zu gehen. Steinschlag Gefahr«, meldete sich Jérôme kleinlaut von hinten.

»Kein Problem. Du kannst gern den anderen Weg gehen, wenn dir dabei wohler ist. Wir treffen uns dann nachher in der Hütte.«

Entschlossen ging Robert mit Monet weiter. Ich folgte ihm und blickte mit mulmigem Gefühl hinauf zur senkrechten Wand. Die »Eule« oder »kokette Frau«, wie »Civetta« auch übersetzt wird, wachte streng über uns.

»Weise Eule wär mir irgendwie lieber als kokette Frau, bei der man nie sicher sein kann, woran man ist«, dachte ich.

Ein kleiner, kaum sichtbarer Weg führte auf und ab durch das feine, weiche Geröll, das uns mit jedem Schritt ein wenig einsinken und rutschen liess. Das würde anstrengend werden. Dazu kam die Hitze, die unerträglich und erbarmungslos gestaut wurde an dem bis zu 3'000 m hohen Gebirgszug. Kein Lüftchen wehte hier. Kein einziger Baum oder Strauch spendete Schatten. Eine Geröllwüste, die es zu durchschreiten galt.

Jérôme hatte wohl doch keine Lust, allein den anderen Weg einzuschlagen und schloss sich uns weiterhin an. Allerdings nicht, ohne in den ersten paar Metern immer mal wieder leise vor sich hin zu grummeln.

»…wär doch vielleicht besser gewesen…Geröllabgänge… Schneefelder…«, einige seiner Wortfetzen drangen von hinten an mein Ohr, während ich selbst tapfer einen Fuss vor den anderen setzte in diesem Glutofen.

In den bis zu sechs Meter breiten, ausgewaschenen Geröllkars des langen Felsmassivs lagen am Übergang von Geröllband zu festem Felsgestein noch grosse Altschneefelder, die bei der Wärme langsam zu tauen begannen. Kleine und mittlere Rinnsale bildeten sich, die feines Geröll und ab und zu auch ein paar Steine mit nach unten spülten. Das Risiko dieser Durchquerung bestand darin, dass sich in einem der Geröllkars zu viel loses Gestein von oben lösen und als kleine Lawine auf uns herab poltern könnte.

Ab und zu hörten wir es in der Ferne rieseln und den einen oder anderen Stein herunterkollern. Vorsichtig vorausschauend gingen wir durch diese unwirkliche Szenerie. Jeder von uns schaute immer wieder prüfend hinauf zur Civetta, die wie eine Jahrtausende alte Kathedrale in den Himmel ragte und streng unsere Wanderung billigte.

Still bewunderte ich Jérôme mit seinen geschundenen Füssen, der bereits vor über zwei Stunden total kaputt gewesen war und sich jetzt dennoch beherzt im Geröll Schritt für Schritt voran kämpfte.

Ruhe herrschte auf diesem einsamen Weg. Nur wir, die Hitze, die Wand, das Geröll, der Schnee und die Stille. Hin und wieder unterbrochen vom leisen Rieseln kleiner Geröllabgänge im Tauwasser.

Nachdem wir bereits ein ganzes Stück schweigend gegangen waren, kreuzten breite, vereiste Altschneefelder unseren Weg.

Wir rutschten und stolperten über die sulzige, wenig griffige Eisoberfläche. Nicht das erste Mal auf dieser Tour waren wir sehr froh über unsere soliden Wanderstöcke, die wir wie Anker in den pappigen Schnee stiessen, um uns abzustützen. Der einzige Vorteil der Schneefelder war, dass unsere Schuhe von aussen herrlich gekühlt wurden, was der gesamten Körpertemperatur zugute kam.

Wir waren alle erleichtert, als wir dieses Höllenkar endlich hinter uns gelassen hatten. Erschöpft, aber stolz. Eine derart imposante Aussicht, entlang einer so ausladenden, majestätischen Dolomitenwand, hatten wir alle bisher noch nicht erlebt. Die »mächtige Eule« hatte gut über uns gewacht.

Im Nachhinein würde ich sagen, dieser Weg war schön schrecklich. Froh, ihn gegangen zu sein, würde ich dennoch jedem raten, genau zu überlegen, ob er nicht doch lieber die andere Variante wählen möchte. Denn diese Querung war extrem kräftezehrend, schweisstreibend und wirklich nur bei sehr stabilem, ruhigem Wetter gefahrlos.

Nun mussten wir uns rechts halten, um zur Tissi Hütte aufzusteigen. Die Vegetation begann wieder zu spriessen. Kleine Kiefern und hochalpine Sträucher wuchsen hier, in deren Schatten wir uns kurz ausruhten.

»Ich kann nicht mehr«, schlapp fiel ich rücklings mitsamt meinem Rucksack auf einen bewachsenen, kleinen Hügel und blieb dort sitzen. »Mein Wasservorrat ist zu Ende! Mein letztes Wasser hab ich soeben Monet gegeben.«

Der sass hechelnd und mit hängenden Ohren im Schatten neben mir. Meine Laune sank zum zweiten Male an diesem Tag in den Minusbereich.

Jérôme sagte schon gar nichts mehr.

Robert versuchte, die Stimmung hochzuhalten: »Nur noch den Anstieg da vorn. Man kann die Hütte schon sehen von hier.«

Matt hob ich den Kopf. Tatsächlich, ich sah sie auch. Ganz weit über uns, winzig klein und Lichtjahre entfernt.

Mein Mann ging weiter, Jérôme und Monet folgten ihm schwer atmend. Was blieb mir anderes übrig? Ich raffte mich auf, holte aus meinem kleinen Gurtfach einen Traubenzucker, warf noch ein Ricola »Bergminze« hinterher und sog den frischen Minze-Atem in jedes Lungenbläschen. Als Ersatz für ein kühlendes Kaltgetränk. Kann ein Mensch mehr als schwitzen, sich förmlich auflösen in seiner eigenen Körperflüssigkeit? Dieses Gefühl hatte ich, während wir schweigend bei sengender Hitze die letzten zweihundert Meter zu unserem Ziel hinauf japsten.

Das Rifugio Tissi klebte tatsächlich wie ein Adlerhorst an exponierter Lage. An einem balkonartigen Hügelband, parallel zur Civettawand auf der einen Seite und unter der Cima di Col Rean auf der anderen Seite, die sich fast senkrecht hinunter ins Tal von Alleghe stürzte.

Noch nie auf der ganzen Tour hatte ich mich so sehr gefreut, die vielen Menschen vor einer Hütte zu sehen. Nach insgesamt sieben Stunden endlich angekommen beim Rifugio, wimmelte es hier vor Wanderern. Die Treppe zur Hütte und die Aussichtsterrasse waren voll.

Bevor wir richtig aufatmen konnten, hörten wir bereits eine fröhliche Stimme unsere Namen rufen. Auf der Sonnenterrasse über uns stand Beate, unsere Thüringer Wanderbekanntschaft, in einem lustigen grün geringelten T-Shirt, ein Glas in der einen und eine ihrer schlanken Zigaretten in der anderen Hand.

»Ich wusste schon, dass ihr kommt. Ein Gast mit einem Fernglas meinte vorhin, dass da welche samt Hund mit Rucksack das Kar entlang wandern. Hund mit Rucksack und verrückt genug, da lang zu gehen? War mir klar, dass nur ihr das sein könnt.«

»Ja, wir freuen uns auch, dich zu sehen, Beate!«

Mit letzter Energie schleppten wir uns rauf und begrüssten sie.

»Jetzt eine grosse Apfelschorle oder ein Radler. Ich bin am Verdursten. Und auf jeden Fall Wasser für Herrn Monet.«

»Ich nehm ein grosses Bier!«

Fast hätte ich meinen Mann vergessen, ein deutliches Zeichen von Dehydrierung.

Im Innern der Hütte war zum Glück nicht ganz so viel Betrieb, bei herrlichstem Sonnenschein zog es alle nach draussen. Ein freundlicher Mann an der Theke begrüsste mich, gefolgt von einer kleinen, resoluten Italienerin mit halblangen, hellblonden Haaren, die gerade aus der Küche stürmte. Die Hüttenwirte Paola und Valter.

»Buon giorno, mi chiama Petra.«

»Aaah, Pietra«, Paola lachte sich erneut fast kaputt, als sie meinen Namen aussprach, extra laut und mit besonders rollendem »r«. Wenigstens würde sie meinen Namen nicht so schnell vergessen.

»Pietra, camera con cane?«

»Ja, das Hundezimmer. Aber erst etwas zu trinken, bitte!«

Sie füllte Monets Reisenapf mit frischem Wasser. Danach holte ich unser Bier und Radler.

Jérôme hatte inzwischen ebenfalls eine grosse Apfelschorle in Händen. Zügig und in gierigen Schlucken tranken wir. Wie immer in solchen Fällen, bekam ich einen heftigen Schluckauf, den ich auch noch hatte, während Valter uns das Zimmer im Souterrain unter der Hütte zeigte.

Eine Eisentüre neben einem grossen Holzstapel führte in einen kühlen Raum mit Bodenfliesen, geweisselten, rohen Steinwänden und zwei Doppelstockbetten. Darauf die typischen, rauen Wolldecken und Kopfkissen. Valter liess uns allein, nachdem er uns erklärt hatte, dass WC und Münzdusche oben sind. Direkt nach dem Haupteingang, am Schuhregal links.

»Kein Zutritt für den Hund im Gastraum!«, hatte er betont.

Wir sahen uns um. Dann sahen wir uns an. Robert fand seine Worte als Erster wieder: »Hier hat wohl schon länger keiner mehr Staub gewischt.«

Mit spitzen Fingern entfernte er Spinnweben gigantischen Ausmasses zwischen Zimmerecke und rechtem Stockbett.

»Und eiskalt ist es hier drin«, ergänzte ich.

Aber wenigstens ein kleines Fenster mit gehäkelter Gardine hatten wir, durch das wir frontal auf die Civettawand sahen. Die Lage war generell das Beste an diesem »Hundezimmer«. Wir hatten vor unserem Zimmereingang eine eigene Naturterrasse, nur durch einen niedrigem Holzzaun getrennt von der Almwiese. Die gewaltige Civetta Westwand, an der wir zuvor so nah vorbei gegangen waren, breitete sich nach rechts und links direkt vor uns aus. »Kokette Eule« so weit das Auge reichte. Mit den davor grasenden Kühen ein Alpenidyll pur. Ganz für uns allein. Während sich die anderen Wanderer oben auf der schmalen Holzterrasse der Gaststube stapelten.

»Nichts ist so schlecht, dass es nicht auch was Gutes hätte.«

»Trotzdem suche ich jetzt erst einmal etwas, das ich Herrn Monet unter seine Decke legen kann. Auf dem eiskalten Fliesenboden bekommt der Arme ja Rheuma in den müden Knochen. Zumal wir ihn nachher nicht zum Essen mitnehmen dürfen.«

Robert verliess das Zimmer.

Nach zehn Minuten kam er mit einem grossen, flachen Holzbrett zurück, das er zwischen Boden und Hundedecke legte. Monet war begeistert und rollte sich müde und zufrieden grunzend auf seiner derart isolierten Decke ein.

»Ich gönn mir jetzt erst einmal den Luxus einer fünf Euro Dusche.« Mit meinem dünnen, schnell trocknenden Mikrofaser Handtuch, meinem überschaubaren, kleinen Waschbeutel, sowie frischer Wechselkleidung stapfte ich die Treppe zum Haupthaus hinauf und hatte Glück. Der Münzduschraum war frei.

Nicht selbstverständlich bei diesem Andrang heute.

»Wie mach ich das jetzt am besten?«

Der Duschraum war ein enges, umfunktioniertes, italienisches Stehklo, auf dessen Boden man einen wackeligen Holzrost gelegt und einen Brausekopf an die Wand geschraubt hatte. Daneben eine identische WC Kabine, häufig frequentiert. Davor ein kleiner Vorraum mit Waschbecken, den man natürlich nicht abschliessen konnte.

Mein frisches T-Shirt und die Wechselhose konnte ich nicht mitnehmen in die winzige Duschkabine. Dort wäre alles sofort nass geworden.

»Nackt im Vorraum herumturnen, während andere Wanderer auf dem Weg zur Toilette sind?« Dazu hatte ich überhaupt keine Lust.

»Je schöner die Lage, desto schwieriger die Infrastruktur.« Diese Hüttengesetzmässigkeit hatte ich inzwischen auf dieser Wanderung gelernt.

Ich deponierte meine frische Kleidung ausser der Unterhose auf einem schmalen Fenstersims hinter der Eingangstür im Vorraum. Die Unterwäsche nahm ich mit und hängte sie zusammen mit dem Handtuch über die Tür, möglichst weit nach aussen. Meine gebrauchte Wanderkleidung musste sowieso später gewaschen werden. Egal, wenn die nass wurde.

»Wo ist denn jetzt der Münzeinwurf?«

Nach einem metallischen »klick« bediente ich den zentralen Mischhebel, und warmes Wasser strömte aus dem Brausekopf an der Wand.

»Oh nein«, durchfuhr es mich, »ich hab vergessen zu fragen, wie lang der Wassersegen für fünf Euro fliesst. Und vor allem, ob ich zwischendurch abstellen darf.« Da hatte jede Hütte so ihr eigenes System. »Zu spät. Dann lass ich das Wasser eben laufen und beeile mich mit einseifen und Haare waschen.

Mein deponiertes Handtuch und die Unterwäsche waren soweit trocken geblieben. Nach dem Abtrocknen lauschte ich nach draussen in den Vorraum. Sobald ich dort keine Bewegung mehr ausmachte, schlang ich mir mein knappes Handtuch um den Körper, trug die nasse Tageskleidung in den Vorraum, schnappte mir die frische und verschwand nochmals kurz im Duschraum. Angezogen, mit nassen Haaren und sehr zufrieden verliess ich diesen anschliessend als neuer Mensch.

Draussen stand schon der nächste duschwillige Wanderer vor der Tür, während ich im Waschbecken noch kurz meine heutige Wanderkleidung durchspülte.

Robert hatte zwei kleine Stühle auf unserer Privat-Terrasse aufgestellt und genoss den nachmittäglichen Blick zur Civetta. Monet lag faul in der Sonne auf dem Boden neben ihm.

Schnell unsere Campingwäscheleine zwischen zwei Holzpfosten gespannt und die Wäsche daran aufgehängt. Dann setzte ich mich ebenfalls in die Sonne und schrieb im Angesicht der »koketten Eule« in mein Tagebuch. Wir hatten wirklich die absolute Pole Position. Spinnweben, Kälte und fehlender Zimmerkomfort waren augenblicklich vergessen.

Später fragte ich bei der Hüttenwirtin nach einer Portion Spaghetti für Monet, worauf sie mich gespielt streng ansah und antwortete: »Pietrrrra, wieso denn Spaghetti für den Hund? Ich hab doch Hundefutter für ihn!«

Jetzt war es an mir, die Stirn zu runzeln und sie fragend anzublicken.

»Wir haben doch auch eine Hündin, Dolly. Die gibt eurem sicherlich gern etwas ab.« Sie verschwand in der Küche und kam kurz darauf mit einer grossen Tüte voller Hunde Trockenfutter zurück.

»Alles für Monet?«

»Ja klar, den Rest könnt ihr mitnehmen. Buon appetito.«

Monet mochte das italienische Hundefutter sehr. Auch Dolly, eine hübsche, hellbraune Gebirgsschweisshündin, mochte er. Sie besuchte uns auf ihrer Nachmittagsrunde, um unserem Herzensbrecher kurz schwanzwedelnd »hallo« zu sagen.

Inzwischen hatte Robert das komplizierte Duschritual ebenfalls hinter sich gebracht. Er hatte alles in die Duschkabine mit hinein genommen. Entsprechend nass kam er zurück. Nur gut, dass wir einen sonnigen, warmen Tag erwischt hatten. Nachdem auch er komplett getrocknet war, und die Sonne am frühen Abend tiefer stand, verzogen wir uns in den geheizten, gemütlichen Gastraum nach oben zu den anderen Gästen.

Beate hatte dort schon auf uns gewartet und winkte uns.

»Ich hab hier Plätze für euch reserviert, direkt am Panoramafenster mit Blick zur Civetta!«

»Super, Dankeschön, das ist aber nett von dir. Und Jérôme passt auch noch an den Tisch.«

Als ob er mich gehört hätte, betrat er in dem Moment den Raum und setzte sich zu uns.

»Könnt ihr mir netterweise eure Mobilnummer geben?«

»Ja sicher. Wir können ja alle Telefonnummern austauschen. Dann kann jeder sich bei den anderen melden, wenn er in Venedig angekommen ist.«

»Gute Idee«, fand auch Beate.

Wenn man sich beim Fernwandern ein paar Mal begegnet ist, Teilstücke miteinander gegangen ist und sich einiges erzählt hat, entstand mit der Zeit eine kleine eingeschworene Gemeinschaft Verbündeter mit demselben Ziel und ähnlichen Erlebnissen.

Speziell zu Beate und Jérôme hatten wir inzwischen ein sehr persönliches, herzliches Verhältnis aufgebaut.

Am Nebentisch trudelte nun auch Marion mit dem schwer erkälteten Rolf ein, der gar nicht gut aussah. Blass im Gesicht, mit kaltem Schweiss auf der Stirn und dunklen Augenringen, schlich er leicht gebückt und kraftlos hinter seiner Frau her, die ebenfalls niedergeschlagen den Raum betrat.

»Hallo, schön, dass ihr auch gut gelandet seid!«

»Ja, hat etwas gedauert. Der steile Anstieg war für meinen kurzatmigen Mann die reinste Hölle!« Nach kurzem Schweigen ergänzte sie enttäuscht: »Morgen brechen wir die Tour endgültig ab.«

Rolf blickte unglücklich und zerknirscht, matt lächelnd und immer noch schweigend in die Runde und setzte sich.

Auch wir schwiegen eine Weile betreten, jeder seinen eigenen Gedanken nachhängend. Denn eigentlich zog niemand wirklich in Betracht, dass er vorzeitig aufgeben muss, wenn er eine Fernwanderung macht.

»Dabei sahen die beiden so sportlich aus und gut trainiert. Mit ihrer Topausrüstung, die uns bei der ersten Begegnung in der Maurerberghütte schon aufgefallen war«, dachte ich.

Ein fieser Erkältungsvirus konnte also das »Aus« eines Traums bedeuten. In diesem Moment wurde jedem von uns erst richtig bewusst, welches Glück wir bisher gehabt hatten, ohne Krankheiten und Unfälle so weit gekommen zu sein. Und wie schnell sich das Blatt manchmal wenden konnte.

Mir fiel ein Zitat von John Lennon dazu ein: »Leben ist das, was passiert, während du fleissig dabei bist, andere Pläne zu schmieden.«

Beate ergriff als Erste wieder das Wort und erzählte uns von ihren nächsten Etappen. Morgen wollte sie eine Station weiter wandern als wir und Jérôme. Bis zum Passo Duran. Und da sie immer viel früher startete als wir, würden wir sie auch beim Frühstück nicht mehr treffen. Deshalb verabschiedeten wir uns an diesem Abend erneut von ihr mit dem gegenseitigen Versprechen, sich spätestens aus Venedig zu melden.

»Ich will doch wissen, ob du am Ende dein buntes Glas aus Murano bekommst und deinen Geburtstag in Venedig feierst. Meldet euch also!«

Sie bestellte noch ein Glas Weisswein, und wir stiegen bettschwer in unsere »Hundesuite« hinab, wo uns ein erleichterter Monet überschwänglich begrüsste.

»Ich bin gespannt, ob wir es tatsächlich bis Venedig schaffen und ob wir den kleinen Laden auf Murano wohl wiederfinden werden. Sind immerhin noch mindestens acht Tage bis dorthin. Was bis dahin wohl noch so alles passiert?«

Es kam keine Antwort. Nur gleichmässiges Atmen und ab und zu ein kleiner Schnarcher von Monet. Die beiden Herren schliefen schon tief und fest.

Ich tat mich schwer mit Einschlafen. In Gedanken liess ich die letzten drei Wochen Revue passieren, in denen wir jeden Tag die Alpen hinauf und hinunter gewandert waren, immer vorwärts, nur mit unseren paar Habseligkeiten im Rucksack.

»Wen hatten wir in dieser Zeit bereits alles kennengelernt? Und was alles gesehen und erlebt.«

Für all die vielen Eindrücke sind drei Wochen eigentlich viel zu kurz. Deshalb holten sie mich jetzt ein und wollten verarbeitet werden. Bis jetzt hat alles gut geklappt. Nur noch eine gute Woche bis zum erträumten Ziel Venedig.

»Wie werden wir die drückende Piave Ebene im Hochsommer erleben? Der Glutofen der Civetta Kars war heute bereits ein Vorgeschmack auf die brütende, italienische Sommerhitze. Viele Wanderer liessen die Piave Ebene komplett aus, weil sie angeblich gnadenlos heiss, langweilig und vielfach nur auf viel befahrenen Strassen zu begehen ist. Wie wird das mit Herrn Monet werden bei vierzig Grad im Schatten?« Je mehr ich grübelte, desto wacher wurde ich. »Ich muss jetzt schlafen, damit ich morgen fit bin«, redete ich mir ein. Aber das half nicht. Meine Seele wollte reden.

»Mist, zu viel getrunken!«, jetzt musste ich auch noch dringend zur Toilette.

Umständlich schälte ich mich aus meinem warmen, kuscheligen Schlafsack in den ausgekühlten Raum. Inzwischen hatten sich meine Augen an die Dunkelheit gewöhnt. Durch unser kleines Fenster fiel ein wenig Licht in den Raum. Meine Turnschuhe standen direkt vor dem Bett. Leise zog ich sie an. Ich schlich an Monet auf seiner Decke vorbei, der im Halbdunkel nur kurz schemenhaft den Kopf hob. Vorsichtig öffnete ich die Tür, um Robert nicht aufzuwecken. Als ich sie leise hinter mir zugezogen hatte, drehte ich mich um in die stille Nacht hinter mir.

Das grandiose Massiv erhob sich überdeutlich und zum Greifen nah vor einem nächtlich dunkelblauen Himmel, übersät mit Tausenden funkelnder Sterne. Die Landschaft lag still und verlassen vor mir. Ein übergrosser, leuchtend gelber Vollmond liess sein rundes Gesicht gütig über der hellgrauen Felswand der Civetta ruhen und tauchte sie in ein magisches Licht.

Ich stand einfach nur da und staunte. Surreal und doch perfekt wie ein Gemälde. Exklusiv nur für mich. Das Gefühl, ganz allein auf dieser Welt zu sein, beschlich mich. Nicht beängstigend, sondern unendlich friedlich.

Eine kleine Sternschnuppe fiel über der weisen, koketten Eule vom Himmel. Ich hatte einen Wunsch frei.

Ein »hinterhältiger Banküberfall«

Vom Geläut der glücklichen Almkühe geweckt, steckten wir am nächsten Morgen den Kopf aus der Tür. Die Civettawand begrüsste uns vor einem strahlend blauen, wolkenlosen Himmel. Und nur sie und ich wussten vom besonderen Zauber der letzten Vollmondnacht.

In der Hütte herrschte bereits reges Treiben und Aufbruchstimmung. Wir verliessen das Rifugio Tissi gleich nach dem Frühstück um 7:30 Uhr, da es wieder sehr heiss werden sollte mit zunehmender Gewittertendenz gegen Nachmittag. Sechs Stunden lagen vor uns. Zunächst ging es bergab und dann geradeaus ohne erhebliche Steigungen. Durch liebliches Almgebiet, vorbei an Kuhherden, die Herrn Monet neugierig beäugten. Manche so unerschrocken, dass sie zielstrebig auf unseren kleinen Vierbeiner zusteuerten, bis er die Flucht ergriff. Begleitet von einem melodiösen Kuhglocken Konzert kamen wir ein gutes Stück voran.

Auf einem schmalen Almweg überholten wir eine kleine Wandergruppe, in der ein älterer Mann Konditionsprobleme hatte. Ein jüngerer Wanderer nahm ihm gerade den Rucksack ab, versorgte ihn mit frischem Wasser und reichte ihm sein Taschentuch. Der ältere Herr war bereits nach einer guten Stunde völlig nass geschwitzt und ausser Atem.

Es war aber auch ein ausgesprochen schwül-warmer Morgen. Nach zwei Stunden beschlossen wir, die erste kurze Pause einzulegen im Rifugio Valozzer, einer mitten im Wald gelegenen Alpenvereinshütte mit einem hübschen, eigenen Alpen- und Kräutergarten. Zum zweiten Frühstück gönnten wir uns jeweils einen Cappuccino und eine Apfelschorle in dem schattigen Biergarten.

In einer Schorle lösten wir unser Wunderpulver auf, inzwischen eine liebe Gewohnheit.

»Gute Idee, ein kleine Pause einzulegen.«

»Wenn es nun jeden Tag heisser wird, müssen wir wieder an unseren Stellrädchen drehen«, erinnerte mich mein Mann. »Mehr trinken, häufigere Pausen im Schatten, kürzere Strecken. Und sobald wir alle Alpenhütten endgültig hinter uns gelassen haben, Gepäck reduzieren.«

Nach einer Weile traf auch die Wandergruppe ein, die wir zuvor überholt hatten. Eine junge Frau redete ununterbrochen auf den älteren Mann ein, der vorhin aus der Puste geraten war. Sein Rucksack wurde inzwischen von dem jüngeren Wanderer vorne auf der Brust als Zweitrucksack transportiert. Der Senior hatte eine frische Schürfwunde an der Stirn. Vermutlich war er unterwegs gestolpert und hingefallen, was auch die Aufregung der Frau erklärte.

»Papa, du kannst jetzt nicht weiterwandern. Das ist alles viel zu anstrengend und schwierig für dich. Wir müssen die Wanderung hier abbrechen.«

»Aber wir sind doch erst am Anfang unserer Dolomitenrunde. Ich möchte euch doch nicht eure Ferien vermiesen. Und schrei hier nicht so rum, die Leute gucken ja schon alle.« Der alte Herr war masslos enttäuscht.

»Du hast das Fernwandern vielleicht ein bisschen unterschätzt. So können wir auf keinen Fall weitergehen. Stell dir vor, du fällst nochmals hin und brichst dir die Knochen!« Die Tochter war besorgt, aber auch ein bisschen verärgert über die Sturheit ihres Vaters, der mit seiner blutenden Stirn partout nicht aufgeben wollte.

»Jetzt setzen wir uns erst einmal hin und trinken etwas«, versuchte der junge Rucksackträger die Situation ein wenig zu beruhigen. »Dann sehen wir weiter.«

Wir mussten ebenfalls weiter. Einen breiten, gekiesten Fahrweg mit wenig Schatten wanderten wir hinunter. War Monet anfangs noch fidel neben uns her gehüpft, wurde er mit jedem Schritt langsamer. Lustlos und mit gesenktem Kopf trottete er weit hinter uns her.

»Monet hat Durst!«

»Quatsch, der hatte doch grad Wasser in der Hütte. Den ödet einfach dieser langweilige Weg an. Du kennst ihn doch gut genug inzwischen.«

Natürlich wusste ich, dass unser Hund ganz klare Wegpräferenzen hatte bezüglich Beschaffenheit, Temperatur und Ablenkungsfaktor. Hier auf diesem staubigen, heissen und einsamen Fahrweg gab es nichts, was Herrn Monet hätte begeistern können. Und manchmal zeigte er uns das überdeutlich. Dennoch vermutete mein besorgtes »Mutter-Theresa-Gen« jedes Mal einen tieferen Grund hinter der Hundetrödelei.

Robert war da viel entspannter. Und konsequenter. Er ging weiter forsch voran, während ich mich ständig nach unserem Vierbeiner umdrehte, der seine Rolle als Leidender sehr überzeugend spielte.

Seit der Tissi Hütte hatten wir inzwischen schon wieder 800 m bergab zunichte gemacht. Endlich zweigte unser Weg links ab, hinein in einen grün bewachsenen, schattigen Wald. Auf schmalem Pfad stiegen wir zwischen den dicht stehenden Pflanzen bergauf. Herr Monet wieder als Erster frisch und munter vorneweg, als wäre nichts gewesen. Die Schnüffelnase begeistert am Boden und in den Sträuchern am Wegesrand versenkt.

Durch würzig riechende Latschenkiefern, in einem Wald voller süss duftender, pinkfarbener Türkenbund-Lilien, führte der Weg steil hinauf bis zu einer breiten Geröllrinne oberhalb der Baumgrenze. Hier mussten wir hinauf. Über uns wachend, die Felswand der Moiazza, an deren Wandfuss wir entlang wanderten.

Der Himmel hatte sich zwischenzeitlich bewölkt, es regte sich jedoch kein Lüftchen. Tropisch feucht-warme Luft umgab uns bei unserem anstrengenden Fussmarsch hinauf.

»Hoffentlich hält das Wetter. Ein Gewitter, inmitten der steil aufragenden Felswände, wär das Letzte, was wir gebrauchen könnten.«

Geröll und grosse Gesteinsbrocken galt es zu überwinden. An einer Stelle musste Robert Herrn Monet sogar an seinem Geschirr über einen besonders hohen Brocken hinüber hieven. Ein kleines Wegstück neben der Geröllrinne war seilversichert. Wir wanderten, kraxelten, stiegen und schwitzten. Unsere Wasserschläuche waren ständig in Betrieb. Schliesslich erreichten wir nach insgesamt fünf Stunden die Forcella del Camp, eine Scharte auf 1'933 m Höhe. Wir hatten in den letzten zweieinhalb Stunden 500 schweisstreibende Höhenmeter gut gemacht, was sich langsam in unseren müden Beinen bemerkbar machte.

»Wie weit ist es denn noch bis zum Rifugio Bruto Carestiato?«

Ich hatte das Gefühl, der heutige Weg, so abwechslungsreich er auch war, wollte einfach kein Ende nehmen. Jedes Mal, wenn ich dachte, jetzt sind wir endlich am Ziel, ging es erneut hinunter und hinauf.

»Eine knappe Stunde noch«, hörte ich meinen Guide vorne ermunternd sagen, »jetzt gehts nur noch leicht auf und ab.«

Kaum hatte er zu Ende gesprochen, umwanderte er bereits wieder grobes Blockwerk, das auf dem Weg lag, und kletterte über Felsen und Geröll. Monet stets vertrauensvoll und tapfer hinter ihm her. Und ich als Schlusslicht inzwischen mehr stolpernd als kraftvoll wandernd.

»Pass doch auf! Nicht dass du dich auf den letzten Metern noch verletzt. Immer schön die Füsse heben.«

»Haha, gut gesagt. Die sind müde, meine Füsse, und lassen sich nicht mehr heben.«

»Schau, dort drüben kann man die Hütte schon durch die Bäume blitzen sehen. Wir müssen nur noch diese Linkskurve da vorne nehmen und dann ein Stückchen nach oben durch den Wald gehen.«

Schweigend folgte ich meinen Männern, die immer noch frisch zu sein schienen. Im Moment hatte ich überhaupt keinen Blick mehr für die Schönheit der Landschaft um uns herum. Mir schwebte eine Sitzgelegenheit vor und ein kühles Getränk. Nicht mehr und nicht weniger.

»Was bedeutet Bruto Carestiato eigentlich?«, überlegte ich beim Gehen. «Bruto« bedeutet grob, roh, wild. Und »carestia« wird mit Mangel oder Hungersnot übersetzt.

»Na, das passt ja zu diesem Weg, der sowohl wild ist, als auch unseren Körpern einen gewissen Mangel zumutet. Hoffentlich hält die Hütte nicht auch noch, was ihr Name verspricht!«

Missmutig stapfte ich den letzten Anstieg hinauf, während sich der Himmel über den Dolomitenriesen weiter verdunkelte.

Obwohl mit Abstand nicht die schwierigste Strecke der gesamten Tour, hatte mir die heutige Etappe dennoch viel abverlangt. Vielleicht lag mir noch der Vortag in den Knochen, oder die Wärme hatte mich geschafft. Möglicherweise zu wenig Schlaf letzte Nacht. Vermutlich alles zusammen.

Ich war jedenfalls sehr froh, nachdem wir die Hütte mit dem seltsamen, unaussprechlichen Namen endlich erreicht hatten. Die erste Bank auf der Terrasse vor dem Rifugio gehörte mir. Wenig elegant plumpste ich auf einen Platz an der Hauswand, schnallte den Rucksack ab und streckte alle Viere von mir.

Wir waren am frühen Nachmittag hier eingetroffen. Ein paar Wanderer sassen bei einem verspäteten Mittagessen auf der Terrasse. Was ich auf ihren Tellern sah, liess mich hoffen, dass in dieser Hütte nicht »nomen« das »omen« war.

Nach einer kurzen Pause mit Getränk erkundigte ich mich

drinnen nach unserem reservierten Zimmer. Ein junger Kellner führte mich um die Hütte herum zu einer Holztür auf der Ostseite. Auch hier das »Hunde-Bivacco-Zimmer«, eine Notunterkunft mit gefliestem Boden, roh geweisselten Wänden, Stockbetten und viel Staub und Schmutz. Dafür keine fremden Wanderer, die bei uns im Zimmer schnarchten. Und erneut die exklusive Ruhe und Abgeschiedenheit einer kleinen Aussichtsterrasse vor dem Raum. Hier stand sogar eine eigenes Bänkchen neben unserer Eingangstür, ein längs durchgesägter Baumstamm, dessen dicke Äste als Beine dienten.

»Geniessen wir es! Im Bewusstsein, dass es unsere letzte, richtige Alpenhütte auf dieser Tour sein wird! Und somit auch das letzte Hunde-Bivacco.«

Wir hatten uns inzwischen an unsere eher spartanischen Übernachtungsmöglichkeiten auf den Hütten gewöhnt und nahmen es mit Humor. Schliesslich waren wir abends immer so müde, dass wir vermutlich auch im Keller geschlafen hätten.

Dafür waren die Duschen wirklich sehr luxuriös für eine Alpenhütte. Und mit einem Euro pro Duschgang auch sehr günstig. Da wir vor 15:00 Uhr angekommen waren, hatten wir die geräumigen Badezimmer im Haupthaus ganz für uns. Welch ein Luxus! In Ruhe genoss ich die Duschzeremonie, gefolgt von der obligatorischen Kleiderwäsche.

Im grosszügigen Garten gab es sogar gespannte Wäscheleinen für die Gäste. Zwischen Haupthaus und den separaten Hüttenlagern konnte ich unsere nasse Wäsche in der Sonne aufhängen, die inzwischen wieder hinter den Wolken hervorlugte.

Die Gewitterfront hatte sich in Richtung Dolomitengipfel nordwärts verlagert, von wo man ganz entfernt ab und zu ein kurzes Wetterleuchten über den Bergspitzen aufblitzen sah. Eine schöne Stimmung. Vor allem, wenn man sicher in der Hütte angekommen war.

Während ich unsere Wäsche an die Leine klammerte, kam der Hüttenhund vorbei. Ares, ein blonder Golden Retriever, sagte mir wedelnd »hallo« und holte sich seine Streicheleinheiten ab. Herr Monet hatte faul vor unserem Zimmereingang im Schatten gelegen, flitzte aber sofort herbei, als er den fremden Hund mit mir schmusen sah. Beide Vierbeiner beschnupperten sich freundschaftlich und verloren bald das Interesse aneinander. Kastrierte Rüden fortgeschrittenen Alters mit dem Motto: »Leben und leben lassen.«

Kurz darauf ging ich ins Haupthaus, um unsere Wünsche für das Menü am Abend abzugeben. Dort traf ich Jérôme an der Theke, der gerade seinen heutigen Schlafplatz organisierte.

»Hi, Jérôme, wo warst du denn heut Morgen beim Frühstück? Wir dachten, du seist schon los gewandert.«

»Ich war gestern so kaputt, dass ich heute erst mal richtig lange ausschlafen musste. Bis ich dann meine Füsse verarztet hatte, dauerte es auch noch eine ganze Weile. So lange wollte ich euch nicht warten lasse. Ich wusste ja, dass ich euch hier wieder treffen werde. Übrigens, Roberts Tipp mit den anderen Schuhen werde ich gleich in Belluno umsetzen. Meine sind nicht nur zu steif und hart, jetzt sind sie auch noch viel zu warm.«

»Dann installier dich erst mal in deinem Zimmer. Wenn du Lust hast, komm doch nachher bei uns vorbei. Wir haben wieder das separate Hundezimmer im Souterrain. Gleich links ums Eck. Dort, wo die Bank steht.«

»Gern. Bis nachher dann!«

Der Kellner an der Theke fragte mich: »Pollo o vegetariano?«

»Es gibt Hähnchen!«, jubelte ich innerlich.

Seit drei Wochen hatten wir nirgendwo das feine, helle Fleisch zu essen bekommen, das wir so gern mochten.

»Pollo!« entschied ich in freudiger Erwartung.

»Spaghetti o Lasagne?«, erkundigte er sich nach der Vorspeise.

»Lasagne!«

Spaghetti hatten wir in den letzten drei Wochen ausreichend in allen Qualitätsstufen durchlaufen. Ich freute mich ganz besonders auf dieses Abendessen, versprach es doch endlich ein wenig Abwechslung. Für Herrn Monet reservierte ich im Geiste bereits zwei grosse Stücke Hähnchen.

Derart motiviert kehrte ich gut gelaunt zu unserem Zimmer zurück, vor dem Robert auf der Bank sass und meine Rückkehr erwartete, um ebenfalls duschen zu gehen.

Ich holte mein Tagebuch aus dem Rucksack, Brille und Stift, um es mir im Schatten auf unserer Bank vor der Tür gemütlich zu machen. Meine paar Schreibutensilien breitete ich auf der Bank aus und setzte mich selbst im Schneidersitz darauf. Als ich mich zu meinem Büchlein hinüberbeugte, das links von mir auf der Bank lag, passierte es.

Schneller als ich denken und reagieren konnte, landete ich unsanft im Dreck, begleitet von lautem, dumpfem Gepolter. Die schwere Holzbank lag über mir auf meinem rechten Fuss.

Ein höllisch stechender Schmerz durchzuckte meinen Knöchel, gefolgt von beissendem Brennen.

»Verdammte Scheisse!«

Robert, auf dem Weg zum Haupthaus, hatte wohl das Poltern und meinen lauten Fluch gehört. Er kam schnell angerannt und befreite mich von dem schweren, massiven Baumstamm, der meinen rechten Fuss komplett unter sich begraben hatte.

»Wie ist das denn passiert?«

Benommen, mit den Tränen kämpfend vor Schreck und Schmerz, sass ich wie ein Häuflein Elend auf dem Boden vor ihm.

»Keine Ahnung«, jammerte ich, »wollte mich gerade gemütlich auf der Bank zum Schreiben einrichten, da kippte dieses Miststück um. Ich konnte die Beine nicht schnell genug auf den Boden bringen. Schon lag ich ungebremst drunter.«

»Das tut verdammt weh!«

Völlig verdreht lag ich da, während Robert vorsichtig und langsam mein rechtes Bein ausstreckte und sich das Malheur ansah.

»Und?« fragte ich kleinlaut.

»Die Haut ist komplett abgeschabt, es blutet, und am Knöchel scheint weisser Knorpel durch. Die Bank hat dir ein tiefes Dreieck herausgebissen!«

»Oh nein, so ein Mist!« Ich beugte mich vor und sah mir das schmerzende Dilemma an. »Schwillt auch schon an.«

»Ich hol schnell unser Erste-Hilfe Set!«

Heisse und kalte Schauer durchliefen meinen Körper. Tränen kullerten über meine Wangen. Nicht nur der Schmerz im Fuss, sondern vor allem eine latente Furcht stieg in mir auf.

»Was, wenn ich mich so schwer verletzt habe, dass ich nicht mehr weiterlaufen kann? So kurz vor dem Ziel! Ein blöder Bankunfall soll nun das Ende unserer Wanderung bedeuten? All die Mühen, die Strapazen, die Höhen und Tiefen bis hierher nun umsonst?«

Geknickt und traurig hockte ich auf dem Boden, nicht in der Lage einen klaren Gedanken zu fassen.

»Ach, menno!« Wie als Kind trotze ich vor mich hin, wenn ich mich nicht abfinden wollte mit einer aussichtslosen Situation.

Monet sass mit gefurchter Stirn vor mir und sah mich mit seinen sanften, braunen Augen an. Eine Pfote hob und senkte sich langsam, als ob er sagen wollte: »Was hast du denn? Steh doch bitte wieder auf. Sag doch was! Ich bin ja bei dir.«

Als ob er spürte, dass er jetzt nicht zu nah kommen durfte, sass er einfach mit fragendem Blick und schief gelegtem Kopf da.

Robert kniete mit unserem Notfall Equipment neben mir und packte alles aus. »Desinfektionsspray! Das ist schon mal nicht verkehrt«, er sprühte einen Schwall auf meinen offenen Knöchel.

Ein heftiger Stich schoss von meinem Fuss durch das Bein, über das Rückenmark bis zu meiner Hauptschaltzentrale im Kopf.

»Aua. Spinnst du? Das tut weh!«, schrie ich aus Leibeskräften und zog den Fuss weg. Meine Nerven spielten total verrückt, der Schmerz war plötzlich überall im Körper.

»Geht gleich vorbei. Ich versuch jetzt noch, die Wunde mit einem Desinfektions-Tüchlein zu reinigen, damit sich nichts entzünden kann.«

»Nichts da, geh weg. Das brennt«, wehleidig zog ich mein Bein zu mir heran und betrachtete skeptisch den Knöchel, der inzwischen fast doppelt so dick war wie der linke und heftig pochte.

»Was ist denn das Weisse?«, fragte ich unsicher.

»Das ist der Knorpel. Da ist keine Haut und auch sonst nix mehr. Gratuliere, ganze Arbeit! Das müssen wir antiseptisch verpacken, damit da nichts eindringen kann.«

Ein grosses, steriles Pflaster wurde auf den dicken Knöchel gepappt, das Ganze mit einer Gazebinde eingebunden.

»Autsch, nicht so fest!«

»Am besten, du ziehst noch einen frischen Socken drüber, damit der Verband fixiert ist. Ich bring dir einen.«

Ich sass noch immer auf der Erde, als Jérôme um die Ecke bog.

»Was machst du denn da auf dem Boden?«

»Ein hinterhältiger Banküberfall hat sie schachmatt gesetzt«, antwortete Robert ihm an meiner Stelle.

Leicht irritiert schaute Jérôme erst meinen Mann an und dann mich. Er hatte den Wortwitz nicht gleich verstanden. Wie denn auch? Wer rechnet auf über 1'800 m Höhe in einer Alpenhütte denn schon mit einem Banküberfall? Und dann auch noch mit einem so profanen?

»Komm, jetzt steh mal auf, du Bruchpilot!«

Mein Mann versuchte, mich mit seinem Humor aufzuheitern. Er stützte mich und zog mich langsam nach oben, bis ich auf dem linken Bein stand, das rechte nur leicht auf dem Vorderfuss aufgestützt.

»Das spannt und brennt wie verrückt!« rief ich sofort. »So kann ich nicht laufen. Ausserdem ist mir kalt und schwindelig.«

Inzwischen herrschte vor unserem Zimmer Schatten.

Der Schreck und die Schmerzen hatten meinen Kreislauf in den Keller katapultiert

»Schaffst du es bis da hinten in die Sonne? Auf den Baumstamm?«

»Machst du Witze? Ich setz mich sicher auf keinen Baumstamm mehr!«

»Der dort liegt bereits flach auf dem Boden. Da kann man nicht mehr runterfallen. Nicht einmal du schaffst das. Leg dein Bein da drauf, hoch lagern wär jetzt gut. Ich hol dir ein Glas Wasser und eine Schmerztablette. Beib du einfach ganz ruhig in der Sonne sitzen zum Aufwärmen.«

Brav folgte ich Roberts Anweisungen und hinkte, von ihm gestützt, in Richtung Wiese, wo in der Sonne mehrere Baumstämme ohne Äste als Sitzgelegenheiten lagen. Dort liess ich mich vorsichtig nieder und platzierte den verletzten Fuss erhöht.

Jérôme leistete mir netterweise Gesellschaft, während Robert Tablette und Wasser organisierte.

Monet lag neben uns in der weichen Wiese und liess uns nicht aus den Augen.

»Meinst du, mit dem dicken Fuss kannst du morgen weiterwandern?«

»Keine Ahnung. Hoffentlich. Ich könnte es nicht ertragen, Dreitausender, Schneestürme, Klettersteige und steiles Geröll unbeschadet überwunden zu haben, um wenige Tage vor dem Ziel, von einer blöden Bank ausser Gefecht gesetzt zu werden.

Beim Tagebuchschreiben! Wie doof wär das denn?«

»Das würd mich auch ärgern. Aber wenn es nicht anders geht? Du könntest den Rest ja ein andermal nachholen.«

»Themenwechsel!«

»Bekommt Herr Monet auch einen Helm, wenn ihr den Klettersteig an der Schiara macht?, fragte Jérôme.

»Die Schiara Route gehen wir gar nicht. Zu gefährlich mit dem Hund. Wir haben unsere Route von vornherein ab der Bruto Carestiato Hütte umgeplant. Morgen steigen wir nach Forno die Zoldo hinab und peilen von dort direkt das Städtchen Belluno an.«

»Wenn du morgen überhaupt laufen kannst«, ergänzte er kleinlaut.

»Hast du ein Klettersteig Set dabei?«, wechselte ich erneut das Thema.

»Nö, aber das kann man am Passo Duran ausleihen oder irgendwo unterwegs. Glaub ich zumindest.« Typisch Jérôme, ein echter Optimist, mit seiner Sorglosigkeit und dem sonnigen Gemüt.

Robert kam mit der Schmerztablette, die ich dankbar hinunterschluckte.

»Ich geh dann jetzt endlich mal duschen. Alles klar soweit?«

»Geh nur. Weglaufen kann ich ja nicht.«

»Ich bleib solang bei Petra, damit sie sich nicht langweilt«, verkündete Jérôme.

Um mich ein wenig abzulenken und aufzuheitern, begann er, von sich zu erzählen.

»Neulich hätte ich aus Versehen fast unsere Küche zuhause abgefackelt. Beim Kochen hab ich doch glatt vergessen, dass ich ein Stück Fleisch im Ofen hatte. Als es plötzlich wie wild qualmte und dampfte aus der Küche, kam ich grad noch rechtzeitig, um Schlimmeres zu vermeiden. Aber der Braten war verkohlt.

Manchmal bin ich einfach ein bisschen schusselig. Das sagt auch meine Mutter immer. Ich sollte mich besser nur auf eine Sache konzentrieren.«

»Du kochst?« Eher ungewöhnlich für einen Zwanzigjährigen aber interessant. »Wie kommst du denn zu dem Hobby?«

»Bei uns zu Hause wurde schon immer gern gut gegessen. Meine Mutter stammt aus einer Gastronomen Familie und mein Onkel ist ein Spitzenkoch. Alle sagen, ich hätte sein Talent geerbt. Ausserdem koche ich oft für mich und meine Mutter, wenn sie keine Zeit hat, weil sie sehr viel arbeitet. Alle Themen rund um Ernährung und Lebensmittel interessieren mich sehr. Vielleicht mach ich später mal was beruflich damit.«

»Gourmet Koch!«

»Nein, das wär mir zu stressig. Meine Mutter sagt immer, das würde ich nervlich nicht durchstehen. Aber Lebensmitteltechnologie oder Ernährungswissenschaften. Etwas in der Art würde mich interessieren.«

Wir hatten ein gemeinsames Lieblingsthema gefunden, Kochen und Essen. So tauschten wir unsere Lieblingsrezepte aus für Bolognese Sauce, vietnamesische Currygerichte oder Fisch. Wir fachsimpelten, warum man Auberginen unbedingt salzen muss, bevor man sie brät, und wieso ein gutes Essen mit der Qualität und Frische seiner Zutaten steht und fällt. Erstaunlich, wie gut sich dieser junge Mann auskannte.

Nebenbei erfuhr ich, dass Jérômes Eltern geschieden sind, und er bei seiner berufstätigen Mutter lebt. Weshalb er zuhause oft kocht und im Haushalt mithilft. Zu seinem Vater und dessen neuer Familie hat er guten, regelmässigen Kontakt, sofern es dessen Zeit als viel beschäftigter Geschäftsmann zulässt. Von beiden Elternteilen sprach er voller Stolz und Respekt.

»Sie haben eben beide immer viel zu tun und sind deshalb manchmal ein wenig nervös«, ergänzte er.

»Während meine Mama und meine Oma sich total viele Sorgen machen, weil ich vier Wochen ganz allein durch die Alpen kraxle, hat mein Vater mich von Anfang an voll unterstützt. Er findet es klasse, dass ich das durchziehe. Ein paar Mal hat er mich schon angerufen, seit ich unterwegs bin, und gefragt, wann genau ich in Venedig ankommen werde. Ich glaub, er will mich dort überraschen und abholen.« Seine Augen leuchteten, und er strahlte über das ganze Gesicht, während er das sagte.

»Das wär ja wirklich eine tolle Überraschung! Wenn ich so einen mutigen Sohn hätte, dann würd ich ihn auf jeden Fall am Ziel in Venedig abholen.«

Ein bisschen verlegen, weil er mir soviel von sich erzählt hatte, machte Jérôme nun eine lange Pause. Wortlos streichelte er Herrn Monet am Bauch, der auf dem Rücken neben ihm im Gras lag und die Beine entspannt in die Luft reckte.

Was für ein herrliches Hundeleben!

Mein Knöchel beruhigte sich langsam ein wenig. Die Tablette begann zu wirken und ich konnte mich entspannen.

Vom Haupthaus drangen viele Stimmen zu uns nach hinten. Immer mehr Wanderer gingen auf dem Rasen an uns vorbei zu den beiden separaten Gästehäusern, vor denen wir in der Sonne sassen. Das Rifugio füllte sich.

Robert gesellte sich nach dem Duschen für einen Augenblick zu uns, bevor wir gemeinsam zum Abendessen in den Gastraum gingen. Humpelnd und auf Roberts Arm gestützt, schaffte ich die paar Stufen hinauf unter den neugierigen Blicken der vielen anderen Wanderer.

Die Tische waren mit Namenkärtchen versehen. Jérôme sass bei uns, was ihn sehr freute. Die Herren überliessen mir die Sitzbank an der Stirnseite, auf der ich meinen bandagierten Fuss erhöht platzieren konnte.

Monet legte sich darunter.

Nicht umsonst hatte ich mich auf das Abendessen gefreut. Die Lasagne, knusprig gegrillte Hähnchenschenkel und würzige, krosse Bratkartoffeln schmeckten köstlich. Zum Dessert gab es zarte Panna Cotta mit Himbeeren, die auf der Zunge zergingen.

Imke, eine junge Radioredakteurin aus München, die mit ihrem Freund ebenfalls an unserem Tisch sass, hatte sich augenblicklich in Monet verliebt und flirtete unter dem Tisch mit ihm. Als sie sah, dass ich Knorpel und Teile des Hühnerfleisches auf meinem Teller für unsern Hund reservierte, liess sie die Hälfte ihres Geflügels auf dem Teller zurück für ihn.

»Das möchte ich sehen, ob ihm das wirklich schmeckt.«

Die Gäste an den Nebentischen waren durch Imke ebenfalls auf Herrn Monet aufmerksam geworden, der mit seinem unwiderstehlichen Hundeblick ab und zu unterm Tisch hervorlugte.

Plötzlich setzte eine regelrechte Hähnchen-Sammlung ein. Teller voller Fleischreste wurden zu uns herüber gereicht. Das Abendessen unseres Hundes war gesichert.

Imke, Jérôme und Robert gingen, jeder mit einem gefüllten Teller in der Hand, nach draussen, um dort Monsieur das Festmahl in seinem Napf zu servieren. Es dauerte nicht lang, bis die Prozession wieder herein kam. Monet schleckte genüsslich, zufrieden und satt über seine Barthaare.

Wohlig müde zogen wir uns bald darauf in unser Zimmer zurück, wo ich meinen Knöchel auspackte und einen Blick darauf warf.

»Ganz schön dick und blau.«

Besorgt stand Robert neben mir und sprühte erneut von dem Wundspray auf die offene Stelle. »Lass das ein bisschen antrocknen, dann kommt wieder ein neues Pflaster drauf und ein Verband. Schlaf heilt alle Wunden. Morgen früh sieht das bestimmt schon viel besser aus.«

Geknickt verkroch ich mich vorsichtig in meinem Schlafsack.

»Gute Nacht!«

Obwohl ich total müde und erschöpft war, konnte ich wieder nicht einschlafen. Der Knöchel pochte unter dem Verband. Mir war wieder abwechselnd heiss und kalt. Umdrehen konnte ich mich auch nicht gut mit der Wunde, um eine bessere Schlafposition zu finden. Meine Gedanken fingen an zu kreisen.

»Was machen wir nur, wenn ich morgen nicht laufen kann? Oder wenn der dicke Fuss nicht mehr in den Wanderschuh passt? Ich will doch unbedingt in Venedig ankommen. Zu Fuss. Dass immer mir so was Blödes auf Reisen passieren muss!«

Ich erinnerte mich an eine Urlaubsreise mit meiner Freundin Sabine in ihrem Cabriolet, die viele Jahre zurücklag.

Wir wollten die italienische Küste erkunden. Am zweiten Abend sassen wir in einem netten, kleinen Restaurant in Como, um zu Abend zu essen. Auf dem Weg zur Toilette hatte ich im Innenhof eine Stufe übersehen und landete beim vorwärts Stolpern mit der Stirn ungebremst an der scharfkantigen Rohrschelle einer Ablaufrinne.

»Filmriss!«

Damals war ich erst wieder erwacht, als ich auf einer Trage liegend quer durchs Restaurant transportiert wurde. Wo mich verständlicherweise alle Gäste mit offenen Mündern anstarrten.

»Abserviert« im wahrsten Sinne des Wortes.

Mein Kopf schmerzte stark, und nachdem ich ihn mit der Hand betastet hatte, war diese anschliessend nass und rot.

Auch so ein blöder Unfall in den Ferien, der mir damals eine Stirnnaht mit sechzehn Stichen und eine unvergessliche Narbe beschert hat. Vom abrupten Ende der damaligen Urlaubsreise ganz zu schweigen!

»Bruchpilot!«, hatte Sabine mich damals getauft. Und mich nachhause zurückgefahren, um mich dort liebevoll zu umsorgen, anstatt mit mir dem italienischen Dolce Vita zu frönen. Seither ermahnte sie mich jedes Mal, wenn sie erfuhr, dass ich eine Urlaubsreise plante. Auch vor unserer München-Venedig Wanderung hatte sie am Telefon scherzhaft zu mir gesagt: »Fall mir bloss nicht vom Berg!«

Und jetzt das. Sie wäre vermutlich am wenigsten überrascht gewesen zu hören, dass mich ein hinterhältiger Banküberfall aus dem Verkehr gezogen hat.

»Wieder eine Narbe mehr. Wenigstens eine bleibende Erinnerung an diese unvergessliche Wanderung!« Mit diesem absurd tröstlichen Gedanken schlief ich schliesslich irgendwann ein.

Ballast abwerfen

Jérôme hatte gestern Abend versprochen, mit uns gemeinsam hinunter zum Passo Duran zu wandern, wo sich unsere Wege erneut trennen würden.

»Für den Fall, dass Robert und ich dich stützen müssen.«

Wie vereinbart, stand er pünktlich um 8:30 Uhr mit gepacktem Rucksack vor unserer Zimmertür.

Ich war gerade dabei, meinen dicken Fuss in den Wanderstiefel einzuparken.

Robert hatte mir nach dem Aufstehen nochmals eine Schmerztablette verordnet und mich frisch verarztet. Zusätzlich hatte er zwei Wandersocken über die Bandage gestülpt, um die Knöchelwunde gut zu polstern.

Entsprechend schwierig war es nun, mit diesem dicken Paket in den hohen Wanderschuh zu steigen. Ich öffnete die Schuhbänder bis unten und dehnte den Schuh am Schaft weit auseinander. Vorsichtig fädelte ich mit meiner Fussspitze ein. Ein kurzer, satter Ruck nach unten, gefolgt von einem stechenden Schmerz, und mein Patient steckte fest drin, im Wanderstiefel.

»Verflixt!« Es tat sehr weh. Froh darüber, überhaupt in den Schuh hinein zu passen, schwieg ich und biss die Zähne zusammen.

»Und?«, fragten Robert und Jérôme erwartungsvoll im Chor.

»Geht schon«, presste ich gequält hervor, während ich mich auf einen grossen Stein setzte, um die Schuhe zu binden. Den rechten musste ich nicht besonders verzurren, da der bandagierte Fuss mit den zwei Sockenlagen bombenfest sass. Nach dem ersten Berührungsschmerz empfand ich die Stützung durch den kompakten Schuh nach einer Weile nicht mehr als unangenehm.

»Bin mal gespannt, wie sich das beim Gehen entwickelt.«

»Gib mir deinen Rucksack«, bot Robert an, »jetzt geht's ja nur noch bergab.«

»Nö, lass mal. Ich versuch es selbst. Mit den Wanderstöcken kann ich mich ja abstützen. Vielleicht gehen wir einfach ein bisschen langsamer als sonst.«

Ganz ohne Rucksack zu starten, liess mein Stolz nicht zu. Ich wollte es wenigstens versuchen.

»Dann nehme ich dir wenigstens ein paar Sachen ab, damit er leichter wird. Bringt ja nichts, wenn du nach wenigen Metern schlapp machst.«

Er nahm meinen Rucksack und fischte einige meiner Innentaschen heraus: das Hundefutter, meinen Schlafsack, die Isomatte und meine Regensachen, die ich am heutigen, heiteren Sommertag sicherlich nicht benötigen würde.

»Aber den Knut lässt du mir«, quengelte ich. Ohne meinen kleinen Stoffelch, der mich bisher in so vielen Lebenslagen begleitet hatte, wollte ich keinen Schritt gehen. »Jedem seinen eigenen Schutzengel.«

Mit deutlich reduziertem Gewicht nahm ich meinen Rucksack auf, und Robert half mir, in die Schultergurte zu schlüpfen. Auf meine Wanderstöcke gestützt, stand ich ein wenig wackelig da und verlagerte das Gewicht vor allem auf den linken Fuss.

»Meinst du, es geht?«

»Wir probieren es. Los geht's!«

Vorsichtig setzte ich den rechten Fuss seitlich nach innen verkantet auf, um den Druckschmerz möglichst zu minimieren. Es wäre glatt gelogen zu sagen, ich hätte den verletzten Knöchel nicht gespürt. Beim Auftreten und Anspannen schmerzte es. Dennoch war ich positiv überrascht, welch guten Halt mir der hohe Wanderschuh mit der dicken Sockenpolsterung bot. Ein Gefühl wie in einem festen Skischuh. Durch die straffe Polsterung entstand nur minimale Reibung. Natürlich konnte ich den derart verpackten Fuss nicht so rund und flüssig abrollen wie sonst. Ich ging ein wenig staksig, so ähnlich wie Jérôme in seinen viel zu steifen Hochgebirgsschuhen. Jetzt hatte unser »*Kater Mikesch*« Verstärkung bekommen. Die »*Augsburger Puppenkiste*« beim Alpenausflug.

»Geh du voran und bestimm das Tempo«, lautete die Ansage.

Das ging natürlich nicht wirklich. Wie immer drängelte Herr Monet an die Spitze und führte unsere Truppe an. Gefolgt von mir im Schneckentempo. Da der Weg ziemlich steil nach unten fiel, setzte ich immer erst beide Stöcke vor mir auf den Weg, dann vorsichtig einen Fuss vor den anderen.

»Wanderstöcke können im Notfall wunderbar als Krückenersatz dienen!«

Jérôme wanderte hinter mir und Robert behielt als Schlusslicht unser illustres Grüppchen im Auge.

Schmal und steil, von vielen Baumwurzeln durchzogen, führte der Pfad über Stock und Stein. Viele Wanderer überholten uns flott. Aber das war mir egal. Ich war dankbar, dass ich überhaupt vorwärts kam.

Monet wartete geduldig vor jeder Kurve auf uns und suchte sich einen erhöhten Stein oder Baumstumpf neben dem Weg, von wo er einen guten Überblick hatte. Jedes Mal ein perfektes Fotomotiv. Leider hatte heute keiner von uns wirklich ein Auge dafür oder Lust dazu, ihn abzulichten.

Nach einer guten Stunde und vielen kleinen Pausen, in denen ich meinen Fuss ein wenig entlastete, hatten wir endlich den Passo Duran erreicht. Er wirkte so ganz anders als all die anderen Pässe, die wir bisher durchwandert hatten. Hier war es still und einsam im Vergleich zu den turbulenten Touristenpässen. Keine hupenden, drängelnden Ausflügler auf der Strasse. Weit und breit nur drei Häuser: das Rifugio Passo Duran, das Rifugio San Sebastiano und ein kleines Hexenhäuschen wie bei »*Hänsel und Gretel*«. Es lag auf der gegenüberliegenden Strassenseite am Waldrand. Unten weiss getüncht, mit einem Holzgiebeldach und halbhohen, braune Leistenverkleidungen, die aus der Ferne wie Lebkuchen wirkten. Das kleine Dach über dem Eingang wirkte ebenso schief wie die Täfelung. In Kombination mit der schlanken, hohen Silhouette, seinen kleinen Fenstern und einem kleinen Turm, der wie ein Kamin aus dem Dach ragte, sah es märchenhaft und irgendwie speziell aus.

»Was für ein putziges, kleines Haus!«, dachte ich beim Näherkommen. Die ideale Kulisse für die »*Augsburger Puppenkiste*«.

»Das ist doch eine kleine Kapelle«, stellte Robert schliesslich mit Kennerblick fest. Typisch Architekt, er hatte das Kirchlein sofort entlarvt.

Jérôme war voraus gegangen, um im Rifugio San Sebastiano nach einem Klettersteig Set zu fragen. Als wir ihn kurz darauf vor dem Rifugio wieder trafen, lehnte er enttäuscht an dem Holzzaun davor.

»Die verleihen Klettersteig Sets nur an Gäste, die auch hier übernachten. Ich hab keins bekommen und hab jetzt keine Lust darauf, deshalb eine zusätzliche Nacht hier zu schlafen. Dann leih ich mir halt woanders eins aus.«

»Willst du trotzdem in Richtung Schiara weitergehen? Du kannst ja auch weiter mit uns kommen.«

»Sehr freundlich, danke. Aber ich möchte die Tour so authentisch wie möglich machen. Wie der Ludwig Grassler.«

Er schulterte seinen Rucksack, verabschiedete sich von uns per Handschlag und meinte: »Macht's gut und kommt heil an! Ruft an, wenn ihr in Venedig angekommen seid.«

»Pass gut auf den Fuss auf«, ermahnte er mich ein letztes Mal, bevor er sich unserem Hund zuwandte.

»Tschüss, Herr Monet!« Im Vorbeigehen kraulte er unserem Vierbeiner kurz die Ohren, bevor er auf der Passstrasse als kleiner Punkt am Horizont verschwand.

Nun hatten wir uns schon das dritte Mal von Jérôme verabschiedet. Man sagt ja immer: »Aller guten Dinge sind drei.« Ob das für unseren »*Kater Mikesch*« wohl auch galt?

Robert holte mich abrupt aus meinen Gedanken zurück.

»Wo geht denn unser Weg jetzt weiter?«

»Keine Ahnung. Forno di Zoldo ist unser nächstes Ziel. Was sagt denn dein GPS Gerät?«

Offensichtlich konnte das Gerät im Moment nicht weiterhelfen, mein Mann versuchte fluchend, es in Gang zu bringen.

»Ich geh mal fragen.«

Meinen Rucksack legte ich ins Gras.

Im Gebäude, das eher einem Gasthaus als einer Alpenhütte glich, war nicht viel los an diesem Morgen. Der Wirt hinter der Theke lächelte mir freundlich zu: »Buon giorno!«

»Buon giorno. Un cappuccino ed un aqua minerale, per favore.«

Ich wollte gern die Toilette der Hütte benutzen, was ich niemals ohne Verzehr tue, wenn möglich. Vom elterlichen Café wusste ich genau, welchen Aufwand es bedeutet, die gesamte Infrastruktur einer Gaststätte zu unterhalten. Und wie unhöflich es ist, wenn Passanten diese ganz selbstverständlich kostenlos und oft auch wortlos nutzen.

Als ich zur Theke zurückkehrte, wartete dort ein dampfender, cremiger Cappuccino und mein Mineralwasser auf mich. Während ich trank, unterhielt ich mich ein wenig mit dem Wirt. Nachdem er von unserer Fernwanderung erfahren hatte, fragte er mich, wieso wir nicht bei ihm übernachtet haben.

»Weil wir unseren Hund nicht mitbringen durften.«

Das Rifugio San Sebastiano war nämlich eine der wenigen

Hütten gewesen, die mir per E-Mail abgesagt hatten mit Hund. Dabei erschien mir der Wirt jetzt so freundlich und offen.

»Ja, das stimmt leider. Wir akzeptieren in den Zimmern keine Hunde, weil alles ganz neu ist. Aber im Restaurant, kein Problem mit Hund! Und Sie könnten mit Hund im Zelt auf einer grossen Wiese neben dem Rifugio übernachten.«

»Das nächste Mal vielleicht,« versprach ich ihm, der sich sehr bemühte, nicht den grantigen, abweisenden Hundegegner zu mimen.

Inzwischen hatte es Robert draussen wohl zu lang gedauert, denn er kam mit Herrn Monet an der Leine in den Gastraum.

Der Hüttenwirt zeigte uns eine grosse Karte der Gegend mit eingezeichneten Wanderwegen. Wortgewaltig erklärte er uns den Weg nach Forno di Zoldo.

»Von Forno di Zoldo könnt ihr mit dem Bus nach Belluno fahren. Der fährt allerdings nur zweimal am Tag. Morgens ganz früh und um 13:00 Uhr.«

Er schaute auf seine Armbanduhr.

»Jetzt ist es 9:30 Uhr. Ihr braucht nur knapp zwei Stunden. Das schafft ihr locker.«

»Grazie mille!« Ich bezahlte die Getränke, und wir mussten ihm versprechen, wiederzukommen.

Wie Jérôme zuvor, gingen wir ein Stück auf der wenig befahrenen Passstrasse, bis ein schmaler Weg in einen dichten, schattigen Wald rechts abbog. An diesem heissen Tag freuten wir uns über den Schatten, den die vielen Laub- und Nadelbäume spendeten.

So schnell, wie der Wirt uns prophezeit hatte, kamen wir mit meiner Verletzung leider nicht voran. Immer, wenn ich unglücklich auf einen Stein oder eine Wurzel auftrat, verspürte ich kurz einen stechenden Schmerz. Nach etlichen Pausen und einigem Auf und Ab kamen wir schliesslich nach zweieinhalb Stunden im kleinen Ort Forno di Zoldo genau um die Mittagszeit an. Mitten im Dorf entdeckten wir die Bushaltestelle zwischen Kirche und Schule, wo italienische Mütter gerade ihre Kinder abholten.

Eine Stunde hatten wir noch Zeit, bis unser Bus abfuhr. Genau gegenüber der Haltestelle lag eine italienische Bar, vor der ein paar Tische unter einer Markise standen. Ein paar Rentner hockten dort mit ihren Zeitungen und warteten bei einem »caffè« darauf, endlich zum Mittagessen nach Hause gehen zu können, wo ihre Frauen vermutlich den ganzen Vormittag fleissig in der Küche werkelten. Hin und wieder sahen die Alten unter ihren Schiebermützen von ihrer Lektüre auf. Mit knappen Worten und einer brennenden Zigarette zwischen den Fingern kommentierten sie im örtlichen Dialekt das Geschehen auf der Hauptstrasse.

Unser Eintreffen war allen einen kurzen Blick wert. Höfliches Nicken und ein genuscheltes »Buon giorno«. Über die Ränder ihrer Lesebrillen hinweg betrachteten sie Monet mit seinem roten Rucksack etwas genauer.

Gott sei Dank konnte ich bei der Hitze meinen Fuss für einen Augenblick im Schatten ausruhen. Kaum auf dem Stuhl sitzend, lockerte ich die Schnürbänder und weitete den Stiefelschaft.

»Zieh den Schuh doch ganz aus!«

Das wagte ich nicht. Nach meinem Gefühl war der Knöchel durch die Wärme und das Gehen weiter angeschwollen. Ich wollte nicht riskieren, nachher strumpfsockig und ohne Schuh durch die Gegend humpeln zu müssen.

»Passt schon. Ein bisschen lockern und einfach nur ausruhen.«

Wir bestellten uns zwei kühle, süsse Arianciata und Robert organisierte drinnen an der Theke zwei kleine Panini, die uns frisch getoastet serviert wurden.

Ebenso wie die älteren Herren beobachteten wir, wer für einen kurzen Espresso und einen kleinen Schwatz hinein- und hinausging, wer vorbeiging oder in regelmässigen Abständen vorbeifuhr.

Ein in die Jahre gekommener Gigolo, den hier offensichtlich alle kannten, fiel uns besonders auf. In seinem weissen, offenen Pagoden Mercedes fuhr er ständig die Hauptstrasse hinauf und hinunter. Seine schütteren, halb langen, weissen Haare flatterten im Wind, eine riesige Pilotensonnenbrille sass auf der breiten Nase, und seinen Ellbogen stützte er lässig auf dem offenen Fenster ab. Er bemühte sich redlich, von allen gesehen und gegrüsst zu werden. Drohte dennoch jemand, ihn zu übersehen, hupte er kurz.

Unsere Tischnachbarn konnten sich einen Kommentar nicht verkneifen, als er bereits das dritte Mal vorbeifuhr.

Sie begrüssten ihn jedoch freundlich und überschwänglich, als der knapp einen Meter sechzig kleine, ganz in weiss gekleidete, rundliche Cabrio Fahrer schliesslich ebenfalls die Bar betrat.

»Salve, dottore!«

Ich wandte mich wieder Robert zu.

»Gut, dass wir uns für den Bus nach Belluno entschieden haben. Knapp vier Stunden wandern hat mir heut gereicht.«

»Von Belluno schicken wir dann das Zelt und die restliche Campingausrüstung nach Hause. Ab dort gibt es genügend Pensionen und Hotels. So sparen wir unnötiges Gewicht. Besser für deinen Fuss und hilfreich, wenn es täglich heisser wird in der Piave Ebene.«

Wie in Italien üblich, kam der Bus mit zehn Minuten Verspätung, was vor allem Monet nervte. Wir hatten ihm wieder den obligatorischen Maulkorb übergestülpt, den er bereits mehrfach mit der Pfote wieder abgestreift hatte.

Ein ebenso cooler wie unfreundlicher Bus Chauffeur mit schwarzen Locken im glänzenden Wet-Look und einer verspiegelten Pilotenbrille wies uns schroff darauf hin, dass unser Hund einen Maulkorb zu tragen habe. Das lästige Ding baumelte schon wieder unter Monets Kinn, der den gestikulierenden Italiener fragend und mit gerunzelter Stirn von unten treuherzig anblickte.

»Geh du mit Herrn Monet voran. Ich regle das schon.«

Mit ausholenden Gesten redete Robert genauso heftig und ohne Luft zu holen auf den Bus Piloten ein, der schliesslich entnervt aufgab und das Fahrgeld kassierte. Möglichst unauffällig setze ich mich währenddessen mit unserem Hund auf einen Sitzplatz. In dem aufgeheizten, nicht klimatisierten Bus sassen neben Einheimischen auch ein paar andere Wanderer mit grossen Rucksäcken.

Der Bus fuhr rasant abwärts, 500 Höhenmeter lagen zwischen den beiden Ortschaften. Unser Fahrer träumte wohl heimlich von einer Karriere als Formel 1 Pilot. So temperamentvoll, wie er die kurvenreiche Strecke anging.

»Mir wird schlecht,« meldete ich mich kleinlaut zu Wort.

Monet zu unseren Füssen war ständig um Ausgleich bemüht und legte sich gekonnt leicht schräg in Kurvenlage, um nicht umzufallen. Für ihn kein Problem als jahrelanger Beifahrer in meinem Mini.

Eine Stadt kam in Sicht. Hoffnungsvoll setzte ich mich auf und schaute aus dem Fenster. Industrie- und Gewerbezonen säumten die Strasse.

»Ist das schon Belluno? Irgendwie hab ich das ganz anders in Erinnerung.«

Schwungvoll bog unser Bus rechts ab, in einen Busbahnhof mit mehreren Parkbuchten, wo wir abrupt stoppten.

»Das ist noch nicht Belluno«, meinte Robert. »Wir können sitzen bleiben.«

Die anderen ausländischen Passagiere blieben ebenfalls sitzen und warteten, während alle Italiener ausstiegen. Als nur noch wenige Wanderer im Bus sassen, stand der Busfahrer vorne auf und rief laut »Avanti, avanti!« Hektisch wedelte er mit den Händen, als ob er eine Hühnerschar vorwärts treiben wollte.

Fragend sahen wir uns an.

Die Deutschen vor uns standen zögernd auf und drehten sich zu uns um. »Müssen wir hier aussteigen?«

»Es scheint so.« Robert erhob sich ebenfalls.

Wir schnappten unsere Rucksäcke und gingen vorne an dem muffigen Chauffeur vorbei, der kein weiteres Wort verlor.

»Müssen wir hier in einen anderen Bus umsteigen nach Belluno?«

Lustlos und arrogant murmelte er, dass er nur bis hierher fahre. Mehr Informationen konnte ich ihm nicht entlocken. Kaugummi kauend blickte er uns gelangweilt an und schwieg. Also stiegen wir aus und folgten den anderen Passagieren, die ratlos und unsicher am Strassenrand standen.

Ein Kommen und Gehen verschiedener Busse. Auf keiner Leuchtanzeige stand Belluno. In der brütenden, flirrenden Hitze des Strassendorfes Longarone warteten wir neben einer viel befahrenen Einfallstrasse auf die Dinge, die da kommen mochten.

Nach circa einer Viertelstunde kam endlich Bewegung in die Menge der Wartenden. Ein grosser, moderner Bus kündigte »Belluno« an, fuhr flott an uns vorbei und hielt in einer Parkbucht weiter vorn. Alle eilten erleichtert zu dem klimatisierten Bus.

»Italien ist manchmal auch ganz schön anders«, bemerkte Robert trocken, nachdem wir endlich sassen und unserem heutigen Tagesziel entgegen fuhren.

Ich sagte inzwischen nicht mehr viel. Das schwüle, heisse Wetter, die turbulente Busfahrt und mein pochender Knöchel hatten mir schwer zugesetzt.

Am frühen Nachmittag erreichten wir Belluno, die Hauptstadt der gleichnamigen Provinz, wo uns der Bus am Hauptbahnhof ausspuckte.

»Wie finden wir jetzt unser Hotel?«

Einen Stadtplan sahen wir nirgends.

»Einfach der Menge hinterher ins Stadtzentrum.«

Robert ging mit Monet an der Leine voraus. Ich folgte ihnen humpelnd.

»Es muss direkt im Zentrum der Altstadt liegen, in der Nähe der grossen Piazza dei Martiri.« Das hatte ich im Internet gelesen, als wir von der Tissi Hütte aus das Zimmer reserviert haben.

»Dort ist ein Schild in Richtung des Platzes. Mir nach.«

Leichter gesagt als getan bei dem Verkehr und Trubel, der hier herrschte. Alle schienen es eilig zu haben. Autos schlängelten in hupenden Kolonnen an uns vorbei. Vespa Fahrer und Radler überholten halsbrecherisch in zweiter und dritter Reihe. Der Weg zum Märtyrerplatz wurde für uns selbst zu einem kleinen Martyrium. Die zunehmende, schwere Schwüle erhitzte zusätzlich die Gemüter. Auch unsere. Wir waren jetzt insgesamt sechs Stunden unterwegs gewesen. Ich sehnte mich danach, endlich meine Schuhe und die verschwitzten Klamotten auszuziehen und die Beine ausstrecken zu können.

Der Platz kam in Sicht. Viele Geschäfte hatten am frühen Nachmittag noch geschlossen, so dass die Altstadt ruhig und verlassen wirkte. Unter schattigen Arkaden schritten wir den grossen, länglichen Platz auf der linken Seite ab, bis wir zu einem Schild mit einem grossen Pfeil gelangten: »Albergo Capello e Cadore«.

Durch ein enges Gassengewirr landeten wir an unserem Ziel. Etwas zurück versetzt und von zwei hohen Nebengebäuden eingerahmt, fanden wir den Hoteleingang in einem Hinterhof. Wir betraten eine angenehm kühle, abgedunkelte Hotellobby und fragten an der Rezeption nach unserem Zimmer. Eine freundliche Dame überreichte uns den Schlüssel und fragte zuvorkommend, ob wir denn auch Wäsche zu reinigen hätten. Und ob wir die hatten. Ich vereinbarte mit ihr, unser Wäschebündel gleich nach unten zu bringen, sobald wir uns frisch gemacht haben.

Nach zwei Übernachtungen hintereinander in kargen Hundezimmern kamen wir uns diesem Dreisterne Hotelzimmer vor wie im siebten Himmel. Ein klimatisierter Raum mit einem grossen bequemen Doppelbett, sauberem Teppichboden und einem eigenen, kleinen Badezimmer.

Vorsichtig zog ich Schuhe und Socken aus und entfernte den Verband von meinem rechten Fuss. Der Knöchel war gar nicht so schlimm angeschwollen, wie ich befürchtete. Dafür schillerte er in allen Blau- und Violett-Tönen. Ein zünftiger Bluterguss umrahmte die Wunde. Unter dem Pflaster begann die offene Stelle zu nässen.

»Kein schlechtes Zeichen,« meinte Robert, »dann beginnt die Wunde zu heilen. Besser, du lässt nach der frischen Desinfektion Luft dran, damit sich eine Kruste bilden kann.«

Wir duschten ausgiebig und zogen frische Kleidung an. Die verschwitzte, schmutzige Wäsche brachte Robert runter zur Rezeption. Danach hielten wir Siesta wie die Italiener.

Erholt und voller Tatendrang verliessen wir am späten Nachmittag unser Hotelzimmer in Richtung Altstadt. An der Rezeption sahen wir die beiden jungen Frauen wieder, die Jérôme in der Maurerberghütte beim Vorbeigehen gegrüsst hatte. Dagmar und Giulia. Sie sahen uns jedoch nicht.

Die grosse, schlanke Dagmar war gerade eifrig damit beschäftigt, zwei grosse Kartons zu verpacken und zu beschriften. Die kleinere, quirlige Giulia diskutierte mit der Rezeptionistin, wie die beiden Pakete am besten nach Deutschland geschickt werden könnten.

Offensichtlich waren wir nicht die Einzigen, die vor der heissen Piave Ebene unnötigen Gepäckballast nach Hause schicken wollten.

»Wie praktisch, hier kann man direkt vom Hotel aus verschicken.«

»Das machen wir nachher auch, wenn wir zurückkommen. Jetzt erst mal was trinken und in der Altstadt einkaufen.«

Robert ging mit Monet an den drei geschäftigen Damen vorbei ins Freie. Ich folgte in leichten Turnschuhen ohne Socken und meiner Dreiviertel langen Hose.

»Welche Wohltat, gehen wie eine Feder ohne die schweren Wanderschuhe.«

Auf dem grossen, zentralen Märtyrer Platz herrschte buntes Treiben. Die Geschäfte hatten wieder geöffnet, die Stadt war aus der Siesta erwacht. Dunkle, schwere Wolken ballten sich über dem städtischen Himmel und tauchten die Szene in dramatisches Licht. Die Luft schien zu vibrieren vor Schwüle und Spannung. Die Menschen bewegten sich schweissgebadet unter den Arkaden vorwärts, manche fächelten sich mit Zeitungen Luft zu, andere wischten sich mit Stofftaschentüchern über Stirn und Nacken. Quengelnde Kinder blieben greinend vor Eisdielen stehen, bis nervöse Mütter und Väter nachgaben.

In weiser Voraussicht suchten wir uns einen überdachten Tisch in einem der Strassencafés des Platzes aus. Für Robert ein kühles Bier, für mich wieder einen üppigen Amarena Eisbecher. Die vielen, grossen Edelstahlbehälter voller cremiger, italienischer Eiskreationen waren einfach zu verlockend.

Kaum hatten wir unsere Bestellung auf dem Tisch, begann es grollend zu donnern. Entfernte Blitze kündigten das nahende, erlösende Gewitter an. Alle Gäste rückten unter der Markise des Cafés enger zusammen. Die Wetterfront näherte sich schnell mit starkem Wind, der den einsetzenden, heftigen Sprühregen beinahe horizontal über den Platz fegte und die Gäste der vorderen Reihen einweichte.

Elegant gekleidete Herren in Anzügen flitzten auf dem Platz mit Zeitungen über ihren Köpfen unter dem Regen hindurch. Schicke, modische Damen auf hohen Absätzen versuchten gekonnt, den sich rasch bildenden Pfützen auf dem Pflaster auszuweichen, während sich ihre kleinen Taschenregenschirme widerborstig in alle Richtungen bogen. Die zuvor noch zeternden Kinder standen mit grossen Eistüten unter den Arkadendächern, schleckten und staunten mit grossen Augen.

So schnell das Gewitter gekommen war, so schnell war es auch wieder vorbei. Es hinterliess eine angenehm temperierte Stadt, durch die wir langsam bummelten auf der Suche nach Hundefutter und einer Batterie für unser GPS Gerät.

In den engen Gassen der Altstadt kam uns unerwartet einer der drei Alpen Rapper entgegen, die wir zuletzt in der Kreuzwiesenalm gesehen hatten. Andi, wenn mich nicht alles täuschte. Mit suchendem Blick verschwand er wieder so schnell in der Menschenmenge, dass er uns gar nicht bemerkte.

Ein paar Strassen weiter fand Robert schliesslich in einem Drogeriemarkt die passende Batterie sowie saftiges Hundefutter in praktischen Portionen für Monet. Gut, dass wir nicht allzu lange suchen mussten, denn mein Fuss bat um Ruhe. Gemütlich schlenderten wir durch eine alte Gasse, über der dekorativ Dutzende bunter Regenschirme am Himmel aufgehängt waren, zurück zu unserer Albergo.

Dort trafen wir die Empfangsdame wieder allein an und fragten sie nach der Möglichkeit, unser Gepäck von hier aus nach Hause zu schicken. Ein wenig gestresst, da wir nicht die Ersten heute waren, aber hilfsbereit erklärte sie uns, dass sie das mit einem Paketservice für uns organisieren könne, wenn wir ihr die Pakete, deren Grösse und das Gewicht sowie die genaue Adresse angeben.

»Hätten Sie bitte leere Kartons für uns?«

Mit einem tiefen Seufzer erhob sie sich und beförderte aus einem Nebenraum zwei mittlere, gebrauchte Kartons, in denen das Hotel ursprünglich selbst Waren angeliefert bekommen hatte. Dazu eine grosse Rolle Klebeband sowie eine Schere. Toller Service!

Mit diesem perfekten Equipment erklommen wir die Stufen zu unserem Zimmer, wo wir den kompletten Inhalt unserer Rucksäcke auf dem Bett ausbreiteten, um Inventur zu machen.

»Was brauchen wir für die letzten 150 km auf gar keinen Fall mehr?«

»Alles, was mit campen zu tun hat. Schlafsäcke, Isomatten, Kopfkissen, Zelt, Campingkocher, Trekkingnahrung.«

Robert begann, seinen Karton zu füllen.

Ich sortierte meine Campingutensilien aus und füllte den zweiten Karton. Dazu legten wir noch die warmen Kleidungsstücke wie Handschuhe, Wollmützen und wattierte Jacken. Die wurden ab hier sicherlich auch nicht mehr gebraucht. Mit einem Schlag reduzierte sich mein Rucksackgewicht um circa drei, Roberts um fünf Kilo.

Die Aktion kostete uns rund siebzig Euro, inklusive einer zusätzlichen Versicherung der wertvollen Trekking Ausrüstung. Kein Schnäppchen, aber jeden Cent wert, wie sich im Laufe unserer Wanderung noch herausstellen würde.

Nach getaner Arbeit fragten wir an der Rezeption nach einem Restaurant in der Nähe.

Ein authentisch italienisches Lokal ums Eck gehörte zur Albergo. Davor sassen bereits Dagmar und Giulia an einem Tisch mit den beiden Alpen Rappern Nino und Andi. Wir begrüssten alle, und erst jetzt erkannte uns Andi ebenfalls als München-Venedig Wanderer.

»Wo habt ihr denn euren dritten Mann gelassen?

»Der musste leider schon am Würzjoch abbrechen,« erklärte Nino uns. »Er hatte am Tag zuvor Sand und Dreck in seinem feuchten Wanderschuh und ist trotzdem damit weitergegangen. Sein linker Fuss wurde dadurch so schwer aufgescheuert, dass er sich sogar entzündet hat. Der Wirt des Würzjochhauses musste ihn schliesslich zum Arzt fahren, der ihn nicht weitergehen liess.

Roger musste ein paar Tage im Krankenhaus verbringen und wurde dann mit dem Zug nach Hause geschickt.«

»Solange konnten wir aber nicht warten«, fiel Andi ihm ins Wort. »Schliesslich müssen wir spätestens am 27. Juli in Venedig sein, weil am 28. unser gebuchter Zug zurück nach Hause geht.«

»Er hat uns telefonisch auf dem Laufenden gehalten. In der Zwischenzeit ist er längst zuhause und ärgert sich dort schwarz.« Nino beendete die Konversation und setzte seine verspiegelte Sonnenbrille ab, weil ihm gerade eine Riesenpizza serviert wurde.

»Na denn, guten Appetit!

»La Buca« war ein gemütliches Restaurant mit einem grossen, holzbeheizten Pizzaofen im hinteren Bereich, einer gut bestückten Antipasti Theke, kleinen Tischen und einer abwechslungsreichen Speisekarte. Aufgrund des feuchten Sommers gab es hier bereits Ende Juli frische Steinpilz Gerichte.

Wir freuten uns über dieses seltene Angebot und bestellten als gemeinsame Vorspeise eine Holzofen Pizza mit Steinpilzen. Danach gönnten wir uns jeder noch hausgemachte Tagliatelle mit frischen, in Knoblauchbutter und Petersilie gebratenen Steinpilzen. Dazu ein Glas Rotwein. Ein Festessen, das alle Strapazen und den pochenden Knöchel für einen Moment vergessen liess.

Der heutige Name unseres kleinen Glücks war eindeutig »Steinpilze.«

Dicke Luft auf dem Nevegal

Genügend Stadtluft geschnuppert. Wir schulterten unsere deutlich leichteren Rucksäcke, um heute den letzten Berg zu besteigen, der diesen Namen auch wirklich verdient.

Der Nevegal, Skiberg des Veneto, mit seinen gut 1'700m Höhe stand auf unserem Programm.

Quer durch einen italienischen Markt mit seinen typisch bunten Ständen voller Kleidung, Haushaltswaren, frischem Gemüse, Obst und Fleisch bahnten wir uns unseren Weg durch Belluno. Vorbei an laut diskutierenden, herum fuchtelnden Hausfrauen und an Männern, deren Frauen sie losgeschickt hatten, nur die beste Qualität zu vernünftigen Preisen nach Hause zu bringen. Hier wurde wortreich debattiert und gehandelt, verkostet und kommentiert.

Ich konnte mich nicht satt sehen an dem lebensfrohen Treiben und den appetitlichen Lebensmitteln. Entsprechend gemächlich trödelte ich hinter meinen beiden Wandergefährten her. Traurig, dem temperamentvollen, italienischen Alltag so schnell wieder den Rücken kehren zu müssen, aber auch ein wenig leichtert, wieder in die Stille der Natur einzutauchen und meinen eigenen Gedanken nachhängen zu können.

Mein verletzter Knöchel mit der frisch desinfizierten Wunde steckte erneut in einem Verband und zwei Paar Socken. Deshalb war ich gar nicht böse über das leicht bewölkte Wetter. Für den letzten Aufstieg, bei dem es 1'300 Höhenmeter zu überwinden galt, empfanden wir die Bewölkung als Geschenk des Himmels.

Nachdem wir die Stadt hinter uns gelassen und den ersten Anstieg bis zum letzten grossen Parkplatz unterhalb des Nevegals gemeistert hatten, hielten wir nochmals kurz inne und blickten zurück auf die Stadt und die hohen Alpengipfel, die wir nun endgültig verlassen würden.

Ein gut aussehender, sportlicher, junger Mann, mittelgross, drahtig, braun gebrannt, mit blauen Augen und Dreitagebart grüsste uns kurz. Er stand in Profi Wander Outfit und grossem Trekking Rucksack mit uns vor den Wegweisern, die von hier zum Gipfel des Nevegals führten. Dann eilte er verschwitzt und tief atmend schnell weiter.

Wir folgten dem Weg in Richtung Col Visentin, vorbei an einer Mini Golf Anlage, einem Klettergarten und diversen Skihütten, die im Sommer allesamt geschlossen waren. Oben wurde der Weg sehr schmal und steil. Er mündete in einem Waldpfad, der uns durch üppig blühende Sträucher, teils auf Holzstegen, an schroffem Fels vorbeiführte. Die Strecke zum Nevegal wurde im Wanderführer nicht umsonst als letzter richtiger Anstieg bezeichnet. Man sollte ihn nicht unterschätzen. Er verlangte unserer Kondition noch einmal einiges ab. Mein pochender Knöchel im Wanderschuh meldete sich noch immer jedes Mal mit einem kleinen Stich, wenn ich ungeschickt auftrat.

Schliesslich gelangten wir über einige steile Kehren weiter oben in flacheres Wiesengelände, wo hohes Gras den Weg überwucherte, unsere Wanderschuhe umschlang und uns das Gehen ganz schön erschwerte. Monet tauchte im hohen Gras völlig unter. Nur ab und zu lugte seine weisse Schwanzspitze vor uns aus dem Grasdschungel und wies uns die Richtung.

»Da oben links kann man das Gebäude des Rifugio Col Visentin schon sehen. Jetzt ist es nicht mehr weit,« rief ich meinem Vordermann erleichtert zu, als ich die weit in den Himmel ragende Antenne neben einem Gebäude durch eine kleine Lichtung in den Bäumen entdeckt hatte.

»Ich seh nichts«, grummelte Robert vorne und lief weiter durch das hohe Gras geradeaus.

Wir waren inzwischen so weit oben angekommen, dass wir förmlich in die tief hängende Wolkendecke eintauchten. Nebel breitete sich aus, so dass ich Mühe hatte, Monet und Robert vor mir nicht zu verlieren. Es wurde zunehmend ungemütlich feucht hier oben und auch kühl. Eindeutig zu kalt für Ende Juli in Italien. Und ich hatte meine warme Wollmütze und die Handschuhe gestern nach Hause geschickt. Prima. Meine gute Laune bekam einen Dämpfer, und ich erhöhte meinen Schritt entsprechend, damit mir wärmer wurde. Trotz der Schmerzen im Fuss. Kaum aufgeschlossen zu meiner kleinen Wandergruppe, bemerkte ich, dass Robert und Monet nun einem schmalen Pfad nach rechts folgten, der leicht abschüssig war.

»Seltsam«, dachte ich, »wir haben den höchsten Punkt des Nevegal doch noch gar nicht erreicht. Wieso geht's hier denn abwärts?«

»Sind wir hier noch richtig?«, rief ich skeptisch nach vorn durch den milchigen Wasserdunst.

»Was ist denn nun schon wieder los?«, kam die gereizte Antwort meines Mannes zurück, der weiterlief, ohne auch nur kurz anzuhalten. Monet folgte ihm.

Schweigend, aber irgendwie an der Richtung zweifelnd, folgte ich den beiden widerwillig. Schliesslich hatte Robert das GPS Gerät und war der Bergerfahrene von uns.

Der Weg führte immer steiler hinunter, in einen dichten Wald hinein. Meinem Gefühl nach liefen wir eher wieder zurück in Richtung Belluno als auf den Gipfel des Nevegal.

Nach circa einer halben Stunde abwärts auf dem wurzelübersäten, glitschigen Waldweg, den mein Mann in Rekordzeit hinunter raste, konnte ich meinen Mund nicht mehr halten. Wohlwissend, damit einen Streit zu riskieren, rief ich abermals laut nach vorn: »Der Col Visentin liegt in der anderen Richtung. Da hinten, links oben. Ich konnte ihn vorhin durch die Bäume bereits ganz deutlich sehen. Ich hab das Gefühl, wir laufen hier zurück nach Belluno!« Jetzt war es raus. Ich stoppte und wartete auf die Reaktion.

Wütend blieb Robert abrupt stehen, drehte sich um und rief mir entgegen: »Woher kommt bloss immer dein Misstrauen?«

Er blickte auf sein GPS Gerät und ergänzte noch trotzig: »Der Pfeil zeigt eindeutig in diese Richtung. Wieso weisst du immer alles besser?«

Mir war egal, was ich damit heraufbeschwor. Mein Knöchel tat weh, mir war kalt und ich wollte nur noch bald am richtigen Ziel ankommen.

»Überleg doch mal, wir müssen auf den Gipfel. Hier geht es seit einer halben Stunde stetig abwärts. Ich hab das Rifugio mit der Antenne auf dem Gipfel bereits dort hinten gesehen, kurz bevor wir hier rechts hinunter liefen. Das war viel weiter links und vor allem weiter oben. Nicht unten. Vielleicht sollten wir mal im Wanderführer nachlesen?«

»Du mit deinem blöden Wanderführer. Das GPS zeigt diesen Weg hier an«, blaffte mein Bergführer zurück.

Ich stieg hinab zu ihm und unserem Hund, drehte mich um und forderte trotzig und bestimmt: »Hol mir bitte den Wanderführer aus meinem Rucksack. Ich les das jetzt nach!«

Widerwillig fischte Robert das kleine, rote Buch hervor und gab es mir. Während die Feuchtigkeit des Nebels von den umliegenden Bäumen auf unsere Köpfe tropfte, schlug ich das Büchlein auf uns las: »...*Bei den Ruinen der Casere Costa (1'428m, WP 7) dürfen wir unseren Abzweig nach links nicht verpassen: Weg 9 (Sentiero de la Costa) führt als gemütlicher Wiesenpfad auf dem flachen Kamm hinauf zum schon sichtbaren Rifugio Col Visentin (1'764m, WP 8)*...«.

Betretene Stille. Robert nahm mir das Buch weg und starrte ungläubig abwechselnd auf die Wegbeschreibung und sein GPS.

Mir schwante langsam, dass ich recht hatte, und wir hier völlig falsch waren. Schlimmer noch, dass wir jetzt den ganzen steilen Abstieg der letzten halben Stunde wieder hinauf mussten, um von dem dortigen Ausgangspunkt an den Ruinen nochmals circa 350 m weiter nach oben zum Gipfel hinaufzusteigen.

Jetzt war es an mir, wütend zu werden. Und zwar so richtig. Denn eine Entschuldigung oder Erklärung meines Gegenübers blieb aus. Es herrschte noch immer Schweigen im Walde. Im wahrsten Sinne des Wortes.

»Dann müssen wir jetzt wohl wieder da rauf«, war der einzige Kommentar meines GPS Guides.

Den hörte ich allerdings nur noch ganz entfernt hinter mir durch das pochende, pulsierende Blut in meinen Ohren. Ich war nämlich schon längst wieder dabei, den von nassen Blättern und Wurzeln rutschigen, schmalen Weg, den wir soeben gekommen waren, hinaufzusteigen. Wut und die Enttäuschung darüber, nicht einmal eine Entschuldigung oder das Eingeständnis eines Fehlers gehört zu haben, verliehen mir ungeahnte Kräfte und Flügel. Ich war richtig sauer.

Anstatt in solchen Situationen zu verzweifeln oder zu resignieren, verliehen sie mir meist zusätzliche Energieschübe. In einer knappen halben Stunde stapfte ich, leise vor mich hinfluchend, schneller hinauf als zuvor hinunter. Ohne mich auch nur einmal nach meinen beiden Jungs umzudrehen. Die waren mir im Moment piepegal. Besser, ich sah sie nicht.

Selbst Monet schien zu spüren, dass dicke Luft herrschte. Er überholte mich kein einziges Mal, sondern blieb brav hinter mir, an der Seite seines Herrchens.

Ausser Atem, keuchend und verschwitzt hielt ich inne im hohen Gras an den Ruinen, die wir zuvor übersehen hatten. Zumindest hatten wir jetzt wieder den richtigen Abzweig nach links gefunden, der im Nebel und im hohen Gras kaum sichtbar war.

Wüste Gedanken schwirrten mir durch den Kopf, deren Wiedergabe meine gute Erziehung an dieser Stelle verbietet.

»Warum sind Männer manchmal nur so stur? Wenigstens eine Entschuldigung könnte man doch erwarten! Oder das Ganze ausdiskutieren und klären. Aber nein, nichts. Ich weiss schon, wieso ich so lang allein durchs Leben gegangen bin. Da muss man sich wenigstens nicht über die Fehler anderer ärgern.« So und ähnlich versuchte ich meinem Ärger gedanklich Luft zu machen.

Aber eigentlich ärgerte ich mich am allermeisten über mich selbst. »Warum hatte ich wieder einmal meinem eigenen Instinkt so wenig vertraut und meine Meinung nicht gleich massiver vertreten?«

Das hätte uns allen einen kräftezehrenden Umweg und viel dicke Luft erspart.

Wortlos spazierte Robert an mir und den Ruinen vorbei und folgte dem richtigen Weg im hohen Gras hinauf. Begleitet von Monet, der erleichtert war, das negative Energiefeld vor sich, nämlich mich, endlich hinter sich bringen und wieder fröhlich voran springen zu können.

»Irgendwas läuft hier doch grad gründlich schief. Der Rudelführer hat einen Fehler gemacht, und die unschuldige Leidtragende bekommt jetzt auch noch stumm den schwarzen Peter zugeschoben!« Ich fühlte mich im doppelten Sinne als Opfer. Selbstmitleid stieg in mir auf, zusätzlich zur einsetzenden Erschöpfung, der feuchten Kälte und dem Pochen im Fuss.

Der dichte Nebel hatte die beiden Herren vor mir schon wieder verschluckt. Meine Furcht, sie jetzt auch noch zu verlieren und mich hier oben zu verirren, verlieh mir die nötige Kraft, die letzten 350 Höhenmeter zum Col Visentin mit zusammengebissenen Zähnen in Angriff zu nehmen.

Oben an der Hütte mit der grossen, hässlichen Antenne angekommen, schleppte ich mich die letzten Meter zur Treppe hinauf, wo Monet fröhlich wedelnd und Robert mit gezückter Kamera auf mich warteten.

»Frechheit!«, dachte ich nur. Und benutzte das erste Mal seit langer Zeit meinen Mittelfinger.

Als ob ich damit ein Loch in die Wolkendecke über uns gebohrt hätte, fing es genau in diesem Augenblick an zu regnen. Vielleicht wollte Petrus damit mein Gemüt etwas abkühlen. Wer weiss?

Total nass geschwitzt, müde, wütend und enttäuscht liess ich mich auf den nächstbesten Stuhl fallen, der in einem überdachten Wintergarten vor dem Rifugio stand.

Robert, das schlechte Gewissen in Person, eilte in die Hütte und holte mir einen Cappuccino und einen Apfelstrudel.

»Sieht nicht so vertrauenserweckend aus da drinnen«, meinte er vorsichtig, während er sich zu mir setzte.

»Mir egal. Ich bleib hier. Heut geh ich keinen Meter mehr!«

Ich schmollte, obwohl ich wusste, dass wir eigentlich ein Zimmer unten in Revine reserviert hatten. Noch vier zusätzliche Stunden und 1'450 m abzusteigen erschien mir unter den gegebenen Umständen mit meinem schmerzenden Fuss utopisch, zumal es wie aus Kübeln goss.

»Aber wir haben doch gestern unsere Schlafsäcke zurück geschickt. Und das ist eine Schutzhütte, wo wir keine Bettwäsche bekommen, sondern Schlafsäcke brauchen.«

»Scheisse! Und jetzt? Ich geh erstmal aufs Klo.« Damit verschwand ich humpelnd im Innern der Hütte, um mir selbst ein Bild zu machen.

Im dunklen Gastraum faltete die Hüttenwirtin gerade Wäsche an einem Tisch. Auf einem anderen stand ein Blech mit halb fertigem Kuchen, der auf den Backofen wartete. Schön warm war es da drin, aber düster und ein bisschen muffig. Kein einziger anderer Gast sass dort. Wirklich nicht besonders einladend.

Als ich beim Verlassen der Hütte an der Preisliste vorbei kam, motivierte auch diese nicht unbedingt zum Bleiben. In der Tür begegnete mir mein Mann, der nochmals in die Hütte ging.

»Wieso das?«, fragte ich mich.

»Ich hab den Hüttenwirt gefragt, ob man von hier aus ein Taxi nach unten bestellen kann«, erklärte er mir bei seiner Rückkehr. »Er würde uns selbst nachher hinabfahren mit seinem Pick Up, meinte er.«

»Für wieviel?«

»50 Euro.«

In diesem Moment trafen Dagmar und Giulia, die beiden München-Venedig Wanderinnen ein. Mit bitteren Mienen, triefnass und erschöpft betraten sie den Wintergarten, um nach einem knappen »Hallo!« im Innern der Hütte zu verschwinden.

Kurz darauf kamen sie heftig diskutierend wieder heraus und entdeckten uns erst jetzt wirklich. Sie kamen an unseren Tisch und fluchten: »So ein Mistwetter. Eigentlich wollten wir noch runter nach Tarzo laufen. Aber bei dem Regen? Bleibt ihr heute Nacht hier?«

»Nein, wir fahren mit dem Wirt im Auto runter. Hier bleiben wir auf keinen Fall,« antwortete Robert nun ganz bestimmt.

Giulia sah ihre Freundin hoffnungsfroh und erleichtert an: »Da könnten wir doch mitfahren!«

Mürrisch meinte Dagmar: »Ich wollte aber die ganze Strecke zu Fuss gehen.«

»Was kostet es denn?«, erkundigte sich Giulia.

Wir nannten ihr den Preis des Wirts, worauf sie logisch folgerte: »Wenn wir zu viert fahren, sind das für euch und für uns nur noch je 25 Euro.«

Mit dieser Vision verschwanden die beiden erneut in der Hütte, um nach der Mitfahrgelegenheit zu fragen.

Sie hatten jedoch die Rechnung ohne den Wirt gemacht.

Diesem entgingen auf einen Schlag vier Übernachtungen, die er finanziell ja irgendwie kompensieren wollte. Zumal bei dem schlechten Wetter die Wochenendgäste ebenfalls ausblieben. Darum hatte er den beiden jungen Damen angeboten, sie für weitere 50 Euro auch hinab zu chauffieren.

»So ein Halsabschneider!« Mit diesen Worten stürmten sie entrüstet hinaus, direkt auf uns zu. »Der Typ will doppelt abkassieren. Dann bleiben wir halt hier.«

»Wir fahren. Macht, was ihr wollt.«

Robert ging hinein, um unseren Verzehr zu bezahlen. In zehn Minuten war Abfahrt.

Unschlüssig drückten sich Dagmar und Giulia in der Ecke des Wintergartens herum und schauten missmutig nach draussen, wo es noch immer Bindfäden schüttete. Keine Besserung in Sicht.

Die stets lächelnde Giulia startete erneut einen Versuch, die skeptische Dagmar zu überreden: »Die Zimmerpreise sind aber auch ganz schön gesalzen. Und was machen wir den ganzen Nachmittag bei dem Wetter hier oben? Was ist, wenn es morgen immer noch regnet? Dann hocken wir hier oben rum!«

Inzwischen war ein weiterer Wanderer pitschnass und völlig fertig hier eingetrudelt. Der junge Sportler, den wir am Fusse des Nevegal bereits kurz getroffen hatten.

»Griass eich«, mit österreichischem Akzent begrüsste er uns, sichtlich erleichtert, angekommen zu sein und andere Wanderer zu treffen.

»Ich hab mich total verlaufen. Mistwetter!« Damit setzte er seinen Rucksack ab und holte sich drinnen einen heissen Tee.

»Wo willst du denn hin?« fragte ich ihn.

»Venedig. Ich lauf von Salzburg nach Venedig. Und ihr?«

»München-Venedig.«

Der Wirt kam aus dem Haus mit dem Autoschlüssel in der Hand. Leider blieb uns deshalb keine Zeit mehr, länger mit dem

Salzburger zu reden, der auf jeden Fall auf dem Col Visentin übernachten wollte.

Schweren Herzens und still zeternd schlossen sich die beiden Wanderinnen doch noch unserem Taxi ins Tal an. Giulia hatte offensichtlich gewonnen.

Der Wirt verstaute unsere Rucksäcke auf der Ladefläche unter einer regendichten Plane. Uns drei Damen packte er dicht an dicht auf dem Rücksitz seines Pick Ups. Robert durfte auf dem Beifahrersitz und Monet im Fussraum darunter Platz nehmen.

Eins musste man dem Hüttenwirt lassen, die rasante Fahrt auf dem schmalen, gekiesten Fahrweg war ihr Geld wert. Vor allem bezüglich der gekonnten Kurvenlage des Fahrzeuges, die seine Insassen einander näher brachte. Endlose Steilkehren und Serpentinen, vorbei an versteckten Villen in dichten Wäldern, führten uns hinunter in die Weite der italienischen Ebene, deren immense Ausmasse wir bei dem trüben Wetter nur erahnen konnten.

»Wo wollt ihr genau hin?« fragte unser Fahrer.

Wir gaben die Adresse des Hotels Giulia in Revine an, von dem wir angenommen hatten, dass es sich in diesem kleinen Örtchen um ein kleines, familiär geführtes Hotel handelte, ähnlich einem Bed & Breakfast.

Die beiden Mädels hatten noch keine Ahnung, wo sie heute übernachten wollten.

Der Hüttenwirt schien das Hotel selbst nicht zu kennen, verfuhr sich einmal kurz, um uns dann schliesslich wohlbehalten dort abzuladen und sein Honorar zu kassieren. Zähneknirschend reichte Dagmar ihm den Schein, nachdem wir ebenfalls bezahlt hatten.

Wir standen auf einem grossen Parkplatz, der erstaunlich voll war, und sahen zunächst keinen Hoteleingang. Erst als ein paar äusserst elegant und festlich gekleidete Personen zum Rauchen ins Freie traten, bemerkten wir die Tür.

Etwas erstaunt über die hier vorherrschende Garderobe betraten wir das Hotel unter den neugierigen Blicken der anderen Gäste. Wir durchschritten einen Vorraum, vorbei an einem Restaurant, und begegneten überall Italienern in modischer Robe.

Die Herren in schmalen, auf Figur geschnittenen Anzughosen, braunen Lederhalbschuhen und glatt gebügelten, weissen Hemden mit lässig hochgekrempelten Ärmeln. Die perfekt frisierten und geschminkten Damen stöckelten umher auf sehr hohen Pumps und Sandaletten, in gewagt dekolletierten, bunten Sommerkleidern, deren Säume vielfach kurz unter dem Po endeten. Dazwischen lange, schlanke, braune Beine.

Verschwitzt, mit nasser Kopfbedeckung und in praktischer, feuchter, Dreck verspritzter Wandermontur mit klobigen Stiefeln an den Füssen konnten wir keinen gröberen Kontrast zu dieser Szenerie bieten. Ich fühlte mich wie der bekannte Elefant im Porzellanladen.

An der Rezeption begrüsste uns eine sehr gepflegte Italienerin freundlich und fragte nach unseren Wünschen. Selbst wenn sie unseren Auftritt seltsam oder unpassend gefunden hätte, sie war professionell genug, sich nichts anmerken zu lassen.

»Wir haben gestern telefonisch ein Doppelzimmer reserviert. Mit Hund. Auf den Namen Petra.«

Eine ganze Weile suchte sie in ihrem Computer und fragte nochmals nach, wann unsere Reservierung denn gemacht worden sei, während mir das Herz schon wieder in die Hose rutschte.

»Liebe Wunschfee, mach bitte, dass wir hier eine Unterkunft bekommen und nicht weiter müssen«, flehte ich insgeheim.

»Kein Problem«, meinte die höfliche Dame schliesslich.

»Die Reservierung hat meine Kollegin gestern gemacht. Wir haben heute und morgen eine grössere Gesellschaft im Haupthaus, so dass wir sie besser in einem der Nebengebäude unterbringen werden. Es könnte nämlich etwas lauter werden.«

Mit dieser Information umrundete sie die Rezeption und bat uns, ihr zu folgen.

Als ich »Nebengebäude« hörte, dachte ich an die dunklen und kalt-feuchten Hundezimmer in den Alpenhütten und machte mich schon auf das Schlimmste gefasst.

»Egal, bloss nicht weiterlaufen.«

Vorbei an Dagmar und Giulia, die immer noch unschlüssig im Eingangsbereich standen, folgten wir der Dame durch einen Hintereingang aus dem Haupthaus hinaus.

Ein grosser Park mit schön angelegten Wegen und einem blau schimmernden Swimmingpool öffnete sich weit vor unseren Augen, umgeben von mehreren Gebäuden und kleinen Appartements. Überall verteilt in diesem imposanten Garten standen oder sassen weitere gut gekleidete Gäste.

Und nun sahen wir auch die Hauptpersonen der Veranstaltung. Eine ganz in weiss gekleidete Braut rauschte mit ihrem Bräutigam im dunkelblauen Anzug direkt an uns vorbei. Wir waren mitten hinein geplatzt, in eine italienische Hochzeit.

Wir betraten ein Gebäude mit hochglanzpoliertem, in Intarsien verlegtem Steinboden und geschmackvollen Stilmöbeln, wo breite Steintreppen eine Etage hinab- und eine Etage hinaufführten. Die Dame bat uns nach oben, wo wir über weiche Teppichböden zu unserem Zimmer gingen. Eine massive Holztür öffnete sich in einen grossen, modern eingerichteten Raum, von dem eine verglaste Flügeltüre zu unserem eigenen, kleinen Balkon hinausführte. Wir trauten unseren Augen kaum, sie hatte uns in eines der schicken Appartements begleitet, deren Balkone und Fenster auf Park und Pool hinausgingen.

»Ich wünsche Ihnen einen schönen Aufenthalt. Frühstücksbuffet gibt es morgen früh ab sieben Uhr im Haupthaus.«

Damit entschwand unsere gute Fee, die ich in diesem Augenblick ernsthaft für eine solche hielt.

»Wow, ist das schön hier!«

Ich trat auf den Balkon hinaus, wo die dicke Wolkendecke soeben aufriss, und warme Sonnenstrahlen auf mein feuchtes Kopftuch fielen.

»Zwick mich, ich glaub ich träum!«

»Na, wie hab ich das gemacht?«, fragte Robert augenzwinkernd.

»Jetzt hab ich meinen Bikini doch nicht umsonst über die Alpen geschleppt!«

Schnell durchwühlte ich meinen Rucksack, verschwand im grosszügigen Badezimmer, schwang mich unter die warme Dusche und flitzte anschiessend im Badekostüm, mit Badetuch bewaffnet, hinunter in den Garten zum Pool. Robert in Badehose hinterher.

Monet blieb lieber im schattigen Zimmer, eingerollt und dösend auf seiner Decke vor vollen Näpfen.

Ein paar erfrischende Züge im glitzernden, angenehm temperierten Nass unter einem wolkenlosen Himmel. Die Welt war wieder in Ordnung.

Auf dem Rückweg ins Zimmer inspizierten wir neugierig das untere Stockwerk, wo wir zu unserem Erstaunen ein komplettes Wellness Zentrum vorfanden, das am späten Samstagnachmittag noch voll besetzt war mit Therapeuten und Masseuren.

»Eine entspannende Massage gefällig?«

Robert lächelte, als ob er er das alles extra für mich arrangiert hätte. Da war sie also endlich, die etwas andere Entschuldigung, auf die ich schon die ganze Zeit gewartet hatte.

Man(n) spricht Dialekt

»Glaubst du an Schicksal oder eine gute Fee?«, fragte ich Robert beim Frühstück.

»Alles minutiös geplant«, erwiderte er grinsend.

Wir hatten tatsächlich nicht gewusst, dass uns im Hotel Giulia so viele Extras erwarten würden. Nach meinem schmerzhaften Bankunfall vor zwei Tagen und unserem mühsamen Umweg gestern hatte ich das Gefühl, das Schicksal, eine höhere Macht oder unser Schutzengel hatte uns diesen kleinen Luxusaufenthalt als ausgleichende Gerechtigkeit beschert.

Unsere Energietanks waren wieder aufgefüllt, die Motivation für den Endspurt zurückgekehrt. Frohen Mutes fassten wir unsere letzten vier Etappen ins Auge, die uns durch die warme, liebliche Hügellandschaft des Prosecco Anbaugebietes und danach durch die gnadenlos heisse, teils schattenlose Piave Ebene bis nach Venedig führen würden.

»Hoffentlich hält Monet durch.«

Wir wussten, wie sehr er Hitze hasst.

Unsere Wasserbeutel, auch den kleinen in Monets Rucksack, füllten wir an diesem Morgen im Hotel randvoll. In den kommenden Tagen würde unser Wasservorrat über Wohl und Wehe unserer Tour entscheiden.

Bei wolkenlosem Himmel und lauen Frühtemperaturen verliessen wir unseren Wellness Tempel und folgten einer Hauptstrasse, die zu dieser frühen Stunde am Sonntag verwaist war. Gutes Timing.

Hohe Maisfelder säumten die Strasse nach Tarzo. Im Dorfzentrum passierten wir eine elektronische Temperaturanzeige, die bereits um 10:00 Uhr morgens 28° Celsius anzeigte.

»Willkommen im Sommer!«, rief ich, während ich ein Beweisfoto schoss.

Monet suchte jetzt schon jeden sich bietenden Schattenstreifen auf seinem Weg.

An der Kirche in Tarzo mussten wir scharf rechts abbiegen, weg von der Hauptstrasse auf eine kleine Nebenstrasse, die sanft bergan führte. Nach kurzer Zeit überholten uns hier schnaufende Jogger. Kinder, Jugendliche, Erwachsene und Rentner hatten sich zu Scharen in Sportkleidung geschwungen und nahmen an einem Volkslauf teil. In dessen Zentrum waren wir mit unserer schweren Trekking Ausrüstung geraten und gaben vermutlich ein seltsames Bild ab mit dem grossen Gepäck inmitten all der leicht bekleideten Läufer.

»Buon giorno«, tönte es alle paar Meter schwer atmend.

»Buon giorno«, grüssten wir fröhlich zurück. Froh darüber, die Rebenhügel nicht rennend erobern zu müssen.

Die kleine Nebenstrasse zweigte rechts auf einen schmalen Waldpfad ab und dann mitten hinein, in die von dicht behangenen Weinreben gesäumte Prosecco Landschaft. Schattige Passagen wechselten ab mit völlig schattenlosen Wegstücken, auf denen uns der Schweiss in salzigen Rinnsalen die Schläfen hinab rann. Obwohl die Anstiege nur noch sanft waren, erschienen sie uns bei der Hitze ebenso anstrengend wie die Etappen im Hochgebirge. Für Monet waren sie deutlich anstrengender. Mit hängender Zunge lief er hechelnd jedem noch so kleinen Schatten hinterher.

Unsere Wasserschläuche waren ständig in Betrieb. So schnell wir tranken, schwitzten wir die Feuchtigkeit auch wieder aus. Für Monet legten wir immer öfter eine kurze, schattige Trinkpause ein.

Als die Sonne gegen Mittag im Zenit stand, erreichten wir den kleinen Ort Arfanta, malerisch auf einem Hügel im Herzen des

Prosecco Gebietes gelegen. Hier legten wir auf der schattigen Terrasse eines Ristorantes eine kurze Mittagsrast ein. Appetit hatten wir bei der Hitze nicht, aber Durst. Unsere Wasservorräte waren ziemlich reduziert, der Rest war unangenehm warm geworden und schmeckte schal. Wir lechzten nach einem Kaltgetränk. Cola oder Arranciata waren das Ziel unserer Wünsche. Kühl, zuckerhaltig und geschmackvoll.

Die aufmerksame, junge Kellnerin bedachte unseren Hund zuerst und brachte ihm frisches, kühles Wasser in einem Napf, das er eifrig schlabberte, bevor er dankbar eine Runde mit ihr schmuste.

Ein kleiner Chihuahua, der einem Rentner am Nebentisch gehörte, fand Gefallen an Herrn Monet und belästigte ihn mit seiner Zuneigung, bis dieser ihn mit einem genervten Knurren auf Distanz hielt. Jetzt war definitiv keine Zeit für Sozialkontakte, fand unser Hund, legte sich schlapp unter Roberts Stuhl in den Schatten und schlief.

»Ich glaub nicht, dass ich die Piave Ebene bei den Temperaturen schaffe«, nörgelte ich, »gleich lös ich mich auf!«

Mein Kopftuch war pitschnass, das T-Shirt zeigte hässliche Flecken. Obwohl wir im Schatten sassen, floss der Schweiss weiter in Strömen. Das konnte ja heiter werden in den nächsten Tagen.

Nachdem wir im Restaurant kühles Frischwasser in unsere Wassersäcke nachgefüllt hatten, mahnte Robert zum Aufbruch. Ich wäre am liebsten bis abends hier sitzen geblieben. Herr Monet teilte meine Ansicht, denn wir mussten ihn zweimal rufen, bevor er langsam aufstand und sich reckte.

Neben einem fast komplett ausgetrockneten Bachbett wanderten wir über einen gekiesten Fahrweg weiter, bis wir schliesslich nach einer knappen Stunde eine alte Mühle passierten, die im Wanderbuch als sehenswert erwähnt war.

Ein kurzer Abstecher lohnte sich tatsächlich, da dieses alte

Anwesen liebevoll restauriert worden war. Hier legten wir erneut eine kleine Rast ein, denn ein Wasserhahn mit kühlem, frischem Wasser bescherte uns und unseren Füssen eine kleine Erfrischung. Picknicktische und Holzbänke boten im Schatten perfekte Ruheinseln für müde Wanderer.

Zwei italienische Rentnerinnen, die hier auch Rast machten, boten uns ein kühles Bier an. Wie gern hätten wir das angenommen. Aber bei der Hitze und dem noch vor uns liegenden Weg verzichteten wir lieber schweren Herzens.

Weniger zurückhaltend verhielten wir uns allerdings eine Stunde später. Wir waren erneut ein langes Stück am Rande einer schattenlosen, geteerten Strasse ohne Gehweg gewandert. Herr Monet an der kurzen Leine, was er stoisch und wenig erfreut ertrug. Plötzlich und unerwartet tauchte direkt neben der Hauptstrasse eine Bar mit Ristorante auf. Ein altes, verbogenes Schild wies den Weg auf Parkplatz und Eingang: »Al Buon Gustaio«.

Draussen auf der Terrasse sass eine italienische Gesellschaft an einem langen Tisch, auf dem es aussah, als hätte eine Bombe eingeschlagen. Teller mit abgenagten Knochen und Speiseresten, Brotkrümel über die gesamte, ehemals weisse Tischdecke verteilt. Zerknüllte, fleckige Servietten, leere Salatschüsseln, grosse Platten, auf denen knusprig gegrillte Kotelett- und Steakreste von der kulinarischen Orgie zeugten, die hier vor kurzem stattgefunden hat. Halb gefüllte Wein- und leere Wassergläser rundeten das Stillleben ab.

Gut genährte Kinder mit buntem Eis am Stiel in der Hand, die gelangweilt auf ihren Stühlen hin und her wippten. Wild gestikulierende Erwachsene in sorgfältig gewählter Sonntagskleidung mit der obligatorischen Verdauungszigarette zwischen den Fingern. Laut und temperamentvoll warfen alle mit Worten um sich, unterbrachen sich gegenseitig und argumentierten mit langgezogenem, italienischem »Maaaa...! -Ja, aber!«

Hier sass eine einheimische, zufriedene und satte Grossfamilie, die ihr üppiges Sonntagsmahl genossen hat.

Robert sah mich an, ich nickte kurz, und wir zweigten sofort ab. Hier waren wir richtig.

»Hoffentlich hat die Küche noch nicht geschlossen.«

Robert runzelte die Stirn. Wie immer, wenn ich als Bedenkenträgerin auftrat. Wortlos setzte er sich draussen an einen der kleinen Tische auf der Terrasse.

Die Kellnerin kam sofort beflissen aus dem Restaurant und deckte uns mit Tischset, Besteck und Servietten ein.

Kurzer Seitenblick zu mir, gefolgt von einem Grinsen meines Begleiters und die Frage an die Kellnerin: »Was gibt es zu essen?«

Eine Speisekarte hatte sie uns nämlich nicht gebracht. Ein sehr gutes Zeichen!

»Pasta mit gemischten Pilzen oder Gnocchi mit Salbeibutter als Primo, gegrilltes Kotelett oder Bistecca Fiorentina vom Grill mit Salat als Secondo«, schlug sie uns vor.

Das klang gut. Wir bestellten alles genau in der Reihenfolge. Dazu zwei Gläser kühlen Prosecco, denn schliesslich befanden wir uns in der Nähe von Refrontolo, inmitten des berühmten Anbaugebiets der prickelnden Köstlichkeit.

»Das kam ja wie gerufen.«

Unsere heutige Unterkunft würde nämlich kein Abendessen anbieten, weil dort von Sonntagnachmittag bis Montag Ruhetag war. Übernachten durften wir trotzdem, was wir gerne angenommen hatten.

Wegen der grossen Hitze in der italienischen Ebene planten wir unsere Etappen, Herrn Monet zuliebe, viel kürzer als im Wanderführer vorgeschlagen. Weshalb wir uns via Internet eigene Übernachtungsmöglichkeiten zwischen den dort angegebenen suchen mussten. Heute hatten wir uns nur vier Stunden anstatt der beschriebenen sieben vorgenommen und wollten zwischen

Refrontolo und Collato im kleinen Ort Pieve die Soligo übernachten. Dorthin war es nicht mehr weit vom Gasthaus »Al Buon Gustaio«, wo wir um zwei Uhr nachmittags erst einmal glücklich und entspannt im Schatten sassen, um auf unser spätes Mittagessen zu warten, das gleichzeitig auch unser Abendessen ersetzen würde.

Am Nebentisch wurde immer noch eifrig debattiert.

Ein hinzu getretener Italiener, der zuvor mit seinem grossen Geländewagen ordentlich Staub aufgewirbelt hatte auf dem sandigen Parkplatz, erklärte den Anwesenden dort gerade weltmännisch, in erster Linie jedoch lautstark, wie die deutschen Frauen angeblich sind. Offensichtlich hatte er ein paar Jahre in Deutschland verbracht und mimte hier nun den Kenner.

Interessiert lauschten wir nebenbei seinen Ausführungen und schmunzelten heimlich über diesen Auftritt eines Möchtegern Casanovas, der sicherlich nicht vermutete, dass wir jedes Wort verstanden.

Inzwischen standen zwei kühle Gläser Prosecco und ein Brotkorb vor uns.

»Salute!«

»Zum Wohl!« Ein sonores Klingen der Gläser ertönte, bevor das erfrischende, leicht moussierende Getränk unsere staubigen Kehlen und müden Geister wiederbelebte.

Das Hauptgericht hielt, was die beiden Vorspeisen bereits versprochen hatten. Wir speisten vorzüglich. Frische und authentische, italienische Küche wurde uns hier geboten, in diesem kleinen Restaurant, inmitten der norditalienischen Provinz.

Natürlich dachten wir auch an unseren tapferen Vierbeiner. Er bekam nicht nur frisches Wasser serviert. Wir teilten auch unsere Pasta und das Steak freundschaftlich unter dem Tisch mit ihm.

Nach diesem Festmahl und dem zweiten Glas Prosecco waren wir so zufrieden und beschwingt, dass es uns gar nicht besonders schwer fiel, eine weitere knappe Stunde hauptsächlich auf schmalen Grünstreifen geteerter Hauptstrassen zu wandern. Es funktionierte nun wieder erstaunlich gut.

Am Ortsrand des kleinen Nestes Pieve di Soligo fanden wir schliesslich am Nachmittag unser »*Hotel dell Parco*«, das seinem Namen alle Ehre machte. Einige Minuten gingen wir vorbei an einem riesigen, eingezäunten Areal mit grünem Rasen und einer Vielzahl majestätischer, alter Bäume. Ein grandioser Park. Umso enttäuschter waren wir von den Hotelgebäuden, die neueren Datums, dafür aber eher pragmatisch und architektonisch nicht besonders erwähnenswert waren. Flacher Achtzigerjahre Baustil.

Im Park sassen bei unserer Ankunft noch einige Tagesgäste herum, während im Gebäude bereits der kommende Ruhetag zu spüren war. Keine Gäste und auch kein Personal. Erst als wir ein kleines Glöckchen an der Rezeption bedienten, erschien eine junge Frau, die uns zu unserem Zimmer führte.

Durch das Haupthaus in ein Nebengebäude, das sie mit einem separaten Schlüssel aufschliessen musste, geleitete sie uns durch eine enorme Empfangshalle, über eine geschwungene, filmreife Treppe und durch lange, einsame Gänge zu unserem Zimmer. Keine Menschenseele begegnete uns auf dem Weg, kein Geräusch drang an unser Ohr. Der Verdacht, heute die einzigen Gäste in diesem grossen Refugium zu sein, drängte sich auf.

So war es dann auch. Wir erhielten zwei Schlüssel für die Eingangs- und die Zimmertür mit der eindringlichen Anweisung, immer sorgfältig hinter uns abzuschliessen.

Frisch geduscht schlenderten wir nochmals zur Rezeption, die bereits geschlossen war. Genau wie das Restaurant und die Bar. Einzig der Koch und Inhaber des Hotels sass auf dem Sofa in einer Ecke vor laufendem Fernseher. Auf Anfrage erhielten wir von ihm noch je ein kühles Bier, bevor auch er sich zurückzog.

Wir setzten uns in den riesigen, wunderschönen Park, wo wir

uns wie die Könige fühlten. Müde und zufrieden lauschten wir den zwitschernden Vögeln bei untergehender Sonne an einem kitschig rosaroten Himmel.

Herr Monet wuselte begeistert zwischen den alten Baumriesen umher, verfolgte Hasen- und Mäusespuren und liess sich den angenehmen Abendwind um die schwarze Nase wehen.

Auf dem Rückweg in unser einsames Zimmer fielen uns spontan einige Hitchcock Filme ein. So unheimlich und surreal erschien der verwaiste, grosse Hotelkomplex, in dem wir nachts die einzigen Lebewesen zu sein schienen. Von ein paar Spinnen und Moskitos abgesehen.

Sorgfältig schlossen wir alle Türen hinter uns ab, wie uns zuvor aufgetragen. Während es draussen dämmerte, erledigten wir unsere täglichen Aufgaben. Socken und T-Shirts wurden zum wiederholten Male von Hand gewaschen und auf dem kleinen Balkon zum Trocknen aufgehängt. Ich schrieb mein Tagebuch, und wir legten die Etappe des nächsten Tages fest.

»Fünf Stunden entlang geteerter Strassen ohne Schatten waren heute bei der Hitze grenzwertig. Vor allem für Monet. Morgen dürfen wir auf keinen Fall so lang wandern. Ein grosses Stück der morgigen Etappe liegt wieder direkt an viel befahrenen Hauptstrassen. Montags sicherlich kein Spass.«

Wir lasen die detaillierte Wegbeschreibung und schauten uns die Route auf der Karte an.

»Das offizielle nächste Etappenziel in Ponte della Priula klingt überhaupt nicht verlockend. Das Hotel liegt direkt an einer lauten Hauptstrasse. Schöner wär es, wenn wir morgen in San Bartolomeo übernachten könnten, dem übernächsten Etappenziel laut Wanderbuch.«

»Dafür müssten wir aber ein ganzes Stück abkürzen. Bis dort hin sind es neuneinhalb Stunden ohne Pause.« Die Piave Ebene mit Hund forderte tatsächlich ein wenig eigene Kreativität.

Nach einigem Hin und Her einigten wir uns darauf, am nächsten Morgen für die unattraktive Strecke von Pieve di Soligo bis zum Hochwasserdamm in Salettuol einen fahrbaren Untersatz zu organisieren. Um von dort aus dem Ufer des Piave bis nach San Bartolomeo zu folgen. Geschätzte dreieinhalb Stunden mit Pausen. In Anbetracht der Hitze und der heutigen Erfahrungen realistisch und vernünftig.

»Ich ruf noch schnell an im Hotel in San Bartolomeo wegen des Zimmers für morgen.«

»Das ist ganz sicher nötig, so ausgebucht wie die Hotels hier in der Gegend sind.« Robert spielte mit einem ironischen Seitenhieb auf unser heutiges »Geisterhotel« an.

»Schaden kann es jedenfalls nicht.«

Ich suchte die Telefonnummer heraus und wählte, obwohl auch ich sicher war, dass in dem kleinen, unbekannten Ort, weit entfernt vom Meer, immer ein Hotelzimmer zu bekommen ist.

Ein hektisch klingender Herr im Hotel Colombo meinte am Telefon barsch zu mir: »Heute kann ich kein Zimmer für Sie reservieren. Rufen Sie morgen nochmals an. Nach 11:00 Uhr vormittags. Auf Wiederhören.«

Mit einem grossen Fragezeichen im Gesicht legte ich auf und sah meinen Mann irritiert an.

»Ich hatte grad ein Déja-vu. Genau wie in der Engalm wurde ich auf morgen vertröstet mit der Zimmerreservierung. Wieder ein Notfall oder sind die wirklich ausgebucht?«

»Keine Ahnung«, meinte Robert, »dann telefonieren wir halt morgen von unterwegs nochmals. Ansonsten finden wir schon noch ein anderes Hotel oder eine Pension.«

Optimist wie immer.

»Aber es gibt nicht so viele Übernachtungsmöglichkeiten in der Gegend. Im Zweifel müssen wir einen Riesenumweg machen. Hätten wir doch bloss die Campingsachen behalten!«

»Bist du verrückt? Bei der Hitze möchte ich das ganze Zeug nicht mehr mit mir rumschleppen. Ausserdem ist diese Diskussion jetzt total sinnlos. Wir werden schon was finden.«

Er legte sich auf die kühlen Leinenlaken und schlief augenblicklich ein. Monet pennte sowieso schon lange selig und süss. Bei mir klappte das Einschlafen in diesem verlassenen Ambiente nicht so gut. Schon gar nicht beim Gedanken daran, dass wir für morgen Abend noch keine Bleibe hatten.

»Hoffentlich müssen wir in der brütenden Hitze keinen Umweg machen, um irgendwo übernachten zu können. Wie wird das erst in Venedig werden? Mit Hund ein anständiges, bezahlbares Hotelzimmer finden, in der Hochsaison Ende Juli, ohne Reservierung!« Diese Probleme erschienen mir in der Dunkelheit des unheimlich stillen Parkhotels riesengross und unlösbar. Allein mit zwei schnarchenden Begleitern, denen diese brennenden Fragen offensichtlich total egal waren.

Entsprechend schlecht hatte ich wieder einmal geschlafen und wachte mit geschwollenen, übernächtigten Augen auf.

»Wie siehst du denn aus?«, die erste, wenig schmeichelhafte Frage des Tages.

»Schlecht geschlafen«, meine muffige Antwort.

Trotz Ruhetag war der Hotelier bereits emsig an der Rezeption beschäftigt, als wir zum Frühstück gingen, so dass wir ihn nach einem Taxi fragen konnten, das uns nach Salletuol bringt. Während wir als einzige Gäste unser Frühstück mit frischen Croissants, Früchten und Joghurt genossen, organisierte er ein geräumiges Taxi, in dem auch Monet und unsere grossen Rucksäcke spielend Platz fanden.

Im gleissenden, warmen Sonnenlicht fuhren wir durch Ortschaften und hässliche Gewerbegebiete, die als Wanderregion an heissen Sommertagen wirklich nicht sehr attraktiv wirkten.

Eine gute Entscheidung, diese Strecke nicht per pedes zurückzulegen.

Der Weg am Piave Damm, wo uns das Taxi absetzte, war wieder autofrei. Zuerst wanderten wir am träge fliessenden, dunkelgrünen Gewässer mit seinem breiten Schilfgürtel auf einem Kiesweg, dann auf einem Wiesenweg. Flirrende Hitze, staubiges Gebiet und hohe Maisfelder um uns herum. Bevor der Naturweg am Piave in eine kleine, kaum befahrene Strasse mündete, versuchte ich telefonisch nochmals mein Glück im Hotel. Diesmal bot mir der Herr am Telefon das letzte und einzig verfügbare Doppelzimmer an.

»Aber nur für eine Nacht.«

Länger wollten wir auch nicht bleiben.

»Das war knapp. Aber es würde mich doch wirklich interessieren, wieso die ausgebucht sind«, rätselte ich im Weitergehen.

Kieswerke, deren Lastwagen uns einstaubten, wechselten ab mit Grossgärtnereien voller bunter Pflanzen. Zahlreiche Baumschulen mit uralten, eindrucksvollen, knorrigen Olivenbäumen und schlanken, hohen Palmen säumten unseren Weg. Eine seltsame, abwechslungsreiche Mischung, in jedem Fall aber ein lohnenswerter Abschnitt. Wir fühlten uns positiv bestätigt, diese Teilstrecke der Piave Ebene zu Fuss gegangen zu sein. Sie gehörte einfach dazu.

Im kleinen Ort Saletto wanderten wir direkt an einem Geschäft für Garten- und Landwirtschaftsbedarf vorbei, das mit einem Plakat für Tiernahrung warb. Unsere Vorräte an Hundefutter waren inzwischen sehr dezimiert. Ausserdem würde sich Herr Monet ganz sicher wieder über Frischfutter freuen bei der Hitze und Trockenheit.

Ich verschwand in dem Laden, wo es ein grosses Angebot an saftigem Hundefutter gab. So nah am Ziel und mit reduziertem Rucksackgewicht konnten wir uns zusätzlich ein paar Portionen der begehrten Fleischnahrung für unseren Alpenhelden leisten.

Der Verkäufer an der Kasse schaute mich neugierig an, in meinem Trekking Outfit mit dem schweren Rucksack.

»Wo wollen Sie denn hin mit dem schweren Gepäck?«

Vermutlich hatte er noch nicht sehr viele Fernwanderer in seinem Geschäft gesehen.

»Nach Venedig.«

Er schlug die Hände über dem Kopf zusammen. »Mamma mia, Venedig? So weit?« Für einen Italiener eine unvorstellbare Strecke zu Fuss.

Als ich noch ergänzte, dass wir in München gestartet sind, schaute er mich mit grossen Augen an, fuchtelte wild in der Luft herum und fragte: »Con il cane?«

»Ja, mit unserem Hund.«

Mitleidig schielte er zu Monet, der durch die offene Tür spähte, um zu sehen, wo ich denn so lang bleibe. Anerkennend nickend griff der Verkäufer in ein grosses Glas, das auf seiner Verkaufstheke stand, und spendierte unserem tapferen Hund eine Handvoll Leckerli.

»Ist es noch weit nach San Bartolomeo?«, fragte ich ihn.

»Ah, Sie wollen bestimmt zu Paolo ins Colombo«, schlussfolgerte er sofort, »das ist nicht mehr weit. Grüssen Sie ihn herzlich von mir. Gute Reise und ciao!« Noch immer schüttelte er ungläubig den Kopf, reichte mir die Tüte mit meinem Einkauf und winkte.

Nach insgesamt 11 km und dreieinhalb Stunden erreichten wir unser Hotel in San Bartolomeo am frühen Nachmittag. Wie vermutet, war der Ort klein und unspektakulär. Genau wie unser Hotel. Beides machte um diese Zeit einen verpennten Eindruck. Siesta.

An der Rezeption keine Menschenseele. In einer abgedunkelten Eingangshalle sassen ein paar Kinder vor laufendem Fernseher.

In der Ecke lag auf einem grossen schwarzen Ledersofa ein beleibter, schlafender Mann mit Halbglatze in schwarzer Hose und verknittertem weissem Hemd mit verrutschter dunkelroter Krawatte.

Uns bemerkte niemand.

In einer angrenzenden Bar ohne Gäste, deren grosse Glastüren offen standen, hantierte eine Angestellte hinter der Theke. Dort gingen wir hin, um zu fragen, wo wir einchecken können. Sie ging gemeinsam mit uns zurück zur Rezeption und rief sehr laut: »Paaaoloooo!«

Der vollschlanke Schlafende erhob sich langsam und mürrisch von seiner Ruhestätte, schlüpfte in seine schwarzen Slipper, die vor dem Sofa gestanden hatten, und schlurfte hinter den Tresen der Rezeption. Wir hatten den Chef in seiner Mittagsruhe gestört, was uns dieser deutlich spüren liess. Wortkarg schob er uns das Anmeldeformular zu und erklärte uns in wichtigem und ernstem Tonfall, welches Glück wir hätten, das allerletzte Zimmer zu bekommen, weil kurzfristig jemand abgesagt hatte.

Möglichst schnell verzogen wir uns auf unser Zimmer, das komplett abgedunkelt, sehr kühl und pragmatisch eingerichtet war.

»Wenn das hier schon so schwierig ist, im Sommer kurzfristig ein Zimmer mit Hund zu bekommen, dann möchte ich nicht wissen, wie das erst in Venedig sein wird.« Meine Bedenken, die mich letzte Nacht geplagt hatten, liessen mir einfach keine Ruhe

»In Venedig? Soll das ein Witz sein?« Mein Mann war weiterhin sorglos optimistisch.

»Ich schau mal, was es in Venedig so gibt. Hier im Hotel haben wir ja wieder WLAN.« Frisch geduscht schmiss ich mich mit meinem Handy aufs Bett und begann die Hotelrecherche in der Lagunenstadt.

Robert hatte natürlich recht, es gab unzählige Hotelangebote.

Sie erschlugen mich auf den ersten Blick.

»Wo soll ich denn da anfangen zu suchen?« Kein Vergnügen auf dem kleinen Handy Display.

»Vielleicht lieber etwas ausserhalb? Auf einer der Inseln?«

Ich suchte auf Murano, wo wir sowieso mein neues Glas kaufen wollten. Zwei familiär geführte, stilvoll venezianisch eingerichtete Hotels fielen mir auf. Dort rief ich an. Beide erteilten mir eine prompte Absage. Keine Hunde!

Das fing ja gut an.

Auch Burano, die Insel der bunten Häuser und weissen Spitzen, erteilte mir eine Abfuhr. Nicht mit Hund.

»Siehst du, ist eben doch nicht so einfach!«

Genervt suchte ich weiter, nun direkt in Venedig. Unter all den zahlreichen Angeboten fiel mir eine Pension besonders ins Auge. Sie lag im Stadtteil Dorsoduro, dem Künstlerviertel, direkt an einem grossen Kanal. Diese Gegend kannte ich gut von früheren Venedigbesuchen mit unserem Wohnmobil. Denn genau an diesem Kanalufer legte die Fähre an und ab, die uns immer zwischen dem gegenüberliegenden Campingplatz und der Lagunenstadt hin und her transportiert hatte. Unsere maritime Bushaltestelle sozusagen.

Der Mensch ist ein Gewohnheitstier. Am Guidecca Kanal in Dorsoduro hatte ich das Gefühl, mich gut auszukennen. Entsprechend sympathisch war mir die Adresse der Pension.

»Guck mal Robert, eine Pension direkt am Kanal mit venezianisch eingerichteten Zimmern«, schwärmte ich.

»Allerdings nicht gerade low budget.«

»Die Zimmerpreise in Venedig sind generell relativ zu sehen. Schönes ist hier grundsätzlich kein Schnäppchen«, murmelte mein Mann. »Probier's doch einfach, wenn's dir gefällt. Einmal im Leben mitten in Venedig zu wohnen ist doch was Besonderes. Wenn nicht zum Fünfzigsten, wann dann?«

Gespannt rief ich dort an. Grundsätzlich waren für den fraglichen Zeitraum noch zwei Zimmer frei. Am ersten Tag eins ohne Kanalblick. Ab dem zweiten Tag dann nur noch eins mit Kanalblick. Vier Tage wollten wir bleiben.

»Jetzt bloss nicht zu früh freuen«, dachte ich und stellte die alles entscheidende Frage: »Dürfen wir denn auch unseren Hund mitbringen?«

»Ist es denn ein kleiner Hund?« fragte der Mann am anderen Ende der Leitung.

»Ja, ja, nur ein kleiner Hund. Sehr wohlerzogen.«

Ich fand, die Grösse eines Hundes war genauso relativ zu sehen wie die Zimmerpreise in Venedig. Und dass Monet sich auch in edlem Ambiente entsprechend zu benehmen weiss, darauf konnten wir mit Bestimmtheit vertrauen.

»Mit einem kleinen Hund kein Problem«, signalisierte der freundliche Herr. »Soll ich für Sie reservieren?«

»Ja!«

Übermorgen wollten wir schon in Venedig sein. Irgendwie ging mir plötzlich alles viel zu schnell.

»Waren wir nicht gerade erst losmarschiert? Und nun soll dieses grosse Abenteuer schon bald zu Ende sein?«

Mir wurde flau im Magen.

All die Strapazen. Die bange Frage, ob wir diese Riesentour überhaupt alle drei schaffen werden. Die kritischen Situationen, die vielen glücklichen Momente und Highlights. Meine und Monets erste Klettersteige. All die netten Menschen, die wir unterwegs getroffen haben. Einige haben die Tour vorzeitig abbrechen müssen. Wo waren die anderen? Würden wir jemanden in Venedig treffen? Von wem würden wir nochmals hören?

Die vielen Gedanken und Eindrücke erschlugen mich förmlich in diesem dunklen, klimatisierten Hotelzimmer, rund 60 km vor dem Ziel.

»Ist bei unserer Wanderung nicht eher der Weg das Ziel?«, wie es oft so schön heisst. »Dann hätten wir das Ziel jetzt schon fast zu neunzig Prozent hinter uns gelassen.«

Vermutlich war ich deshalb ein wenig wehmütig, beinahe traurig. Wir hatten uns zu Fuss so langsam bewegt, wie es der moderne, mitteleuropäische Mensch kaum noch tut. Und dennoch kam es mir jetzt immer noch viel zu schnell vor, um all das Erlebte fassen und verarbeiten zu können.

Das klingende »Bing« meines Handys riss mich jäh aus meiner Grübelei. Die Bestätigung der Hotelreservierung in Venedig war eingetroffen. Alles bereit für das grosse Finale.

Robert hatte inzwischen die beiden letzten Tagesetappen eingehend studiert.

»Morgen sind neun Stunden bis Jesolo im Wanderführer eingeplant, 36 km in brütender Hitze. Das ist viel zu viel für Monet. Allerdings gibt es ab Musile di Piave wieder ein sehr schönes Teilstück entlang des alten Flussarms. Das könnten wir morgen gehen.«

»Und wie kommen wir dort hin?« fragte ich skeptisch.

Am nächsten Morgen befragten wir Paolo, den Hotelinhaber, an der Rezeption. »Können Sie uns bitte sagen, wie wir mit dem Bus nach Musile di Piave kommen?«

»Molto complicato - sehr kompliziert«, erklärte uns Paolo in seiner betont ernsten und korrekten Art. Streng und schulmeisternd lugte er über seine Lesebrille. »Ihr müsst mit dem Bus zuerst in die nächste Stadt, Treviso, fahren. Dort müsst ihr umsteigen in einen anderen Bus. Das dauert sehr lange.«

»Das klingt aber umständlich. Da gibt es doch sicherlich noch eine einfachere Möglichkeit?« Lächelnd zwinkerte ich ihm zu.

Schwerfällig stand er von seinem altersschwachen Bürostuhl hinter dem Tresen auf, lehnte sich vertraulich zu uns herüber und winkte uns mit seinem Zeigefinger näher zu sich heran.

»Das Taxi würde 70 Euro kosten«, sagte er.

»Sehr teuer«, antwortete ich ernst und stirnrunzelnd.

Verschwörerisch ergänzte er: »Aber ein guter Bekannter von mir könnte euch mit dem Auto fahren. Für 50 Euro.« Sichtlich zufrieden mit seiner geniale Idee blickte er uns eindringlich und erwartungsvoll an.

Unentschlossen sahen wir einander kurz an, während ich die Zimmerrechnung beglich.

»Ich ruf Giuseppe gleich an und frag mal, ob er Zeit hat.« Paolo liess uns keine weitere Bedenkzeit.

Bevor er zum Hörer griff, hörte ich meinen Mann im Hinausgehen noch zu ihm sagen: »Aspettiamo fuora«, was soviel heissen sollte wie: »Wir warten draussen«.

Während ich noch darüber nachdachte, ob ich ihn korrigieren soll, und ob der Hotelbesitzer ihn überhaupt verstanden hatte, hellte sich dessen distanzierte Miene schlagartig auf. Ein breites Grinsen lief über Paolos Gesicht. Er strahlte meinen Mann an und reichte ihm freundschaftlich die Hand über den Tresen.

»Parla dialetto! - Du sprichst ja Dialekt!«

Das Eis war auf einmal gebrochen. Anscheinend hatte Roberts kleiner, italienischer Sprachausrutscher aus Fremden Freunde gemacht. »Fuora« anstatt des korrekten »fuori« war wohl das Wort für »draussen« im hiesigen Dialekt.

Freude herrschte.

Robert wurde von nun an als Einheimischer betrachtet. Jetzt erzählte er auch noch in seinem unnachahmlichen, italienischen Kauderwelsch von seiner Mama aus der Nähe von Treviso. Das änderte die Sachlage endgültig. Er wurde quasi adoptiert von Paolo, der nun seinerseits wie ein Wasserfall zu reden begann. Wir nickten nur zustimmend, lächelten, und mein Mann warf immer mal wieder ein kurzes »Eh!« oder »Ma...« ein, was den Redeschwall des Italieners im Fluss hielt.

Schliesslich griff dieser zum Telefonhörer, und wir verschwanden mit unseren Rucksäcken nach draussen. Vor dem Hotel standen ein paar Tische und Stühle. Hier warteten wir im Schatten das Ergebnis von Paolos Taxibemühungen ab.

Aus dem Hotel zog derweil eine Karawane übergewichtiger Menschen aller Altersgruppen in unförmigen Jogginganzügen mit Baseball Caps oder Sonnenhüten auf ihren Köpfen und riesigen Sonnenbrillen auf den Nasen an uns vorbei. Schwitzend zerrten sie schrankgrosse Überseekoffer mit vielen, farbigen Aufklebern hinter sich her. Lautes, gedehntes, amerikanisches Englisch drang an unsere Ohren. Weiter vorne auf dem Parkplatz wartete ein Reisebus mit laufendem Motor.

Das erklärte die Zimmerknappheit in Paolos Hotel, das sich offenbar für grössere Reisegruppen bereits im touristischen Speckgürtel der berühmten Lagunenstadt befand.

Paolo bahnte sich einen Weg durch seine amerikanische Gästeschar und scheuchte sie aus dem Weg wie die Hühner.

Triumphierend stand er vor uns.

»Problem gelöst! Der Bekannte wurde leider unterwegs aufgehalten. Aber ich werde euch persönlich mit meinem Auto fahren. Zum Freundschaftspreis von 30 Euro. Va bene? In zehn Minuten starten wir.«

Nachdem Paolo wieder im Hotel verschwunden war, knuffte ich Robert in die Seite, zwinkerte ihm zu und meinte: »Nur gut, dass mein Mann Dialekt spricht!«

Venedig - nichts für Schattenparker

Wir machten uns Sorgen um Herrn Monet. Mit angelegten Ohren, hängendem Kopf, schlappem Schwanz und hektisch hechelnder Zunge trottete er im Zeitlupentempo zehn Meter hinter uns her. Auf dem gnadenlos heissen, staubigen und schattenlosen Fahrweg am Sile, dem Kanal, der sich hinter Lido di Jesolo teilen würde, um in die Lagune auf der einen und das Mittelmeer auf der anderen Seite zu münden.

Um ihn ein wenig zu entlasten, hatte ich Monet seinen kleinen, roten Rucksack abgenommen, was aber keine sichtbare Linderung brachte. Auch wir hatten unser Tempo in diesem Glutofen auf ein Minimum reduziert.

Monet kam dennoch nicht mehr hinterher.

Leicht panisch und mit schlechtem Gewissen blieb ich alle paar Meter stehen, wartete auf unseren armen, leidenden Hund und flösste ihm Wasser aus meinem Trinksack ein, das ich zuvor heraus gesaugt und in meine hohle Hand gespuckt hatte. Gierig schlabberte er die lauwarme Pfütze auf. Ich sorgte schnell für Nachschub.

»Kommt jetzt endlich«, hörte ich Robert von vorn rufen. Er wollte dieses erbarmungslos brennende, topfebene Wegstück, das uns körperlich bisher am meisten abrang, möglichst schnell hinter sich bringen. Jeder hatte so seine eigene Methode, mit kritischen Situationen umzugehen.

»Herr Monet kann nicht mehr«, rief ich gereizt und blieb demonstrativ neben unserem Hund stehen, um ihm irgendwie ein wenig Schatten zu spenden.

Hechelnd sah er mich an.

»Gleich hyperventiliert er und kippt um!«

Ich hatte auf der gesamten Tour nie so viel Angst gehabt wie auf diesem Stück. Dass ein gerader Weg auf Meereshöhe so anstrengend sein kann, damit hatten wir nicht gerechnet.

»Es ist nicht mehr so weit. Kommt jetzt endlich. Stehenbleiben hilft nicht weiter. Da müssen wir jetzt durch.«

Robert ging weiter.

Ich schaute zurück auf den trockenen, grauen Sandweg, den wir bis hierher bereits zurückgelegt hatten. Zu weit, um umzukehren. Hohes Schilf wogte im heissen Luftstrom neben uns wie ein sanftes, beiges Meer aus Gras.

»Das echte Meer, wo ist es nur?« Wir konnten es noch immer nicht sehen, nur erahnen. Dort links am Horizont, wo die Silhouetten der touristischen Bettenburgen von Lido di Jesolo wie Raketenrampen in den wolkenlosen Himmel ragten, dazwischen ein Riesenrad und überdimensionale Metallkonstruktionen für Wasserrutschen und Spielparadiese. Dort hinten musste es sein.

»Vielleicht sollten wir doch den Weg zum Strand einschlagen, damit Monet sich im Meer abkühlen kann?« Hoffnungsvoll suchte ich nach einem Ausweg für unseren überhitzten Hund.

»Hast du einen Sonnenstich?« fragte mein inzwischen ebenfalls komplett überreizter Ehemann. »Im Juli ist doch überall Hundeverbot am Strand. Du willst dich wohl nicht ernsthaft in voller Wandermontur zwischen den dicht an dicht gepackten Sonnenschirmen, Liegestühlen und Handtüchern der vielen halbnackten Pauschal Urlauber hindurch schlängeln? Ausserdem ist der feine, glühend heisse Sand vermutlich noch viel gefährlicher für Monets Füsse.«

Er hatte ja recht, wie so oft. Aber eine andere Lösung war mir nicht eingefallen. Der staubige Weg, der sich an den Schleifen des träge dahin fliessenden Sile endlos in die Ferne zog, wollte einfach nicht enden.

»Nur noch ein wenig ausruhen!«

Zum wiederholten Male fütterte ich Monet mit einem Schluck Wasser, redete beruhigend auf ihn ein, streichelte unseren tapferen Hund aufmunternd. Und versuchte damit vor allem, selbst den Mut nicht zu verlieren.

Im Weitergehen dachte ich an den gestrigen Tag zurück.

Nachdem Paolo uns mit seinem Auto in Musile di Piave abgesetzt hatte, waren wir gestern einem lieblichen Fussweg gefolgt. Direkt am grün dahinfliessenden Gewässer, das von duftend blühenden Sträuchern und schattenspendenden Bäumen gesäumt war. In den kleinen Sonneninseln, die das Blätterdach vor uns auf den Weg durchdrungen hatten, tanzten schillernde Libellen ihr Ballett. Bienen und geflügelte Heuschrecken summten und brummten durch die fruchtbare Landschaft und schafften eine Atmosphäre von unbeschwertem, warmem Sommer. Im gemächlich dahintreibenden alten Piave standen Fischfamilien jeglicher Grösse ruhig zwischen den Seerosenblättern, schienen vertrauensvoll im seichten Uferwasser innezuhalten und die Wärme zu geniessen. Auf flachen Steinen sonnten sich Schildkröten, die lautlos ins Wasser glitten, sobald der schnüffelnde Monet sich ihnen näherte. Ab und zu hatte uns ein kühlendes Lüftchen entgegen geweht, dem wir dankbar unsere Arme entgegenstreckten.

»Die Limonade des kleinen Mannes«, pflegte mein Vater stets zu sagen bei derart willkommenen, erfrischenden Brisen.

Wir hatten ihn nicht bereut, diesen kleinen Umweg nach Jesolo, den wir am Vortag bewusst in Kauf genommen hatten, um dieses wunderschöne Naturbiotop zu durchwandern. Mit dreissig Grad war es dort ebenfalls warm gewesen. Aber es hatte immer eine leichte, angenehme Brise geweht, und der Weg war grossteils grün beschattet. Mit einigen Pausen und grossen Wasservorräten war er gut zu schaffen gewesen für unser gesamtes Rudel.

Das beschauliche Städtchen Jesolo, das dem gleichnamigen Touristenstrand Lido di Jesolo seinen Namen gab, war am Abend ein angenehmer Ort zum Ausruhen gewesen. Kein Vergleich zu dem Trubel und der Enge des sommerlichen Strandes, den wir auf dieser Tour komplett meiden wollten.

Hier tickten die Uhren anders. Authentisches Italien, niemand in Jesolo sprach deutsch, keine bunten Werbetafeln mit »Würstel con Krauti« oder »Schnitzel mit Pommes Frites«.

Obwohl unser Zimmer im kleinen Hotel »Udinese da Aldo« nicht klimatisiert war, hatten wir bei offenen Fenstern hier gut geschlafen.

Dagmar und Giulia hatten wir hier auch wieder getroffen, die am nächsten Tag zum Strand wandern wollten, bevor sie Venedig ansteuerten. Und den Salzburger Mathestudenten, der als trainierter Supersportler nur kurz in Jesolo pausiert hatte, um am frühen Abend die Strecke bis zum Lido noch zurückzulegen.

Wie anders und wie schön war doch die Etappe entlang des alten, gutmütigen Piave Armes gestern gewesen.

Mit diesen Bildern von gestern im Kopf hatten wir entsprechend gut gelaunt, erholt und zuversichtlich heute morgen unsere letzte Etappe in Angriff genommen. Wir hatten Jesolo am Ufer des Sile verlassen, der den Ort teilte. Vorbei an einzelnen schönen Villen und ihren Gärten, die zwischen Sile und der Lagune lagen, hatten wir frohen Mutes unserm letzten Wandertag entgegen geblickt.

Nach circa einer Stunde waren wir jedoch hier gelandet. Auf diesem »Higway to hell«, dem Vorhof zur Hölle, einer schattenlosen Wüste zwischen zwei Gewässern, die wir bisher noch nicht zu Gesicht bekommen haben.

»Wann kommt denn jetzt endlich das blöde Meer?«, motzte ich mit hochrotem Kopf, schwitzend und triefend am Rande meiner Kräfte.

Im Sand vor mich hin stolpernd, drehte ich mich alle paar Meter zu Monet um, dessen Abstand zu seinem Rudel immer grösser wurde. Er war am Ende und bewegte sich nur noch uns zuliebe irgendwie vorwärts.

»Montsi!« Aufmunternd und bittend rief ich ihm immer wieder seinen Kosenamen zu. »Ist nicht mehr weit. Du schaffst das.« Und meinte damit uns alle.

Wer hätte gedacht, dass nach all den vielen überwundenen Berggipfeln, gewagten Klettersteigen, anstrengenden Höhenmetern, unheilvollen Wetterumbrüchen und zurückgelegten Kilometern dieser letzte Tag unserer gesamten Wanderung der schlimmste werden würde?

Dabei hätte er doch eigentlich der schönste werden sollen.

»Hoffentlich hält Monet durch. Wir hätten ihm das niemals zumuten dürfen.« Ich machte mir Vorwürfe und grübelte angestrengt, was ich tun könne. »Unseren Hund tragen? Unmöglich auf langer Strecke.« Das würde Monet auch nicht aushalten und strampelnd zappeln.

Es half alles nicht. Wir mussten diesen Weg nun langsam gemeinsam zu Ende gehen.

Robert war inzwischen stehen geblieben und studierte die Wanderkarte und sein GPS Gerät.

»Wir sind jetzt im zweiten Drittel dieses Bogens, den der Sile in der Lagune macht. Wir müssten bald an der Ponte Cavallino ankommen. Von dort fährt ein Bus. Den nehmen wir.«

Liebevoll tätschelte er Herrn Monet am Hals, der ebenfalls zu uns aufgeschlossen hatte und mit seiner warmen, trockenen Zunge langsam meine Hand abschleckte.

»Tapferer Monet!«, lobte ich ihn, während wir erneut unsere Wasseraktion durchführten.

Verhaltenes Schwanzwedeln, eine Pfote reckte sich mir entgegen. Wer tröstete hier gerade wen?

Schweigend, schwitzend und schleppend brachten wir das letzte Stück hinter uns, bevor der gnadenlose Weg endlich an einem Kanal endete, den wir über eine Brücke querten. Wasser. Endlich!

Einige sommerlich gekleidete Radfahrer in kurzen Hosen kamen uns entgegen. Zeugen der Touristenzentren, denen wir uns nun unweigerlich näherten. Wir waren wieder in der Zivilisation angekommen. Selten hatte ich mich so sehr darüber gefreut.

Hier wehte vom Meer her endlich auch wieder eine leichte Brise, die unsere erhitzen Körper und Gemüter etwas besänftigte.

Monet schlich zum Ufer des Kanals und watete ein wenig im seichten Wasser, um seine Füsschen zu erfrischen. An Trinken war in diesem brackigen, salzigen Lagunenwasser allerdings nicht zu denken. Entrüstet spuckte er die Brühe wieder aus und schüttelte sich. »Ein Glück, seine Lebensgeister scheinen langsam zurück zu kehren.«

Robert las in meinen Gedanken und meinte lächelnd: »Siehst du, am Ende wird alles gut, und wenn es noch nicht gut ist, ist es auch noch nicht das Ende.« Mein Lieblingszitat von Oscar Wilde.

Wir erreichten eine verkehrsreiche Schnellstrasse, wo Autos, Wohnmobile, Sattelschlepper und andere Fahrzeuge in hohem Tempo an uns vorbei donnerten. In der flirrenden Luft über dem Asphalt bildeten sich Luftspiegelungen, eine Fata Morgana gaukelte uns Wasser vor, wo sich nur heisser Teerbelag befand. Vorsichtig folgten wir dem Randstreifen und fanden ein paar Meter weiter eine Bushaltestelle, das Ziel unserer derzeitigen Träume. Sogar einen Fahrplan gab es hier, nicht so selbstverständlich in Italien.

»Der Bus nach Punta Sabbione kommt in 15 Minuten«, stellte Robert erfreut fest.

Ich suchte währenddessen mit Monet an der Leine den einzigen kleinen Schattenplatz unter einer Palme und setzte mich dort auf einen grossen Stein, um erneut lauwarmes Wasser zu verteilen.

Ich schaute mich um. Noch immer kein Meer weit und breit. Nur ein überdimensionales Plakat stand an der Hauptstrasse, auf dem das glitzernde, blaue Meer und eine gut aussehende, junge Schönheit im Bikini vor modernen Hotelhochhäusern abgebildet war. Darauf der Slogan: »Lido di Jesolo - Ihr Urlaubsparadies!«

Während wir neben dem plakativen Ferienparadies in den Autoabgasen warteten, suchte ich aus meinem Rucksack Monets Maulkorb für die Busfahrt heraus. Dabei fiel mir mein Mobiltelefon in die Hand, auf dessen Display eine SMS wartete. Von Beate, der alleine wandernden Buchautorin.

»Wo seid ihr? Bin in zwei Tagen in Venedig. Musste Umweg machen in dieser brütenden Hitze. Piave Ebene macht keinen Spass!«

»Beate scheint auch Probleme in der Hitze zu haben«, berichtete ich. »Sie will in zwei Tagen in Venedig sein. Nett, dass sie sich gemeldet hat.«

Ich schrieb ihr zurück: »Freuen uns sehr, von dir zu hören. Wir sind kurz vor Venedig. Melde dich gern. Treffen dort?«

Unweigerlich fiel mir unser anderer Weggefährte ein.

»Wo Jérôme wohl steckt?« überlegte ich laut.

»Frag ihn doch!«, antwortete mein stets pragmatischer Mann.

Wir hatten ja jetzt Zeit und nichts anderes zu tun an diesem wenig lauschigen Plätzchen.

»Hi, Jérôme! Wo steckst du? Geht's dir gut?«, tippte ich also in mein Handy.

Als ob er nur darauf gewartet hatte, blinkte fünf Minuten später seine Antwort in meinem Display.

»Alles o.k. Komme voraussichtlich morgen nachmittag in Venedig an.«

Wir freuten uns. Beide hatten es also auch beinahe schon geschafft. Und voraussichtlich würden wir sie nochmals treffen.

Als ich nach einer halben Stunde bereits nervös zu werden begann, bremste endlich ein grosser, moderner Linienbus in der kleinen Einbuchtung neben uns.

Herr Monet alias Dr. Clooney bestieg als Erster den klimatisierten Retter in der Not, gefolgt von Robert und mir.

Erleichtert plumpsten wir in die weichen Sitze, umgeben von Badegästen und Venedigbesuchern, die in allen möglichen Sprachen fröhlich miteinander plauderten. Hinter den Scheiben des Autobusses reihte sich an einer endlos langen, geraden Strasse ein Restaurant an das andere, Souvenir Shops im Wechsel mit Hotels und Appartementbauten.

Nur ganz vereinzelte Fernwanderer sahen wir hier, Aliens inmitten luftig gekleideter Urlauber. Langsam strebten sie in der glühenden Mittagshitze dem Ende dieser unendlich wirkenden Halbinsel entgegen. Zum letzten Punkt der Fernwanderung auf dem Festland, der Punta Sabbioni, von wo die Fähren hinüber zur Serenissima, der heiss ersehnten Lagunenstadt Venedig starten.

Dort, vor den Fähranlegern, stiegen wir an der Endstation unseres Busses aus und sahen es endlich tatsächlich vor uns liegen. Das in der Mittagssonne funkelnde, tiefblaue Mittelmeer. Der nach Algen und Fisch duftende, mediterrane Wind blies uns angenehm um die Köpfe.

Monet hob seine schwarze, inzwischen wieder feucht glänzende Nase in die Luft und schnupperte interessiert in Richtung Wasser. „Gott sei Dank!" Er war wieder ganz der Alte. Mit hoch erhobenem Schwanz flanierte er mit uns vorbei an den kleinen Kiosken und Bars, die hier mit schattigen Terrassentischen auf Kundschaft warteten.

»Wollen wir was Kaltes trinken, bevor wir rüberfahren?« Robert hatte wieder in meinen Gedanken gelesen.

Sehnsüchtig schielte ich auf die Kühlschränke voller kühler Softdrinks, während ich mit ambivalenten Emotionen kämpfte.

Beim Anblick der Ticketschalter, auf denen in grossen Lettern »*VENEDIG*« stand, beschlich mich ein seltsames Gefühl. Lachen oder weinen? Am Ende eines vierwöchigen Fussmarsches quer über die Alpen. Nach der letzten und schlimmsten, für Monet äusserst kritischen Etappe heute.

Unsere Seelen schienen uns noch nicht ganz eingeholt zu haben. Wie Monet zuvor in der Staubhitze trotteten sie noch immer hinter uns her. Wir liessen ihnen die nötige Zeit, setzten uns an einen Tisch und beobachteten von dort in Ruhe das Geschehen an den Fähranlegern. Bevor auch wir endgültig eintauchen wollten in Hunderte von Kanälen mit ihren tausenden von Geheimnissen, die Venedig durchzogen.

Um die späte Mittagszeit herum liess der Ansturm an den Ticketschaltern nach. Wir nutzen die Lücke und betraten eine Fähre, die wenig besetzt war. So konnten wir direkt an der Reling stehen, von wo wir einen Traumblick auf die weite, venezianische Meereslagune hatten. An diesem heissen Sommertag tummelten sich, selbst jetzt zur mittäglichen Siestazeit, einige weisse Motor- und Segelboote im Wasser. Die Mittelmeerbrise schlug uns frisch entgegen und trug die Geräusche des maritimen Sommerlebens zu uns herüber. Möwen schienen in der Luft zu stehen und erzählten sich gegenseitig Witze, auf die lautes, obszönes Möwengelächter folgte.

Ich schloss kurz die Augen und sog all die Eindrücke auf. »Ja, jetzt sind wir am Meer.« Als ich sie wieder öffnete, hatte die Fähre bereits abgelegt.

Robert stand links neben mir und hielt unseren kleinen Fotoapparat parat, mit dem wir unser Abenteuer bisher in Bild und Film dokumentiert hatten. Auch die letzten, wichtigen Meter wollten festgehalten werden als Erinnerung und Beweis, dass wir es tatsächlich geschafft hatten.

Monet stützte sich mit den Vorderpfoten auf der Reling ab,

seine Ohren flatterten im Wind, und er blickte, genau wie wir, erwartungsvoll und gespannt in die Ferne.

Vorbei am Lido di Venezia, dem Badestrand der Stadt, suchte sich das Boot durch die einzelnen Inseln seinen Weg.

Der hoch aufragende Campanile di Venezia kam in Sicht, der Dogenpalast und all die anderen Palazzi. Typisch venezianische Gondeln wippten wie kleine, schwarze Sicheln auf dem Wasser am Ufer.

Schweigend blickte ich geradeaus. Ein Wechselbad der Gefühle. Während ich stolz vor mich hin lächelte, liefen mir die Tränen in Sturzbächen die Wangen hinab. Ich war dabei, vor Glück und Erleichterung völlig die Fassung zu verlieren.

»Gut, dass Robert die näher kommende Silhouette Venedigs filmt und nicht mich.« Kaum hatte ich diesen Gedanken zu Ende gedacht und den Rest des salzigen Augenwassers, das der Wind nicht zu trocknen vermochte, mit meinem arg strapazierten Stofftaschentuch aus dem Gesicht gewischt, hörte ich ihn sagen:

»Dreh dich mal um und guck mich an!« Er hielt die Kamera direkt auf mich zu.

»Lass das, ich bin total lädiert!«

»Egal«, sein trockener Kommentar. »Für die Nachwelt!«

Mit meinem letzten Rest Contenance strahlte ich ihn glücklich an.

Ein junger Italiener lief mitten durchs Bild. Offensichtlich erklärte er seiner grazilen, elegant gekleideten Freundin, die ebenfalls an der Reling stand, die Gebäude am gegenüberliegenden Ufer. Ein gut aussehendes, junges Paar. Sie, einer griechischen Göttin gleich, mit hochgesteckten, langen Haaren im luftigen, schulterfreien Sommerkleid mit Ledersandaletten an den zierlichen Füssen. Er, mit blonden Haaren, sommerlich gebräunt in beigen Bermudashorts mit weissem Hemd und den weichen, typisch italienischen Ledermokassins an den nackten Füssen.

Neben den beiden kam ich mir ziemlich plump vor in meinem verschwitzten Trekking Outfit mit Rucksack und den schweren Schuhen.

Als der blonde Italiener bemerkte, dass er Robert direkt vor die Kamera gelaufen war, entschuldigte er sich überschwänglich. Er schaute uns ein wenig befremdet und neugierig an. Kein Wunder, auf dieser Fähre waren wir Ausserirdische inmitten sommerlicher Ausflügler.

»Darf ich fragen, woher Sie kommen?«, erkundigte er sich höflich bei uns und deutete auf unsere Rucksäcke. Vor allem der rote Rucksack, den Monet für das Zielfoto natürlich wieder selbst trug, schien ihn zu amüsieren.

»Monaco, Bavaria. A piedi«, antwortete ich ihm stolz mit einem Lächeln.

Wie so viele vor ihm, riss er ungläubig seine grünen Augen auf und strahlte uns an. Dann reichte er uns seine rechte Hand und gratulierte uns mit echter Begeisterung zu dem zurückgelegten Weg. Er winkte seine Freundin heran und erklärte ihr unser Abenteuer. Sie lächelte anerkennend in vornehmer Zurückhaltung.

»Und jetzt zur Belohnung ein paar entspannte Tage in Venedig!«, stellte er fragend fest. »Süsses Nichtstun, flanieren und gut essen?«

»Genau, Venedig entspannt, abseits der grossen Touristenströme!« Wir nickten zustimmend.

»Kennen Sie »*scattidigusto.it*?«, fragte uns der junge Mann, »eine Website mit authentischen Restaurants und Hotels. Das wahre Italien. Dort finden Sie auch kleine, feine Restaurants in Venedig, wo die Einheimischen verkehren.«

Wir bedankten uns für den Tipp und verabschiedeten uns von dem überaus freundlichen Paar, während die Fähre am grossen Kai, kurz vor dem Markusplatz, anlegte.

»Ein guter Einstieg für Venedig.« Nach dieser liebenswürdigen Konversation fühlten wir uns auf jeden Fall willkommen in der Lagunenstadt.

Robert verliess vor uns die Fähre und bat mich, für seine Filmdokumentation später mit Monet zu folgen.

Mit zitternden Knien verliess ich den Bootssteg, winkte fröhlich in die Kamera und betrat mit unserem Alpen Champion an der Leine Venedig, unser letztes Etappenziel.

An Land fiel ich Robert glücklich in die Arme und küsste ihn. Gemeinsam beugten wir uns zu Monet hinunter und gratulierten unserem tapferen Wanderer mit einer Riesenportion Streicheleinheiten.

In einem Pulk Touristen aus aller Herren Länder liessen wir uns schliesslich auf dem Kai in Richtung Markusplatz vorwärts treiben. Dort mussten wir nicht lange suchen, um einem deutschen Touristen aufzufallen, der unser finales Zielfoto schoss. Das wichtige Pendant zum Marienplatz für jeden München-Venedig Wanderer.

»Jetzt aber erst mal in unsere Pension«, drängelte Robert, dem die vielen Menschen und der Trubel hier in der Hitze schnell zu viel wurden.

»Einen Moment noch«, bat ich ihn. »Bitte lass uns noch ein wenig hier im Schatten auf der Treppe vor dem Café Florian sitzen.« Einer meiner Lieblingsplätze in Venedig, wo ich schon an meinem 25. Geburtstag bei meinem allerersten Besuch in der Lagunenstadt gesessen hatte. Dankbar und glücklich wollte ich genau an derselben Stelle kurz innehalten. Mit meinen beiden Liebsten an meiner Seite.

Scherben bringen wirklich Glück

Unsere Pension in Venedig hielt, was ihre Website versprochen hatte. Wir fühlten uns sofort wohl in dem kleinen, mit antiken Möbeln stilvoll eingerichteten Zimmer. Ein gebührender Abschluss für unser Abenteuer, ein friedlicher Ort, um in den kommenden Tagen von hier aus die Stadt zu erwandern.

Unser erstes Ziel am folgenden Tag war die Insel Murano.

Denn noch nicht alle Aufgaben unserer Mission waren erfüllt. Das zerbrochene Glas wollte ersetzt werden. Die Belohnung für alle Strapazen, Anstrengungen, Entbehrungen und mein wohlverdientes Geburtstagsgeschenk zum Fünfzigsten, den ich übermorgen hier in Venedig feiern würde.

Ausgiebig und lange schliefen wir aus. Nach dem Frühstück flanierten wir zum grossen Fähranleger, von wo aus auch die Inselfähren starten.

»Einmal Murano und zurück für zwei Personen und einen kleinen Hund.«

Monet fuhr gratis mit. Auch der Maulkorb war hier anscheinend keine dogmatische Pflicht.

Auf der Insel der Glasbläserkunst angekommen, gingen wir vorbei an den unzähligen Geschäften, die allerlei Glaswaren anboten. Vom kleinsten, filigranen Seepferdchen über kunstvoll geformte Vasen bis hin zu schwülstig, opulenten, meterhohen Kronleuchtern, die einen Tanzsaal als Wohnzimmer voraussetzen, wurde hier alles feilgeboten, was man aus Glas herstellen kann.

Wir hatten jedoch nur Augen für Geschäfte, die Trinkgläser und Glaskaraffen anboten. Eigentlich meinten wir uns genau zu erinnern, wie der kleine Laden ausgesehen hatte, in dem wir vor

Jahren die einmalig schönen, bunten Trinkgläser gefunden hatten, die es nur dort zu kaufen gab.

Es war heiss auf Murano. Wir waren schon wieder in die gnadenlose Mittagshitze geraten. Die Sonne stand senkrecht über unseren Köpfen und liess uns schwitzen bei unserer Suche. Nachdem wir bereits zwei Stunden die ganze Insel ohne Erfolg abgegrast hatten, wollte ich die Flinte schon ins Korn werfen.

»Dann kaufen wir halt eben ein anderes, schönes Trinkglas. Vielleicht gibt es die kleine Manufaktur inzwischen schon gar nicht mehr.«

Wir hatten uns damals weder den Namen gemerkt noch aufgeschrieben. Einzig die Erinnerung daran, dass man das Geschäft von zwei Seiten betreten konnte, war uns geblieben. Und das einzigartige Glasdessin natürlich.

»So schnell geben wir nicht auf!« ermunterte mich mein Mann »Wir sind doch nicht den ganzen Weg zu Fuss gegangen, um mit irgendeinem Glas nach Hause zu kommen.«

Das wollte ich natürlich auch nicht. Wenn wir das Geschäft aber doch nicht fanden?

»Es war in der Nähe dieses Platzes hier. Ich bin mir ganz sicher!«, behauptete Robert eine weitere halbe Stunde später.

»Hier sind wir vorhin schon vorbei gekommen. Da war nichts«, nörgelte ich.

Robert schlug erneut einen Weg ein, den wir ganz sicher schon gegangen waren. Monet und ich trotteten hinterher.

Wie vom Donner gerührt blieb ich plötzlich abrupt stehen. Mit weit aufgerissenen Augen sah ich in einem kleinen Schaufenster endlich den gesuchten Gral.

Robert war schon vorbei gelaufen.

»Halt, stopp!« rief ich laut.

Ehrfürchtig und mit pochendem Herzen betrat ich mit Robert und Monet das Geschäft.

Ein junger Mann hinter dem kleinen Tresen war zu beschäftigt, um uns überhaupt zu bemerken. Das machte nichts, wir wussten ja genau, was wir suchten. Zielstrebig peilte ich das entsprechende Regal an und griff siegessicher nach meinem neuen Glas.

Es fühlte sich gut an, mit seinen unregelmässig, handwerklich geformten, weichen Randabschlüssen. Bunt funkelte sein Karo-Dessin, das mich schon beim ersten Mal magisch angezogen hatte. Kobaltblau, dunkelrot, leuchtend grün und sonnig gelb erinnerte es mich an eine kleine bunte Glaslaterne, einen Christbaumschmuck aus Kindertagen, den meine Eltern bis heute hüten wie ihren Augapfel.

Glücklich strahlend wie das Kind, das ich damals war, hielt ich Robert meinen Schatz entgegen. Er machte schon wieder ein Beweisfoto. Es blitzte kurz noch heller auf in dem Geschäft, das mit seinen vielen, transparenten Glasfarben selbst schon fröhlich schillerte und pure Lebensfreude ausstrahlte.

Irritiert wurde nun auch der junge Mann am Tresen auf uns aufmerksam, der Inhaber der kleinen Manufaktur. Mit meinem Fund in der Hand ging ich zu ihm an die Kasse und erklärte ihm, warum Robert das Foto gemacht hat.

»Extra wegen dieses Glases sind wir zu Fuss von München nach Venedig gewandert«, erzählte ich dem staunenden Herrn Ballarin und berichtete im Detail von meinem Missgeschick zuhause.

»Unglaublich! Von München in Deutschland zu Fuss hierher? Wegen eines Glases? Der Hund auch?«

Er zückte sein Handy und fragte, ob er ein Foto von uns machen dürfe. »Für meine Frau und meine kleine Tochter. Das muss ich ihnen unbedingt erzählen.« Und damit verewigte er seine vermutlich verrücktesten Kunden.

Dieses Mal fragte ich ihn nach seiner Visitenkarte.

»Nur für den Fall«, grinste ich.

»Sie hatten wirklich Glück«, bemerkte er noch, kurz bevor wir sein Geschäft wieder verlassen wollten, »ich hatte mein Geschäft den ganzen Vormittag geschlossen und erst vor zehn Minuten wieder geöffnet.«

»Das war nicht das einzige Glück, das uns die Scherben aus Murano gebracht hatten«, resümierte ich zwei Tage später an meinem 50. Geburtstag.

Wir waren dem Tipp des jungen blonden Italieners gefolgt und hatten in einer schmalen, unbekannten Nebengasse ein charmantes, kleines Restaurant gefunden, dessen schlichte Stühle und Tische aus Holz schief auf dem Trottoir standen.

Hier sassen wir mit unseren Weggefährten Beate und Jérôme.

Bei einem köstlichen Mahl vereint, erzählten wir gegenseitig unsere Abenteuer der letzten vier Wochen, feierten ihr glückliches Ende und stiessen auf unsere Freundschaft an.

Beate und Jérôme wollten schliesslich von uns wissen:

»Was war für euch der tiefere Sinn dieser Fernwanderung?«

Wir lächelten uns an und verständigten uns ohne viele Worte. Herr Monet lag zufrieden und satt neben uns auf dem warmen Boden und schlief. Einen kurzen Moment dachte ich nach, lehnte mich entspannt zurück und antwortete mit den Worten eines Unbekannten:

»Ich lebe, ich denke, ich schlafe mich aus, ich esse mich satt, ich lache laut oder leise, ich betrachte die Welt mit grossen, neugierigen Augen, ich habe Freude, ich erinnere mich an wunderbare Reisen und Erlebnisse, ich höre anderen zu und erzähle selbst gerne. Ich atme tief ein.«

»Live« dabei sein.
Unser vierwöchiges Alpen Abenteuer mit Hund
in bewegten und bewegenden Bildern
miterleben!

Der ausführliche Film zum Buch:

»München-Vendig zu Fuss mit Hund - der Film«
und der kurze **Trailer zum Film** unter: www.nurmut.ch

Oder auf YouTube unter:

https://www.youtube.com/watch?v=MBx-43Tmmb0 (Film)

https://www.youtube.com/watch?v=TCOnTAJiKwQ (Trailer)

Anhang

Hinweise zum Anhang

Zeitangaben
Bei den Stundenangaben in der Aufstellung »Tagesetappen mit Distanzangaben und Gehzeiten« handelt es ich um die reinen Gehzeiten ohne Pausen. Da Geh- und Pausenzeiten beim Wandern individuell verschieden sind, handelt es sich bei den Zeitangaben in diesem Buch und in der Aufstellung der Tagesetappen um unsere persönlichen Erfahrungswerte, die keinen Anspruch auf Allgemeingültigkeit erheben und jegliche Haftung der Autorin somit ausschliessen.

GPS Daten
Die GPS Daten zum Download vom Blog www.nurmut.ch wurden von uns nach bestem Wissen und Gewissen zusammengestellt und spiegeln unsere München-Venedig Route in einzelnen Etappen wieder. Sie dienen als Planungsgrundlage und Hilfe, können beim Wandern jedoch kein Kartenmaterial ersetzen, dessen Mitführen auf Fernwanderungen wir dringend empfehlen. Ebenso empfehlen wir eine eigene detaillierte Routenplanung im Vorfeld, entsprechend der eigenen Kondition und Rahmenbedingungen.

Rechtliches
Die Benützung der Daten und geschilderten Wanderwege im Buch oder auf der Website www.nurmut.ch geschieht auf eigenes Risiko. Soweit gesetzlich zulässig, wird eine Haftung für etwaige Unfälle und Schäden jeder Art aus keinem Rechtsgrund übernommen. Dasselbe gilt für das Mitführen von Hunden auf der Tour.

München-Venedig zu Fuss mit Hund
Tagesetappen mit Distanzangaben und Gehzeiten

01 Marienplatz München - Ebenhausen	22,8km / 6,5 Std.
02 Ebenhausen - Geretsried	19,4 km / 5,5 Std.
03 Geretsried- Arzbach	23,0 km / 7,0 Std.
04 Arzbach - Tuzinger Hütte	15,8 km / 6,0 Std.
05-A Tutzinger Hütte - Vorderriss	17,8 km / 7.0 Std.
05-B Vorderriss - Hinterriss	10,8 km mit ÖV
06 Hinterriss - Eng	19,5 km / 7,0 Std.
07 Eng - Schwaz	18,3 km / 7,0 Std.
08 Schwaz - Gasthaus Loas	13,9 km / 6,0 Std.
09 Gasthaus Loas - Rastkogelhütte	11,9 km / 4,0 Std.
10 Rastkogelhütte - Finkenberg	21,3 km / 8,0 Std.
11-A Finkenberg - Schlegeisspeicher	20,4 km mit ÖV
11-B Schlegeisspeicher - Pfitscherjochhaus	7,0 km / 2,5 Std.
12 Pfitscherjochhaus - Pfunders	19,3 km / 8,5 Std.
13-A Pfunders- Niedervintl	9,2 Km mit ÖV
13-B Niedervintl - Kreuzwiesenhütte	15,5 km / 5,5 Std.

14 Kreuzwiesenhütte - Maurerberghütte	11,8 km / 4,0 Std.
15 Maurerberghütte - Gampenalm	11,0 km / 4,0 Std.
16 Gampenalm - Grödner Joch	17,6 km / 7,0 Std.
17 Grödner Joch - Rif. Piz Boé	7,5 km / 3,5 Std.
18 Rif. Piz Boé - Sottoguda	21,3 km / 8,5 Std.
19 Sottoguda - Rifugio Tissi	18,0 km / 7,0 Std.
20 Rif. Tissi - Rifugio Bruto Carestiato	14,8 km / 5,5 Std.
21-A Rif. Br. Carestiato - Forno Di Zoldo	12.5 Km / 4,0 Std.
21-B Forno Di Zoldo - Belluno	35,0 km mit ÖV
22-A Belluno - Talstation Nevegal	13,4 Km mit ÖV
22-B Talstation Nevegal - Revine	21,0 Km / 7,5 Std.
23 Revine -Pieve di Soligo	16,6 Km / 5,5 Std.
24-A Pieve di Soligo - Maserada Sul Piave	24,4 Km mit ÖV
24-B Maserada Sul Piave -San Bartolomeo	10,4 km / 3,5Std.
25- A San Bartolomeo -Musile Di Piave, Via Intestadura	19,2 Km mit ÖV
25-B Musile Di Piave, Via I. - Jesolo	16,4 Km / 5,0 Std.
26-A Jesolo - Lido Di Jesolo	10,1 Km / 3.0 Std.
26-B L. Di Jesolo - Venedig Markusplatz	22,4 Km mit ÖV

Download GPS Daten und Informationen zu unserer Tour

Auf meinem Blog www.nurmut.ch können sich Leser dieses Buches mit dem unten stehenden Passwort folgende Informationen zur Tour herunterladen:

- GPS Daten pro Tagesetappe & Gesamtroute
- Detaillierte Liste der Tagesetappen mit Angaben der Höhenmeter
- Kartenausschnitte pro Tagesetappe
- Packliste mit detaillierten Gewichtsangaben
- Tipps zur Fernwanderung mit Hund

Zum Download gelangt man im Internet über folgenden Menüpfad:
www.nurmut.ch - Wandern -München-Venedig - Memberbereich Download München-Venedig mit Hund

oder direkt über diesen link:
https://nurmut.ch/blog/gps-download-muenchen-venedig-mit-hund/

Für alle München-Venedig Downloads auf www.nurmut.ch lautet das Passwort:

Monet03022007